백성

백

21

성

제5부 | 돌아오는 꽃

김동민 대하소설

문이당

차례

제5부 | 돌아오는 꽃

황금 행차

알 수 없었다. 일찍이 없었던 참 이상한 일이었다.

'내한테 몬된 길거리 구신이 붙을라 쿠나?'

배봉은 아침에 눈을 뜨자마자 무작정 외출부터 하고 싶었다. 고삐 풀린 말처럼 제멋대로 쏘다니고 싶은 한창때의 나이도 아닌데 말이다.

'내 신발에 흙 묻힌 그 모든 데⋯⋯.'

묘하게도 그가 지금까지 살아온 이 고장의 모든 곳을 다시 한번 둘러보고 싶다는 강렬한 욕구를 맛보았던 것이다.

"신물이 나거로 쫓아댕긴 덴데 또 머가 아쉬버서 요런 멤이 생기는고 모리것다. 지랄도 풍년이다."

그렇게 혼잣말로 중얼거렸다. 정말 내가 노망이 들었나 싶은 마음에 쓴 나물을 씹은 듯 씁쓸한 감정을 억누를 수 없었다.

'요새 들어와갖고 똑 온 시상에 내 혼자뿐이라는 기분이 들더이만.'

어쨌거나 아침 밥상을 물리자마자 배봉은 원님 행차를 연상시키는 근사한 사인교를 타고 고을 순방에 나섰다.

"오데로 뫼시까예, 나리?"

한참을 기다려도 행선지를 말하지 않기에 그렇게 묻는 가마꾼들에게 배봉은 어쩐지 풀이 죽은 목소리로 이렇게 지시했다.

"오늘은 너거들 가고 싶은 데로 가자."

"예?"

"귓구녕에 당나구 머 박았나?"

"……."

가마꾼들은 눈만 멀뚱거렸다. 상스럽게 당나귀 운운하던 배봉은 심기가 불편하다는 걸 노골적으로 드러내었다.

"가매가 눈으로 가나 발로 가나."

아무튼 그렇게 하여 나선 길이었는데, 맨 처음 맞닥뜨린 게 '일출정'(동성동)에 자리 잡고 있는 죽본조竹本組였다. 해방이 된 후 우리나라에 남아 있던 일제 재산이나 일본인 소유의 적산敵産 가운데 이곳의 얼굴로 내밀 합자회사였다.

"다께모토쿠미."

가마꾼들 사이에서 그런 볼멘소리가 나왔다. 저마다 입을 비쭉거려가면서 하는 말이었다. 이층 건물로 약간 각진 양식으로 지어진 그것은 크고 위압적이었지만, 어딘가 모르게 음침한 고양이가 잔뜩 웅크리고 있는 모습을 보는 것과 유사한 느낌을 주는 건축물이었다.

"음."

배봉의 중앙집중식 얼굴이 야릇하게 일그러지고 있었다. 사람들은 당시 죽본조를 일컬어 방금 가마꾼들이 그랬던 것처럼 보통 '다께모토쿠미'라고 불렀다.

그것은 이 고장 최초의 전문건설업체로서 일본인 공사업자 죽원竹元 일가에 의해 처음 설립되었는데, 그 중심에 서 있는 인물이 바로 죽원웅차라는 것을 잘 알고 있었다. 하지만 운산녀와 겁 없이 놀아나다가 그의 점박이 자식들 손에 의해 죽은 민치목의 아들 맹쭐에게 접근하여 전략적인 검은 관계를 맺고 있는 일본인이라는 사실까지는 모르고 있었다.

'창문은 와 저리 맹글었노?'

배봉은 건물 벽면에 세로로 기다랗게 나 있는 창문을 흰자위가 유난히 도드라진 눈으로 쳐다보며 속으로 구시렁거렸다.

'똑 우에서 밑으로 쭉 찢기진 괴물 눈겉이 안 비이나. 한두 개도 아이고 머한다꼬 저리 짜다라 뚫어논 긴고 모리것다.'

멀리서도 바라보이는 그 죽본조 안에는 죽원 일가와 일본인 회사 종업원들이 떡하니 죽치고 앉아, 어떻게 하면 대한제국 백성들 등을 좀 더 많이 처먹을 수 있을까 궁리를 하고 있을 것이다.

'죽원웅차 고 쪽바리가 우리 고을에서 핸 일이 오데 하나둘이가? 굴리온 돌이 박힌 돌 뺀다더이만, 이라다가는 이 나라 기동뿌리가 흔들흔들 하것다.'

알게 모르게 듬성듬성 빠져나가 몇 올 남지도 않은 허연 머리칼로 가려진 배봉의 머릿속에 호주선교사가 세운 옥봉리의 배돈병원이 그려졌다. 바로 죽원웅차가 직접 공사를 도맡아 했던 병원이었다.

'그눔이 지 동상꺼지 끌어와갖고 베라뻴 짓 다하고 안 자빠졌나.'

죽원웅차의 동생 죽원일시의 얼굴도 떠올랐다. 왜 새삼스럽게 꼴도 보기 싫은 쪽발이 눔들이 생각나는지 모르겠다. 배봉은 속으로 저주와 악담을 퍼부었다.

'쎄(혀)가 만 발이나 빠지서 뒤질 눔들! 고것들은 전생에 문어였는지도 모리제.'

배봉이 잘 보고 있었다. 그들 형제는 자신들의 일족을 총동원하여 남의 나라 땅에 와서 사업을 문어발식으로 넓혀가고 있었다. 그리하여 나중에는 함양에 정미 공장도 설립했는데, 1주일에 무려 백미 1천 가마를 생산하게 된다. 그뿐만 아니라 몇 년 후에는 진주정미소까지 구입, 기존의 토목공사에다 정미업에 불을 붙였다.

죽원웅차의 야욕은 끝을 몰랐다. 당시 보통 사람들로서는 상상조차 하지 못한 화물자동차 영업허가를 받아 자그마치 스물세 대나 되는 트럭을 소유한 운수업자가 되었으며, 해방되기 몇 년 전에는 경남육운주식회사 취제역사장(대표이사) 자리에 오르게 된다.

'에잉! 속에 천불이 나서 몬 살것다.'

배봉은 애꿎은 가마꾼들을 상대로 버럭 소리를 내질렀다.

"이눔들아, 요 붙어 살 끼가? 퍼뜩 안 가고 머하노, 엉?"

배봉은 물론이고 누구도 내다보지 못했다. 그로부터 더 세월이 흘러간 후에 죽원웅차가 그의 사업에 동생 죽원일시만 끌어들이지 않고 자기 자식들까지 동원시키게 된다는 것이다.

가증스러우면서도 무서운 일이었다. 죽본조를 계열사별로 조직, 토지경영사업체와 정미업체로 나누었으며, 두 아들인 죽원언태랑과 죽원근에게 그것을 맡기게 되는 치밀함까지 보였다.

'우리 지역 시가지 구획정리사업도 하고, 저 멀리 거창에서도 다리 놓는 공사를 한담서? 그눔은 문어발이 아이고 지네발인 기라. 으으.'

그러나 그 죽원웅차도 몰랐을 것이다. 그가 평생을 바친 죽본조의 비참한 운명을. 해방이 된 그다음 달에 그들 부자와 관련된 일본인들은 모두 죽본조에서 축출되고, 남은 조선인 종업원들이 회사관리자치위원회를 만들어 건국 토건 사업에 온 힘을 쏟겠다고 나서게 된다.

하지만 대한제국 백성들 입장에서는 너무 슬프고 안타까운 일이 일어나고 말았다. 그것은 그 고장에 주둔한 미군들에 의해 벌어진 일로서, 꼬부랑말을 쓰는 그들은 곧장 적산 접수에 나서 죽본조에 저들이 내정한 관리인을 앉힌 것이다.

그리하여 죽본조는 미군정과 손을 잡은 일반인에게 매도되었으며, 해방 이듬해에는 '조흥토건사'라는 이름으로 변경되었지만, 몇 년 후 남강 댐 건설공사를 수주받아 공사를 하려다가 6·25전쟁으로 인해 중단되고 마는 비운에 빠지게 된다.

다음으로, 제멋대로 굴러가는 굴렁쇠처럼 가마가 다다른 곳은 '동봉정'에 위치한 군청 앞이었다. 경남관찰사 집무실인 선화당은 성안에 자리하고 있었던 반면, 군수 집무실은 성 밖에 있었다.

배봉의 머릿속에 '부구몰니' 터라는 말이 떠올랐다. 그 부구몰니의 숲은 우거졌는데, 거기 늪에는 황금빛 자라들이 많이 있어 귀한 터라고 하여 사람들이 잘 들어가지도 않았다는 곳이다. 그런데 그곳에 목사 행정청이 들어섰다.

'요놈들이 해필이모 와 이런 데로만 오는 기가?'

배봉은 가마꾼들 속내를 알 것도 같고 모를 것도 같았다. 이런 놈들은 얼핏 어리숙한 듯하면서도 은근히 골탕 질도 잘 친다고 알고 있다.

'하기사 노다지 당함시로 살다 보모 그리 될 끼거마.'

그곳에 부임한 군수는 '은결'이라는 방법으로 온갖 세금을 착복한다고 고을 사람들 원성이 자자하다는 사실이 배봉 머리를 후려쳤다. 일본에게 나라를 빼앗긴 뒤로 임명된 군수는 모두 여덟 명이 되는데, 조선인은 세 명이고 그 나머지는 모조리 일본인이었다. 그런데 일본 군수들뿐만 아니라 심지어 조선 군수들도 조선 백성들을 착취했으며, 명색 군수들이란 자들이 친일행사가 있으면 그 후원에 나섰다.

지역민들은 또 모르지 않는다. 양산 통도사의 진주 포교당에서 진주 군청의 후원을 받아 박선만이라는 승려가 다섯 차례에 걸쳐 그 고장 각 지역에 대한 소위 '심전개발'이라는 순회강연을 하게 된다는 사실이었다. 그 심전개발이라는 것이 무엇인가? 그건 조선총독부가 조선인들의 정신적인 지배를 꾀하기 위해 종교계에 실시한 이른바 저 '황국신민화'의 세뇌 교육의 전 단계였다.

"흠."

배봉은 언제나 사람을 주눅 들게 하는 군청 안을 노려보았다. 거기는 '식량 검사출장소'가 있는 곳이었다. 그 지역 농민들이 피땀을 쏟아가며 생산한 소중한 곡물을 '미곡검사'라는 허울을 씌워 강제로 수탈하는, 조선총독부의 악랄하기 이를 데 없는 식량 수탈 기관의 하부조직이었다.

"에라이, 옛 무라!"

배봉은 가마꾼들이 욕설을 섞어가며 주고받는 소리를 들었다.

"쪽바리 눔들이 품질 좋은 우리 조선 쌀을 저것들 나라로 갖고 갈라꼬 눈깔이 뻘겋다 아인가베."

"흐응! 머? 총독부령?"

"하모. 그래갖고 그 머시고? 미곡검사규칙인가 지랄규칙인가를 공포해서는……."

"저런 곡물검사소를 각 지역마다 맹글어서, 에잉, 더 말도 하기 싫다."

그들의 저주와 증오를 모두 그러모아 실으면 배봉이 타고 있는 크고 으리으리한 가마가 폭삭 내려앉을 지경이었다. 악명 높은 일제의 그 지역 곡물검사와 식량 수탈은 그렇게 아주 면밀하게 자행되었던 것이다.

다음에 당도한 곳은 그 고을 면사무소였다. 배봉은 일본인이 거기 면장으로 임명된 그해 10월을 떠올렸다. 하지만 뒷날 그 면사무소가 읍사무소로 승격될 때까지 일본인이 면장직을 독식하리라는 것은 내다보지 못하고 있었다. 그리하여 비록 지금은 일본인이 면장을 하고 있지만, 다음에는 조선인이 면장을 차지할 것을 의심치 않았다. 만약 내가 좀 더 젊었다면 면장 자리를 꿰찰 수도 있을 텐데, 하는 생각까지도 해 보는 그였다.

'초대 면장 강노원하고 2대 면장 박화재는 시방 오데서 머하고 있으꼬?'

배봉은 새삼 격세지감을 느꼈다. 강노원에 대해서는 아무것도 모르겠고, 박화재는 진주가 지정면이 되자 부면장을 지냈다는 사실까지는 기억하고 있는 그였다. 특히 강노원 아들과 안골 백 부잣집 손녀 다미 사이에 혼담이 오갔다는 사실은 꿈에서도 알지 못했다. 어쩌면 자기 때문에 원통하게 죽어간 염 부인 생각도 이제는 깡그리 잊어버렸는지도 모른다.

'가마이 있거라. 3대 면장에 부임한 그 일본 눔 이름이, 물, 물 부……'

한참 궁리해 본 끝에 가서야 가까스로 생각해 냈다. 물부안마物部安馬였다.

'내도 에라이다. 물 겉은 눔! 물도 썩어서 내미 나는 물이다. 에나 겉잖아서 내 콧구녕이 콱콱 맥힌다.'

초가집 면사무소에서 지금의 저 벽돌집 면사무소로 이전을 한 것도 물부안마라는 일본인 면장이었다. 아마도 그자는 집무실을 거창하게 꾸밈으로써 권위를 좀 더 높이고자 했을지도 모르겠다. 일본인 면장이 다스리는 때는 조선인 면장 시절과는 같지 않다는 것을 과시해 보이려는 가증스러운 의도도 있었을 것이다.

'그란데 우째서 쪽바리 눔들만 하노?'

일본인이 면장직을 독차지하게 된 까닭에 대해서는 배봉뿐만 아니라 일반 조선 백성들은 알지 못했다. 알지 못했다기보다도 어쩌지 못했다. 아무튼, 그해 6월 그곳 면이 기채권, 즉 면행정이 공채를 발행할 권한이 인정된 중요한 '지정면'이 되었던 것인데, 그 지정면이 된 것은 전국을 통틀어 도합 23개 면이었다.

상촌나루터에서 영업을 하고 있는 비화는 그 내막에 관하여 훨씬 더 상세히 알고 있었다. 당시까지 전국의 면은 모두 2천 5백여 개였는데, 그곳 면은 다른 곳에 비해 인구가 많은 편에 속했다.

그러니까 진주군 인구수 12만 4천 5백여 명 중에서 진주 시가지에 집 중된 진주면 인구수는 5만 명 가까이나 되었다. 또 하나는, 그 지역은 상공업이 발달되어 재력이 넉넉한 도시 형태를 갖추었다고 보았기 때문 인데, 그 시절 바로 그곳이 도청 소재지였음을 염두에 둔다면 굳이 더 이야기할 필요가 없을 것이다.

'아모래도 초가집보담은 벽돌로 된 건물이 상구 더 안 좋은가베. 초가 삼간, 들어보모 말이사 그럴싸하제.'

배봉은 벽돌로 된 면사무소 건물을 바라보며 내심 단단히 다짐했다.

'우리 동업직물 건물도 모돌띠리 저런 식으로 지을 끼다. 흐음.'

진흙과 모래를 차지게 반죽하여 틀에 박아 구워 만든다는 그 벽돌이 그의 눈에는 너무나 근사해 보였다. 여하튼 일본인들 지론에 따르자면, 그곳은 지정면이라는 이름에 걸맞게 기존의 초가집 면사무소에서 벽돌 집 면사무소 건물로 이전했던 것이다.

'본디 그런 늄들인 줄은 알지만도 왜늄들 욕심이 목구녕꺼정 꽉 안 찼 나.'

일본인들의 그 고을 면사무소에 대한 집착은 역겨울 만치 강했다. 지 난 5월에는 인접해 있는 도동면 옥봉리를 비롯해서 내동면 천전리 그리 고 평거면 상봉리까지 모조리 진주면에 편입시켰다. 그리하여 상담역 관공리 네 명도 면행정에 보강한 것으로 알고 있다.

"저게서 하는 젤 큰 업무가 머신 줄 아나?"

"머신데?"

"알아놓으모 손해 볼 꺼는 없제."

14

"아, 자네는 재조도 좋다. 장마당 가매를 메고 댕김서 공불 하는 것가, 우찌 그리 모리는 기 없노?"

가마꾼들이 나누는 이야기가 다시 배봉의 귀를 울렸다. 일자 무식꾼으로 살아온 그였지만 열 수레에 실을 만큼의 서책을 접한 것처럼 행세하고 있는 그였다.

"호적등본하고 호적초본을 면민들한테 떼어 주는 긴 기라."

"등본하고 초본이 우찌 다린데?"

어떻게 다르냐는 그들 말을 듣자 배봉 뇌리에 동업과 재업의 얼굴이 나란히 자리 잡았다. 언제 어디에서 짚어 봐도 좀체 풀 길 없는 수수께끼 같은 손주들이 아닐 수 없었다.

재업은 나이를 먹어갈수록 용모가 더욱더 억호를 빼다 박았다. 저러다가 성질까지 자기 아비를 닮으면 안 되는데, 하고 걱정이 태산만큼 솟았는데 천만다행으로 그건 아니었다. 그 아이는 외모와는 달리 성격은 너무나 온순했다. 바로 제 어미 설단의 성품을 그대로 물려받았기 때문일 것이다. 약하고 어린 새 같았던 종년 설단이었다.

하지만 그럼에도 불구하고 배봉은 재업의 그런 유약한 면이 아무래도 성에 차지 않았다. 비화 고년 자식 준서와 상대하려면 그래서는 힘들다고 보았다.

'재업이는 그렇다 치자.'

솔직히 배봉을 한층 더 헷갈리게 하는 것은 동업이었다. 눈 뜬 봉사가 보더라도 동업은 억호와 죽은 분녀와는 너무나도 큰 차이가 났다. 세상에 부모 닮지 않은 자식은 없다고 하는데 이건 아니었다. 생김새와 성격, 그 밖의 어떤 것도 천지 차이였다.

'삼신할미가 눈이 삔 거는 아일 끼고.'

우리 집안에 무엇 하나 빠질 게 없는 저런 헌헌장부가 어떻게 태어날 수 있었을까? 깊이 헤아려 보자면 골이 아플 지경이었다. 뭉툭한 손가락으로 연방 머리통을 쿡쿡 찌르면서 스스로를 꾸짖었다.

'아, 좋은데 와 이리쌌노?'

그래, 동업은 모든 면이 다 좋은 아이인데 굳이 머리 썩힐 필요는 없는 것이다. 하지만 그런데도 언제나 마음 한 귀퉁이가 무겁고 어두운 이유를 통 모르겠다.

"이눔들아, 고마 가자."

"오데로 뫼시까예?"

대관절 어느 곳을 얼마나 돌아다니려고 이러는가 싶어 서로 얼굴을 마주 보는 가마꾼들 귀에 떨어져 내리는 말이었다.

"그냥 아모 데나 가자 안 쿠더나?"

"아, 예."

가마는 옥봉리 예배당에 가 닿았다. 호주선교사들이 개신교 전도 시발지로 지목한 최초의 근대식 기독교회 건물이었다. 그 지역 기독교 역사가 쫙 펼쳐지는 지역 복음 전파의 산방山房이었다.

'그 사람, 호주선교사들하고 말은 제대로 통하는 기까?'

배봉은 문득 박애성이 생각났다. 비록 배봉 자신은 예배당이라는 곳에 단 한 번도 가본 적이 없지만 박애성에 대해서는 귀에 못이 박히도록 들었다.

― 머라? 박애성 장로가 머가 됐다꼬?

― 목사.

― 머? 모, 목사?

― 하모.

― 텍도 아인 소리 씨부리고 자빠졌다.

― 니 텍쪼가리 안 성하고 싶나, 그런 이약 벌로 해쌌거로.

16

– 벌이고 나비고.

– 아, 우찌 그런 일이 있을 끼고?

– 있은께네 있다 쿠제. 없으모 없다 쿠고.

천 년의 역사를 가진 그 고을이 생긴 이래로 최초로 목사로 취임한 박
애성이었다. 그는 원래 장로였는데 지난 11월에 목사가 되었다.

조선인 목사의 탄생은 신자든 비신자든 간에 지대한 관심을 나타내었
다. 자고 일어나 보면 또 달라져 있는 게 그즈음 세태라지만, 참으로 세
상은 변해도 그렇게 변할 수가 없었다. 다른 별에 와 있는 착각마저 들
판국이었다.

– 그라모 달렌 목사는 우찌 됐는데?

– 아, 달렌 목사. 그는 그냥 그대로 목사 자리에 있다 쿠더라.

– 목사 둘이서 목회 활동을 한단 말가?

– 바로 알아맞힛다. 그렇다 카데. 그래갖고 달렌 목사는 다린 일도
한다더마.

– 무신 다린 일?

그런 이야기 끝을 물고 자연스럽게 흘러나오는 것이 바로 호주선교회
가 운영하는 저 광림학교(정숙학교의 후신)였다. 달렌은 그 학교의 교장
을 역임하고 있다는 것이다.

– 복음적인 업무 외에 그런 일도 한다 말이제?

– 오데 그뿐이가?

– 또 있나?

– 또 있다.

– 머신데?

– 서양음악을 직접 연주해서 우리 지역 사람들한테 들리주기도 한
다데.

— 어, 음악에도 조예가 깊은갑네?

— 하여튼 에나 희한빠꼼한 코재이 아이가.

안골 백 부잣집 다미와 그녀 벗들이 달렌 목사에게서 받은 영향은 매우 컸다. 특히 그가 들려주는 서양음악은 다미를 비롯한 여자들에게 지금까지 접하지 못했던 새로운 세계를 경험하도록 이끌기에 모자람이 없었다. 또한 달렌 목사가 다루는 서양악기들도 크나큰 충격으로 다가왔다. 그렇지만 배봉이나 그의 식솔들 쪽에서 보자면 달렌 목사는 거의 존재하지 않는 것이나 진배없었다.

'이눔들이 인자 성이 있는 쪽으로 갈라쿠는갑다.'

대구 출신 도목수 최동환이 지었다는 그 예배당 언저리를 맴돌던 가마가 동장대 있던 쪽으로 향하기 시작했을 때, 배봉은 벌써부터 거기 있는 식산은행殖産銀行에 생각이 미쳤다.

일제 식민지 경영자금 출처 역할을 한 그 고장 관치금융기관의 공식 이름은 '조선식산은행 진주지점'이었다. 바로 대한제국 정부가 지방별로 세운 농공은행 가운데 하나로서 그 지역에 설립된 진주 농공은행의 후신인 것이다.

'참말로 세월 한분 자알 간다.'

배봉은 시간이 그 고장 중심부를 감돌아 흐르고 있는 남강 물보다도 천 배는 더 빠르게 흘러간다는 생각이 들었다.

'성안 세무서 거리가 있는 남강 벼랑 우에 영입장소를 설치한다꼬 야단 난리를 떨어쌌던 기 운젠데 하매…….'

농공은행이 식산은행으로 바뀌면서 세무서 거리에서 그곳으로 이전한 사실을 되살려내었다. 그리하여 저 식민지경영 자금원이라는 이름이 무색하지 않게 치밀한 일제의 전폭적인 지원에 기대어, 총독부 자금에서만 그치는 게 아니라 경남도 금고 사무까지 취급하고 있다는 것도 생각했다.

'흥! 산업금융하고 공급금융하고를 담당할라꼬 맨들었다꼬?'

배봉은 마구 배알이 뒤틀렸다. 당초의 명분은 온데간데없어지고 식산은행은 일반 은행업무까지도 겸하는 등, 지역 최대의 금융기관으로 부상하기 시작했다.

'돈이라모 이 임배봉이가 최고라야 하는데 말이다.'

그 욕심 끝에 이런 자각이 일었다.

'오데든지 가기만 하모 돈을 버는 가매꾼 이눔들도 거게는 안 가고 싶은 모냥이제?'

한때 매월당 자리였던 곳, 바로 신사神社였다. 일본 황실의 조상이나 국가에 공로가 큰 사람을 신으로 모신 사당이라고? 같잖기는. 섭천 쇠가 웃는다.

그 고장에 저주의 신사가 준공된 것은 칼바람이 살을 에는 듯한 1월이었다. 당시 조선 총독이었던 하세가와(장곡천)라는 자는 친히 축사까지 보내 축하를 했다. 그리고 이듬해 7월인가 그쯤에는, 경남도지사 사사끼(좌좌목등태랑)가 그곳 신사 숭경회인가를 조직하더니, 스스로 거기 회장직에 떡 앉아 제 딴은 경남도신사로서 진주신사의 위상을 한층 견고하고 튼튼하게 하였다.

'저 신사를 짓기 위한 공사비로 내가 낸 돈만 해도 엄첩다(대단하다).'

배봉은 자신도 모르게 가마꾼들을 슬쩍 훔쳐보았다. 어쩌면 저들 가운데 내가 신사 건립 공사비로 상당한 돈을 자발적으로 기부했다는 사실을 알고 있는 자도 있지 않을까 싶은 생각에서였다.

'하기사 오데 내 혼자만 낸 기가? 내 말고도 이 지역 조선인 부호들과 유지들이 한거석 냈다 아이가.'

그렇게 자기합리화도 시켜보는 그였다. 사실 그 누가 내 살 같고 피

같은 돈을 내고 싶어 그랬겠는가 말이다. 만약 기부금을 내지 않았다면 동업직물이 살아남을 수 없다는 것은 불 보듯 뻔한 일이라고 보았다.

'신사를 뫼시는 왜눔들이 올매나 독종들인고 모리나?'

그러나 배봉은 신사와 관련하여 더 지독한 일본인들이 나오게 되리라는 것을 예측하지 못했다.

그중에서도 경찰서 고등계 형사주임인 아베(아부)가 단연 선두였다. 그자는 참으로 악랄하고 주도면밀했다. 진주군 내 교회의 교역자 대표를 비롯하여 20여 명이나 되는 기독교인들을 신사에 불러 모았다. 그러고는 동방요배를 강요하고 기독교에 대한 결의문까지 낭독케 한 후에 연합 신사참배까지 실시한 것이다. 그뿐만이 아니었다.

"신사참배를 기념하는 사진을 같이 찍어야 하지 않겠스무니까?"

그리하여 그날 이들은 통구 서장을 위시하여 아베 주임과 경찰서원들 그리고 기독교인들 사진을 남기게 되는 것이다.

배봉이 갑작스레 그 기묘한 충동에 휩싸인 것은 가마가 막 그 일대를 벗어나려고 할 때였다. 그는 가마꾼들에게 큰소리로 명했다.

"가매못 있는 데로 가자."

"예에?"

그것은 마치 어떤 보이지 않는 기운이 조종하고 있는 것 같았다.

"가매못도 모리나, 요것들아!"

"……."

가마꾼들은 서로 얼굴을 마주 보았다. 그곳에 가고 싶으면 아까 그 근처까지 갔을 때 말을 했어야 마땅하지 이제 와서 무슨 소리를 하느냐는 멀뚱한 표정들이었다. 그런가 하면, 누구 다리와 허리 아프게 할 심산인가 하고 은근히 원망하는 빛까지 엿보였다.

'설마 가매못에 가서 빠지 죽을라쿠는 거는 아이것제?'

'우리 가고 싶은 데로 가자, 그래놓고는.'

하지만 배봉의 명에 따를 수밖에 없는 가마꾼들이었다. 그들에게는 임배봉이라는 존재가 일본인 못지않게 무섭고 두려웠다. 그건 꼭 돈 힘만은 아니었다.

어쨌든 가마는 그 고을 주봉인 비봉산 서편 자락에 있는 가마못을 향해 나아가기 시작했다. 그때쯤 시각은 점심 먹을 때가 다 돼 가는 한낮으로 흐르고 있었다.

"⋯⋯."

배봉도 가마꾼들도 침묵을 지키고 있었다. 배봉은 무슨 깊은 상념에 잠겨서, 그리고 가마꾼들은 아마도 배가 슬슬 고프기 시작해서 그럴 것이다.

배봉의 낯빛이 지금 그가 입고 있는 붉은 비단옷만큼이나 아주 붉게 변해 있었다. 어느 날부터인가 그에게 붉은 비단옷은 신묘한 주술 내지는 일종의 자아 마취와 통하는 것이었다.

그것은 실로 기이한 현상이었다. 그는 붉은 비단옷을 몸에 걸치면 없던 기운이 갑자기 솟아나고 마음도 한창때의 젊은이 못지않게 활기가 넘쳤다.

실제로 붉은 비단옷을 입고 있는 배봉의 모습은 보는 사람으로 하여 감당하기 힘든 압박감을 느끼게 했다. 심지어 식솔들마저 붉은 비단옷을 입은 그를 무척이나 경계하고 두려워하는 경향까지 보였다. 붉은 마왕 같았다.

가마는 바람을 가르고 잘도 나아갔다. 그 속도감만큼이나 배봉의 심장은 거칠게 뛰놀았다. 이날 이른 아침부터 지금까지 돌아다닌 장소가 그에게는 결코 심상한 곳이 아니어서 더욱 그러한지도 몰랐다.

아니었다. 기실 배봉뿐만 아니라 그 고장에 살고 있는 조선 백성이라면 어느 누구라도 비슷한 심정일 터였다. 어떤 사태가 벌어져도 남강 물은 끊임없이 흐르고 있고 비봉산은 변함없이 그 자리에 서 있듯이, 그동안 무수한 사건 사고들이 잇따라 벌어지는 속에서도 사람들은 잘도 버텨왔다. 그게 언제까지 지속될 수 있을지는 모르지만 그랬다.

"음."

입에 신음을 깨무는 소리와 함께 배봉의 시선이 동업직물이 있는 고을 중앙통을 향했다. 노른자위 땅이었다. 그가 평생 몸과 마음을 바쳐 경영해 오고 있는 곳이었다. 점박이 자식들과 며느리들 그리고 손주들이 눈앞에 어른거렸다. 그것들이 한꺼번에 모두 나타나 보이는 경우는 드물었는데 이날은 그러했다.

그렇지만 그들 얼굴은 이내 사라지고 영원히 없어지지 않을 얼굴 하나가 크게 다가왔다. 바로 재취 운산녀였다. 민치목과 조선목재라는 비밀 목재상을 하는 것이 들통 나서 결국 치목은 억호와 만호 손에 죽고 운산녀는 달아났다. 지금은 어디서 무엇을 하며 살아가고 있는지 여전히 묘연하기만 했다. 어쩌면 이 세상에 없는지도 모르겠다. 이름값을 하느라 그런지 '구름에 싸인 산' 같은 여자였다.

"후~우."

뒤돌아보면 참 굽이굽이 사연도 많았다. 미우나 고우나 오늘날 배봉가의 살림을 일구어 놓은 바탕에는 운산녀 조력이 컸던 건 누구도 부인할 수 없는 사실이었다. 그가 비록 기생방을 들락거리며 놀아나곤 했지만 그래도 운산녀는 엄연한 처였다. 고년이 내일이라도 제 발모가지로 기어들어 와서 용서를 싹싹 빌면 못 이기는 척 받아줄 용의가 있었다.

그것은 이제 그가 그만큼 늙었다는 증거였다. 한창 시절이었다면 애호박에 칼도 들어가지 않을 소리였다. 그렇지만 운산녀와 떨어져 있는 시간이 늘어날수록 그 여자가 아쉽고 그리워지는 것이다. 그건 전혀 예상치 못했던 감정이었다. 어쨌거나 그년 팔자도 참 더럽고 기구하다고 혀를 차기도 하는 배봉이었다.

'참말로 오늘이 무신 날인고 모리것다. 와 이러키 베라벨 망상들이 토째비풀매이로 상구 달라붙는고 알 수 없다 아인가베.'

배봉은 짧고 굵은 고개를 크게 내저어 눈앞에 나타나 있는 운산녀를 뿌리쳤다. 그러자 기다렸다는 듯이 얼른 그 자리에 들어앉는 여자, 언네였다.

'고년이 가매못 안동네에 있는 꺽돌이하고 설단이 고것들 집에 가 있은 기 인자 올매나 됐노?'

짚어보면 굉장히 많은 세월이 흘러간 것도 같고 바로 엊그제 같기도 했다. 언네와 정을 나누던 그 순간들이 바로 어제가 아니었던가 싶기도 했다. 어떤 놈이 시간을 당겼다가 풀었다가 하면서 장난질을 치고 있는지 멱살을 잡고 싶었다.

'그때가 좋았제. 사람들 말마따나 봄날이었던 기라.'

봄에서 갑자기 겨울로 들어서는 기분에 젖었다.

'내도 언네 고년도 꽃다븐 나이였제.'

왜 지금 별안간 언네 고년이 이렇게 못 견딜 정도로 보고 싶은 마음이 되는지 정녕 모를 노릇이었다. 어쩌면 꿩 대신 닭이라고, 운산녀를 향한 그리움이 언네에게로 옮겨간 것인지도 모르겠다. 하여튼 참 생명줄도 질긴 종년이었다.

'그거는 그렇고, 내하고 놀았던 기생년들은 시방 다 오데 처자빠져 있는고?'

배봉이 이런저런 허섭스레기 잡다한 생각에 휩싸이고 있는 사이에 이윽고 가마는 가마못 근처에까지 도착했다. 그곳에는 언제나 볼 수 있는 흔한 풍경대로 많은 낚시꾼이 모여 있었다. 참 팔자가 능수야 수양버들 척척 늘어진 것들이라고 속으로 비아냥거렸다.

오래전 어느 날인가 맹쭐이 당시 관기로 있던 해랑에게 집적거렸다가 오히려 된통 당한 일이 있다는 사실을 알 리 없는 배봉이지만, 가마못 수초들과 못가 나무들이 이날 따라 야릇한 분위기로 다가오고 있었다.

"더 가까예, 나으리?"

가마못 가장자리에 당도하자 가마꾼 하나가 배봉에게 물었다. 배봉이 고개를 길게 빼어 주위를 둘러보고 있다가 명했다.

"저 안쪽으로 더 가자."

다른 가마꾼이 물었다.

"동네 있는 데로예?"

"음."

배봉은 대답 대신 짧은 신음 비슷한 소리만 내었다. 가마꾼들은 천천히 가마못 안쪽에 있는 동네로 나아가기 시작했다. 늙은 벚나무와 회화나무라고도 하는 홰나무를 지나고 큰 바윗돌 옆도 지났다.

"어, 가마안. 여 잠깐 서거라."

배봉이 가마를 멈추게 했다. 거기는 동네 초입에 있는 꺽돌과 설단의 초가집이 저만큼 바라보이는 지점이었다. 하지만 그 장소에서는 야트막한 토담으로 둘러싸인 꺽돌네 집의 저 안은 잘 보이지 않았다. 담장에 붙어 자라는 오래된 감나무가 가림막 역할을 잘 해주고 있는 덕분이기도 했다.

"쪼꼼 더."

배봉은 가마꾼더러 조금만 더 가라고 했다. 지금 배봉의 뱀눈 닮은 눈이 어디를 향하고 있는지 전혀 알 리 없는 가마꾼들은, 그저 배봉이 시키는 대로 몇 발짝만 더 옮겨 놓았다. 그들의 낡은 짚신 밑에서 흙먼지가 폭삭 일었다.

"됐다. 인자 고마 가라."

또 배봉의 명이 떨어졌다. 그리고 그때쯤에야 가마꾼들은 배봉의 눈길이 어디를 향하고 있는가를 알아차릴 수 있었다.

"……."

그러자 가마꾼들은 한층 아리송한 표정들로 바뀌었다. 고을 최고 갑부가 달팽이집 비슷한 거기 초라한 초가집 하나에 눈길을 보내고 있다는 사실부터 가마꾼들에게는 수수께끼가 아닐 수 없었다.

"음."

배봉의 입에서는 또다시 아까 같은 신음소리가 흘러나왔다. 벌써 몇 번이나 그런 소리를 냈는지 모르겠다. 비봉산 기슭을 타고 내려온 바람이 그의 붉은 비단 옷자락을 보일락 말락 나부끼게 하였다.

맏며느리 해랑의 계략을 그대로 좇아 언네를 꺽돌과 설단에게 보내긴 했지만, 언네는 앉은뱅이가 되어 제대로 운신도 하지 못한 채 가까스로 목숨을 연명하고 있을 것이다.

그러나 그날 밤 식칼로 배봉 자신을 암살하려고 한 언네의 공범이 저 집에서 살고 있는 꺽돌이라는 사실에 대해서는 아직도 알지 못하고 있는 배봉이었다. 그렇다고 공범 찾길 포기한 것은 결코 아니었다. 내 눈에 흙이 들어가기 전에 반드시 밝혀내어 그냥 산 채로 강에 수장을 시키거나 깊은 산에 생매장해 버릴 것이라고 벼르고 있었다.

"쪼꼼만 더 가서 서라."

다시 이어지는 배봉의 명이었다. 가마꾼들은 서너 걸음 더 가서 멈추었다. 그들로서는 감질날 노릇이었다.

이제는 작고 좁은 집 안이 어느 정도까지 보일 지점이었다. 집 안에서는 굳이 내다보지 않는다면 이쪽 바깥에 누가 있는지 잘 모를 것이다.

"저게 저 나모."

배봉은 가마를 집 가까운 곳에 서 있는 팽나무 아래로 옮기게 했다. 회색 나무껍질은 늙은 사람 피부를 연상시켜 그 나무의 수령이 꽤 되었음을 알려주고 있었다. 가마꾼들 얼굴에 욕을 하는 기색이 은연중 비쳤다.

'에이, 씨이.'

'똥개 훈련시키나? 돈 몇 푼에 이라고 있는 내 신세가 에나 처량타.'

'넨장, 진작부텀 이래라꼬 말 안 하고.'

배봉이 가마에서 내린 것은 잠시 후였다. 그는 아직도 못마땅하고 멍한 표정을 지우지 못하고 있는 가마꾼들을 무시한 채 한 걸음 한 걸음 느리게 그 초가집을 향해 걸어가기 시작했다. 걸음마를 처음 배우는 아기도 그토록 더딘 모습은 아닐 것이다.

가마꾼들은 가마를 팽나무 밑에 내려놓고 땅바닥에 쪼그리고 앉아 숨을 돌리며 배봉의 귀에 들리지 않게 낮은 소리로 이야기를 나누었다.

"저 대갓집 양반이 시방 오데로 가고 있는 기고?"

"글씨다. 저런 집에 볼일이 있을 턱이 없는데."

"우짜모 저 집이 아이고 다린 집으로 갈라쿠는가도 모리제."

"아, 우떤 집이든 간에 가리방상 안 하것나. 모도 작은 콧구녕매이로 고만고만한 집들 아인가베."

"그거는 그렇지만도, 에이, 모리것다."

가마꾼들이 참 알 수 없다는 얼굴로 그런저런 소리들을 늘어놓고 있는 동안에도 배봉은 점점 더 초가집 가까이 다가가고 있었다. 그런데 왠지 모르게 그 집은 자기를 향해 접근하고 있는 인간을 밀쳐내 버리고 싶어 하는 인상이었다. 그건 초라한 초가집과 아주 비싼 비단옷이 빚어내는 부조화로 인해 생겨난 일종의 착시 현상일 수도 있었다.

'휘~잉.'

가마못 쪽으로부터 바람이 불어와 배봉의 붉은 비단 옷자락을 나부끼게 하였다. 아마도 비봉산 대숲에 살고 있을 회갈색 산비둘기 한 쌍이 하늘에서 낮게 선회하고 있었다.

"와아!"

어디선가 멀리서 아이들이 내지르는 함성이 아스라이 들려왔다. 아이들이란 어느 동네에 살든 다 같은 모양이었다. 그랬던 것이 어른이 되면 왜 너 다르고 나 다르게 돼버리는 건지 모르겠다. 어쩌면 그것은 크나큰 인간의 비극일 수도 있다.

한데, 어느 순간 배봉의 안색이 싹 바뀌는가 했더니 발걸음이 딱 멈추었다. 그와 동시에 그의 입에서 굉장히 놀라는 소리가 새 나왔다.

"저, 저기 누고?"

배봉은 꺽돌네 담장 가에 구부정하게 서 있는 오래된 감나무를 은폐물로 삼아 급히 몸을 잔뜩 낮추었다. 감나무는 여러 갈래로 가지가 뻗어 나가 있어 집 안에서는 그때 거기 몸을 감추고 있는 배봉이 잘 보이지 않을 것이었다.

"……."

배봉은 목을 살짝 빼 집 안을 훔쳐보았다. 그러더니 주름진 손등으로 눈을 비비며 좀처럼 믿어지지 않는다는 듯 아주 낮은 소리로 중얼거렸다.

"비화 조년이 우짠 일로?"

거기 좁은 툇마루 끝에 걸터앉아 있는 사람은 아무리 봐도 틀림없는 비화였다. 저 상촌나루터의 나루터집에서 한창 콩나물국밥을 말고 있어야 할 그 비화가 그 집에 와 있는 것이다. 비화가 쌍둥이라는 말은 들은 적이 없고 이 세상에 비화가 둘은 아닐 것이다.

'헉! 또 저거는?'

배봉의 경악은 거기서 그친 게 아니었다. 비화 옆에 앉아 있는 여자, 바로 그가 갑자기 무엇에 씌기라도 했는지 먼발치서나마 얼굴이나 한번 볼 수 있을까 하고 불쑥 찾아온 언네였다.

'허, 조것들이 운제부텀 저러키 서로 사이가 좋아졌제?'

배봉은 고개를 갸웃거렸다. 지난날 언네는 비화를 그저 못 잡아먹어 안달 나 했다는 기억이 되살아났다.

'꺽돌이 눔하고 설단이 년이 다리를 놔준 기가?'

얼핏 그런 생각이 고개를 치켜들었다. 이것도 세월 탓인지 모르겠다.

'그거는 그렇고, 무신 눔의 잡담이 조리 짜다라 늘어졌노?'

비화와 언네는 무슨 이야기인가를 퍽 열심히 나누는 중이었다. 누구 모르는 사람이 보면 고부지간이 아닌가 하고 착각이 들 지경이었다.

'쥔은 없고 객들만 설친다더이.'

배봉은 왠지 모르게 코웃음이 터지려고 했다. 꺽돌과 설단은 보이지 않았다. 방안에는 없을 것 같고 어쩌면 마을 저 뒤쪽에 있는 전답을 일구고 있는지도 모를 일이었다. 그게 아니면 읍내 장에 갔든지.

'하기사 그깟 것들이사 있어도 고마이고 없어도 고마이고.'

그가 보려고 온 사람은 그들 부부가 아니기에 뭐 딱히 서운할 것도 아쉬울 것도 없었다. 그렇지만 비화는 완전 예상 밖이었다. 못된 요괴가 사람 머리를 어지럽게 만들려고 하는 짓이 아니고서야.

'우짠다?'

배봉은 잠시 망설였다. 처음 그곳에 올 때만 해도 비화는 아예 상상도 하지 못했고 언네 얼굴도 보지 못하리라 여겼었다. 그런데도 멀리서나마 언네의 체취라도 맡아보고자 했던 것이다. 그렇다고 무슨 미련이나 애착이 남아 있는 것도 아니었다. 그저 어쩐지 마음이 몹시 싱숭생숭한 게 그렇게라도 하지 않으면 안 될 것 같아서였다.

그런데 비화를 보자 배봉의 심경이 바뀌기 시작했다. 특히 볕기 좋은 툇마루에 나란히 앉아 철천지원수 비화와 오손도손 더없이 정겨운 이야기를 나누고 있는 언네를 대하니 생각이 달라졌다. 독풀 같은 심성이 도지고 있었다.

'내 여 온 김에 요년들을 우찌 좀 해삐야것다.'

배봉은 보기에도 섬뜩하고 사악한 웃음을 지었다. 가능하기만 하면 비화의 다리몽둥이라도 그냥 확 분질러서 언네와 똑같이 앉은뱅이로 만들어버리고 싶다는 잔혹한 심사가 도졌다. 무엇보다 난데없이 배봉 자신이 나타나면 저것들이 얼마나 놀라고 당황할 것인가 상상만 해도 신바람이 나는 일이었다.

'오늘 여게 참 잘 왔다.'

지금까지 비화가 언네와 얼마나 만났는지는 모르겠지만 앞으로 두 번 다시는 이곳에 얼씬도 하지 못하게 만들고 싶었다. 바람결에 얼핏 들으니 비화가 꺽돌 부부에게 자기 전답을 거의 무상으로 부쳐 먹게 했다고 한다. 곱씹어 볼수록 가증스럽고 신경질이 돋칠 노릇이었다. 상촌나루터 바닥에서 그까짓 콩나물국밥 팔아 그렇게 큰돈을 모으고 있다는 사실을 생각하니 더욱 울화가 터졌다.

'요년들아, 오늘이 니년들한테는 제삿날이 될 끼라.'

배봉은 스스럼없이 행동하기 시작했다. 제멋대로 구는 것에 이골이 붙은 그였다. 저만큼 떨어진 곳에 서 있는 커다란 팽나무 밑에서는 가마꾼들이 아직도 의아한 눈으로 배봉의 일거수일투족을 유심히 지켜보고 있었다.

"흐흐."

드디어 배봉은 사립문 앞에 섰다. 그러고는 흡사 제집 들어가듯 거침없이 마당 안으로 쑥 들어서기 시작했다. 순식간에 벌어진 일이었다.

"아!"

"헉!"

더없이 경악한 여자들 외마디가 터져 나왔다.

"저, 저?"

비화와 언네는 눈을 의심했다. 정신을 차리지 못했다. 낮도깨비의 방문을 받아도 그토록 질겁하지는 않을 것이다. 도대체 이게 웬일이냐? 혹시 꿈이라도 이건 아니다. 임배봉이 이곳에 나타나다니.

"……."

그러나 배봉은 아무 말도 없이 그런 여자들을 즐기려는 빛이 역력하게 득의만면한 모습으로 걸음을 떼 놓고 있었다. 강렬하게 쏘아보는 그의 노란 안광은 두 여자를 올가미 씌우기에 모자람이 없어 보였다. 그러잖아도 여전히 우람한 덩치 탓에 그 순간에는 무슨 작은 산 하나가 움직이고 있는 것 같다는 아찔한 느낌마저 주었다.

"……."

너무나 졸지에 당하는 일이라 비화와 언네는 거의 속수무책으로 보였다. 대응하기는 고사하고 비명도 제대로 지르지 못한 채 전신만 떨었다. 비화는 들은 것도 같고 듣지 못한 것도 같았다. 배봉 입에서 나오고 있는 소리였다.

"비화야."

비화 몸에는 '깁 장군의 피'가 더는 흐르지 않고 있는 듯싶었다. 입에서는 강한 힘에 의해 목이 졸릴 때 나오는 것 같은 소리만 흘러나왔다. 이쪽과 저쪽 사이의 간격은 점점 더 좁혀져 이제 조금만 더하면 딱 합쳐질 형국이었다.

그런데 사람 숨이 넘어갈 성싶은 일촉즉발의 순간이었다. 낮은 툇마루 밑에 없었던 것처럼 납작 엎드려 있던 삽사리란 놈이 느닷없이 큰소

30

리로 짖어 댔다.

'컹! 컹컹!'

그야말로 졸지에 터져 나온 그 소리에 배봉이 그만 깜짝 놀라는 표정을 지었다. 하지만 그것은 잠시였고, 배봉은 이내 잔뜩 열이 돋친 얼굴로 바뀌었다. 그러고는 제 안방에서 노는 사람 모양으로 나왔다.

"요놈의 개쌔끼! 탁 때리쥑이삘라!"

이야말로 완전 도둑이 개 나무라는 격이었다. 한데 삽사리는 겁을 집어먹지 않았다. 도리어 툇마루 밑에서 달려 나와 꼬리를 빳빳하게 세우고는 더욱 우렁찬 소리로 마구 으르렁거리기 시작했다. 그때 본 삽사리는 터럭도 윤기가 없고 이빨도 몇 개 남아 있지 않은 다 늙어 빠진 개가 아니었다.

"이, 이?"

배봉이 발밑에서 무엇을 집어 들어 던지는 시늉을 하자 삽사리는 그야말로 확 덤벼들어 물어버릴 감사나운 기세로 굴었다. 거지가 오면 꼬리를 살살 흔들어가며 반기는 순박이 삽사리가 그런 모습을 보이는 것은 흔한 일이 아니었다.

그때쯤 비화는 툇마루에서 벌떡 일어나 있었고, 언네는 그대로 앉은 채 온몸을 막 덜덜 떨어대고 있었다. 비화의 두 눈에서는 무쇠라도 녹여버릴 매서운 빛살이 쏟아져 나왔다. 어느새 그녀는 '김 장군'인 아버지 김호한의 여식다운 면모를 고스란히 되찾고 있었다. 그녀 마음속에서는 서릿발 내리치는 소리가 났다.

'이누움!'

그런데 그런 그림은 그다지 길게 가지 못했다. 그야말로 상상해 보지 못했을 또 다른 새로운 상황이 벌어지기 시작한 것이다. 그것은 마당 한쪽에 있는 외양간에서부터 비롯되었다.

붉은색으로 지다

천룡이었다.

남강 백사장에서 억호 심복 양득이 키우고 있는 해귀와 갑종 결승전에 나란히 올라 사투를 벌였던 천룡이었다. 그날의 명승부는 지금까지도 그 고장 많은 사람에게 회자되고 있었다.

그런데 지금 천룡의 상대는 같은 짐승이 아니었다. 조물주는 왜 소를 창조했을까? 그 이유를 보여주기 위한 그림이 바야흐로 그려지기 시작하고 있었다.

'쿵!'

그런 둔탁한 굉음이 들리면서 천룡이 외양간 나무문을 부수고 마당으로 뛰쳐나온 것은 한순간의 일이었다. 허공에서 번갯불이 번쩍이는 것과 맞먹을 정도로 짧고도 매서운 사태였다.

어찌 그럴 수가 있을까? 벼락 치듯 벌어진 광경이었다. 누가 소에게 우둔하고 느리다고 함부로 입을 놀렸던가?

천룡의 목표는 오직 하나였다. 붉은색이었다. 배봉이 입고 있는 붉은 비단옷이었다.

소들은 왜 붉은색을 보면 흥분하는지 모른다. 사람들은 붉은색을 보고도 흥분하지 않는다면 그건 더 이상 소가 아니라고 할 것이다. 하지만 중요한 건 그게 아니었다. 천룡의 우뚝 선 두 뿔이 겨냥하고 있는 대상이었다.

"흐~억!"

배봉의 입에서 단말마를 방불케 하는 비명이 터졌다. 그건 사람이 내는 소리가 아니라 어떤 다른 동물이 지르는 소리에 더 가까웠다.

'낑낑.'

삽사리도 그만 천룡의 기세에 크게 억눌리고 말았는지 그런 소리를 내면서 얼른 툇마루 밑으로 기어 들어가 살에 꼬리를 사리고는, 잔뜩 겁을 집어먹은 눈으로 마당을 내다보고 있었다.

"어이쿠."

배봉이 몸을 돌려 달아나기 시작했다. 언제나 자기 집 솟을대문처럼 하늘 밑구멍을 찌를 기고만장한 모습을 보이던 그는 어디에서도 찾아볼 수 없었다. 최고 갑부 임배봉은 없고 천하디 천한 상놈 임배봉만 있었다.

"아……."

그 모든 장면들이 비화의 눈에는 꿈속의 일로 비쳤다. 그건 일찍이 본 적이 없는 하나의 거대한 활극을 떠올리게 했다. 적어도 당사자들에게 그 현장은 천지가 새로 열리고 또 닫히는 것과 진배없었다.

"음매!"

"으악!"

천룡은 불청객을 집 안에서 집 밖으로 내모는 데서 그치지 않았다. 붉은색을 향해 돌진하기 시작한 것이다. 누구도 예측할 수 없었던 일이 한 번만으로 끝나지 않고 계속해서 이어지고 있었다.

"헉헉."

배봉은 금방이라도 쓰러질 듯 엎어질 듯 위태로운 모습으로 사립문 바깥으로 달려 나갔다. 천룡도 곧장 그 뒤를 따랐다. 철저히 끝장을 보려는 태세였다. 그때 천룡의 몸속에는 무슨 다른 혼이 들어가 있는 것 같았다.

"저, 저?"

"악!"

저쪽 팽나무 밑에 앉아 있던 가마꾼들이 혼겁하고 비명을 지르며 일어서고 있었다. 그들도 태어나서 그런 광경은 본 적이 없었을 것이다.

"……"

비화는 사립문 앞에 나와 서서 그 장면을 지켜보았다. 너무나도 졸지에 벌어진 사태인지라 멍한 상태에 빠져 있는 모습이었다.

"음매!"

"사, 사람 사, 살려……."

배봉은 제대로 고함도 지르지 못한 채 무작정 가마 쪽으로 도망치고 있었다. 그 상황을 맞고서도 그렇게 달아날 수 있다는 게 역시 예사 인간은 아니었다. 보통 사람들 같으면 다리가 얼어붙어 한 걸음도 옮겨 놓기 쉽지 않을 터였다.

"음매!"

천룡은 누군가를 부르는 듯한 소리를 내면서 동작을 멈추지 않았다. 예전에 비하면 매우 노쇠한 몸이지만 무서운 광우병에 걸린 소처럼 내닫는 그 모습에 질려버리지 않을 사람은 없을 것이다.

'여 있다가는…….'

'걸음아, 내 살리라.'

소스라치게 놀란 가마꾼들이 뿔뿔이 흩어져 달아나기 시작했다. 배봉은 가마만이 그의 유일한 도피처라고 여기는지 연방 그곳으로 줄행랑을 치고 있었다.

그러나 그런 그림은 결코 오래 그려지지 못했다. 적어도 뜀박질에서는 두 발 달린 짐승은 네발 달린 짐승을 당하지 못하는 법이다. 어찌어찌 가마에까지 다다른 배봉이 가마에 오르기 바로 직전에 천룡의 뿔이 먼저였다.

배봉의 육중한 체구가 마치 공중제비를 하듯이 허공으로 치솟은 것은 한순간의 일이었다. 꼭 붉은 바람이 일어났다가 가라앉는 것 같은 느낌이 펼쳐졌다. 일종의 환영과도 흡사한 그림이었다. 가마는 산산이 부서지고 배봉은…….

"……."

비화는 그 모든 것을 처음부터 끝까지 하나도 놓치지 않고 똑똑히 목격했다. 독사 같은 한 인간의 처절한 최후였다. 영원히 죽지 않고 설칠 독풀처럼 행세하던 자의 참혹한 마지막이었다.

"……."

사위는 조용했다. 가마꾼들은 어디에도 보이지 않았다. 어쩌면 그들도 한바탕 휘몰아친 붉은 바람에 날려가 버렸는지도 모른다.

"음매."

천룡은 그 소리를 마지막으로 내고는 아주 천천히 집 쪽으로 몸을 돌려세워 사립문을 들어서더니 곧장 외양간 안으로 다시 들어갔다. 자신의 임무를 실수 없이 잘 수행하고 돌아온 병사 같았다.

집 안에서 언네가 무슨 소리를 지른 것 같았지만 집 밖에서는 그게 무슨 소리인지 알 수 없었다. 하지만 그 소리가 무슨 의미를 담고 있는지가 중요한 건 아니었다. 이미 다 끝나버린 마당이었다. 게다가 그 소리마저 이내 끊어졌다.

비화는 지금 땅바닥에 있는 붉은 저것이 비단옷인지 핏물인지 알 수 없었다. 비봉산에서 불어 내려온 산바람과 가마못에서 내달아 온 물바람이 어떻게 서로 뒤섞이고 있는지 알 수 없었다.

"저, 저?"

"사, 사람이!"

"우, 우찌 된…….''

언제부터인가 사람들이 모여들기 시작했다. 하나같이 새파랗게 질린 얼굴들이었다. 그들 가운데 배봉을 그곳까지 태우고 온 가마꾼들은 없었다.

'배, 배봉이 우찌 됐다꼬?'

'우, 우리 천룡이가!'

어쩌면 지금쯤 그 소식을 전해 들은 꺽돌과 설단이 부리나케 이리로 달려오고 있는지도 모른다.

한편, 언네도 열린 사립문을 통해 배봉의 최후의 순간을 눈에 담았다. 그녀의 입에서는 기쁨인지 슬픔인지 분간할 수 없는 울음만 끝없이 터져 나왔다. 어떻게 들으면 그 두 가지 감정이 함께 실린 울음이 아닐까 싶었다.

만약 그녀가 앉은뱅이가 아니었다면 어떻게 행동했을까? 즉사한 배봉에게로 달려가 그 주검을 껴안고 통곡을 했을까? 그 시신에 대고 가래침을 자꾸만 뱉어댔을까? 광녀처럼 날뛰면서 웃고 또 웃었을까?

비화의 눈에 비친 배봉의 육신은 장터 푸줏간에 걸려 있는 고깃덩이에 지나지 않았다. 그가 죽고 없는 동업직물은 이제 어떻게 될까. 억호와 해랑, 만호와 상녀, 동업과 재업과 은실의 앞날은…….

그렇게도 화려했지만, 형편없이 망가진 가마와 썩은 고목처럼 쓰러져 있는 배봉의 사체 위로 무심한 햇볕만 내리쪼이고 있었다. 그것은 어쩌면 달빛보다도 더 창백해 보였다. 아니, 배봉에게 더 이상 해도 달도 없었다.

"무시기?"

"조선은 인간이나 소나……."

이제 얼마 안 있어 세상에 드문 희귀한 사건을 보기 위해 번득이는 총칼로 무장을 한 일본 순사들이, 썩은 고기를 먹는 아프리카의 하이에나같이 떼를 지어 우르르 달려올 것이다. 조선인 경찰들이 아니라 일본인 경찰들이었다.

그렇다. 배봉이 없는 세상 또한 배봉이 있는 세상과 그다지 차이가 없는 것이다. 아니, 달라지는 것이 없을 것이다. 아니다. 있다. 있어야 한다. 있도록 해야만 한다. 반드시 꼭 있도록 말이다.

하지만 비화는 머릿속이 하얗게 바랜 채로 그저 장승 모양으로 그 자리에 우두커니 서 있을 뿐이었다. 툇마루에는 언네가 그렇게 앉아 있듯이.

시간이 흘러갈수록 더한층 불어나는 사람들과 그들이 하는 온갖 행동과 소리가 비화와 언네의 눈과 귀에는 보이지도 않고 들리지도 않고 있었다.

"……."

비화가 올려다본 하늘에서 해가 유난히 붉었다. 배봉이 마지막에 입고 있었던 붉은 비단옷 같았다. 그의 옷이 하늘로 날아가 거기 걸려 있는지도 모르겠다. 그의 혼이 하늘로 날아간 것과 마찬가지로.

동업직물의 전설은 끝이 났다. 아니, 시작이다. 이제 새로운 전설이 시작되려 하고 있었다. 나루터집도 응당 새로운 전설을 써야만 할 것이다. 구세대들이 물러난 자리에 등장한 신세대들에 의하여…….

배봉이 급살 맞았다는 소문은 온 고을을 밑바닥까지 들쑤셔 놓기에 충분하였다. 근동뿐만 아니라 다른 여러 지역에까지 삽시간에 파다하게 퍼져 나갔다.

배봉은 그만큼 대단한 위인이었다. 자수성가한 그의 이야기는 오히려 그가 죽은 후에 더 크고 더 넓게 자리를 잡아갈 것이다. 특히 그의 부재는 비단의 상권에 막대한 영향을 끼치게 될 것이다.

그런데 그 충격이 채 가시기도 전에 이번에는 그에 못지않은, 아니 그보다 더 심한 사건이 벌어지고 있었다. 그것은 3월 중순으로 접어들면서 길거리에 온통 나붙기 시작한 이런 격문檄文에서부터 비롯되었다.

– 삼남지방에는 왜 일어나지 아니하는가?

그 무엇이 경상, 전라, 충청 지방에는 일어나지 않고 있다는 것인지 알아야 했다. 어서 일어나야만 한다는 당위성이 곳곳에서 무섭게 빗발치고 있었다.

"성!"

시내에 다녀온 준서가 얼이 방의 방문을 박차다시피 하고 화급하게 들어서면서 얼이를 불렀다.

"어? 와 그라노?"

얼이는 놀라 준서를 쳐다보았다. 언제부터인가 몸집은 얼이가 더 크지만 키는 준서가 더 높았다.

"시방 길거리에 안 있나."

준서는 좀처럼 흥분을 억누르지 못하는 빛이었다. 그건 평상시 준서 모습과는 너무나도 달라 보였다.

"길거리?"

아주 어릴 적부터 '애영감'이라는 별명까지 가지고 있는 준서가 지금처럼 그렇게 마음을 추스르지 못하는 것은 흔치 않은 경우였기에 얼이의 놀람도 컸다.

"길거리서 각설이패라도 기경한 것가?"

뛰노는 가슴을 다잡기 위해 일부러 농담 섞어 툭 던지는 얼이 물음에 준서가 정색을 하며 말했다.

"우리도 그냥 이리하고 있을 때가 아인 기라."

그러고 나서 하는 말이, 의거義擧를 촉구하는 격문을 보았다는 것이다.

"으거?"

"응."

아직도 가쁜 숨을 몰아쉬는 준서였다.

"격문?"

얼이도 심상치 않다는 기색을 엿보였다. 지난날 농민항쟁과 항일투쟁을 했던 남다른 이력이 고스란히 묻어나는 모습이었다.

"열흘쯤 전부텀 한양을 비롯해서……."

준서 말이 끝나기도 전에 얼이가 큰 소리로 말했다.

"그, 그렇다모?"

여러 해 동안 그가 사용해 오고 있는 앉은뱅이책상이 흔들릴 만큼 음성을 높였다.

"우, 우리 고을에서도 들고일나자쿠는?"

준서 답변이 짧지만 명료했다.

"하모."

"……"

한동안 방안 가득 남강 물속 같은 침묵이 깔렸다. 간간이 들려오곤 하는 물새 소리도 그사이에는 없었다.

'그 이약…….'

두 사람 머릿속에는 비화가 멀리서 온 손님들에게서 전해 들었다던 이야기가 자리 잡고 있었다. 뒤에 가서야 좀 더 소상히 알게 되었지만,

그건 지난 초하룻날, 경성 태화관에서 민족대표 33인에 의해 독립선언이 선포되었으며, 또한 파고다 공원에서도 대한제국의 독립을 요구하는 시위가 이어지고 있다는 것이다. 그리고 그 여파는 각 지방으로 세찬 물살같이 퍼져 나가고 있었다.

"봉기는 낮에뿐만 아이고 밤에도 일어나고 있다 안 쿠더나."

이윽고 나오는 준서 말에 얼이가 고개를 끄덕이며 말했다.

"그라고 왜눔들이 체포하기가 젤 에려븐 장날을 택하고 있담서?"

"학상들도 동맹휴학에 들어가고⋯⋯."

"상인들은 왜눔 갱찰들이 가게 문을 열라꼬 총칼로 으름장을 놓을 때꺼정 문 열기를 거부하고⋯⋯."

그때였다. 방문 밖에서 이런 소리가 들렸다.

"시방 방에 있는감?"

준서와 얼이 눈이 마주쳤다. 그 눈빛들이 똑같이 비상했다.

"둘이 함께 있는갑네?"

동일한 음색의 목소리가 또 났다.

"신발을 본께."

준서가 얼른 자리에서 일어서며 말했다.

"원채 아자씨다!"

얼이도 반쯤 몸을 일으켰다.

"퍼뜩 방문 열어라."

열린 방문 사이로 마당에 서 있는 원채 모습이 보였다.

한눈에 봐도 원채 역시 흥분한 빛이 역력했다. 두 사람은 원채가 지금 그들이 이야기를 나누고 있는 그 일 때문에 찾아왔음을 직감적으로 알아차렸다.

"마침 둘이 잘 있었네."

원채는 방바닥에 몸을 내려놓기 바쁘게 그곳에 걸음을 한 용건부터 꺼냈다.

"시내에 내걸린 객문 봤것제?"

준서와 얼이는 반사적으로 그에게 다가앉았다.

"예, 아자씨."

원채는 닫힌 방문 밖으로 습관적인 듯 눈길을 한번 돌리고 나서 한껏 목청을 낮추었다.

"지난 2월 말에 경성에 올라갔다 왔디제."

준서는 어머니를 닮아 초롱초롱한 눈만 반짝이고 얼이가 입을 열었다.

"갱성은 와예?"

하지만 그렇게 물을 때까지만 해도 그들은 원채 입에서 그런 대답이 나올 줄은 몰랐다.

"고종황제 장례식에 참가하려고……."

다른 여러 지역을 다니는 원채 말씨는 갈수록 그곳 방언이 줄어들고 있다는 느낌을 주었다. 준서와 얼이 입에서 피맺힌 소리가 탄식과 더불어 새 나왔다.

"아, 항재 장래식."

세 사람 눈빛이 하나같이 뿌예졌다. 정말이지 두 번 다시는 떠올리고 싶지 않은 너무나 슬픈 국상國喪이었다. 고종황제 서거는 조선팔도를 절망과 아픔으로 몰아넣고 있었다.

"예?"

그런데 준서와 얼이를 슬픔과 고통에서 벗어나 흥분과 분노로 몰아간 것은 다음에 나온 원채의 이야기 때문이었다.

"고종황제 장례식은 3일이었는데, 그보담 이틀 전에 운동이 벌어졌다 아인가베."

강단 있게 생긴 원채 입에서는 비화가 손님들을 통해 들었던 이야기보다도 훨씬 세세한 내용들이 흘러나오기 시작했다.

"그래갖고 말이네."

준서와 얼이 몸이 돌보다도 굳어 보였다. 얼핏 이제는 고수의 경지에 가까워지는 택견 자세를 취하고 있는 것으로 비쳤다.

"그런께 아자씨도 독립만세운동에?"

"그, 그!"

얼이 소리는 비명에 가까웠고, 준서 안색도 하얗게 변했다.

"내 말고도 더 있제."

원채는 좀 더 음성을 낮추어 일러주었다.

"우리 인근 지역의……."

그의 입에서는 이런 사람들 이름이 줄줄이 꿰어 나왔다.

김재화, 심섭두, 정길용, 박업대.

원채 자신까지 모두 다섯 명이 함께 상경했다는 것이다. 준서와 얼이는 그들이 들은 이름들을 가슴에 새겼다.

"음."

원채는 신음 같은 소리를 내며 천천히 눈을 감았다. 준서와 얼이는 알 수 있었다. 그는 그날의 의거 장면을 떠올리고 있었다.

'내라도 가슴이 터질 거 안 겉것나.'

'역시나 원채 아자씨다.'

원채는 엄청난 감동과 흥분을 온몸으로 느꼈던 그날을 아주 선명하게 되살리고 있었다. 온 천지가 흔들리던 그날의 의거였다.

그런데 3일에 행한 고종황제 장례식의 참예參預를 끝내고 돌아오던 길을 생각하면 아직도 간담이 칼날에 대인 것처럼 서늘했다. 지독한 악몽에서 깨어난 기분이었다.

그들은 일제의 삼엄한 감시와 경계를 피해가며 가까스로 귀향은 할 수 있었다. 그렇지만 하마터면 일경에게 목숨을 잃을 뻔했다. 만약 그것을 품 안에 넣고 있었다면 꼼짝없이 발각되어 그대로 연행되어 갔을 것이다. 다행히 그것을 신발 속에 숨기고 있었기에 위기를 모면할 수 있었다.

"자, 이기 바로……."

원채는 약간 메마른 듯 강인해 보이는 손으로 가슴을 뒤져 무엇인가를 꺼내더니 방바닥에 놓았다. 두 사람은 눈을 크게 뜨고 그것을 뚫어지게 내려다보았다.

"이기 머심니꺼?"

얼이가 손으로 만지려고 하다가 도로 거둬들이며 물었다. 원채가 자세를 바로잡으며 특유의 굵은 목소리로 말했다.

"잘 봐라꼬."

준서 입에서 경악하는 소리가 나왔다.

"아, 이, 이거는!"

원채가 잠자코 고개를 끄덕였다. 문득 불어온 강바람에 방문이 흔들렸다. 마치 누군가 밖에서 잡아 흔드는 것 같았다. 그들은 전율했다. 독립선언서와 격문이었다.

"경성에서는 이런 기 아조 마이 살포됐던 기라."

원채가 알려주었다. 두 사람 눈이 그것에서 떨어질 줄 몰랐다. 잠시라도 눈에서 놓치면 일경의 손에 넘어갈 것 같았다. 준서가 말없이 팔을 뻗어 조심조심 그것을 집어 들었다. 긴 손가락이 파들파들 떨리고 있었다.

"준서 니가 길거리서 봤다쿠는 그 격문이 바로 이거가?"

얼이가 확인했다. 준서는 자신의 몸이 활활 불타오르는 느낌으로부터 헤어날 수 없었다.

"하모, 맞다, 성아. 바로 그런 격문이다."

준서 가슴에 더 깊이 꽂힌 것은 독립선언서였다. 하지만 원채가 이런 것까지는 입 밖에 내비치지 않고 있다는 것을 알지 못했다. 그가 집현면에 살고 있는 농사꾼 김재화의 집에서 동지들과 함께 비밀 모임을 가졌다는 사실이었다.

'그거꺼지는 이약하모 안 된다.'

원채 생각은 확고했다. 하늘과 땅도 몰라야 했다. 준서와 얼이가 제아무리 한 가족 못지않은 사이라고 할지라도 함부로 발설해서는 아니 되었다. 그리고 그가 그렇게 한 이면에는 준서와 얼이를 극진히 아끼는 마음이 작용한 점도 있었다.

상상조차 끔찍하지만, 혹시라도 사전 모의가 발각되더라도 그 두 사람에게는 피해가 가지 않도록 하기 위해서였다. 두 사람은 아무것도 모르고 있는 사실들이니 잡혀갈 일도 없고, 또 설혹 잡혀가더라도 무죄로 풀려날 것이다.

'아아, 자랑시런 우리 동지들!'

원채 눈앞에 김재화를 비롯한 열혈熱血의 동지들 얼굴이 하나하나 떠올랐다. 이우강, 박환진, 권근채, 심섭두, 조래응, 박업대…….

그들과 더불어 우리 지역에서도 대대적인 독립시위 운동을 일으킬 것을 맹세했다. 그 날짜와 구체적인 방법을 논의하기 위해 위험을 무릅쓰고 비밀 모임도 여러 차례나 가졌다. 심장을 멎게 하는 순간들이었다.

'독립선언서 1천 장을 등사하는 거도 쉽븐 일이 아이제.'

김재화가 몰래 숨겨서 가져온 독립선언서는 피와 살보다도 더 귀한 것이었다. 그것 대신에 목숨을 내놓으라면 기꺼이 내놓아야 마땅할 터였다.

"무신 생각을 그리 짜다라 하고 계심니꺼?"

그때 문득 들려온 얼이 말에 원채는 번쩍 정신이 났다. 그는 자신도 모르게 손을 크게 내저었다.

"아, 아이거마는, 아모것도."

이번에는 준서가 조심스럽게 묻고 있었다.

"저희들한테 더 하시고 싶은 말씀이 있으시지예?"

원채는 고개를 가로저었다.

"더 할 이약은 없고, 다만⋯⋯."

"예."

두 사람은 얼굴을 마주 보았다. 아무래도 더 할 이야기가 있는 모양인데 숨기는 게 분명했다. 가게 마당에 있는 대추나무에서 참새 소리가 유난히 요란스러웠다.

"시방꺼지 말일세."

원채는 벽에 걸려 있는 그 고을 풍경화를 잠시 올려다보았다. 안 화공이 그린 촉석루 그림인데 화폭 속의 계절은 온 세상이 흰 눈으로 덮인 겨울이었다.

'사시사철을 그린 촉석루 그림 중에도 눈이 내린 겨울 촉석루 그림을 사람들은 젤 마이 좋아한다던가?'

그런 기억을 떠올렸다가 다시 입을 열었다.

"독립선언서하고 격문을 맹글어서 우리 인근의 각 면하고 단체에 돌리는 일을 함께 한 우리 동지들⋯⋯."

하다가 거기서 더 말끝을 맺지 못했다.

'우리가 미련시럽다 캐야 하나, 머라 캐야 하노.'

준서와 얼이는 원채와 다른 동지들이 그 위험천만한 과업을 수행하고 있었는데도 우리는 까마득히 모르고 있었다는 게 너무도 부끄럽고 아쉬웠다. 미리 알았더라면 그 일에 동참했을 것이다.

그렇지만 그런 감정은 오래가지 못했다. 잠시 후 원채 입에서 이런 말이 나왔을 때 두 사람은 천장과 방바닥이 딱 들러붙는 듯한 아찔함에 사로잡혔다. 원채는 입술을 질끈 깨물면서 말했다.

"다가오는 열여드렛날, 그날."

"열여드렛날."

또다시 준서와 얼이 눈빛이 마주쳤다. 18일이라면 이제 고작 한 주일 정도밖에 남아 있지를 않았다.

"……."

한동안이나 남강 수심보다 깊고 무거운 침묵이 지나간 후 준서가 혼잣말처럼 한다는 소리였다.

"그날이 장날이구마."

원채가 묵묵히 택견으로 단련된 튼실한 고개를 끄덕거렸다.

"장이 서는 날."

그렇게 곱씹는 얼이의 안색 또한 창백했다. 그는 격문을 중얼거렸다. 흡사 마법에 걸린 사람이 주술을 읊조리는 형용이었다.

"삼남지방에는 왜 일어나지 아니하는가?"

그때, 그에 대한 화답이기라도 하듯 마당에서 사람 발자국 소리가 났다.

"누?"

대범하기로는 둘째가라면 서운해할 원채의 낯빛이 홀연 바뀌었다. 지금 그곳이 나루터집 살림채라는 것을 알면서도 그러는 것이다.

'원채 아자씨가 저리 하실 정도라모…….'

그런 원채를 보는 준서 심정이 편하지 못했다. 일이 터져도 크게 터질 것이라는 예감에 심장이 마구 요동치는 것을 느꼈다.

"안에 누가 와 있어예?"

효원의 음성이었다. 여전히 앳되고 고운 목소리는 그동안 흘러간 적지 않은 세월을 무색케 할 정도였다.

"예, 우리가……."

준서가 일어나 방문을 열면서 말했다. 독립선언서와 격문은 벌써 원채의 품 안으로 다시 들어가 있었다.

"아, 준서 되련님."

하다가 효원은 원채를 발견하는 순간 입을 딱 다물었다. 작은 새의 얼굴을 떠올릴 만큼 조그만 그녀의 얼굴 가득 경계하는 빛이 서려 있었다.

효원은 기억해 내고 있었다. 지금까지 원채가 다녀간 후에는 반드시 얼이에게 무슨 일이 생겼다는 것이다. 그런데 요즘같이 시국이 불안정하고 어수선할 때 또 그가 나타난 것이다.

'느낌이 안 좋다 아이가.'

물론 효원은 잊지 않고 있다. 지난날 그녀가 교방에서 탈주하여 관군들에게 쫓기고 있을 때, 벙어리 총각 '효길'로 남장을 하고 오광대 합숙소에 은신하도록 해준 사람이 원채였다. 더욱이 중앙황제장군 역을 맡아 하는 한약방 쥔 최종완이 그녀를 범하려 하자 얼이가 그를 죽였으며, 합숙소 안마당의 폐정에 숨긴 최종완의 시신을 다른 곳으로 옮기기도 하는 등, 참 많은 도움을 준 은인이었다.

'하지만도 그거는 그거고, 또 이거는 이건 기라.'

쓰리고 미안한 마음으로 고개를 여러 번 흔들지 않을 수 없었다. 배은망덕한 여자라고 낙인이 찍혀도 가정을 지키는 게 더 중요했다.

'평생 은인으로 뫼시야 하는 거는 말할 필요도 없지만도, 무신 일이 없어야 그거도 할 수 있다 아이가.'

그 나이에 이르도록 온갖 모진 풍파 헤치고 살아온 원채 또한 그런 효원의 마음을 모를 리 없었다. 순간적으로 그의 얼굴에 짙은 당혹감이 묻어났다. 그걸 지켜본 준서가 얼른 효원에게 말했다.

"폴 아푸시것어예."

원채 눈에도 들어왔다. 효원의 양쪽 팔에 안겨 있는 아기 둘이었다. 그들 부부는 쌍둥이 아들을 낳았던 것이다.

호한이 붙여준 이름은 '문림文林'과 '무림武林'이었다. 한 사람은 문장文章이 숲을 이루고, 한 사람은 무예武藝가 숲을 이루라는 의미라고 했다. 숲은 무성함이니 곧 대성大成을 이름이라.

"그리 오래 안고 계시모 안 됩니더."

얼이와 원채가 난감한 표정을 짓고 있는 가운데 준서가 또 말했다. 그러잖아도 조그만 체구의 효원이 아기 둘을 동시에 안고 있으면 여간 힘이 들지 않을 것이다.

하지만 그건 아직 준서가 효원을 잘 모르고 하는 소리였다. 감영 교방 관기로 있을 때 검무 솜씨가 출중했던 효원은 보기와는 달리 팔의 힘이 아주 세었다. 이 고장 검무의 칼은 팔에 힘이 없으면 추기가 어려웠다.

"아자씨는 그전에 우리 아아들을 한 분밖에 몬 보셨지예?"

얼이 말에 원채는 엄마 팔에 안겨 잠이 들어 있는 아이들을 좀 더 자세히 보면서 말했다.

"그렇거마는."

아무래도 편하지 못한 자세일 텐데도 아이들은 새록새록 잠을 잘 자고 있었다. 얼이를 닮아 건강한 모양이었다.

"그새 마이 큰 거 겉네?"

원채는 새삼 세월의 흐름을 실감했다. 준서가 한 번 더 효원에게 말했다.

"쌔이 들오시이소. 폴 아푸실 낀데 방바닥에 좀 눕히시고예."

친형제가 없는 준서는 평소 형같이 지내는 얼이의 아내인 효원도 친형수 이상으로 아주 살갑게 대해주고 있었다. 그녀가 얼이와 혼인을 올리기 전과는 한참 달랐다. 당연히 그들의 아이들도 친조카처럼 여겼다.

"괜안아예."

준서 권유에도 효원이 그렇게 얼버무리면서 시종 원채 눈치를 보고 있자 원채가 알아채고 자리에서 일어서며 말했다.

"내는 고마 가 보것네."

효원이 인사치레인 양 말했다.

"더 계시다가 안 가시고?"

원채는 그 말에는 대구하지 않고 방문 밖 마루로 한 발을 내디뎠다. 어쩐지 찬 기운이 씽 돌았다. 그 현상 또한 효원이 얼이와 부부가 되기 전과는 달랐다. 참 세상일이란 게 묘하게 바뀌기도 하는 모양이었다.

'우짜다가 두 분이 저리 됐으꼬.'

준서 마음이 좋지 못했다. 원채와 효원은 어쩐지 물과 기름처럼 잘 섞일 수 없는 사람들이라는 안타까운 자각이 일었다. 서로 상대에게 좋은 감정을 품고 있는데도 불구하고 그러한 이유를 잘 모르겠다. 아니다. 사실은 너무나 잘 알았기에 더 가슴 아프고 힘이 드는 준서였다.

"안 나와도 되거마."

"아입니더, 집 밖꺼지만예."

준서가 군이 따라 나오지 말라는 원채를 대문 밖까지 배웅하고 힘없이 다시 돌아왔을 때, 얼이와 효원은 쌍둥이 아들을 방바닥에 눕혀 두고 아무 말 없이 앉아 있었다. 준서는 어렸을 적에 그와 비슷한 장면을 본 기억이 떠올랐다.

'록주가 갓난애기였을 때였제.'

외할아버지 호한이 지어준 록주라는 이름 때문에 집안에 적잖은 환란이 일어났을 당시, 안 화공과 원아 부부가 록주를 방바닥에 눕혀 두고 지금 얼이와 효원이 해 보이는 것과 똑같은 모습을 짓고 있었다.

'하지만도 그 뒤로 모든 기 잘됐다 아이가. 그거맹커로 얼이 새이 부부도 잘될 끼거마.'

준서는 소망을 담은 마음으로 그들을 향해 어설픈 웃음을 띠어 보였다.

"원채 아자씨가 우찌 오셨지예?"

효원이 기다리고 있었다는 품새로 대뜸 준서에게 물어왔다. 준서는 대답하는 대신 얼이 얼굴부터 살펴보았다. 원채 아저씨를 배웅하고 오는 사이에 틀림없이 효원은 얼이에게 물었을 텐데, 얼이는 명확하게 답변을 해주지 않고 얼버무렸을 것이다. 준서는 애써 심상한 어투로 지어냈다.

"그냥 지내가시는 길에 한분 들리신 깁니더."

그러자 효원은 검무를 추는 칼끝에서 뿜어져 나오는 것 같은 날카로운 음색이 서린 목소리로 말했다.

"그거는 아인 거 겉은데예."

여전히 쌔근쌔근 잠이 들어 있는 아이들을 내려다보고 나서 단도직입적으로 나왔다.

"되련님이 내를 기실라쿠는 기지예?"

준서가 당혹스러운 표정을 짓고 있는데 얼이가 짐짓 나무라는 어조로 말했다.

"우째서 생사람 잡을라쿠요?"

효원이 입을 여는데 크고 둥근 두 눈에 눈물이 글썽글썽했다. 말에도 진한 물기가 배여 있었다.

"생사람 잡는 거는 왜눔들인데……."

얼이가 효원의 얼굴을 외면하며 장난기 담은 목소리로 준서에게 말했다.

"우리 새끼들 보모 볼수록 잘생깃제?"

준서도 명랑한 음성으로 응했다.

"아아들이 얼이 새이 안 닮고 행수님 닮기 에나 다행이다 아인가베. 안 그랬으모 우짤 뿐했노?"

형수님이라는 말을 들은 효원의 귓불이 붉어졌다.

"니 시방 핸 그 말 취소 안 할 끼가?"

앉은뱅이책상 위에 얹힌 서책이 펄럭거릴 것 같은 얼이의 호통에 깜짝 놀라는 시늉과 함께 준서는 서둘러 몸을 일으켜 세웠다.

"새이 니 아아들한테 함 물어봐라, 내 이약이 한군데라도 틀린 구석이 있는가."

준서는 방문을 꼭 닫아주고 댓돌 위에 놓인 신발을 꿰차고 넓은 마당으로 내려섰다. 눈길이 원채가 간 쪽을 향했다. 그가 보여주었던 독립선언서와 격문이 쉴 새 없이 눈앞에 어른거렸다. 올려다본 하늘빛은 무섭도록 푸르렀다.

가게채 방향에서 손님들 소리가 들려왔다. 이제는 단 하루만 듣지 않아도 서운함을 맛볼 만치 귀에 익고 정겨운 소리였다. 일제에게 나라를 빼앗긴 후에도 나루터집과 밤골집은 변함없이 번성하고 있었다. 세상이 바뀌어도 먹고 마시는 일은 멈출 수 없는 것이다.

'문제는, 그눔들 아이가.'

하지만 게다짝 소리도 시끄럽게 일본인들이 들어오는 바람에 분위기는 예전과 다를 수밖에 없었다. 나루터집에서 일하는 아주머니들은 그렇다 치고, 손님들도 그자들 눈치를 보며 여간 불안해하는 게 아니었다. 그것은 영원히 익숙해질 수 없는 괴리감과 맞닿아 있다고 해야 할 것이다.

'아모것도 모리는 에린 아아들은 에나 좋것다.'

문림과 무림의 귀여운 모습이 되살아나면서 조금 아까 떠올렸던 안화공과 원아의 딸 록주가 생각났다. 준서 자신을 친 오라버니같이 대해

주는 아이였지만 왠지 좀 부담이 가기도 했다. 지나칠 정도로 조숙한 록주였다.

'우찌 지내는고?'

기습처럼 백 부잣집 다미가 떠올랐다. 이제는 그녀도 시집을 갈 수 있을 정도로 어엿한 처녀가 되었다. 갈수록 빼어난 용모였다. 또, 대갓집 규수답게 예의범절이 뛰어난 데다가 이른바 신여성의 표본이라는 말까지 듣는다 했다.

'함 만내보고 싶거마.'

그러나 그런 생각을 하자 준서 마음은 쇳덩이를 매단 듯이 무겁고 어두워졌다. 마마신이 할퀴고 간 얼굴의 곰보 자국은 거의 사라졌지만 여전히 다미를 그려보면 그냥 기가 죽는 것은 어쩔 도리 없었다. 남강에서 간헐적으로 들려오는 물새 소리는 그의 마음을 더한층 아프게 깎아내렸다.

'다시 태어나기 되모 새가 되고 싶다쿠는 내 소망은 잘몬된 기까? 하지만도 새보담 더 좋은 존재가 안 떠오린다 아이가.'

열여드렛날이 오기 전에 준서와 얼이는 원채와 한 번 더 만났다. 흰 바위가 있는 곳이었다. 흰 바위는 예나 이제나 조금도 변함없이 그들을 맞아주었다. 뒤돌아보면 참 굴곡도 많은 여러 사연을 고스란히 지켜보았던 산 증인이라고 할 흰 바위였다.

"내 말뜻 이해가 되제?"

"됩니더."

"우쨌든 그때꺼지……."

"예."

그곳에서 준서와 얼이는 원채에게 거사 당일의 계획 등에 관해 들었다. 준서는 부모에게, 얼이는 어머니와 아내에게도 그 사실을 숨겼다.

그만큼 그들이 독립할 나이가 되었다는 증거이기도 하지만, 혹시라도 알게 되면 그대로 있을 가족들이 아니었다.

그런 가운데 시간은 남강 물살 위에 실려 부단히 흘러가고 있었다. 깊고 푸른 남강에서는 가물치가 붕어를 잡아먹었고, 저 상류에서 떠내려온 검은 나무 둥치가 흰 모래톱에 잠시 머물렀다가 서둘러 물살을 타기도 하였다.

걸인독립단과 기생독립단

마침내 그 고을 장날인 열여드렛날이 왔다.

바야흐로 시위운동을 펼치려는 청년들의 움직임이 날렵하고 활기차게 일어나려 하고 있었다.

준서와 얼이는 오랜 역사를 간직하고 있는 성곽 북동쪽에 있는 대사지 매립지에 와 있었다. 외적을 막기 위해 성 둘레에 파 놓은 해자였던 대사지의 매립은 그 고장에 적잖은 파장을 불러일으켰던 대사건이었다.

얼마 전 일제는 연꽃으로 유명한 대사지를 흙과 돌멩이로 전부 메워 버렸다. 정월 대보름날 밤이면 고을 여자들이 다리밟기를 하던 대사교도 이제 두 번 다시는 볼 수가 없게 돼버렸다. 임진왜란이 끝난 후 성의 북문 앞까지 물이 차오르는 바람에 성안으로 들어갈 다리가 절실하여 만들었던 대사교였다. 지역민들 모두가 가슴을 치고 발을 굴렀다.

진주군 지도에는 '하지荷池'라는 이름으로 표기돼 있기도 한 대사지였다. 그런가 하면, 거기 목牧의 방어군대 주둔지인 진영이 위쪽에 있다고 하여 '진영못'이라는 이름을 달기도 했던 곳이다.

그러나 대사지에 얽힌 두 여인의 저 핏빛 비밀에 대해서는 아무도 알지 못했다. 비화와 옥진, 아니 비화와 해랑의 사적인 역사였다.

그 지역에 들어와 있는 일본인들에 의해 대사지가 메워진다는 소문을 처음 들었을 때, 두 사람 심경은 세상 무슨 말로도 표현할 수 없었다. 대사지 물이 질풍노도와도 같이 가슴 속으로 치고 들어와 숨이 막힐 지경이었다.

점박이 형제 억호와 만호는 어떤 심정인지 알 수 없었다. 그렇지만 그들도 그냥 예사로운 마음은 아니었을 것이다. 현재 해랑과 그들과의 관계, 그리고 비화와 그들과의 관계가 있었다. 아직 한참이나 어린 옥진에게 겨우 사내 꼭지였던 자들이 가했던 천인공노할 사건이었다. 하지만 그들 감정은 비화와 해랑에 비하면 거의 아무것도 아닐 수도 있었다. 그리고 비화보다 한층 심장의 요동이 크게 친 사람은 당연히 해랑이 아닐 수 없었음은 불문가지였다.

그녀의 모든 운명을 뒤바꿔 놓은, 아니 철저히 엎어버린 대사지였다. 그곳이 이제 세상에서 영영 자취를 감추게 된다는 사실을 알았을 때 해랑은 그저 먹먹하기만 했다. 갑자기 바보가 돼버린 느낌이었다.

그리하여 대사지가 메워지는 것을 지켜보면서 그녀의 가슴에 뚫린 커다란 구멍도 메워질 수 있기를 간절히 소원했다. 비록 지금은 남편과 시동생이 돼 있는 점박이 형제였지만, 그 대사지만 떠올리면 그따위 관계는 모조리 남강 물에 휩쓸려가 버린 물건들에 지나지 않았다.

그리고 또 하나, 해랑은 이제 비화로부터 더욱더 완벽하고 철저히 달아날 수 있겠다는 부푼 꿈에 잠을 설쳤다. 당사자인 해랑 자신과 점박이 형제 외에는 세상천지에서 유일하게 대사지 비밀을 알고 있는 비화였다. 대사지 매립이야말로 지구, 더 나아가 우주를 뒤덮어버리는 결과를 낳을 것이다.

비화도 온갖 감정에 사로잡혔다. 대사지가 사라지게 됨으로써 비화 자신과 해랑의 관계에 새로운 변화가 오지 않을까 하는 생각도 했다. 그게 긍정적인 쪽이든 부정적인 쪽이든 말이다. 정말 이대로는 너무나 참아내기 힘들었다.

하지만 그것은 비화의 오산이었다. 달라진 건 아무것도 없었다. 해랑은 여전히 동업직물의 맏며느리였다. 억호의 아내였고 동업과 재업의 어머니였으며, 무엇보다도 옥진으로 돌아갈 수 없는 해랑이었다.

그러나 확실한 건 모르겠지만 모종의 변화는 감지되고 있었다. 배봉의 죽음이었다. 물론 비화는 분명하게 알지는 못했다. 최고 경영자였던 배봉의 갑작스러운 사망 이후 동업직물에 어떤 변화의 기류가 흐르고 있는가를. 억호와 만호의 얼굴에 박힌 점이 더 커지든가 더 작아지든가 하고, 붉은 비단이 푸른 비단이 되고, 동업이 '업둥'이 되고 있는가를.

그러다가 비화는 실망이랄까 쓴웃음을 지었다. 적어도 밖에서 보기에 동업직물은 너무나 고요했다. 마치 아무런 일도 없었던 것 같았다. 하지만 그건 아닐 것이었다. 깊은 물 속에서 벌어지는 일같이 비밀스러운 변화가 일어나고 있을 것이었다. 억호와 해랑, 만호와 상녀. 그 두 부부 사이에는 폭풍 전야를 방불케 하는 기운이 흐르고 있지 않겠는가 말이다. 다만 탐색전이 지나치게 오랫동안 이어지고 있을 뿐이다.

비화는 확신하고 있었다. 승리할 쪽은 억호와 해랑이었다. 적어도 상녀는 해랑의 상대가 될 수 없었다. 동업과 재업에게 은실은 도저히 적수가 될 수 없었다.

그래도 세상일이란 건 알 수 없긴 했다. 어쩌면 만호와 상녀가 동업직물 주도권을 잡게 될지도 모르겠다. 여하튼 시간이 조금 더 흐르면 윤곽은 겉으로 드러날 것이었다. 어쨌거나 그 모든 것에 앞서 대사지의 매립은 비화와 해랑에게 크나큰 파문을 불러일으키는 것만은 부정할 수 없는 또렷하고 엄연한 사건이었다.

흰옷을 입은 군중들이 세 개 지구地區로 분산하여 모이고 있었다.

1지구는 옥봉동 부근, 2지구는 재판소 근처, 그리고 3지구는 장터 쪽이었다. 그것은 일컫자면 구름이었고 풍랑이었으며 지진이었다.

오전 11시.

그 시각에 봉래동에 있는 진주교회의 종이 울리게 돼 있었다. 그리하여 그 종이 소리를 내는 것을 신호로 하여 미리 세 개 지구에 모여 있던 군중들이 동시에 만세 시위를 펼치기로 사전 계획이 짜여 있었다.

종을 치는 중요한 일을 맡은 이는 김영조라는 사람이었다. 그는 마구 두근거리는 가슴을 부여안고 진주교회를 향해 내달렸다. 그의 마음의 귀에는 벌써 종소리가 울려 퍼지고 있었다. 땡, 땡, 땡.

'내가 종을 치기만 하모 바로 그 순간부텀 모든 기 시작되는 기라. 시작, 시작, 새로븐 시작. 아, 떨린다.'

그는 발이 땅을 딛는지 땅이 발을 딛는지 모를 정도로 긴장되고 흥분되어 있었다. 온 세상이 하나의 커다란 종으로 다가왔다. 아니, 그의 몸이 종이었다.

그런데 비봉산을 등지고 저 남쪽 방향으로 장터가 손끝에 잡힐 듯이 바라보이는 진주교회에 도착한 그는 그만 아연실색하고 말았다.

"아!"

눈을 의심하고 정신을 믿을 수 없었다. 어떻게 이런 일이?

'오, 오데로 사라져삣노?'

그곳에는 참으로 경악을 금치 못하게 하는 어처구니없는 일이 벌어져 있었다. 언제나 종각에 높이 매달려 있던 종이 간밤 사이에 신기루같이 증발해버리고 보이지 않는 것이다. 종이라는 것이 해가 뜨면 그대로 소멸해버리는 풀밭의 아침이슬도 아니었다.

'허, 대, 대체?'

하지만 그때 당장에는 어떻게 해서 그런 엄청난 사태가 일어났는가를 아는 게 급선무가 아니었다. 가장 중요한 것은 조선 백성들에게 봉기를 알릴 수 있는 종을 울릴 수 없다는 그 사실이었다.

'우, 우짜노? 우짜모 좋노?'

어쩔 줄 모른 채 발만 굴리고 있던 그는 별도리 없이 그대로 돌아 나올 수밖에 없었다. 엄청난 크기의 종에 깔려버린 것처럼 숨조차 쉬기도 어려웠다. 그런 와중에도 그는 한 가지 생각만은 확실히 붙들고 있었다.

'시방 세 개 지구에 흩어져갖고 모여 있을 우리 동지들한테 퍼뜩 이런 사실을 알려줘야 하는 기라.'

그는 먼저 옥봉동 부근의 1지구로 달려가기 시작했다. 그의 걸음 하나에 많은 동지들의 운명이 걸려 있다고 생각하니 내 몸이 순식간에 훌쩍 날아가는 바람이었으면 했다. 차라리 몸은 죽어 혼이 빠져나올 수 있으면 더 빨리 갈 수 있을 거라고 여겼다.

"머라꼬요? 그, 그기 사실인 기요?"

"그, 그보담도 안 있소."

1지구에 모여 봉기를 알리는 종소리가 들리기만 목을 빼고 기다리고 있던 군중들에게 그것은 엄청난 충격이 아닐 수 없었다. 하지만 그렇다고 가만히 있을 일은 아니었다. 어서 다른 방법을 찾지 않으면 안 되었다.

"강 동지는 쌔이 2지구로 가서 알리소. 그라고 내는…….""

"아, 알것소. 바, 박 동지도…….""

한 동지는 2지구로, 그리고 다른 동지는 3지구로 뛰어가서 그 사실을 알리기로 했다. 나아가 새롭게 변경된 사항의 통보였다.

― 비봉산 위에서 나팔소리가 나면 한꺼번에 봉기한다.

졸지에 진주교회의 종에서 비봉산의 나팔로 신호의 기구가 바뀐 것이다. 그리고 그 일은 훗날에 가서 그날의 봉기를 알리는 데 사용했던 것이 과연 무엇이었는가 하고 적잖은 혼란을 일으키는 계기가 되기도 한다.

하지만 종인지 나팔인지 그게 핵심이 아닐지도 모른다. 조선 군중들에게 봉기를 알릴 수 있었다는 것이 중요한 것이다. 옳았다. 종이어도 좋고 나팔이어도 좋았다. 종이나 나팔이 아니더라도 좋았다. 그게 무엇이든 알릴 수만 있었다면.

정오.

드디어 그 고장 주봉인 비봉산으로부터 나팔소리가 메아리치기 시작했다. 이영규가 부는 나팔이었다. 끝이 나팔꽃 모양으로 되어 있는 그 악기를 불 때 그는 어떤 기분이었을까? 어쩌면 그는 자기 몸이 나팔꽃으로 피어나고 있는 것 같은 환희와 감격을 맛보았을지도 모른다.

어쨌든 그렇게 하여 유서 깊은 그 고장의 독립만세 시위의 첫 막이 오르기 시작했으니 그것은 두고두고 자랑할 만한 역사적 사건이 아닐 수 없었다.

"자, 우리 시작하이시더."

"그라이시더."

"내도 저리로 가요."

세 곳으로 구획을 나누어 들고일어나기를 목마르게 기다리고 있던 조선 백성들이 조금도 어지러움이 없이 오로지 하나 되어 움직이는 모습들을 보였다. 세상에 그렇게 훈련이 잘되어 있는 군대도 드물 것이다.

"여기……."

"아, 태극기!"

학생들이 미리 감추고 있던 태극기를 나눠주자 군중들은 눈물을 흘려가며 힘껏 그것을 흔들었다. 그들의 몸이 이미 태극기였다.

대한제국의 국기. 흰 바탕의 한가운데 태극을 양陽은 진홍빛, 음陰은

푸른빛으로 하고, 건乾·곤坤·감坎·이離 네 괘를 네 귀에 검은빛으로 벌인 태극기.

"오, 객문이닷!"

격문도 눈처럼 뿌려지고 조선 군중들이 내지르는 함성은 온 고을을 진동했다. 그 소리는 새들 날개에 얹혀 하늘 저 끝까지 날아오르고 있었다. 군데군데 조각구름도 그 소리를 더 멀리 실어 나르기 위해 부지런히 움직이고 있는 것으로 보였다.

― 대한 독립 만세!

비봉산 나무들이 우뚝 서고, 남강 물이 춤을 추었다. 장터 천막들도 몸을 활짝 펼쳐 땅을 뒤덮었다.

오후 1시.

대사지 매립지에 그 수를 헤아릴 수 없을 만치 새까맣게 모여든 조선 군중들 앞에 거목처럼 우뚝 서 있는 농민 하나가 있었다.

"저 사람이?"

얼이의 잔뜩 낮춘 물음에 옆에 서 있던 준서가 역시 작은 소리로 말했다.

"하모, 맞다. 원채 아자씨가 말씀하시던 그분, 김재화."

원채는 김재화 옆에 서 있었다. 그가 너무 노출되어 있다는 생각에 준서와 얼이는 똑같이 마음이 조마조마하였다. 그렇지만 그의 실력을 익히 알고 있었기에 어느 정도 염려는 덜 수 있었다.

준서와 얼이는 나중에 가서 그들이 어떤 사람들인가를 알게 되었지만, 거기 현장에는 권근채와 강영달의 모습도 눈에 띄었다. 훗날, 그때 그들 모습이 오랫동안 눈에 밟혀 무척 괴로워하게 될 줄은 몰랐다.

"동지 여러분! 오늘 우리는……."

이윽고 김재화의 연설이 시작되었다. 모두는 숨도 크게 쉬지 않고 그의 말에 하나같이 귀를 기울이고 있었다. 새도 바람도 그 현장을 비껴가는 듯했다.

"이거는 살아 있어도 살아 있는 기 아입니더, 여러분!"

조선독립을 역설하는 그의 연설은 시간이 흐를수록 조선 군중들의 마음을 흔들어 놓기에 모자람이 없었다. 지상의 모든 것들이 일제히 몸을 일으키려는 것 같아 보였다.

'우찌 저리!'

'시방 내 귀에 들리는 기 저 사람 말이 맞나?'

준서와 얼이는 직접 보고 듣고 있으면서도 믿을 수 없었다. 작은 고을에 불과한 집현면 농민 출신인 그가 그렇게 출중한 연설을 하고 있다는 사실은 차라리 기적에 가까웠다. 난세가 영웅을 만든다는 말이 실감나는 자리였다.

"그라모 여서……."

마침내 그 호쾌한 연설이 끝났다.

"자, 이것 받으시오."

독립선언서와 격문 등의 유인물이 배부되었다. 그것은 밝고 투명한 햇빛을 받아 흡사 생명을 가진 물체처럼 반짝거렸다.

"대한 독립 만세!"

김재화가 선창했다. 그러자 모두가 후창했다.

"대한 독립 만세!"

그 함성에 온 고을이 떠나갈 분위기였다. 민족해방을 외치는 성난 민중들의 투쟁 소리는 온 누리로 퍼져 나갔다. 준서와 얼이도 대한 독립 만세를 외쳤다. 원채도 외치고 있었다. 모두 하나가 되어 소리를 지르고 있었다.

"대한 독립 만세!"

대사지 매립지가 들썩거리는 느낌이 왔다. 일제 손에 의해 매립된 곳이 갈라지면서 다시 못물이 콸콸 쏟아져 나와 예전의 그 연못을 이루는 성싶었다. 그리하여 아름다운 온갖 연꽃이 피어나면서 대사지 못물도 마음껏 고함치고 싶을 것이다.

"대한 독립 만세!"

참 탈도 많고 한도 많은 대사지였다. 일본인 진주 읍장 야마시다(산하정도)는 대사지 매립지 위에 신시가지를 건설하려고 혈안이 된 사람이었다. 유서 깊은 그 고을의 좋은 풍광들을 갉아먹는 벌레였다.

그자는 진주 제1보통학교(중안초등학교) 앞과 대안동 일대의 대사지를 모조리 매립하여 시가지를 넓히고 도로망을 새로 설치하기에 이른다. 그리하여 세월이 흘러 복원하려고 해도 쉽지 않은 일이 되어 분노와 안타까움으로 점철되는 깜깜한 역사이기도 했다. 그리고 그 당시 대사지 매립공사를 맡은 업체가 바로 맹쭐을 끌어들인 바 있는 저 죽원웅차가 세운 그 고장 대표적인 적산기업 죽본조였던 것이다.

"매립하는 데 사용된 그 많은 토석들은 모도 오데서 나왔다던고?"

"뿌싸삔(부숴버린) 외성벽하고 내성벽 바구가 짜다라 들갔다 안 쿠나."

"하느님도 무심하시제, 하느님도."

"하느님! 저희들 이약 듣고 계심니꺼, 예?"

"지발 무신 말씀이라도 함 해보시소, 지발예!"

그런데 드디어 그 고장 백성들 민심이 하늘에 가 닿은 모양이었다. 대한제국 백성들로서는 어깨춤이라도 덩실덩실 추고 싶을 정도로 기쁘고 가슴 후련할 노릇이지만 일본인들 입장에서는 통탄할 사건이 벌어졌다.

병자년 8월이었다. 그 지역에 대풍수해가 들이닥쳤다. 그리하여 일제가 매립해 놓은 지 얼마 안 된 대사지를 다시 본래의 형상대로 돌아가게 만들어버렸다. 한마디로 '말짱 도루묵'이 되고 말았던 것이다.

대사지를 매립한 다음에 그 일대에 '영정'이라는 일본식 지명까지 떡 하니 갖다 붙이고는, 곧 신시가지의 중심지로 만들려고 하던 참에 뒤통수를 호되게 얻어맞은 격이 되고 만 것이다. 그 홍수 피해 현장으로 몰려간 조선 백성들은 거기 펼쳐져 있는 광경을 보면서 너무나 고소해 마지않았다.

"야아, 왜눔들 가옥이 부서지고 무너져 있는 거 좀 보래이."

"하! 우찌 저리키나 크기 파손돼삘 수가 있는 기가?"

"인자 살지도 몬할 정도로 행핀없이 돼삐린 왜눔들 집들이 쭉 늘어섰다, 늘어서!"

"늘어선 기 아이고 콱 엎어져삣다 아이가."

"쑥쑥해서(더러워서) 몬 보것다."

"저거 보고 있으이 배가 불러갖고 앞으로 석 달 열흘은 아모것도 안 묵어도 배가 한 개도 안 고푸것다, 내사."

"안 입어도 안 춥것고, 그자?"

"하모! 하모!"

그러나 아쉽고 안타까운 게 없지는 않았다. 홍수로 침수된 깊이가 무려 열 척을 더 넘는 곳도 있어 일본인들 집뿐만 아니라 일반 조선인 집들도 피해를 입었던 것이다. 복구를 하는 게 너무나 힘들어 오랫동안 고통과 절망에 시달려야 했다.

더욱이 그 병자년 홍수를 겪은 후에 일제는 대사지 매립에 더욱 지독하게 달라붙어 끝내 완전히 매립하고 만다. 그러고는 그 지역 만세운동을 무력으로 진압한 경찰서가 거기로 이전하여 청사 건물과 연무장을 세우게 되는 것이다.

오후 4시 무렵.

시위군중은 경남도청 앞에 이르렀다. 그때쯤 시위대는 만 명 이상으로 크게 불어나서 세찬 파도 더미 모양으로 출렁거리고 있었다.

도장관 집무실과 도청 산하 경남 관찰부가 자리하고 있어, 조선 백성들이 일으키는 소요 사태를 진압하기 위한 일본군 작전본부로 쓰이기도 하는 곳이었다. 북장대도 걱정이 되는지 내려다보고 있는 거기에는 병영 건물도 있다.

"원채 아자씨는?"

"글씨, 오데 계시는고?"

준서와 얼이는 원채를 찾기 위해 여기저기 고개를 돌려보았지만 어디에 있는지 보이지 않았다. 하긴 그 하고많은 인파 속에서 그를 발견한다는 것은 거의 불가능에 가까웠다. 하지만 어디에선가 남들보다도 훨씬 더 열심히 시위를 벌이고 있을 것이다.

"우리도 원채 아자씨맹캐 하자."

"아, 우리가 더 젊은께 더 잘해야것제."

그런데 두 사람이 굳게 다짐을 하는 바로 그 순간이었다. 군중 속에서 외마디 같은 이런 소리들이 튀어나왔다.

"저게 왜눔들이 오고 있다아!"

"그래도 달아나모 안 된다!"

"그렇제. 끝꺼지 만세를 불러야 하는 기라!"

"하모, 하모."

"만세! 대한 독립 만세!"

보통 사람들에 비해 머리통 하나는 더 키가 큰 준서와 얼이는 보았다. 저쪽 길에서 일본 경찰과 헌병들이 우르르 몰려오고 있었다. 얼핏 봐도 대단한 숫자였다. 게다가 모두 총칼로 중무장한 상태였다.

"준서야, 조심해라!"

얼이가 그들에게서 잠시도 눈을 떼지 않고 노려보면서 큰 소리로 말했다. 준서도 온몸에 힘을 실으며 외쳤다.

"성도 조심해라!"

지난날 농민항쟁과 항일투쟁 경력이 있는 얼이가 해 보이는 모습은 준서를 감동시켰다. 그 위급한 상황을 맞고도 침착성을 잃지 않는 것이다.

"준서야, 될 수 있으므 주동자들이 모여 있는 데서 멀리 떨어져 있어야 더 안전하다."

얼이가 주의를 주었다.

"알것다, 새이야. 우리 저 뒤쪽으로 가 있자."

두 사람은 다른 주동자들로부터 떨어져 나와 거기 서 있는 큰 나무 뒤로 몸을 숨겼다. 그로부터 얼마 있지 않아서였다.

"악!"

"피, 피해랏!"

얼이 짐작이 그대로 들어맞았다. 만약 그렇게 잽싼 대처가 아니었으면 두 사람은 어떻게 되었는지 모른다.

"헉!"

처음 출동을 해서는 시위대 숫자가 너무나 많은 탓에 그저 갈팡질팡하던 일본 경찰과 헌병들이, 어느 순간 갑자기 앞에 서서 시위를 벌이고 있는 주동자들을 향해 물감을 확 뿌려대기 시작했다. 그것은 누구도 미처 예상하지 못했던 진압 작전이었다. 붉은 물감과 푸른 물감이었다.

"빠가야로!"

"칙쇼!"

일본 경찰과 헌병들이 거위처럼 꽥꽥 소리를 지르고 있었다. 그들은 흰옷에 붉은색과 푸른색이 묻어 있는 조선인들부터 마구잡이로 체포하기 시작했다. 여기저기서 비명이 터져 나왔다.

"으악!"

"재, 잽히모 아, 안 된다아!"

"퍼뜩 다, 달아나자."

"아, 어머이! 아부지!"

실로 가증스럽고 사악하기 그지없는 자들이었다. 몸을 사리지 않고 시위 활동을 벌이던 주동자들이 속수무책으로 검거되고 있는 슬프고 아픈 광경이 펼쳐지고 있었다. 바로 지옥의 현장이었다. 맨손으로 총칼을 대적하기에는 너무나 역부족이 아닐 수 없었다.

"저, 저!"

준서와 얼이는 더없이 안타깝고 분한 눈으로 지켜보아야 했다. 주동자들을 비롯해 무려 3백 명 가까이 되는 이들이 붙잡혀 가고 있는 처절한 장면이었다. 그건 사람이 아니라 짐승을 대하는 것과 다를 바가 없었다. 아니, 설사 말을 하지 못하는 짐승이라 할지라도 그렇게까지 할 수는 없을 것이다. 아비규환, 차마 두 눈 뜨고는 볼 수 없는 참상이 아닐 수 없었다.

'얼이 새이가 아이었다모…….'

준서는 그 정신없는 와중에도 생각했다.

'내도 고마 잽히갈 뿐 안 했나.'

하지만 그렇다고 안심할 계제는 아니었다. 언제 어디서 또 돌연 감사 나온 일본 경찰과 헌병들이 굶주린 승냥이 떼같이 덤벼들어, 얼이와 준서 자신의 옷에도 붉고 푸른 물감을 뿌려댈지 모를 일이었다.

그 당시에는 누구도 알지 못했다. 그 봉기가 하루 이틀에 끝나는 게 아니라 무려 한 달간이나 지속되리라는 것이다. 그리고 일경에게 체포되어 징역형을 선고받은 주동자급만 해도 스무 명을 넘는다는 사실도 내다보지 못했다.

그 봉기에 참여했던 사람들은 물론이고, 그러지 못했던 이들도 아주 마음 아파한 주동자들이 여럿 있었는데, 훗날 오랫동안 기록에 남은 이들도 적지 않았다.

일제에게 주범 중의 주범으로 지목을 받은 김재화. 그는 있는 힘을 다 쏟아 마지막까지 심하게 저항했지만 끝내 붙잡혀 투옥되고 말았다.

"피고는 죄질이 극히 나쁜 악질분자로서……."

결국, 일본인 재판관들에 의해 징역 3년 형이 내려지고 복역하였다. 그런데 더욱 안타까운 불행은 그가 출옥한 다음에 덮쳤다.

"머라꼬? 그 지독한 투옥 생활도 잘 견딘 그가 우찌 됐다꼬?"

"골뱅(골병)이 들어 있었던 기라, 골뱅이."

"하늘이 무심하다는 말도 안 나올라쿤다."

감옥에서 나온 후 불과 열이레 만에 숨지고 말았다. 이제 자유의 몸이 되었으니 그동안의 고생을 치유하고 조금이라도 편하게 지낼 수 있으리라 믿었는데 아니었다.

"지옥 구디이에 처박아 넣을 눔들! 고눔들이 올매나 심하거로 고문을 했으모 그리 됐것노."

"으, 몬 참것다. 저 왜눔들을 우째삐릿꼬?"

그 고장 백성들은 분노와 전율을 금치 못했다. 하지만 역부족이었다. 결국, 나라의 힘을 기르지 못한 대가를 치러야 했던 것이다.

징역 1년 6개월을 언도받은 권근채. 그의 목숨은 더 짧았다. 그는 혹독한 고문을 견디지 못해 옥사하고 말았으니, 그의 원혼이 하늘로 올라가지 못하고 그 고을에 떠돈다는 몹시 섬뜩한 소문이 파다하였다.

"구신이 나돌아 댕긴다 캐도 내사 한 개도 겁 안 난다."

"내도 가리방상하다 아이가. 자기를 그리 맨든 나쁜 왜눔들 앞에 나타나지, 동포들한테 해코지 하것나?"

"하모, 하모. 인자 쪼끔만 있으모 그 구신한테 죽은 왜눔들 이약이 나올 끼다."

"이약이고 저약이고 쌔이 그랬으모 좋것다."

강영달의 삶 또한 파란만장하기 이를 데 없었다. 그도 김재화와 마찬가지로 3년 형을 선고받고 복역하였다. 그런데 옥중에서 죽지도 않고 출옥한 후에도 곧장 죽지 않았다. 하지만 그렇다고 하여 그가 여생이나마 편안하게 살다가 간 건 결코 아니었다. 어쩌면 그는 더 비극적이고 불운한 사람이었다.

"머라? 강영달 그 사람이!"

"에나 기구한 팔자다."

그는 그 후 북한군이 내려왔을 때 제2차 조선공산당 책임 비서가 되었다. 그러다가 세상이 다시 바뀌었을 때 또다시 투옥되고 만다. 이번에도 그는 심한 고문을 받았고 그 후유증으로 그만 정신병자가 되고 말았던 것이다.

"우짜다가 빨갱이가 돼갖고, 후우."

"사람은 우짜든지 시대를 잘 만내야 하는 기라."

"빨갱이가 된 거는 잘한 기 아이지만서도, 그 역시 불행한 우리 역사의 희생자라꼬 본다."

"역사 앞에 준엄한 심판을 받는다쿠는 거, 살아생전에 우리는 본다."

"빨갱이든 파랭이든 죽고 나모 다 무신 소용 있노?"

시간은 더 흘러 오후 7시쯤이었다.

어느 곳에 있다가 돌풍같이 나타난 것일까? 한 무리의 군중이 대열을 이루고 만세를 부르면서 행진하기 시작했다.

"노동독립단이다!"

어떤 이가 그렇게 소리치고 있었다.

"무신 독립단?"

누군가가 숨 가쁘게 묻고 누군가가 숨 가쁘게 답했다.

"노동, 노동."

준서와 얼이도 조심해 가면서 그 노동독립단의 시위에 참여하였다.

"아!"

지금 그곳에서는 아무도 시키지 않았지만, 누구나 함께하고 있었다. 무채색이어서 한층 빛나고 눈에 잘 띄는 흰옷의 노한 물결을 가둬 둘 자 어디에도 없었다.

"주, 준서야!"

"그, 그래, 성."

"저, 저짝으로……."

"새이도……."

조금이라도 이상하고 불안한 낌새가 전해지면 얼이가 즉시 준서를 데리고 그 현장에서 약간 멀어졌다가 다시 따라붙기를 여러 번 되풀이하였다. 기막히게 냄새를 잘 맡는 사냥개처럼 얼이는 불가사의할 정도의 직감을 지니고 있었다.

"후우."

"다, 다행이다."

만약 그런 얼이가 옆에 없었다면 준서는 일본 경찰과 헌병들에게 이미 서너 차례는 더 검거되었을 것이다. 그것은 지난날 원채가 아니었다면 얼이가 큰 낭패를 당했을 수도 있었던 것과 그 맥락을 같이한다고 볼 수 있을 것이다.

'얼이 새이를 다시 봐야 되것다.'

준서는 얼이가 진정으로 자랑스럽고 위대해 보이기까지 했다. 일제의 악랄하고 치밀한 마수를 용케 벗어나면서 시위를 지속할 수 있는 것보다 더 가치 있고 반갑고 좋은 일은 없었다.

"원채 아자씨도 무사하시것제?"

준서가 아까부터 물어보고 싶은 말을 꺼냈다.

"그리 걱정 안 해도 될 끼다. 우리보담도 몇 배 더 잘 피해 댕기고 계실 낀께네."

얼이가 그 아슬아슬한 순간들의 연속에도 불구하고 갈수록 거짓말같이 불어나고 있는 시위 군중들을 돌아보며 자신 있게 대답했다.

"그렇다쿠모 다행이고."

준서는 지금 노동독립단이 가고 있는 방향을 눈 하나 깜빡이지 않고 바라보면서 혼잣말로 중얼거렸다.

"에나 대단타 아이가."

그는 태어나서 이날 같은 광경은 본 적이 없었다. 온 시가지는 시위대가 내지르는 함성과 힘차게 내딛는 발걸음 소리로 뒤덮였다. 성안이고 성 밖이고 가릴 것 없이 모든 곳에서 흘러넘치는 게 시위 행렬이었다. 악독하고 무자비한 일제에 맞서 위력과 기세를 이렇게 드러내 보일 수 있다는 게 기적 그 자체라고 여겨졌다.

'시방 거게는 우찌 돼 있으까.'

준서는 상촌나루터 있는 쪽을 무연히 바라보았다. 남강에 최초로 나룻배가 띄워진 후 이제까지 남강 가에 생기고 사라진 그 수많은 나루터 가운데, 아마 마지막까지 살아남을 것이라고 모두가 입을 모아 말하는 나루터였다.

'저 나루터가 없었다모 우리 나루터집도 없었을 기라.'

체포되면 어떤 벌을 받을지도 모를 엄청난 위험을 무릅쓰고 일본 경찰과 헌병의 총칼을 피해가며 시위를 벌이고 있는 그때 떠올리는 나루터여서일까? 그가 살고 있는 상촌나루터에 대한 갖가지 상념들이 한꺼번에 덤벼들었다. 어쩌면 시위 도중에 목숨을 잃을 수도 있다는 생각이 그를 그렇게 몰아가고 있는지도 모른다. 두 번 다시는 돌아가지 못할지도 모를, 부모님과 사랑하는 모든 이들이 모여 있는 보금자리였다.

"여게 상촌나루터는 안 있나."

이날 시위 현장에 나와 얼이와 함께 위태로운 활동을 벌이는 중에 줄곧 준서의 머리에서 떠나지 않는 어머니가 들려주던 이야기가 되살아났다. 그가 어릴 적부터 그야말로 귀가 따갑게 들어온 이야기이기도 했다.

"대평면 상촌리와 대평리를 잇는 나루턴데 말이다."

대평리 어은에 있는 밤밭나루터. 어은의 북서쪽에 있는 한강나루터. 그 두 나루터와 잇대어 맺어지는 상촌나루터.

그 나루터들에는 벼와 무를 서로 바꾸기 위해 수천 명의 상인과 농민들이 항상 북적거리고 있다. 그리고 그들은 밤골집 같은 주막을 찾아 들어 얼큰한 막걸리 한 사발로 그날의 피로와 시름을 풀기도 하는 것이다.

'상촌나루터 터줏대감이었던 달보 영감님 얼골도 떠오리네. 언청이 할무이도 아모 일 없으시것제.'

오직 시위에만 전념해도 모자랄 판에 왜 이렇게 온갖 상념에 싸이는지 모르겠다. 지금 그곳에서도 한창 시위가 벌어지고 있을 것이다. 나루터집에 있을 식구들이 적잖게 걱정되었으나 어머니가 있으니 별일은 없을 거라고 믿었다. 원채 아저씨나 얼이 형 못지않게 상황 판단이 빠르고, 그래서 잘 대처해 나갈 어머니인 것이다.

어쩌면 일본 경찰과 헌병에게 쫓기는 조선 시위대를 다급하게 집 안으로 들여 숨겨주고 있을지도 모른다. 허기진 이들에게는 콩나물국밥을 말아서 내놓고, 부상을 입은 이들이 있으면 상비약으로 처방하면서 격려를 해주기도 하고.

'그라고 할아부지, 할무이.'

외할아버지 호한과 외할머니 윤 씨도 어디선가 지금의 시위를 지켜보고 있을 것 같았다. 연로한 그 두 분은 직접 시위에 참가하지 않았을 것이라고 보면서도 혹시 외할아버지는 앞장을 서고 계실지도 모르겠다는 기대감도 들었다. 문무를 겸비한 '김 장군'의 관록을 빛내면서 말이다.

그런데 그분들이 들으면 서운해 하실 노릇이지만 친할아버지와 친할머니는 왠지 모르게 머릿속에 잘 그려지지 않는 것이다. 하긴 보통 사람들은 친가보다는 외가를 더 좋아한다고는 하였다.

'동업직물 사람들은 우짜고 있으까?'

문득 동업직물 식솔들이 떠올랐다. 그 또한 그 시각 그 장소에서 그 시위 활동을 하면서 떠올리기에는 어울리지 않을 수도 있는 망상이었다. 물론 준서 자신의 일생에서 매우 중요한 인물들이긴 하였다.

배봉이 그렇게 가고 없는 그 집에서 이제는 억호가 주도권을 휘어잡고 흔들 것이다. 만호의 견제가 만만하지는 않겠지만, 억호와 해랑 부부는 아들 뭉업과 재업이 뒤에서 받쳐주고 있으니, 자식이라고는 딸 은실 하나밖에 없는 만호와 상녀 부부는 아무래도 밀릴 수밖에 없을 것이다.

'그거는 그렇고……'

갈수록 치열해지는 시위 분위기 속에서 준서의 생각은 이어졌다.

'고것들은 만세운동에도 참가 안 하고 오데 숨어서 기경만 하고 있거나, 아이모 집 안에만 틀이박히서 밖에는 나오지도 안 할 끼다.'

그들이 지금까지 해온 꼴을 짚어보면 충분히 그러고도 남을 인간들이라고 보았다. 특히 배봉이 살아생전에 그 지역에 들어와 있는 일본 사람들과 어울려 온갖 못된 짓을 했다는 것을 들어 알고 있었다. 그 나물에 그 비빔밥이라고, 점박이 형제 또한 비슷한 길을 걷고 있을 것이다. 동업과 재업도 크게 벗어나지는 않을 것이다.

'얼이 새이가 집으로 돌아갈 생각은 잊아삣는갑다.'

다시 얼이를 보며 준서는 현실적인 생각을 했다. 그러자 마음은 더 초조해지고 불안해짐을 막을 수 없었다. 모든 조선인 시위자들이 무사히 돌아갈 집은 너무나도 멀리서 애를 태우고 있을 듯했다.

'하지만도 요런 상황에서 누라도 지 혼자 그냥 빠지모 안 되제.'

준서는 이 밤이 새도록 시위에 참여해야겠다고 생각을 굳혔다. 그러기 위해서는 절대 체포되어서는 안 되었다. 어쨌든 요리조리 피신해 가면서 시위를 계속해야만 그 효과가 클 것이다. 검거되는 즉시 모든 것은 끝장나는 것이다.

그들이 갖은 위험을 무릅쓰고 그렇게 시위를 벌여가며 두어 시간쯤 더 보냈을까? 아마도 밤 9시경이었을 것이다. 예기치 못했던 또 한 무리의 시위대가 어둠을 헤치고 모습을 드러냈다. 달이나 별에서 지구로 훌쩍 뛰어내린 사람들 같았다.

'걸인독립단.'

그랬다. 그 이름하여 걸인독립단이었다. 온갖 천대와 멸시를 받아가며 빌어먹는 걸인들이 단합하여 만세운동에 나선 것이다. 제대로 먹지를 못해 제 한 몸조차도 똑바로 가누지 못할 걸인들까지 나선 일은, 다른 나라 역사에서는 찾아보기 어려울 것이다.

그런데 준서와 얼이가 상상도 하지 못할 일이 또 있었다. 그 걸인독립단을 이끌고 있는 걸인은 언젠가 상촌나루터 나루터집에 구걸하러 왔던 걸인들의 우두머리였다. 그리고 그 왕초를 비롯하여 그날 왔던 다른 걸인들도 많이 동참하고 있었다.

진무 스님이 나루터집 식구들에게 그 걸인들에게 줄 음식을 알려주어 자칫 일어날 뻔했던 사고도 막을 수가 있었다. 만약 그런 사연이 있었던 걸인들인 줄 알았다면 얼이와 준서는 또 다른 새로운 감회에 젖었을 것이다.

걸인들은 손에 든 태극기를 휘날리며 의분과 강개에 넘치는 소리로 목이 터져라 외치고 있었다.

- 우리들이 한곳에 머물지 못하고 이리저리 떠돌아다니면서 빌어먹을 수밖에 없는 것은 왜놈들이 우리들의 재산과 인권을 모조리 빼앗아 간 때문이다.

- 대한제국이 독립하지 못하면 우리들은 더 말할 것도 없고 2천만 동포가 전부 빈곤과 구렁에 빠져 거지 신세를 면하지 못할 것이다.

참으로 그 어느 시대 어느 곳에서도 찾아보기 힘든 놀라운 사태가 아닐 수 없었다. 앞서 나타난 노동독립단과 나중에 모습을 드러낸 걸인독립단, 그 두 독립단이 서로 질 수 없다는 듯 밤이 이슥하도록 시위를 멈추지 않는 것이었다.

"아! 여 계신네예?"

"어? 자네들인가."

그사이에 준서와 얼이는 원채를 두 번 보았다. 역시 그들이 기대하고 예상했던 대로 원채는 무사했다. 아무 탈이 없을 뿐만 아니라 흡사 타오르는 불에 기름을 들이붓듯이 한 시위대에 힘을 북돋워 주고는 또 다른 시위대로 달려가서 기운이 솟구치게 하는 일을 하고 있었다.

"성아, 우리도 하자."

"하모, 당연하제."

그걸 본 준서와 얼이 또한 비록 원채만큼은 하지 못해도 다른 사람들보다는 훨씬 더 맹활약을 펼쳤다. 조금이라도 위험한 공기가 느껴지면 잽싸게 그 자리를 피했다가 약간 안전하다 싶으면 한층 기세 높여 시위대에 합류하기를 반복했다.

이튿날인 열아흐렛날 오전 11시.

또다시 약 7천에 가까운 군중들 얼굴이 보였다. 그런데 이번에는 다소 색다르게 나왔다. 그들은 태극기를 들었을 뿐만 아니라 악대樂隊를 앞세우고 있었다.

조선 군중들은 그런 모습으로 대한 독립 만세를 외치면서 일제히 시가행진에 들어가기 시작했다. 그 무섭고 세찬 기세는 전날보다 더하면 더했지 결코 덜한 게 아니었다.

"어? 어?"

"조, 조센진 놈들이!"

"도대체 어디서 이렇게 많은 것들이 튀어나오고 있는 거야?"

"이, 이걸 어쩌나."

더없이 경악하고 당황한 일본 경찰과 헌병들은 처음에는 어쩔 줄 몰라 하다가, 나중에는 번득이는 총과 칼로 시위 군중들을 협박하면서 무차별 공격을 가해왔다. 섬나라 오랑캐 민족성을 고스란히 드러내 보이는 것이다.

"안 되것다. 일단 뒤로 물러나야 되것다."

얼이가 다급한 목소리로 말했다.

"하모."

준서도 그렇게 해야겠다는 생각을 하고 있던 참이었다.

"퍼뜩!"

"그, 그래."

그들이 막 뒤로 몸을 돌리고 있는데 누군가 두 사람의 어깨를 툭 쳤다. 깜짝 놀라 얼른 바라본 곳에는 문대와 철국이 서 있었다.

"어, 너거들도 왔거마!"

얼이 말에 문대가 '범대'라는 별명이 무색하지 않게 예의 그 여유 있는 웃음을 씨익 지으며 말했다.

"그라모 니하고 준서만 참가하고 우리는 안 할 줄 알았더나?"

언제부터인가 '쇠국'으로 통하는 철국도 자못 서운하다는 투였다.

"인자 내도 이전의 철국이가 아이다. 그 쇠국이가 아이라꼬."

오랜만에 반가운 벗들의 온정이 오가려고 하는데 얼이가 모두에게 일깨워주는 목소리로 다급하게 말했다.

"여서 이리쌌고 있을 끼 아이고 일단은 후퇴다."

그러더니 얼른 덧붙였다.

"작전상 후퇴."

문대와 철국도 사태의 심각성을 깨닫고는 부리나케 몸을 돌려세웠다.

"아, 알것다."

네 사람은 모두 시위대와 좀 떨어진 곳으로 철수하기 시작했다. 저쪽으로 피신해 가면서 준서가 문대에게 말했다.

"문대 새이는 여전하시거마예."

그의 아버지 서봉우 도목수가 생각나는 준서였다. 직업이 목수라는 것과 체구가 굉장한 데서 오는 선입견 때문인지는 모르겠으나 항상 아름드리나무를 연상시키는 사람이었다. 목수로서는 그 고을 최고 실력자였다. 조선인을 '조센진'이라고 부르며 깔보는 일본인들도 그것은 인정한다고 했다.

"아부지는 잘 계시나?"

지난날 운산녀와 치목이 경영하던 조선목재와 거래를 하여 얼이에게는 더 관심이 많은 서봉우였다. 얼이 물음에 문대는 이제 막 그들이 벗어난 저쪽을 감시하는 눈빛으로 노려보며 말했다.

"시방 시상에 잘 있는 사람이 오데 있것노?"

다른 세 사람에 비해 키가 작아 다리도 짧은 탓에 숨 가쁘게 뒤따라오던 철국도 고개를 끄덕이며 말했다.

"하모, 맞다. 잘 있으모 그기 더 이상한 일이제."

그래놓고는 이내 준서와 얼이에게 습관인 양 물었다.

"어머이들은 무탈하시고?"

얼이가 한숨을 내쉬며 탄식했다.

"우짜다가 우리나라가 요 모냥 요 꼬라지가 돼뻤는고 모리것다."

이제 꽤 멀리 와서 약간 걸음 속도를 늦추고 있던 문대가 어두운 낯빛으로 무겁게 입을 열었다.

"우리 스승님이 생각난다."

권학을 이름이었다. 얼이도 '아, 우리 스승님!' 하고 스승이 근처에 계시는 것처럼 부르고 나서 하는 말이었다.

"하매 나라 앞날을 그리키 걱정하시더이."

여전히 일본 경찰과 헌병들에 대한 경계를 늦추지 않은 채 그들이 벗어난 쪽에서 눈을 거두지 못하고 있는 철국이 얼이 말을 이었다.

"우리 스승님은 앞날을 훤언하거로 내다보시는 구신 아이가, 구신."

저마다 마음의 대들보로 삼고 모셨던 스승 권학을 떠올리니 서글퍼지면서도 조금 가슴이 진정되는 모양새였다.

"스승님 겉으신 분이 몇 사람만 더⋯⋯."

"우리가 스승님 반의 반만 될 수 있어도⋯⋯."

그러나 그곳에 없는 스승을 이야기할 그런 순간은 길게 가지 못했다. 어딘가로 흩어졌던 시위 군중들이 다시 모여들고 있었다. 세상은 흰옷으로 덮이기 시작했다. 그러자 공기는 아까보다도 한층 아슬아슬하고 험악해지고 있었다. 곳곳에서 만세의 함성이 크게 울려 퍼졌다.

"그눔들이 또 달리올지 모린다."

철국이 몹시 겁먹은 얼굴로 주위를 둘러보며 떨리는 목소리로 말했다.

'총칼로 무장한 그눔들이 다시 나타나모 큰일인 기라.'

준서 또한 가슴이 조마조마하기는 마찬가지였다. 잠시 철수했던 일본 경찰과 헌병들이 금방 그곳으로 들이닥칠 것은 자명한 일이었다. 그리하여 좀 더 악랄하고 치밀한 작전을 개시하며 조선 군중들을 공격해 올 것이다.

그런데 일본 경찰과 헌병들보다 먼저 모습을 보인 이들이 있었다. 일순, 시위 군중들 속에서 경악하는 소리들이 튀어나왔다.

"여, 여, 여자들 아이가?"

"하, 하모. 여자들 마, 맞다!"

"여자들이 우뜩게?"

"그란데 그냥 보통 여자들이 아인 거 겉다."

"그, 그렇거마는. 오덴가 쪼매……."

"아, 가, 가마이 있거라. 저 여, 여자들은!"

바로 그때다. 얼이가 뜨거운 불에 덴 사람처럼 소스라치며 외쳤다.

"기생들이닷!"

준서와 문대, 철국은 깜짝 놀라 서로의 얼굴을 마주 보았다. 기생들 이라니.

"맞다, 기생들."

문대가 신음하듯 말했다. 철국은 완전히 넋이 빠져나간 사람이 되어 멍하니 그 여자들을 바라보기만 했다. 준서도 두 눈을 있는 대로 치뜨고 보았다. 하나같이 고운 자태의 여자들이었다. 준서 마음 깊은 곳에 이런 글이 찍혀 나오고 있었다.

― 농민, 걸인 그리고 기생.

오직 하나뿐인 목숨이 왔다 갔다 하는 위험천만한 곳에 나타난 여인 들이었다. 그들이야말로 바로 이 나라 3·1 독립사상 가두시위에 나선 기생들로서는 최초인 진주의 '기생독립단'이었던 것이다.

"태극기 아이가?"

"맞다, 태극기!"

기생을 처음 보기라도 하는지 무연히 바라보고 있던 사람들이 웅성거렸다.

"그란데 오데서 저리 큰 태극기를 구했으까?"

"에나! 길이하고 너비가 올매나 되까?"

울긋불긋한 옷을 차려 입은, 그래서 얼핏 꽃들의 행렬로 보이는 기생들이 앞세우고 있는 그 태극기는, 흔히 볼 수 없는 굉장한 대형 태극기였다. 그 정도 되는 크기로 만들려면 여러 명이 달라붙어도 쉽지 않았을 것이다.

사람들이 대단히 놀라고 감격하는 눈으로 지켜보고 있는 가운데 기생들은 남강 변을 돌면서 촉석루 쪽으로 행진을 계속하고 있었다. 입으로는 쉴 새 없이 만세를 불렀다.

"대한 독립 만세!"

일찍이 어느 시대 어느 곳에서 그런 광경이 펼쳐진 적이 있었을까? 사람들은 제 눈으로 직접 보고 있으면서도 도저히 믿지 못하겠는 빛이었다. 남정네들도 아니고 여인네들, 그것도 미천한 신분으로 천대와 괄시를 받으며 살아가는 기생들의 만세 운동이라니!

'얼이 새이 눈빛이…….'

준서가 바라본 얼이의 눈빛이 여간 세차게 흔들리고 번득이는 게 아니었다. 어떻게 보면 광기가 가득 서려 있지 않나 싶었다. 준서는 곧 깨달았다. 지금 얼이가 무엇을 생각하고 있는가를.

맞았다. 얼이는 효원을 떠올리고 있었다. 그 고을 감영 교방 출신 관기들이 모여 사는 저 옥봉리 산중턱에 있는 집에서 만났던 기녀들도 생각났다.

'우짜모 시방 저 기생들 행렬 속에는 효원이하고 함께 생활하던 기녀들도 섞이 있는지 모린다.'

얼이는 그런 생각을 하니 상투를 쫀 머리털이 뭉텅뭉텅 빠져나가는 느낌이었다. 그럴 리는 없겠지만 혹시 효원도 동참하지 않았을까 하는 의구심마저 들었다. 아직 핏덩이인 쌍둥이 아들 '문림'과 '무림'만 없었다면 필시 기생독립단의 일원이 되어 이날 시위에 나서고도 남을 효원이었다. 효원에게 들었던 관기들 이름도 떠올랐다. 한결, 청라, 지선, 지홍…….

한편, 준서 또한 그 와중에도 또 다른 관기 출신 하나를 떠올리고 있었다. 바로 어머니 비화와 없으면 못 살 친자매처럼 지냈지만, 지금은 배봉가의 맏며느리로서 원수지간이 되어 있는 해랑이라는 여자였다.

그 여자는 백 번 죽었다 깨어나도 저런 기생독립단원은 될 수 없으리라는 생각도 들었다. 때로 어머니가 잠을 자면서도 '옥진아!' 하고, 기명妓名이 아닌 그 여자의 사가私家 시절 이름을 자꾸 부르며 몹시 괴로워하던 기억들이 뇌리를 뚫고 거꾸로 뒷걸음질 쳐오고 있었다.

그렇지만 그들은 그런 옛 생각에 젖어 있을 여유나 겨를이 없었다. 아니나 다를까, 그 이름을 들으면 울던 아이도 울음을 뚝 그친다는 저 일본 경찰 수십 명이 출동한 것이다. 무지막지한 그자들은 보기에도 섬뜩한 '닛뽄도'를 뽑아 들고 나약한 여인들을 무섭게 을러대기 시작했다.

"악!"

"흑."

그 광경을 지켜보고 있는 조선 민중들 속에서 비명이 튀어나오고 울음을 터뜨리는 이들도 적지 않았다. 하지만 속수무책이었다.

한데 정녕 놀랍고도 탄복할 일이 아닐 수 없었다. 잔학무도하기 이를 데 없는 일본 경찰들이 금방 긴 칼로 찌를 태세로 무섭게 윽박지름에도 불구하고 두려워하거나 굴하지 않는 기생독립단이었다. 건장한 사내들이라도 저런 기상을 보이기는 쉽지 않을 것이다. 게다가 기생들은 연약한 몸 어디에서 그런 힘이 나오는지 믿어지지 않을 만큼 큰소리로 이렇게 외쳤다.

— 우리들이 지금 이 자리에서 그 칼에 맞아 죽는다 할지라도 우리 대한제국이 독립만 된다면 여한이 없을 것이다.

"우짜꼬? 우짜꼬?"

조선 민중들은 더할 수 없는 우려와 걱정에 싸인 채 그 위험한 사태의 추이를 그저 지켜보고 있을 수밖에 없었다. 화가 머리끝까지 치밀어 오른 일경들이 당장이라도 그들이 자랑하는 그 칼로 연약한 기생들을 사정없이 마구 찔러대지 않을까 싶었다. 수십 명의 꽃다운 여자들이 한순간에 살이 찢기고 피를 흘리며 죽어 넘어가는 장면이 눈앞에 나타나 보였다.

그런데 위급하기 그지없는 상황을 맞고서도 기생독립단원들은 조금도 주저하거나 동요하는 빛이 없었다. 여전히 뜻을 굽히지 않고 시위를 이어 나가는 것이었다.

그 서슬에 그만 질려버린 모양이었다. 늘 아무 거칠 것 없이 행동하던 일경들이 선뜻 덤벼들지 못하고 크게 주춤거리는 모습만 보이는 것이다. 제대로 임자를 만난 듯했다.

"야, 에나 대단타, 우리 기생들!"

"논개가 다시 살아온 거 매이다."

"나라를 위하는 저 모습들을 봐라."

"아, 오늘의 이 기억은 죽어도 몬 잊을 기다."

조선 민중들 사이에서 그런 말들이 잇따라 나왔다. 실로 경탄할 노릇이 아닐 수 없었다. 나약한 여자의 몸으로 늑대와 다를 바 없는 일경들에 맞서 담대한 모습을 나타내 보일 수 있을까.

'하지만도 이대로는…….'

그러나 그렇게 끝날 일이 아님을 거기 누구도 모르지 않았다. 비록 여인들인지라 무작한 일경도 얼른 대처하고 있지는 못하지만, 결코 얌전하게 물러갈 위인들이 아니었다. 그럴 인간들이라면 애당초 이런 일이 벌어지게 하지도 않았을 것이다.

조선 민중들은 피눈물 솟는 눈으로 지켜보아야 했다. 급기야 앞에서 기생독립단을 이끌고 있는 주동자 여섯 명이 우르르 달려든 일경들에게 체포되어 짐승같이 질질 끌려가기 시작했다.

"내 저것들을?"

"성!"

얼이가 주먹을 불끈 쥐며 나서려는 것을 준서가 부리나케 막았다.

"더 몬 참것다."

"아, 안 된다."

문대가 앞으로 내 닫으려 하는 것을 철국이 급하게 제지하였다.

"에라이!"

다른 조선인들 사이에서도 그와 비슷한 모습들이 벌어지고 있었다.

"비키소!"

"크, 큰일 나, 나요."

하지만 그뿐, 누구도 어쩔 수 없는 일이었다. 그때 나서서 막는다면 그에게는 오직 일경의 총칼이 기다리고 있었다. 그러잖아도 조선 기생들에게 당하고 있다고 더없이 화가 나 있는 일경들은 조선 남자들을 희생양으로 삼으려 들 것은 더 지켜보지 않아도 뻔한 노릇이었다. 빌미를 주는 것이다. 그보다 무모하고 어리석은 짓도 없었다.

"아아아."

"이래갖고 우찌 살것노."

참으로 안타깝고 분통 터질 일이었다. 힘없는 나라의 백성들이 겪어야만 할 수모와 치욕이었다. 하지만 도리 없었다. 심장이 산산이 조각나는 울분과 분노를 속으로만 삭이며, 개나 소같이 비참한 몰골로 연행되고 있는 이 나라 여인들을 지켜보고만 있을 수밖에 없었다.

열반에 들 시각

다음날에도 조선 민중들 시위의 불길은 꺼지지 않고 줄기차게 활활 타올랐다.

누가 시키지도 않았다. 누구에게서 강요당하지도 않았다. 그럼에도 그들은 다 스스로 모여들고 있었다. 자유스럽게 불고 흘러가는 바람이나 강물과 흡사했다. 따로 어떠한 사전 연락이나 별다른 신호도 없었지만, 무려 수천에 이르는 군중들이 운집하기 시작했다.

세상에서 가장 웅장하고도 아름다운 울림을 내는 악대를 앞세웠다. 귀가 먹먹하고 목이 터져라 애국가를 불렀다. 그 세찬 기세로 성난 파도 더미처럼 경찰서를 향해 나아갔다. 다른 곳도 아닌 저 서슬 퍼런 경찰서 였다.

참으로 가상한 일이었다. 믿기 어려웠다. 한번 붙들려 가면 죽거나 초주검이 되어 나온다는 무시무시한 경찰서를 표적 삼아 마구 들이닥쳤다. 그야말로 처절무비한 지옥계의 현장이 아닐 수 없었다.

아슬아슬하게 달아나는 사람, 그만 붙잡히고 마는 사람, 간도 크게 고함치는 사람, 함부로 울부짖는 사람, 나 송장 쳐라 하고 땅바닥에 그대로 벌렁 드러누워 버리는 사람, 뜨거운 불길 위에 선 모습으로 팔짝팔짝 뛰는 사람, 주먹으로 멍이 들 정도로 자기 가슴을 꽝꽝 쥐어박는 사람…….

산도 울고 강도 울고 사람도 울고 동물도 울었다. 울음의 실체와 의미를 그만큼 적나라하게 잘 드러낼 수는 없을 것이다.

스무하룻날.

이날은 또 다른 성격의 사건으로 말미암아 그곳 남방 고을이 발칵 뒤집혔다. 무풍지대는 어디에도 없었다.

"그 학상들 이름이 머라꼬?"

"강호민하고 김택경 그라고 또 있다."

"쯧쯧. 우짜다가 그런! 애당초 무모한 짓이었던 기라."

"무모고 유모고 따질 일이 아이제."

"하기사 내도 그 나이 묵었을 적에는……."

"이거는 나이가 문제가 아인 거 모리나?"

"너모 그리 멀쿠지 마라. 내도 하도 안돼서 하는 소리다."

그 소문을 들은 사람들은 저마다 입 하나가 모자랄 판이었다. 벌써부터 그래왔지만 요즘 들어 더욱 잠시도 마음 편한 순간이 없는 조선 백성들이었다. 아침에 눈을 뜨기가 너무 싫고 무서운 나날의 연속이었다.

학생들의 의거 계획이 사전에 그만 탄로 나는 바람에 수십 명에 이르는 학생들이 일경에 검거되는 대사건이 발발한 것이다.

"우리 후배들아."

"뜻은 가상하고 기특했지만도……."

준서와 얼이는 너무나 안타까워 어쩔 줄 몰라 했다. 자신들보다도 나이가 어린 사람들이 일경에게 붙들려 갔다는 소식은 그들을 더없이 고통스럽고 낙담케 했다.

"그라고 또 말입니더."

가게에 들어온 손님들로부터 들은 이야기를 전해주는 록주의 목소리는 한없이 흔들렸고 얼굴은 창백하기 이를 데 없었다.

"그 사실에 상구 분노한 학부모들이 시위를 크기 벌릿다쿠는 기라예."

고개를 가슴에 파묻은 채 울먹이며 듣고 있던 준서가 한층 놀라 반문했다.

"아, 학부모들이 말이가?"

학생들에다 학부모들까지 나섰다니 자칫 온 집안이 풍비박산이 날 수도 있었다.

"예, 오라버니."

록주는 금방이라도 울음을 터뜨리려는 얼굴이었다.

"우째예? 우째예?"

얼이도 준서와 같은 생각이 들었는지 머리를 절레절레 흔들었다.

"까딱 잘몬하모 학상들이고 학부모들이고 모도 끝장이다."

이날은 준서와 얼이 모두 제 어머니 눈치를 보느라 집에 붙어 있었다. 지난 며칠간 밖에 나가 시위를 하고 다니는 자식을 걱정하는 어머니를 보고 어쩔 수 없이 집에 앉아 몹시 애만 태우고 있던 차에 덜컥 그런 소문이 날아든 것이다.

"우리가 잽히가모 우리 부모님들도 가리방상할 기라."

목 잠긴 준서 말에 얼이가 허공 어딘가를 매섭게 응시하며 말했다.

"더하모 더하셨지 덜하지는 안 하실 끼거마."

록주가 두 사람을 보면서 조금 전보다는 약간 안정된 목소리로 말했다.

"잽히간 학상들은 안됐지만도 두 오라버니는 무사하시서 다행인 기라예."

준서는 잠자코 듣기만 했지만 얼이는 그냥 있지 못했다.

"그런 이약 내 앞에서 하지 마라. 우리가 에나 비겁하고 비참한 놈이 라쿠는 생각이 든다. 도로 내가 붙들리갔으모 더 멤 핀하것다."

록주가 그만 울상을 지었다.

"지 말은 그런 뜻이 아이고예……."

준서가 다독이는 목소리로 록주에게 말했다.

"얼이 새이도 안다."

얼이도 울컥하는 성질을 드러냈다가 미안했던지 기어드는 소리로 사과했다.

"준서하고 내하고 둘이 낙육고등핵조 댕기던 그 시절이 생각나갖고 고마 그랬던 기라. 록주야, 이해해라."

준서는 짐짓 얼이를 질책하듯 했다.

"나이를 꺼꿀로 뭇다 고마. 종산이라쿠는 자字가 아깝다."

그러자 아버지 안석록과 어머니 송원아와는 달리 성격이 무척 활달한 록주는 금세 낯빛이 밝아지면서 말했다.

"괘안아예. 에나 아무치도 안 해예. 지도 너모 멤이 아파서 핸 소린 기라예."

준서가 팔순 늙은이처럼 한숨을 폭 내쉬었다.

"솔직하거로 이약해서 암만 생각 안 할라 캐도 자꾸 생각이 나거마. 그 학상들하고 학부모들이 우찌 될랑고, 후우."

얼이 역시 아무리 참으려 해도 너무 분하다는 듯 얼굴을 붉혔다.

"내사 안 봐도 다 알것다."

그러더니 이내 또 하는 말이었다.

"안 되것다. 시내에 나가봐야것다. 내사 너모 궁금해서 몬 앉아 있것다.”

그 말을 듣자마자 록주가 기겁을 하며 말렸다.

“아, 안 돼예, 오라버니. 시방 나가시모 안 돼예.”

준서도 덩달아 만류했다.

“록주 이약이 맞다, 성아. 시방 바깥공기가 아조 험악할 낀데 우짤라꼬 그라노.”

두 사람이 제지하는데도 얼이는 고집을 꺾지 않았다.

“그렇다 캐도 함 나가봐야제. 요런 상황에 구둘막(구들장)에 궁디이 붙이고 앉아만 있는 거는 내 직성하고는 안 맞는다.”

그러고 나서 목을 뒤로 젖혀 준서 방의 천장을 올려다보면서 탄식조로 하는 말이 또 서글프고 참담했다.

“하늘에 계시는 울 아부지도 이런 내 꼴을 보시모 마이 실망하실 끼다.”

“……”

말없이 얼굴을 마주 보는 준서와 록주였다.

“난주 하늘에 가서 만나게 되모 반다시 이력하실 끼다. 얼이 니눔은 내 새끼가 아이다! 그리 말이다.”

준서 머릿속에 어른들에게서 전해만 들었던 얼이 아버지 천필구의 활약상이 자리 잡았다. 천 필 구. 그 이름 석 자는 영원토록 스러지지 않고 살아남을 거라고 했다. 그리고 얼이는 그의 아버지 축소판이라고 했다.

임술민란이었다. 아니, 농민항쟁이었다. 많은 세월이 흘러간 지금도 사람들 입에 오르내리고 있는 〈이 걸이 저 걸이 갓 걸이〉 노래가 귓전에 윙윙 울리는 것 같았다. 아직도 하나의 살아 있는 전설로 전해지고 있다는 그날의 이야기들이었다.

준서 자신의 집안과 친척뻘 된다는 유춘계라는 사람에 대해서도 들었다. 농민군을 이끌었다가 관군에게 체포되어 형장의 이슬로 사라진 불운한 양반이었다. 그 모든 것에 앞서 우리말로 된 그 언가를 지은 장본인이었다.

대평면 당촌리 지하마을 뒷산에 그의 무덤이 있다. 그가 성의 남문 밖 공터에서 효수형으로 공개 처형되었을 때, 그의 시신을 마동(그 당시 지명)의 한 야산에 묻어준 사람이 바로 외할아버지 호한과 그의 오랜 벗인 조언직이라고 하였다.

그 생각을 하면 준서는 언제나 가슴이 뛰었다. 그렇게 위대한 인물의 묘소를 그의 외할아버지가 마련해 주었다고 하니 잘 믿기지 않았다. 외할아버지와 조언직 그 두 분은 지금도 가끔 그 묘소를 찾아가 지난날을 회상하면서 한참 동안 앉았다가 돌아오곤 한다고 들었다. 그래서 준서 마음에 유춘계라는 인물은 더욱 크게 자리 잡고 있는 것이다.

그는 수곡면 원당리 출신이었는데 축곡리 내평촌으로 이사를 갔으며, 그때부터 나라에서 저지르는 환곡의 폐단과 농민의 수탈상을 보고 소위 민중혁명가의 길을 걷게 되었다고 하였다. 아버지 유덕지는 그가 어릴 적에 돌아가셨으며 홀로 된 어머니 진양 정 씨가 어렵게 그를 키웠다고 한다.

'그런 분 밑에서 농민항쟁을 한 사람이 얼이 성의 아부지인데…….'

그러자 준서는 더 이상 얼이를 말릴 엄두가 나지 않았다. 그리고 솔직히 그 또한 밖으로 나가보고 싶었다. 조선인이면 누구나 목숨을 걸고 싸우고 있는데 집에만 칩거하다시피 하는 것은 아니라고 보았다.

하지만 부모님이 아시게 되면 못 나가게 할 것은 뻔했다. 누가 자식을 사지死地로 보내려고 할까. 한데도 얼이는 금방이라도 외출할 태세였다. 그 자리에 록주가 없었다면 바로 집을 나갔을 것이다.

"문림이 어머이는 시방 우리 방에 있제?"

얼이가 문득 록주에게 물었다. 그는 아내를 부를 때면 언제나 쌍둥이 아들들 중 형인 문림의 이름을 붙였다. 동생 무림의 이름은 한 번도 부르지 않았다. 그렇다고 편애를 하는 것으로 보이지는 않은데 말이다.

'얼이 새이가 맏이하고 그 아래 동상하고는 대하는 기분이 다린갑다. 다린 사람들도 다 그런 기까?'

아직 자식을 가진 적이 없고 형제도 없는 준서는 그런 얼이가 이해가 될 것 같기도 하고 안 될 것 같기도 하였다.

"예, 방금 전에……."

록주가 여자 방만큼이나 깔끔하게 정돈되어 있는 준서 방을 둘러보며 말을 이었다.

"잠이 오는지 연방 칭얼거리는 애기들을 재우신다꼬 안고 방으로 들어가시데예."

얼이가 뜻밖의 말을 했다.

"그라모 내는 안 나갈란다. 쪼꼼 있다가 우리 아아들 얼골이나 한분 보거로. 또 문림이 어머이한테 할 이약도 좀 있거등."

록주는 비로소 안심이 되는 빛이었다.

"잘 생각하싯어예. 애기들이 올매나 이뿐 줄 모리것어예."

얼이는 방구들이 울릴 정도로 큰 덩치를 움직여 방바닥에 벌렁 드러누우면서 준서더러 말했다.

"어이, 요 시상에서 최고로 잘난 내 동상아. 배개 한 개 내조라. 니가 존갱하는 이 새이가 각중애 잠이 오실라쿤다. 어, 몸도 짜다라 피곤하시고, 흐음."

준서가 얼른 일어나 장롱을 열고 베개를 꺼내 얼이에게 건네며 말했다.

"천하장사라도 우찌 안 피곤하것노. 하매 며칠째……."

하다가 록주 쪽을 보며 급히 입을 다물어버렸다. 그러고는 장롱 속에서 베개 한 개를 더 집어내면서 하는 말이 천연덕스러웠다.

"내도 좀 누울란다."

그걸 본 록주가 서둘러 몸을 일으키며 말했다.

"두 분 팬키 쉬이소. 지는 나가볼랍니더."

얼이가 두 손을 위로 올려 뒤통수에 베개를 받치며 말했다.

"미안타, 록주야. 더 이약 몬 해줘서."

록주가 빙그레 웃으며 말했다.

"이약이사 담에 또 하모 되지예."

그런 후에 방에서 나가려다가 또 나이 든 여자처럼 하는 말이었다.

"지는예, 울 아부지 화실에 가서 그림 기경이나 할랍니더. 멤이 시방 매이로 싱숭생숭할 적에는 울 아부지 그림이 담방약 아입니꺼."

준서가 방바닥에 앉은 채 긴 손가락으로 베개를 만지작거리며 말했다.

"하모, 맞다. 내도 그렇데? 우리 안 화공 그림 보고 있으모 시상 근심하고 걱정이 모돌띠리 싸악 가시는 기라."

얼이가 누운 채 부리부리한 눈알을 부라리며 근엄한 목소리로 꾸짖었다.

"준서 니 눌로 보고 벌로 안 화공이고?"

준서가 눈을 흘기며 대꾸했다.

"그리쌌는 새이는 우뚫고? 새이도 장마당 안 화공, 안 화공 안 하나. 오데 새이는 바깥 화공, 바깥 화공 글쌌나?"

얼이가 호탕하게 웃음을 터뜨렸다.

"맞다, 맞다. 그라고 그거는 니하고 내하고만 그라는 기 아이고 우리 집안 식구들 전부 다 그리 안 부리나."

준서가 저쪽으로 고갯짓을 하며 일깨워주듯 하였다.

"오데 우리 식구들만 그라나? 저 옆에 있는 밤골집 돌재 아자씨하고 밤골댁 아주머이도, 안 화공, 안 화공…….”

듣고 있던 록주가 가을 호수를 연상시키는 잔잔한 미소를 지었다.

“지도 그래예. 울 아부지 보고 안 화공, 안 화공…….”

이번에는 두 사람이 함께 웃었다.

“하하하.”

그러고 보니 그건 새삼스러운 일도 아니었다. 원아마저도 남편인 그를 ‘안 화공’이라고 부를 정도이니 더 이를 필요도 없었다. 그리고 당사자인 석록 또한 그렇게 불리는 것을 가장 좋아했다. 뼛속까지 화공이기를 자초하는 사람이었다. 혹 남들이 ‘환쟁이’라고 얕잡아 불러도 ‘허허’ 웃었다.

“그때를 생각하모…….”

얼이가 천천히 눈을 감으며 회상에 잠기는 표정이 되었다. 하판도 목사가 고을을 다스리던 시절이었다. 하 목사의 강요를 받은 배봉과 그의 식솔들이 안 화공의 그림 전시장에 와서 나루터집 식구들과 벌였던 불꽃 튀는 싸움이 있었다.

이제는 그 배봉도 세상을 떠나고 하 목사도 가고 없지만, 그 기억만은 바로 어제인 양 또렷이 되살아나는 것이다. 안 화공의 그림들이 영원히 살아 숨 쉬듯이.

“그래서 애술(예술)이 좋은 기라, 애술이.”

그런데 록주가 방을 나가고 얼마 지나지 않아서였다.

“암만캐도 안 되것다, 준서야.”

얼이는 누가 일으켜 세우기라도 하는지 벌떡 몸을 일으켰다.

“내 혼자서라도 나가봐야것다.”

얼이 옆에 나란히 누웠던 준서 또한 질세라 빠른 동작으로 일어나 앉았다.

"꼭 나갈라모 내하고 함께 나가자, 성아."

얼이가 솥뚜껑 같은 손을 휘휘 내저었다.

"아이다. 니는 그냥 집에 있거라. 그래갖고 해나 울 어머이가 내를 찾으시모 니가 알아 적당히 둘러대고……."

준서는 고집을 피웠다.

"그리는 안 할란다. 안 나갈라모 둘이 같이 안 나가고, 나갈라모 둘이 같이 나가자."

얼이는 한참 동안 아무런 말이 없다가 농담인지 진담인지 구분이 가지 않는 목소리로 말했다.

"그라모 니 혼자 나가보든지."

준서가 정색을 했다.

"혼자 나가 보라모 누가 겁낼 줄 알고?"

얼이는 잠시 방문에 눈길을 주고 있다가 이윽고 결심을 굳힌 얼굴이 되었다.

"같이 나가자, 집안 식구들한테는 비밀로 하고."

준서가 서안 위에 얹혀 있는 서책에 눈을 박은 채 말했다.

"강가에 바람 좀 쐴라꼬 갔었다고 하자."

두 사람은 아무도 눈치 못 채게 살짝 집에서 빠져나왔다. 원채에게 배운 조선 전통무예 택견으로 단련된 그들의 발걸음은 기운차고 빨랐다. 바람도 놀라 황급히 뒤로 물러나는 양상이었다.

얼이는 아버지 필구의 체질을 그대로 물려받아 원래부터 강골이었으니 그렇다 치고, 지금은 준서도 힘깨나 쓴다는 장정 두서넛도 능히 대적할 수 있을 정도로 체력이 강해져 있었다. 특히 준서는 장성할수록 외할아버지 호한의 몸을 닮아가고 있는 게 누구 눈에도 띄었다.

"우리 집에서 벨로 안 멀거마는."

"노상 댕기는 길이라서 그리 안 느끼지까이."

그런 말을 주고받으면서 그들이 날이 갈수록 번창해지는 시내로 들어섰을 때였다. 무슨 일인지 몰라도 사람들이 어딘가로 우우 몰려가고 있었다. 그곳 시가지가 장터를 방불케 했다. 아직은 초가집이 많지만, 하루가 다르게 기와집이나 양옥집이 다퉈 들어서고 있는 서부 경남 최고의 도시다웠다.

"저, 말씀 좀 여쭙것심니더."

얼이가 초로의 남자에게 다가가 물었다.

"시방 모도 오데로 가고 있는 깁니꺼?"

그 사내는 약간 세모꼴로 보이는 눈을 습관인 양 끔벅거리며 흥분한 목소리로 대답했다.

"재판소 있는 데로 안 가요."

준서가 얼이의 등 너머로 그 사내를 보며 물었다.

"재판소에는 와예?"

그러자 막 늙어가는 빛이 보이는 그가 중요한 기밀을 알려주는 어조로 대답했다.

"시방꺼지 왜놈 갱찰들한테 붙잡히간 우리 시위 주모자들을 '분감分監'으로 압송한다 쿠요."

두 사람은 크게 놀라 동시에 입을 열었다.

"부, 분감예?"

"해, 행무소(형무소)로 말입니꺼?"

중키의 그 초로는 말없이 야윈 고개를 한번 끄덕이고 나서 갑자기 바쁜 용무라도 생각난 사람같이 저만큼 내닫듯이 걸어갔다. 얼마 전에는 좁은 길이었다가 이번에 새로 더 넓힌 길이 그를 선뜻 받아들이고 있는 것 같기도 하고 자못 거부하려는 것 같기도 했다.

"성!"

"그래."

준서와 얼이의 걸음도 빨라졌다. 갈수록 사람들 숫자가 불어나고 있었다. 길가 가로수에 올라앉은 까마귀들이 불길한 소리를 내며 긴 인간 행렬을 내려다보고 있었다.

"분위기가 영 심상찮다."

얼이가 무척 걱정스러운 얼굴로 말했다.

"우짜모 좋노, 새이야."

준서도 염려 서린 목소리로 조심스레 말했다.

"우쨌든 가 보자꼬."

그러는 얼이의 탄탄한 두 어깨에 잔뜩 힘이 실려 있었다. 준서는 묵묵히 발을 옮기면서 혼잣말로 걱정했다.

"지발 아모 일도 없어야 될 낀데."

얼이는 인파가 물결을 이루는 주위를 둘러보며 예언자처럼 말했다.

"반다시 무신 일이 생길 거 겉다."

군중들은 그 많은 숫자에 비해 믿기지 않을 만치 너무나도 조용했다. 그래서 살아 있는 사람들 행렬이 아닌 셩싶었다. 간혹 소리를 치는 이들도 없지는 않았지만 하나같이 잔뜩 굳은 얼굴로 말없이 걸음만 옮겨 놓는 것이었다.

"……."

그들 얼굴에는 긴장감을 넘어 비장감마저 서려 있었다. 온몸이 시커먼 까마귀 무리가 쉴 새 없이 날아올랐다 다시 내려앉기를 되풀이하고 있는 가로수들이, 흡사 전쟁터에 나가는 병사들을 배웅하는 가족들처럼 보였다. 길바닥 위로 폭삭 이는 흙먼지로 인해 그 광경은 하나의 잿빛 풍경화를 연상케 했다.

이윽고 비봉산이 뒤쪽에서 내려다보고 있는 재판소가 저만큼 그 모습을 드러내고 있었다. 거기는 본디 옳고 그름을 잘 살피어 판단해야 하는, 말 그대로 정당한 재판이 행해져야 하는 국가기관이지만, 일제가 이 나라를 점령하면서부터 그것은 머나먼 꿈나라 이야기로 전락해 버렸다.

하기야 재판소라고 하면 죄를 지은 자나 죄를 짓지 않은 자나 모두가 두려워하고 겁을 내는 곳이긴 했다. 그래서 그런지 지금도 그 재판소 건물은 보는 사람들을 위압하기에 부족함이 없어 보였다. 어쩐지 전체적으로 별다른 장식이 없이 단순해 보이면서도 높고 딱딱한 느낌을 주는 그 건물 양식은, 그야말로 피도 눈물도 허용하지 않는 냉혈동물 같은 인상을 풍겼다. 객사였던 예전에는 그렇게까지는 거부감을 맛보게 하지 않았었다.

사람들 행렬이 그곳에 당도했을 때 현장에는 벌써 숱한 군중들이 운집해 있었다. 그뿐만 아니라 청사로 통하는 모든 길이란 길 위에는 계속해서 또 다른 사람들도 속속 모습을 드러내고 있었다.

"얼릉 봐도 3천은 넘을 거 매이다."

얼이가 인파를 바라보면서 말했다. 어림짐작으로도 3천 명을 더 넘는 군중들이 재판소 정문을 노려보고 서 있었다. 새들도 위험한 공기를 감지했는지 그곳에 날아들지 않았다. 바람조차 불어오지 않았다. 버드나무 가로수들이 왠지 축 늘어져 보였다. 하지만 그건 위장한 모습이 아닐까 싶었다.

"……."

모든 것이 정지해버린 성싶은 시간이 얼마나 흘렀을까? 별안간 조선 군중들이 크게 술렁거리기 시작했다. 햇빛에 반사되는 그들의 흰옷이 유난히 눈이 부셨다.

'아!'

보통 사람들보다도 머리통 하나는 더 훌쩍 키가 큰 준서와 얼이는 이제 막 열리고 있는 재판소 정문에서 눈을 떼지 않았다. 그리고 그 속에서 나오고 있는 사람들을 보는 순간 둘 다 숨이 딱 멎는 느낌이었다.

그건 다른 군중들도 마찬가지인 것으로 보였다. 그만 고개를 돌려버리는 사람도 적지 않았다. 한마디로 처절하고 참혹하기 견줄 데 없는 몰골들이었다. 굵은 밧줄에 굴비처럼 꽁꽁 묶인 채 금방이라도 쓰러질 듯 비틀걸음으로 끌려 나오고 있는 시위 주동자들이었다.

"저, 저런!"

"우찌 사, 사람을 저리 할 수 있노?"

"짐승이라도 저런 식으로는 취급 안 할 끼다."

군중 속에서 소요가 일기 시작했다. 그건 많은 사람이 모여 있을 때 개개인의 평상적인 심리를 초월하여 발생하는 특이한 심리인 군중 심리와는 거리가 멀었다.

"으, 내사 몬 참것다."

"무신 큰 죄를 지잇다꼬 저라노."

"아, 죄는 지들이 지잇제."

그런 가운데 홀연 누군가의 외침이 튀어나왔다.

"여러분! 그냥 보고만 있을랍니꺼?"

그러자 곧장 또 터지는 고함소리가 있었다.

"그냥 있으모 안 됩니더!"

그것이 신호탄이 되어 곳곳에서 잇따라 나오는 함성들이었다.

"구합시더. 저들을 구해야 합니더!"

"맞심니더. 저대로 끌려가거로 내버려둘 수는 없심니더!"

의분은 하늘을 찌르고 있었다. 말로 표현할 수 없는 엄청난 긴박감이 흘렀다.

"준서야."

얼이가 준서 손을 잡아왔다.

"그래, 새이야."

준서도 얼이 손을 꼭 맞잡았다. 불보다도 뜨거운 기운이 흐르는 손들이었다. 생사를 같이하려는 손과 손이었다.

"에잇!"

그때 누군가가 그런 기합소리를 내지르며 달려들고 있었다. 그리고 그와 동시에 건장한 장정들 여럿이 한꺼번에 내닫기 시작했다. 현장은 이내 아수라장으로 변해버렸다.

"우우!"

대격돌이었다. 일찍이 그런 격돌은 드물었다. 하지만 슬프고 아쉽게도 그것은 그다지 오래가지는 못했다.

'타~앙!'

어느 한순간, 무서운 굉음이 사람들 귀를 찢어발겼다.

"으악!"

"헉!"

군중들 사이에서 비명이 울렸다. 핏빛 울림이었다.

"준서야!"

"성!"

얼이와 준서의 입에서 일시에 나온 외침이었다.

'탕, 탕탕.'

시위 주모자들의 호송을 맡은 일본군 보병들이 조선 군중들을 향해 무차별 총격을 가해오고 있었던 것이다. 소총을 가지고 도보로 전투하는 그 병사들은 흡사 사냥놀이를 즐기는 것 같아 보였다. 어쩌면 일부러 덫을 놓고 걸려들기를 기다리고 있었지 않았나 하고 여겨질 판이었다.

"도, 도망쳐라!"

"총에 맞으모 안 된다!"

조선 군중들은 뿔뿔이 흩어지기 시작했다. 동족의 발에 밟혀 상처를 입거나 목숨을 잃는 불상사가 생겨날 위험마저 엿보이는 현장이었다. 하지만 모두가 그런 건 아니었다.

"무, 물러서지 마라!"

"저눔들을 쥑이고 우리 동포를 구하자아!"

총탄이 말 그대로 빗발이 되어 퍼붓는 속에서도 달아나지 않고 마지막까지 저항하려는 열혈의 젊은이들도 있었다.

'기상은 좋지만도 너모 무모한 짓인 기라. 목심은 하나뿐, 도로 훗날을 기약하는 기 낫다.'

그런 생각을 하며 얼이는 준서 손을 꼭 잡고 무작정 뛰었다. 준서도 산짐승처럼 잽싸게 몸을 날렸다.

'탕!'

'타~앙!'

총성이 계속 들렸다. 실로 잔악무도한 자들이었다. 빈손인 조선 민중들을 겨냥해 마구잡이로 총질을 해대는 것이다. 그건 세상에 다시없을 불공평한 전쟁터였다.

"헉헉."

준서와 얼이는 어떻게 그 세찬 총탄의 소나기 속에서 무사히 벗어났는지 알 수 없었다. 내 머리가 아니었고 내 다리가 아니었다. 어쨌든 그것은 기적이라고 할만했다.

그러나 인간 세상에 기적은 없었다. 그때 당시는 몰랐고 나중에 가서야 밝혀진 사실이지만, 그날 모두가 아무 탈이 없었던 것은 아니었다.

일본군 보병의 탄환을 맞고 현장에서 즉사한 사람도 있었다. 대구 사람 이식육이라는 사람이었다. 그리고 강순목 등 많은 인사들이 중상을 입었다고 한다. 알려지지 못한 채 그대로 묻혀버린 이들도 분명히 있을 것이다.

"그날 내 곁에 있던 그 사람이 당한 기라."

"일본군 보뱅들한테 돌진하던 그 사람은 또……."

그것이 끝은 아니었다. 그날 이후로도 여러 곳에서 의거가 뒤를 이었다. 수곡면, 미천면, 정촌면, 문산읍, 그리고 여러 지역 유림들의 독립항쟁이 꼬리를 물었다. 그해 5월까지 벌어진 독립시위는 자그마치 20회에 가까웠다.

그 지역에서의 독립운동이 드리운 그림자는 크고 짙었다.

어쩌면 그것은 이미 예고된 일이었지만 그럼에도 감행할 수밖에 없는 성질의 것이었는지 모른다. 절대 피해 갈 수 없는 피의 운명 같은 것이었다.

"시, 시방 그 말!"

"……."

"봉양핵조가 우찌 된다꼬?"

"……."

오랜만에 나루터집에 들른 안골 백 부잣집 손녀 다미에게서 그 소식을 접한 비화는 평소 그녀답지 않게 어쩔 줄 몰라 했다. 음성도 다른 사람 음성이었다.

"사립에서 공립으로 넘어간다꼬예."

다그침에 가까운 비화의 말에 다미가 한 번 더 그 사실을 확인시켜주었다.

"아!"

비화의 입에서 탄식하는 소리가 흘러나왔다. 그것은 지금까지 봉양학교를 위해 그녀가 물심양면으로 쏟아왔던 모든 것들이 한순간에 무너지는 것과 다를 바 없는 깊은 충격이 아닐 수 없었다.

"봉양핵조 출신들 가온데 지난분 그 사건으로 형벌을 언도받은 사람들을 생각하모 내는 아즉도 믿기지를 안 해."

비화의 눈시울이 붉게 물들었다. 노을빛이 내리는 것 같았다.

"……."

다미는 잠자코 길고 하얀 손가락만 만지작거렸다. 이른바 '신여성'의 반열에 오를 법한 다미는 신식 교육을 받았지만, 유교 도덕에서 기본이 되는 삼강과 오륜에서도 벗어나지 않는 규수라는 소문이 자자했다.

'우리 준서.'

비화는 지금 준서가 자기 방에 있는지 아니면 다른 곳에 있는지 알지 못했지만, 다미를 앞에 앉혀 놓고 보면서 준서 생각을 지우지 못했다. 두 사람이 터놓고 만나고 있지는 않지만, 그들 사이에 흐르고 있는 감정의 물결은 어느 정도 감지하고 있는 비화였다.

"내 눈으로 볼 적에는 서로 잘 어울리는 한 쌍인 기요."

얼마 전부터 재영은 그런 말을 입에 올리며 은근히 자신의 속내를 내비치고 있었다. 비화 또한 다미가 싫은 것은 아니었다. 오히려 꼭 며느리 삼고 싶었다. 혹시 다른 집안에 빼앗기면 어쩌나 하고 조바심이 일기도 했다.

그러나 그런 생각을 할 때마다 앞을 가로막는 얼굴 하나가 있었다. 염 부인이었다. 그녀에 대한 문제가 해결되지 않고는 준서와 다미를 맺어줄 수 없다는 강박감에서 헤어날 수 없었다.

"봉양핵조 기틀을 닦으신 분도 징역 1년 형을 받으셨다고……."

그때 문득 들려오는 그 말에 비화가 바라본 다미의 눈가도 젖어 있었다. 비화는 가슴이 갈가리 찢어지는 기분이었다. 지역 사람들 모두가 존경해 마지않는 그였다.

"그렇거마는, 그분."

"예."

그 밖에도 봉양학교 출신들이 대단히 많았다. 박근용, 장익덕, 최림웅, 박환진, 이우강, 정석몽 등등.

"봉양핵조의 민족교육이 끝내 그 핵조를……."

비화는 또다시 목이 메어 말끝을 맺지 못했다. 사악한 일제 입장에서는 민족교육에 앞장서는 봉양학교가 눈엣가시였을 것이다.

'대체 왜놈들은 우리를 오데꺼지?'

비화 머릿속에 가마못 안쪽 동네에 있는 꺽돌과 설단 부부 집에 갔을 때 들었던 종묘장 이야기도 떠올랐다. 그 근처에 있는 종묘장이었다.

"일본인 전문기사를 두어 우리 농민들을 통제한다꼬요?"

비화는 붉은 목소리로 확인하듯 물었다.

"그렇심더. 그래서 우리 조선 농사꾼들은 저 종묘장 눈 밖에 나모, 소작농이나 자영농이나 더 이상 농사를 지을 수가 없거로 돼삣심더."

"흐, 그리 억울할 수가?"

비화는 손바닥으로 가슴팍을 문질렀다. 꺽돌은 분노와 원망에 찬 목소리로 계속 들려주었다.

"그라고예, 마님."

비화는 차라리 귀를 틀어막고 싶었다.

"그거 말고도 또 있소?"

허울 좋은 농사 순회강연을 강화하면서 조선 농가에 소규모 작물에 한해서는 작물시험을 해주는데 그것 역시 엉큼한 구석이 도사리고 있다고 했다.

"농경법하고 농구 사용법을 갈카줘서 익히거로 하고, 또 농가 부업도 장려한다 쿠기는 해쌌는데……."

그것 역시도 실제로는 조선 농민을 위하는 것과는 철저히 거리가 멀다는 것이다. 하나같이 사람 복장 터지게 하는 처사가 아닐 수 없었다.

"잠업 전습소를 개설하기도 하고예."

비록 초라하긴 해도 늘 먼지 한 점 없이 깨끗한 방바닥을 버릇인 양 연방 손으로 쓸면서 듣고 있던 설단도 대화에 끼어들었다.

"잠업이라모?"

비화는 눈을 크게 뜨고 물었다.

"누에치기 말이오?"

누에가 뽕잎 먹는 소리를 좋아하는 비화였다.

"예, 마님. 그리고……."

설단이 또 무슨 말을 하려는데 꺽돌이 원통함을 고하는 목소리로 앞서 들려주었다.

"저들은 종묘장을 통해서 말입니더."

중앙과 말단에 이르기까지 가증스러울 만큼 철저하게 농업 생산의 명령 체계를 굳게 세워 지주들로 하여금 농사 지도 조직을 결성, 종묘장과 연결을 하고 있다는 것이다.

"내는 땅이 있어도 장사에 더 신갱을 쏟는다꼬 본이(본의) 아이거로 등한시했구마."

비화는 들으면 들을수록 강한 울분에 휩싸였다. 배봉 집안에서 종살이를 하던 그 당시와는 크게 다르게 이제 꺽돌과 설단은 농업에 관해 많은 것을 알고 있었다. 완전히 농군이 되었다.

"종묘장의 왜눔 관리하고 몬된 조선인 지주가 주동이 돼갖고……."

꺽돌은 제 감정에 겨운 탓인지 자주 말이 끊겼다. 비화는 작은 방문을 통해 비봉산 남쪽 자락에 있는 종묘장 쪽을 노려보았다.

"우찌 그런?"

그들이 만든 친일농업단체는 가지가지였다. 너무나도 가증스럽고 악랄했다. 지주회, 권농회, 권업회……

"그런께네 그 친일농업단체의 조직원을 통해갖고 농사개량이라쿠는 맹분(명분)으로 우리 조선 농민들을 맹넝하고 통제하고 있다, 그런 이약이오?"

비화의 격한 음성에 문풍지가 파르르 떨리는 듯했다.

"그란데 지주들이 무신 방법으로?"

비화는 아무래도 쉬 그림이 그려지지 않았다. 그러자 꺽돌이 보다 상세히 이야기를 해주었는데 또 한 번 그의 변신을 보는 듯싶었다.

"종묘장에서 군郡하고 면面으로 내려가는 벼 장려 품종의 보급 체계를 이용, 아니 악용해서……"

설단이 부르르 몸을 떨었고 비화도 입술을 떨었다.

"저런!"

그리하여 못된 지주들은 힘없는 농민 위에 군림하면서 그들을 소작권으로 얽매는 사악한 수법을 동원하여 곡물을 수탈한다는 것이다.

"배봉이 겉은 인간들이……"

하다가 비화는 문득 언네를 떠올렸다. 지금 언네는 그 집 옆방에 누워 있다고 했다.

"갈수록 몸이 더 안 좋아지는 거 겉다고, 장 저리 누우갖고 지냅니더."

설단이 비화 마음속을 들여다본 듯 언네 근황에 대해 그렇게 들려주었다.

"몸이 더 안 좋아진다."

비화 가슴에 공허한 울림이 있었다. 어쩌면 몸보다 마음이 더 안 좋을 수도 있다는 자각이 일었다.

'내가 이렇는데 그 여자는 우떻것노.'

비화는 머릿속이 제멋대로 뒤엉키면서 뭐가 뭔지 혼란스럽고 구토가 날 정도로 어지러운 기운에 사로잡혔다.

'임배봉, 그 인간만 죽어 없어지모 모든 기 다 끝날 기라고 봤는데 아이거마.'

비화 자신의 생존 목적이 임배봉에 대한 복수였다. 그것도 세상에서 가장 처참한 방법으로 제거해버리는 것이었다. 바로 죽음이었다. 그리고 그자는 살아 있지 않다. 분명히 죽었다. 그의 최후를 직접 내 눈으로 목격하였다.

그런데 왜? 무엇 때문에 내 마음은 조금도 시원하거나 기쁘지 않은가? 그토록 오랫동안 벼르고 벼러왔던 일이 마침내 이뤄졌는데도 말이다.

'내 손으로 직접 처단하지 몬해서?'

그럴 수도 있었다. 그를 없앤 것은 비화 자신도 아버지도 남편도 아들도 아닌 저 미물인 소였다. 염 부인의 원혼도 다미도 아닌 천룡이었다. 그건 꼭 내게 주어진 임무를 남에게 떠맡겨 성사시킨 듯한 기분에 가까웠다. 하지만 한참 그러다가 고개를 흔들기도 하였다.

'우쨌든 그놈을 쥑이으이 된 거 아이가.'

그렇게 생각의 방향을 돌려보면 그건 '미완성' 같은 것이라고 가슴에 낄 것도 아니었다. 더군다나 솔직히 천룡이 아니었으면 아직도, 아니 어쩌면 영원히 복수를 하지 못할지도 모른다. 오히려 역으로 그 무서운 놈에게 당해 지금보다 훨씬 더 큰 한과 고통에 시달리다가 삶의 마지막을 맞이할 수도 있다.

'그라모 시방 언네의 심정은?'

그 생각을 하는 비화 귀에 기다렸다는 듯 이번에는 꺽돌의 말소리가 들렸다.

"배봉이가 죽은 후로 어머이를 알 수가 없심니더. 우떨 때는 시상에서 젤 행복하고 기쁜 사람매이로 웃으시다가도, 또 우떨 때는 그러키 슬프고 아픈 사람매이로 우시기도 하고, 에나 사람 미치삐것심니더."

설단도 덩달아 하소연했다.

"그래예, 마님. 지도 너모 심들어예. 어머님이 와 저라시는지 마님은 아시것어예? 아시모 말씀 좀 해주이소."

비화는 말없이 지금 그들이 있는 방과 옆방을 가로막고 있는 벽을 바라보았다. 그들 부부에게서 그런 말을 들어서인지 모르나 언네의 웃음소리와 울음소리가 함께 들려오는 것 같기도 했다.

"내가 볼 적에는 이렇소."

이윽고 한참 후에 비화의 입이 열렸고 부부는 잔뜩 귀를 기울였다.

"그기 바로 언네 아주머이의 솔직한 멤일 기라고 보요."

듣고 있던 두 사람이 한꺼번에 물었다.

"솔직한 멤예?"

"그기 우떤 멤인데예?"

비화는 사람이 없다고 착각이 될 정도로 여전히 아무 소리도 들리지 않는 그 방 쪽으로 시종 시선을 둔 채 대답했다.

"웃고 싶기도 하고, 울고 싶기도 하고……."

설단이 고개를 갸우뚱했다.

"지는 그래도 잘 모리것어예. 마님 말씀이 너모 에려버예."

꺽돌은 천룡의 목을 닮은 목을 끄덕였다.

"마님 그 말씀 들으이 인자 쪼꼼은 알 것도 겉심니더, 지는."

"시간이 가모 괘안아질 깁니더. 내도 시방······."

비화는 부부에게 고개를 돌리며 하던 말을 중도에 끊었다. 그렇게 한 이유를 그들은 알까.

"심정이 상구 복잡하것지예. 그 인간하고 얽힌 기 그냥 단순한 기 아이고 너모 복잡하다 아입니꺼."

꺽돌이 말하는 그 심정의 주인이 비화 자신인지 언네인지 다른 사람인지 아니면 모두인지 모르겠다.

'꺽돌이 저 사람은 역시 넘의 집에서 종살이할 사람이 아이었던 기라. 공불 했다모 크기 될 수도 있었던 아까븐 사람 아인가베.'

비화는 새삼 꺽돌을 다시 보았다. 언네의 웃음과 울음 뒤에 감춰져 있는 비밀을 그는 어느 정도 간파해 내고 있는 것이다.

'그래도 한때는 배봉의 총애를 받던 몸 아이었디가. 물론 그래서 더 큰 복수심에 사로잡혀 이를 갈았것지만 말이다.'

비화는 언네로 인해 그녀 스스로의 마음을 좀 더 잘 읽어낼 수 있을 것 같았다. 세상에 내 손에 피를 묻히고 싶은 사람이 어디 있겠는가? 하지만 피보다 더한 것이라도 감수할 각오와 필요가 있을 수도 있는 것이다.

'인간의 눈으로 보모, 인간은 이중적이고 양면적인가.'

결국 배봉도 둘이고 언네도 둘이다. 그렇다면 이 비화는? 나도 둘인가? 그건 아니다. 그래서는 안 되는 것이다. 그런데 왜 이런 마음을 벗어 던지지 못하는 걸까?

그때 문득 들려온 말이 한참 다른 시간과 장소를 헤매고 있는 비화를 현재로 돌려놓았다.

"저희가 마님께 기분 안 좋은 이약들을 너모 한거석 늘어놓는 기 아인가 싶심니더. 에나 죄송합니더."

"아, 아이요. 시방꺼지 내한테 해준 그 이약들을 듣고 보이……."

비화는 새로운 사실에 치를 떨었다. 그러니까 결국 종묘장은 소위 농업 근대화라고 하는 기치를 내세운, 일제의 또 다른 악랄한 수탈기관이자 위장된 통제기관이라는 결론인 것이다.

비화는 머릿속에 새로운 불이 켜지는 기분이었다. 얼마 전 그 지역에 50마력의 발전소가 설치되어 일반 민가에서는 대부분 5촉짜리 전등을 밝히고 있었는데, 바로 그런 불빛이 확 들어오는 느낌이었다.

'석유 지름이 아이고, 전기로 빛을 내는 등불이 맨들어질 줄이야.'

방바닥에 누워 천장에 매달린 전등을 올려다보고 있노라면 세상 참 많이도 발전했구나 하는 생각에 공연히 콧잔등이 시큰거리기도 하는 비화였다. 일제에게 나라를 송두리째 빼앗긴 세상이 아니면 얼마나 좋을까 하는 마음이 더 앞서기도 했지만, 변화는 부정할 수 없었다.

비화가 한참 동안 빠져 있던 종묘장 생각에서 벗어난 것은, 마주 앉아 있는 다미가 이런 말을 던져왔기 때문이었다.

"민족교육이 더욱 절실하것다는 멤이 들었어예."

비화는 쪽 찐 머리가 풀어지지 않도록 꽂은 비녀가 잘 어울리는 얼굴에 소리 없는 미소를 띠었다.

"그렇거마는. 교육이야말로 우리가 머보담도 젤 중요하거로 여기야 할 것이제."

다미가 자세를 고쳐 앉았다.

"교육자가 되모 참 좋것어예."

비화는 준서와 얼이의 스승인 권학을 떠올렸다.

"아모나 교육자가 될 수 있는 거는 아이것제."

그 고을에 이 나라 최초의 여자학급을 만들어 남녀공학을 이루어 냈던 지난날의 그 일이 아직도 하나의 기적인 양 받아들여지는 비화였다. 그리고 그것에 대해 세상 누구보다도 대견스러워하고 기뻐했던 사람이 바로 비어사 진무 스님이었다.

'아, 스님!'

비화는 홀연 진무 스님이 못 견디게 보고 싶었다. 그 감정은 무슨 말로도 나타낼 수 없을 만큼 아주 이상하고 강렬한 무게로 다가오고 있었다. 염 부인 손녀 다미 때문에 한층 그럴 수도 있을 것이다.

그러나 그게 아니었다. 그 순간까지도 비화는 전혀 내다보지 못했다. 바로 지금, 그 하늘이 무너지고 땅이 꺼질 소식을 전하기 위해, 진무 스님을 모시는 동자승이 나루터집으로 숨 가쁘게 달려오고 있었다.

맨 처음 그곳 살림채 방문 밖이 시끄러워졌을 때 비화는 그게 우정 댁이나 이웃에 사는 밤골 댁이 내는 소리일 거라고 생각했다. 언제나 그 두 사람이 가장 떠들썩한 분위기를 몰아오는 장본인들이었기 때문이었다.

그런데 우정 댁은 맞았다. 하지만 밤골 댁은 아니고 원아였다. 비화가 잠시 자리를 비운 상태에서 영업을 하는 데 없어서는 안 될 그 두 사람이 모두 장사는 놔두고 살림채로 들어온 것이다. 그리고 다른 또 한 사람이 더 있었으니 바로 비어사 동자승이었다.

"조, 조카!"

"준서 옴마아!"

열린 문틈으로 내다보이는 마당에서 우정 댁과 원아가 동시에 비화를 부르고 있었다. 그 모습이 몽환적으로 비쳤다.

비화 심장이 '쿵!' 내려앉았다. 두 여자 모두 살아 있는 사람의 얼굴이 아니었다. 뒤이어 어떤 암시처럼 눈을 찔러오는 대상은 잿빛 승복이었다.

"와, 와예?"

그렇게 묻는 비화의 목소리는 영락없는 단말마의 비명이었다. 다미의 안색 역시 파랗게 질려 있었다. 그렇지만 다미는 어느새 일어서서 밖에 있는 사람들에게 사뭇 흔들리는 소리로 말했다.

"퍼뜩 들오시이소."

세 사람 모두 엎어질 듯 꼬꾸라질 듯 더없이 위태로운 모습을 하고 방으로 들어오기 무섭게 죄다 방바닥에 무너지는 것처럼 철버덕 주저앉았다. 맨 먼저 그 비보를 전한 사람은 우정 댁이었다.

"스님, 진무 스님이!"

비화의 마구 흔들리는 눈빛이 우정 댁보다 동자승을 향했다. 그 눈에는 벌써부터 초점이 없었다.

"흑."

얼굴이 유난히 하얀 동자승이 오열을 터뜨렸다. 어쩌면 그는 전생에 남강 위를 훨훨 날아다니던 학이었거나 대사지의 흰 연꽃이었거나 들판에 핀 백합이었는지도 모른다.

비화는 직감적으로 알았다. 진무 스님에게 어떤 일이 닥쳤다는 것이다. 그것은 그림자가 앞에 오고 실체는 뒤에 따라오는 것과 유사한 그 무엇이었다. 하지만 설마⋯⋯.

"우리 앞으로 우찌 사노?"

원아가 피를 토하듯 말했다. 그 소리는 얼핏 봄날 야산에서 들려오는 소쩍새 울음소리와 닮았다.

"그, 그라모 지, 진무 스님께서?"

그렇게 절규하는 다미 두 눈에 눈물이 핑 돌았다.

"예, 흑."

동자승이 울면서 말했다. 온몸으로 울고 온몸으로 말하는 듯했다.

"그, 그 일만 없었어도 돌아가시지 안 했을 낀데."

‘그 일.’

비화는 그 와중에도 진무 스님의 입적이 자연적인 것은 아니라는 깨달음이 일었다. 금방 눈물바다가 돼버린 방안이 난파선처럼 함부로 흔들거리고 있었다.

진무 스님은 말했었다. 배가 산으로 가도 사공은 배에서 내릴 수가 없다고. 내려서는 안 된다고.

"무신 일이 있었던 기라예?"

다미가 간신히 동자승에게 물었다. 비화는 어떤 말도 할 수 없는 상태에 빠져 있었다. 동자승은 소매로 눈물을 훔쳤다.

"예."

우정 댁이 곧장 달려들어 애꿎은 동자승의 복장을 있는 대로 쥐어뜯을 기세로 채근했다.

"우찌 된 일인고 쌔이 말해 보소!"

우정 댁과 원아는 동자승에게 진무 스님 열반 소리만 들었지 어떻게 된 사연인지는 아직 모르고 있는 모양이었다. 그 소식을 듣자 막 바로 비화에게 달려왔을 것이다.

"올마 전에 우리 고을에서 독립 만세 운동이 일어났을 때…….".

동자승은 복받치는 울음을 가까스로 참아가며 입을 열었다.

"그날 시위를 벌이다가 일본 갱찰하고 헌뱅한테 쫓기던 몇 사람이 우리 절로 도망쳐 왔는데…….".

"흑흑."

여자들 울음소리 속에 섞여 동자승 이야기는 끊어질 듯 겨우 이어졌다. 그건 들으면 들을수록 가슴을 옥죄는 내용들이었다.

"큰스님께서 그들을 얼릉 몰래 숨기주라 하싯고…….".

현장에서 벌어졌던 아슬아슬한 장면을 목격했던 동자승은, 그 기억이 떠오르는지 부르르 몸서리를 치며 저주와 비난 서린 목소리로 들려주었다.

"쪼꼼 있다가 총칼로 무장한 일본 갱찰하고 헌빵들이 우리 절로 들이 닥칫심니더."

그 순간의 동자승 모습은 불제자라기보다도 항일투쟁을 벌이는 학생 신분에 더 가깝게 비쳤다. 여자들은 세상이 무너져 내리는 극한 슬픔과 절망 속에서 숨이 멎는 모습들을 보였다. 지난 독립운동 사건은 자다가 일어나 돌이켜 봐도 전율이 느껴지는 대사건이 아닐 수 없었다.

"그때 큰스님께서는 몸져누워 계셨심니더."

"……."

백 세 가까운 그가 죽은 것처럼 누워 있는 모습이 눈앞에 어른거려 어느 누구도 입을 열지 못했다.

"일본 갱찰하고 헌빵들은 다 알고 왔다고 했심니더."

질식하게 만드는 긴장감이 사람들을 휘어잡고 있었다.

"조선 시위꾼들을 당장 내놓지 않으모 절에다 불을 질러삐리것다고 총칼로 겨눔시로 막 협박을 했심니더."

모두 눈물로 범벅 된 얼굴을 하고 손바닥을 가슴에 갖다 댄 채 온몸을 부들부들 떨며 동자승 이야기를 들었다.

"그라자 큰스님께서 벌떡 일어나시더이……."

동자승은 처음부터 끝까지 실제 자기 눈으로 똑똑히 지켜보았년 일이지만 여전히 믿기지 않는다는 빛이었다.

"여러 날째 운신도 몬 하시던 큰스님께 오데서 그리 큰 기운이 생기셨을까예."

진무 스님은 대나무 꼬챙이같이 꼿꼿한 자세로 앉아 함부로 구는 일본 경찰과 헌병들을 향해 무섭게 호통을 치시더라는 것이다. 그 고함소리가 어찌나 크고 우렁찼는지 법당 문짝이 덜컹거리고 요사채 지붕이 날아갈 지경이었다고 했다.

"그, 그래서 우찌 됐어예?"

근동에서 알아주는 대갓집 규수답게 언제나 조신한 마음을 잃지 않는 다미가 참을성 없는 여자아이처럼 동자승에게 물었다.

"그랬더이 말입니더."

동자승은 물기 젖은 눈에 빛을 내며 대답했다.

"큰스님의 그 시퍼런 서슬에 저 악독한 왜눔들도 고마 질리삐릿는지 꼼짝도 하지 몬하고 있었심니더."

비화는 망극한 고통과 슬픔 속에서도 능히 그럴 수 있는 일이라는 생각을 했다. 진무 스님 앞에서는 누구라도 그렇게 할 수밖에 없을 것이다.

"그렇다꼬 그냥 곱기 물러갈 것들이 아인데……."

눈물 그렁그렁한 얼굴로 원아가 하는 말에 동자승이 고개를 끄덕였다.

"맞심니더. 그랬심니더. 첨에는 당황해갖고 멍하이 있던 것들이, 내 중에는 큰스님 가슴에 총하고 칼을 겨눴심니더."

"아!"

여자들 입에서 기겁하는 소리가 터져 나왔다. 그 광경을 상상만 해도 피가 마르고 살이 굳는 느낌이었다. 동자승은 너무나 가슴이 아프지만, 끝까지 들려주기로 작심한 듯했다.

"그래도 우리 큰스님께서는 눈 하나 깜짝 안 하시고 꼿꼿한 자세로 앉으시갖고 계속해서 왜눔들을 나무라고 계싯심니더."

이번에는 우정 댁이 물었다.

"그, 그래서 우찌 됐소?"

절집에 있으면 개도 저절로 온순해진다고 하는데, 하물며 불도를 닦는 신분이니 더 말해 뭣하겠는가. 그 착해빠져 보이는 동자승이 두 눈에

칼을 꽂은 것처럼 시퍼런 빛을 내며 얘기했다.

"왜눔 갱찰하고 헌병들은 큰스님 방에서 나와갖고는 거칠게 막 돌아댕김서 온 절간을 샅샅이 뒤지기 시작했심더. 그라고 앞에 걸리는 물건들을 있는 대로 자빠뜨리고 발로 걷어차고 함시로……."

동자승은 숨이 가빠오는지 잠시 말을 멈추었다.

"우짜노?"

여자들이 또다시 자지러지는 모습을 했다. 조선 시위꾼들이 발각되는 건 시간문제로 보였다.

"왜눔들이 눈깔이 뻘게갖고 그라고 있는데 말입니더."

또 다른 사태가 벌어졌다. 일은 거기서 그친 게 아니었다. 사실은 그때부터 시작이라고 해야 했다.

"시상에, 큰스님이……."

부처님은 진무 스님에게 또 영험을 보이셨다. 평소 앉아 있기는 고사하고 누워 있어도 힘들어 하던 진무 스님이, 자기 혼자 힘으로 일어나서 절 마당으로 걸어 나오더니 절간이 쩌렁쩌렁 울리도록 고함을 쳤다.

"이놈들아! 저 하늘이 두렵지도 않으냐? 부처님께서 금수보다 못한 너희 놈들을 모조리 지옥에 처넣어버리실 것이다!"

동자승은 고개를 숙였다가 들었다.

"그런 큰스님을 보자 왜눔들도 고만 겁을 집어묵고……."

만약 일본 경찰과 헌병들이 거기서 철수하지 않고 조금만 더 수색을 계속했다면, 대웅전 뒤쪽에 몸을 숨기고 있던 이들은 모두 꼼짝없이 검거되고 말았을 것이다. 그리하여 조선 시위대 사람들은 다 무사할 수가 있었으니 그것이야말로 신불神佛이 보인 기적이 아닐 수 없었다.

"그란데, 그란데……."

하지만 세상 모든 일에는 반드시 명암이 엇갈리는 법이었다. 그러잖아도 노쇠한 진무 스님은 그날 밤부터 심하게 앓기 시작했다고 한다. 조선 사람들을 구하기 위해 마지막 기력까지 쏟아내어 일본 경찰과 헌병들을 쫓아 보냈지만, 그 후유증은 너무나도 컸다.

"아……."

끝내 비화는 혼절하고 말았다.

"조, 조카!"

"마, 마님!"

우정 댁과 다미가 비화의 팔다리를 주무르고 원아가 물수건을 가져와서 비화의 이마에 얹었다. 동자승은 두 손을 모아 기도하며 그저 부처님만을 찾았다.

"부처님! 부처님!"

비화는 이승인지 저승인지 모를 혼미한 가운데 진무 스님 목소리를 들었다.

— 숨길 비, 꽃 화, 그렇게 쓰는 비화더냐?

— 넌 분명 염 부인의 죽음에 대한 비밀을 알고 있다.

그런 속에 이런 소리들이 아주 멀리서 출렁이는 물결 소리처럼 가물가물 들렸다.

"그라모 다비식은 운제?"

"그날 우리 나루터집 식구들 모도 가 봐야지예."

"저희 집안 어른들께도 말씀드리것심니더."

비화는 살아 있는지 죽어 있는지 모를 와중에도 거짓말같이 생각했다.

'아아, 진무 스님께서 마즈막꺼지 몸을 던져 이 나라 백성들을 구하시고 열반에 드싯구마. 생불生佛이신 진무 스님.'

그 밤에 비화는 진무 스님을 만났다. 부처님과 함께 계셨다. 그리고 염 부인도 같이 계셨다. 그 두 분이 나란히 부처님 곁에 앉아 있는 것이다.

비화는 그게 꿈이란 것을 알았다. 꿈을 꾸면서도 이건 꿈이란 자각이 일었다. 그러면서 또 생각했다. 꿈이라도 좋다고. 진무 스님과 염 부인이 극락에 가 계시니 무엇을 더 바라겠느냐고.

특히 염 부인 표정이 그렇게 밝을 수 없었다. 생전에 그녀 얼굴에 비치던 고뇌와 회의의 빛은 어디에도 없었다. 그저 꿈 많고 웃음 많은 소녀처럼 미소를 짓고 있었다. 진무 스님과 무슨 말을 주고받으면서 까르르 웃기도 했다. 그녀 얼굴 위로 문득 다미 얼굴이 겹쳐 나타나기도 했다.

진무 스님 음성도 굉장히 젊고 힘찼다. 생시와는 달리 말수도 많이 늘어나 있었다. 그에게서는 경외심과 더불어 말장난이라도 걸고 싶을 만큼 친근감이 느껴졌다. 그의 얼굴 위로 문득 젊은 학승學僧의 얼굴이 겹쳐 보이기도 했다.

'어? 이 소리는…….'

그때 어디선가 개 짖는 소리가 들렸다. 비화는 얼른 주위를 돌아보았다.

'아, 보리다, 보리!'

털빛 뽀얀 보리가 저쪽에서 달려오고 있었다. 비화를 보더니만 매우 반갑다고 꼬리를 크게 흔들어 댔다. 준서가 아주 좋아했고 준서를 무척 따르던 보리였다. 보리도 극락에 와 있다는 사실이 비화를 놀라게 하면서도 기쁘고 감격스럽게 했다.

"너 비화가 아니냐?"

비화를 발견한 진무 스님이 물었다.

"넌 아직 이곳에 올 때가 멀었는데 어쩐 일이냐?"

비화는 들뜬 목소리로 대답했다.

"그냥 왔어예."

염 부인도 의아한 얼굴로 반가워하면서도 단호하게 말했다.

"스님 말씀이 옳으시다. 그러이 비화 색시는 얼릉 돌아가거라."

하지만 비화는 철부지 생떼 부리듯 했다.

"아이라예. 지도 두 분하고 같이 있고 싶어예. 운제까지고 헤어지지 않고 장마당 함께 말입니더."

그리고 나서 부처님께 부탁하려고 부처님을 찾았더니 그새 어디로 가셨는지 그만 보이지 않았다.

"부처님은 오데 계시예?"

비화가 물었더니 진무 스님이 대답했다.

"부처님께서는 할 일이 많으셔서 다른 곳을 둘러보러 가셨다."

염 부인이 점잖게 타일렀다.

"우리 비화 색시도 내중에 여게로 올 것이니 너모 섭섭키 생각 말거라. 아즉 해야 할 일이 마이 남아 있으이 퍼뜩 내리가야제."

그런 후에 손가락으로 저 아래를 가리켰다. 더없이 곱고 부드러운 그 손은 흰 눈보다도 맑고 깨끗해 보였다.

"저게는……."

비화가 그곳을 내려다보니 지상이었다. 많은 사람과 동물이 다니고 있었다. 강도 흐르고 산도 솟고 꽃과 나무도 서 있고 인간들이 사는 집도 있었다.

"어서 가거라. 넌 아직 여기 오래 머물 사람이 아니니라."

"스님!"

"비화 색시를 기다리는 사람들이 짜다라 있거마."

"염 부인 마님!"

진무 스님과 염 부인은 그녀를 배웅해주었다. 비화는 섭섭했지만 가벼운 마음으로 돌아섰다. 부처님 곁에 있는 진무 스님과 염 부인을 보았기에.

천주당 비둘기

진무 스님을 그렇게 보내고 나서 비화는 시간을 잊었다.

하루가 지난 것 같기도 하고, 한 달, 아니 일 년이 흐른 것 같기도 하였다. 어쩌면 덜 되었거나 더 많이 되었는지도 모르겠다.

마치 일본에서 불의의 사고로 시간관념을 잃어버린 채 살아가고 있는 왕눈 재팔처럼 살았다. 아니다. 그건 살았다기보다 죽은 것과 진배없는 생활이었다. 그리고 그게 세상의 민낯이듯, 그사이에 그녀 주위에는 많은 변화들이 있었다.

만호와 상녀의 딸 은실이 혼례를 치렀다. 신랑 집안은 저 먼 평양 땅에서 사업을 하고 있는 기업가 가문이었다. '남진주, 북평양'이라는 바로 그 진주와 평양 출신 남자와 여자의 결합이었다.

그렇다면 무슨 일이 있은 걸까? 은실은 부모 모르게 사귀고 있던 남자가 있었다. 바로 그 고을에 있는 고문당서점 주인 반지태의 아들 반문환이었다.

결론부터 얘기하자면 헤어져야 했다. 그 두 남녀의 비극에 대해 아는 이는 없었다. 부모, 특히 아버지의 일방적인 강압에 의한 혼례였다. 딸

118

이 자기는 은밀히 교제하고 있는 사람이 있다고 말을 할 수 있을 정도의 아버지 만호가 아니었다. 그 말을 입 밖으로 내는 그 순간 은실은 자신의 처지가 어떻게 되리라는 것을 너무나 잘 알았다. 그리하여 자살 충동까지 느꼈지만, 사람은 제 목숨이라고 제 마음대로 할 수도 없다는 것을 실감한 은실이었다.

그들은 이별을 앞두고 마지막으로 만났다. 그 자리에서 반문환은 은실의 행복과 건강을 빌어주었다. 은실은 아무 말도 해줄 수 없었다. 아니, 못했다. 너무 어설픈 이별이었다.

아무튼 조선 남방에 치우쳐 있는 고을의 집안이, 어떻게 해서 한참 북쪽에 있는 집안과 사돈을 맺게 됐는지는 모르지만, 그 사실은 거기 고을민들에게는 상당한 이야깃거리를 제공했다. 혼기를 한참 넘긴 신부의 혼인이라는 사실도 한몫을 했다. 더욱이 동업직물 혼사였다.

그런데 더 흥미와 관심을 끄는 요소가 있었다. 신랑 아버지는 지두병이라는 사람인데, 고무신 공장을 운영하고 있다는 것이다.

고무신 공장이라니. 일반 사람들에게는 너무 생소하기만 한 그 공장에서 만든 고무신은 말 그대로 불티나게 잘 팔린다고 했다. 사람들은 정작 신랑과 신부보다도 신랑 집안에서 생산하고 있다는 고무신에 대해 더 많은 끌림과 호기심을 나타냈다. 원래 민심이란 것이 바로 그런 것인지도 모르겠다. 그 이야기는 아무리 퍼내도 마르지 않는 샘물처럼 끝없이 이어졌다.

"우찌 맹글었다 쿠는데?"

"남자 고무신은 짚신을 본떠서 맨들었다 안 쿠나."

"그라모 여자 고무신은?"

"우찌 맹글었을꼬 함 알아맞히 봐라."

"음."

"모리것나? 모리것제?"

"어, 쪼꼼만 더 기다리 봐라."

"알것다. 답할 때꺼정 내 입 딱 봉하고 있을 낀께네 알아나 맞차 봐라."

"아, 암만캐도 모리것다."

"진즉에 그리 말 안 하고……."

"여자 고무신은 우찌 맹글었는고?"

"보선(버선)코. 보선코도 모리나, 보선코."

"이뿌것다, 그자?"

"우리는 운제 그 공장에서 맨든 멋진 고무신 한분 신어볼 날이 올랑고?"

"아, 우리 고을 처자가 그 고무신 맹그는 집안에 시집을 갔으이, 그런 날이 퍼뜩 안 오까이?"

"모올라."

그러고 나서 갑자기 목소리를 낮추기 시작하는 사람들이었다.

"신부 집안이 우떤 집안인고 잘 앎시로 그런 이약 해쌌나?"

"더 안 떠벌리도 알것다. 그라이 인자 고마해라."

"더 하라 캐도 내사 더 안 할란다."

그런데 더 하지 않는다면서 그다음에 나오는 이야기들이 여간 예사롭지 않았다. 어떻게 보면 그게 더 핵심에 근접했다.

그것은 그 신랑이 어떻게 생겼고 성질이 어떻다는, 그러니까 인물 자체에 관한 것보다도 그 신랑에게서 파생되는 내용들이었다. 이름은 지태훈인데, 그가 평양에서 남다른 일에 앞장서 왔다는 것이다.

조선 물산 장려회.

그것은 참으로 예사로운 게 아니었다. 단지 그 고장 사람들뿐만 아니라 다른 지역 사람들에게도 아직은 퍽 생소한, 그 장려회가 펼치기 시작한 놀라운 그 운동들은, 나중에 전국적으로 퍼져 나가게 된다.

"에나가?"

"하모!"

"니 그기 사실이 아이모 알제?"

"내도 모리지. 히히."

사람들이 찧어 대는 입방아는 그칠 줄 몰랐다. 여하튼 어디까지가 사실이고 어디까지가 지어낸 이야기인지는 누구도 알 수가 없지만, 그 고장 최고 갑부인 동업직물 무남독녀의 신랑이라는 배경 때문에, 그 모든 것들을 보다 크고 넓게 소리 소문들에 실어 퍼 날랐다는 게 맞는 말일 것이다.

"지태훈, 지태훈이라."

"인자 고마 말해라. 넘의 신랑 이름 닳아 없어지모 니가 책임질 끼가?"

한마디로 대단한 인물이었다. 그리하여 오랫동안 악덕 부자 집안으로서 그 고을 사람들의 지탄과 비난의 대상이던 배봉가에 대한 이미지를 달라지게 할 정도였다. 만호가 사위 덕을 톡톡히 보게 된 셈이었다.

그 이후로 언제 어떤 경로를 통해 그랬는지는 모르겠지만, 지태훈이 속해 있는 그 조선 물산 장려회의 활동상은 그 고을에 새로운 화제로 떠오르기에 충분하였다. 아니, 사실은 그 지역에만 한정된 것이 아니라 그 전에 이미 이 나라 방방곡곡으로 확산되고 있었던 것이다.

"재업아, 안 있나."

"아, 그렇다쿠데? 새이도 요분에 첨 알았제?"

그런 가운데 동업과 재업은 사촌 매형인 지태훈 덕분에 더 많은 것을 알게 되었다. 동업은 원래부터 총기 있는 젊은이라고 잘 알려져 있었고,

형보다는 여러모로 좀 떨어진다고 평가받던 재업도 그때쯤은 꽤 똑똑해져 있었다.

두 젊은이는 지금 동업의 방에서 궐기문 하나를 앞에 펼쳐 놓고 들여다보는 중이었다. 조선 물산 장려회 궐기문이었다.

'내 살림 내 것으로!'

그런 문장으로 시작되는 그 궐기문은, 우리가 먹고 입고 쓰는 것이 모두 우리 손으로 만든 것이 아니었다. 그게 세상에서 가장 위태롭고 무서운 일이라는 것을 이제야 깨달았다고 적었다.

그리하여 서로 붙잡고 의지하며 살자고 하면서, 조선 사람이 짠 것, 조선 사람이 만든 것, 조선 사람이 지은 것을 입고 먹고 쓰자고 말한다.

병인박해 때 순교한 전창무와 그의 부인 우 씨의 아들인 혁노.

그 혁노가 준서와 다미 사이에 또 다른 새로운 다리를 놓아줄 줄은 아무도 몰랐다. 그날 준서는 얼이와 더불어 셋이 의형제를 맺은 혁노의 반강제에 의해 그곳으로 갔는데, 바로 거기서 다미를 만난 것이다.

그러고 보면 그 또한 모든 것을 미리 다 정해 놓은 하늘의 뜻이 아닐까 싶었다. 여하튼 혁노가 준서에게 그곳에 함께 가자고 했을 때 준서는 마지못해 물었다.

"오데 있는 데라꼬?"

혁노가 서양사람 흉내를 내어 어깨를 으쓱하며 대답했다.

"순천당."

영특하기로 소문이 나 있는 네가 그것도 모르느냐고 했다.

"옥봉동 산 밑에 있다 아이가."

그 고을 교방 관기 출신들이 모여 살고 있는 동네 이름이 혁노의 입에서 나오고 있었다. 어쨌든 그런 다음에 혁노는 친절하게 덧붙였다.

"터가 백 팽(평)도 더 넘는 기라."

준서는 눈을 가느스름하게 떴다.

"그 정도 땅이모, 초가삼간을 몇 채나 지을 수 있는 기고?"

잠깐 사이를 두었다가 다시 물었다.

"그 땅에 맨든 기 천주교 공소公所라 캤나?"

독실한 신자인 혁노 덕분에 이제 준서도 알고 있었다. 가톨릭교회에서 본당보다 작은 교회 단위가 공소였다. 보통 그 공소에는 신부가 상주하지 않아, 정기적인 신부의 방문을 통해서 성사가 집행된다는 사실도 모르지 않았다.

'옥봉동 공소는 안 그런가도 잘 모리것지만도.'

세상에는 예외도 있을 수 있다는 것을 깨치고 있는 준서 생각이었다.

"인자부텀 안 있나."

혁노 말에 준서가 말했다.

"내는 없다."

혁노 입담도 여간 아니다.

"없으모 니 섧지 내 섧나? 준서가 섧나, 서준이가 섧나?"

준서가 맞받아쳤다.

"노혁이가 섧지."

어쨌거나 한바탕 그러고 나서 혁노가 방주인 성격에 걸맞게 깔끔하게 정돈되어 있는 준서 방을 새삼스럽게 휘익 둘러보며 감격에 찬 목소리로 말했다.

"우리 고을 천주교 역사가 시작된 기라."

준서 가슴도 어쩐지 뻐근했다.

"역사의 시작."

옥봉에 있는 그 천주당에 대한 혁노의 기대와 긍지는 대단해 보였다.

준서는 그 큰일을 한 사람이 누구인지 궁금해졌다.

"초대 대구교구장 안세화 주교가 그 땅을 사서······."

천주학 신자가 아닌 준서에게는 생경한 말이었다. 잠시 상념에 잠겨 있던 준서가 문득 기억났는지 말했다.

"이전에도 안 있었디가, 문산성당."

혁노는 감회 어린 목소리로 말했다.

"하모, 있었디제. 내가 그 성당에서 묵고 자고 안 했나."

그러는 혁노 머릿속에 저 '소촌역'이라는 이름으로 긴 세월에 걸쳐 진 주의 관문 구실을 하면서 찰방의 지휘하에 있었던 큰 역촌마을 문산이 자리 잡았다. 예로부터 배가 많이 나는 곳이었다.

'문산성당은 이전에 문산찰방 관아로 사용됐던 만큼 건물이 장난이 아이었제.'

촉석루를 연상시키는 기와지붕이 참 근사했다는 기억이 났다. 거기 건물 안으로 올라갈 수 있게 만들어 놓은 계단 위에 서서 나무가 심어진 마당을 내려다보며 하느님 나라를 입에 올리던 사제복 차림의 신부님들 모습도 떠올랐다.

'뽕나모밭이 머가 된다쿠는 말이 있지만도.'

비록 문산찰방이 문산성당으로 바뀌고 말았지만 지난 시절 문산찰방 의 위세는 대단하여 봉록이 없는 관리임에도 불구하고 어지간한 수령급 들도 함부로 대하지 못할 정도였다고 들었다. 그리하여 소촌역에 상주 하며 진주의 평거역과 문화역과 영창역, 사천의 관율역, 곤양의 완사역, 의령의 지남역, 고성의 배둔역, 진해의 상령역, 남해의 덕신역, 거제의 오양역 등, 진주 인근에 있는 열다섯 개 역을 직접 관할했다.

'그랬던 문산찰방이······.'

혁노는 그 이름도 생경한 불란스인 신부 '권 마리오 줄리엥'을 생각했다. 바로 대한제국 정부로부터 찰방건물을 매입한 장본인이었다. 그는 거액을 주고 산 찰방관서와 아전관서 10여 동과 찰방부지 2천 4백여 평을 성당 건물로 사용, 문산 본당을 설립하기에 이른다.

'신부님들이 살던 집도 볼 만했디제.'

본당 건물 안에 있는, 신부들이 거주하는 집인 사제관도 잊을 수 없다. 아무튼 나도 거기서 숙식을 해왔다는 사실이 새삼스럽게 가슴을 치는 혁노였다. 그는 약간 멍한 표정을 짓고 있는 준서에게 설명해주었다.

"내가 방금 이약한 옥봉공소는 우리 읍 지역에서는 맨 첨이다, 그 말이제."

안세화 주교는 원래 불란스 사람인데 우리나라 이름으로 안세화라고 했다. 준서는 왠지 가슴팍이 먹먹해지는 것을 느끼며 혼자 중얼거렸다.

"불란스 사람!"

어쨌거나 그리하여 준서는 혁노의 손에 이끌려 그 옥봉 천주당으로 가게 되었다. 나란히 걸어가는 그들 그림자가 사제의 옷자락을 연상시켰다.

"준서 니 보기에는 우떻노? 괘안나?"

이윽고 당도한 천주당 마당에 서서 건물을 올려다보며 혁노가 물었다.

"목조기와가 상구 기다랗네? 창문들도 짜다라 달리 있고."

그렇게 대답하는 준서 머릿속에 그가 다니던 낙육고등학교 건물이 되살아났다. 아무튼 그 건물은 아주 길게 얹어 놓은 목조기와가 얼핏 단조로운 듯 약간 특이한 양식이었다.

'전형적인 일본식 목조기와 건물 아이가. 저런 왜색적倭色的인 건물도 안 흔할 끼다.'

준서는 그런 생각이 들었지만, 입 밖으로 내지는 않았다. 아마도 신자들은 미약한 선교 기반을 감안할 때 이런 천주당이라도 가지게 된 것이 얼마나 잘된 일이냐고 좋아할 것 같은데 괜히 기분을 나쁘게 만들 필요가 없다고 여겼다. 그리고 무엇보다 지금이 일제시대이니 그건 어쩔 도리가 없을 거라는 자위도 했고, 더 중요한 것은 건물 형태가 아니라 신자들의 믿음이라고 보았다.

"천주당이라꼬 써 놓은 글자도 멋이 있제?"

혁노가 가리켜 보이는 건물 출입구 쪽에는 '시옷 자' 모양의 지붕이 있고, 그 아래에는 한자로 '天主堂'이라고 쓴 간판이 붙어 있었다.

그런데 두 사람이 출입문을 통해 건물 안으로 들어섰을 때였다. 그들은 깜짝 놀라 눈을 크게 떴다. 긴 의자들이 여럿 놓여 있는 그곳에는 정말 뜻밖에도 다미가 그녀의 벗 몇과 함께 와 있었던 것이다.

"이기 눕니꺼?"

준서보다 혁노가 먼저 반가움에 찬 목소리로 다미에게 말을 걸었다. 그런 그에게서 지난날 미치광이 행세를 하던 모습은 씻은 듯이 사라지고 없었다.

"여서 만낼 줄은 몰랐지예."

그건 다미도 마찬가지인 것으로 보였다.

"예, 지도 예상을 몬 했어예."

그러면서 준서를 바라보는 다미의 눈빛이 많은 것을 담고 있었다. 어쩌면 그녀는 준서 어머니 비화도 동시에 떠올리고 있는지도 모른다.

"……."

준서는 아무 말도 하지 못한 채 얼굴만 약간 붉히고 있었다. 그녀와의 사이에 있었던 몇 개의 사건들이 뇌리를 스쳤다. 되새겨보면 그 사건들 하나하나가 모두 예사롭지 않다는 자각에 더욱 전신이 움츠러드는 느낌이었다.

'다미 처녀 또래들이 있는 데서 보이 우리 혁노 성도 인자 나이를 마이 묵은 거맹캐 안 비이나. 장개는 운제 갈랑고? 설마 가다 한 분씩 이약하는 거매이로 신부가 돼서 혼자 살 생각을 하는 거는 아이것제?'

준서가 그런 생각을 하면서 바라본 혁노는 다미의 벗들과도 아무 스스럼없이 이런저런 이야기들을 나누고 있었다.

"아, 가마이 있거라, 그라모 다미 아가씨하고 동무분들도 다 '천주교 청년회'의 회원들이 될라꼬?"

혁노는 그렇게 확인하면서 놀람 반 기대 반 섞인 표정이었다. 준서는 순간적이지만 저 병인박해 당시 끝까지 배교하지 않고 이른바 '피의 꽃'이 되어 순교했다는 그의 아버지 전창무가 떠올랐다. 그리고 목 없는 무덤, 무두묘…….

"예, 그래갖고…….."

다미의 벗 희숙이 말을 계속했다. 그녀는 혁노와 많은 이야기를 나누고 싶어 하는 빛이 엿보였다.

"여게 공소에서 맹근 성해학원에서 학상들을 갈카주는 일에도 함께 하고예."

혁노는 한층 상기된 얼굴이었다.

"오, 성해학원에서!"

옥봉공소에서 학원도 만들었다니. 준서에게는 모두 익숙하지 못한 내용들이어서 그저 가만 듣고만 있을 수밖에 없었다.

아니다. 사실은 다미 때문이었다. 아직도 준서는 다미를 만나면 가슴이 걷잡을 수 없을 정도로 흔들렸다. 다미는 어떤지 모르겠지만 준서 자신은 그랬다.

"여게 공소회장이신 스테파노, 아니 이종낙 그분의 맏아드님이 조직하신 우리 지역 천주교청년회의 청년운동하고 선교운동은 에나 대단타 아입니꺼."

혁노 말에 다미의 또 다른 벗인 귀연이 물었다. 그녀는 얼핏 혁노보다도 준서에게 좀 더 눈길을 보내고 있었다.

"공소회장님의 맏아드님이신 이석상 그분의 새래맹은 가브리엘이 맞지예?"

이석상의 세례명까지 알고 있는 그녀의 말에 혁노는 더할 나위 없이 감격스러운 얼굴로 수다쟁이처럼 굴었다.

"예, 맞심더. 그들 부자분이 에나 훌륭하시지예."

그때 호랑이도 제 말 하면 온다더니, 마침 이종낙과 이석상이 그들이 모여 있는 천주당으로 들어왔다. 약간 지친 기색이면서도 어떤 기대에 찬 모습들을 보니 아마 이날도 곳곳에 전교傳教를 하고 돌아오는 길이었다. 준서는 그들을 보며 생각했다.

'이 시상에서 교인들만치 신념이 확고하고 부지런한 사람들은 없을 기다. 불교든 기독교든 또 다린 무신 종교든 간에, 믿음이 있다는 거는 좋은 일 아이것나.'

그들 부자는 준서만 모를 뿐 다른 사람들과는 어느 정도 낯이 익은 모양이었다. 그런데 혁노가 준서를 소개하자 그들은 무척 반갑다는 얼굴로 말했다.

"아, 상춘나루터에 있는 나루터집의 아드님이시라고요?"

"그럼 김비화 그분의!"

그곳 벽에 나 있는 고만고만한 크기의 네모진 창문을 통해 들어온 햇살이 맑고 투명했다. 준서는 그게 이들이 신봉하는 하느님의 자애로운 미소 같다는 묘한 기분이 들었다. 그건 지난날 진무 스님이 주지로 있던 비어사에 갔을 때 느꼈던 감정과 그 결이 유사하다고도 할 수 있었다.

"주님께서 우리에게 이렇게 좋은 새 교우님을 보내주셨으니……"

"다음 성모승천축일에는……"

혁노가 그들 모르게 준서 표정을 살피고 있었다.

"면사무소 말인데⋯⋯."

그런데 잠시 후였다. 문득 그들 입에서 그 고장 면사무소 이야기가 흘러나왔다. 준서의 짐작대로라면 응당 하느님 이야기가 나와야 할 텐데 그건 다소 엉뚱한 이야기가 아닐 수 없었다. 그렇지만 듣고 있으니 조선 사람이면 그럴 수 있겠거니 여겨졌다. 더욱이 그들 부자는 믿는 사람들인 것이다.

"면장직은 일본인들이 독식을 하고 있으니⋯⋯."

이종낙의 말을 이석상이 이어받았다.

"우리 조선 사람들을 다독거려 놓으려고 부면장직을 조선인에게 맡기기는 했지만, 말이 부면장이지 솔직히 사무보조나 맡게 해놓은 겁니다."

그 내막까지는 소상히 알 수가 없지만, 그들 부자는 면사무소에 들렀다가 몹시 심기가 불편해진 모양이었다. 그들은 '면협의회'라는 것에 대해서도 성토했다.

"조선인도 선출했지만 그냥 면행정의 들러리밖에 안 되고⋯⋯."

"하여튼 우리 고장 사람들을 교묘하게 기만하여⋯⋯."

준서는 천주교인인 그들이 선교활동 외에 조선 학생들을 가르치는 학원을 개설한 이유도 알만했다. 그런 면에서는 어머니 비화와 상통된 사고방식을 가진 부자였다. 하지만 그 생각 끝에 조선 시위대를 보호하려고 마지막 힘을 다 쏟고 입적하신 진무 스님이 또다시 떠올라 준서는 가슴에 돌덩이를 얹은 듯 무겁고 답답했다.

'이승을 그리 하직하시다이.'

그런데 이종낙 공소회장이 안세화 주교를 통해 전해 들었다는 그 이야기가 나왔을 때, 준서뿐만 아니라 거기 있는 모두는 걷잡을 수 없는 슬픔과 분노에 사로잡히지 않을 수 없었다.

"우리 안세화 주교님과 교분이 있는 어떤 서양 선교사 한 분이 저 북쪽 간도間島에서 목격했다는 그 참변은, 정말 살점이 떨리고 너무나도 가슴이 뛰어 듣고 있을 수가 없는 일로서……."

"사잇섬."

아버지에게서 이미 그 이야기를 들어 알고 있을 이석상도 낯을 찡그리며 진저리를 치는 모습을 보였다. 그는 다미와 그의 벗들을 보면서 말했다.

"여기 여자분들도 계시는 데서 그 끔찍한 이야기를 하기는 좀……."

그런데 이석상의 그 말에 다른 여자들은 수긍하는 빛으로 가만히 있는데 다미는 그게 아니었다. 아까부터 준서와 마찬가지로 별다른 말을 하지 않은 채 듣기만 하던 다미가 홀연 입을 열었던 것이다.

"그 서양 선교사분이 직접 보싯다쿠는 그 일에 대해 말씀해주이소. 지들도 알아야 할 거 겉어서예."

그러면서 다미는 문득 그녀와 눈이 마주친 준서를 향해 보일락 말락 엷은 미소를 지어 보였다. 하지만 그건 어쩐지 애잔함과 아쉬움이 묻어나는 것 같다는 느낌은 준서 자신의 착각만은 아닐 것이다.

"아."

그러나 막상 서양 선교사가 보았다는 간도의 그 참상에 관한 이야기가 흘러나왔을 때, 준서와 다미는 물론이고 혁노와 다른 처녀들의 안색도 하나같이 낮달처럼 창백해지고 있었다.

"그날 간도의 그 마을에는 연기가 자욱하게 끼어 있었다고 하는데……."

모두의 가슴팍도 검거나 뿌연 빛의 그 기체로 꽉 차오르고 있었다. 누군가가 신음하듯 말했다.

"아아, 답답해."

현장을 직접 목격했다는 서양 선교사가 누구인지는 모르겠지만, 자칫 파묻혀버릴 뻔한 일본군의 잔혹한 만행을 세상에 알려준 그는, 나중에 두고두고 조선 역사에서 중요한 기록자로 남을 것이었다. 그를 기리고 싶은 준서의 소망이자 염원이었다.

"아, 그런께 그 마을이 기독교 마을이었다, 그런 말씀입니꺼?"

혁노가 더없이 크게 떨리는 목소리로 확인했다. 독실한 신자인 그는 그런 마을이라는 사실 하나만으로도 벌써 감정이 남달라지는 모양이었다.

"예, 기독교 마을."

이종낙도 혁노와 비슷한 심정인지 고개를 끄덕였고 이석상이 계속 이야기를 이어갔다. 아버지보다 앞서 그 모든 이야기를 전해주는 그 아들은 독실한 신자일 뿐만 아니라 참 효자라는 생각을 준서는 했다.

"무장한 일본군 1개 대대가 그야말로 개미 한 마리도 빠져나갈 수 없을 만큼 그 마을을 포위하고는 말입니다."

듣고 있는 사람들의 몸이 절로 움츠러들면서 개미보다도 더 작아지게 만드는 이야기가 아닐 수 없었다.

"예?"

"아, 우찌 그런!"

참으로 섬뜩하고 참혹했다. 그건 인간보다 못한 금수도 행하지 못할 짓이었다. 일본군은 늙은이, 아이 할 것 없이 남자는 모조리 끌어내어 때려죽이거나 활활 타오르는 집과 곡식의 불더미 속으로 던져 넣어버렸다는 것이다.

"여자들은 그들의 남편과 아들들이 불에 타서 죽어가는 그 광경을 보면서 너무나 안타깝고 슬픈 나머지 손으로 땅을 긁어 손톱…… 그만 손톱이 빠져버린 사람도 있었다고 합니다."

이석상은 숨이 가쁜지 가다 말끝이 끊어지곤 했다. 문득 준서 눈에 들어온 그의 손톱은 퍽 단정하게 손질되어 있었다.

나루터집 주방에서 일하고 있는 아주머니들 손톱도 여간 깨끗하지 않다는 사실이 그 와중에도 떠올랐다. 그건 손님들이 먹을 음식이니 절대로 지저분하거나 더러우면 안 된다는 위생 관념이 철저한 여주인이 있기 때문이었다. 하지만 손톱이 빠지다니.

"옴마야!"

"흑."

급기야 처녀들 입에서 큰 울음이 터지고 외마디가 튀어나왔다. 격한 감정을 추스르지 못해 두 손으로 얼굴을 가린 채 가만히 있는 처녀도 있었다.

'그란데······.'

준서는 또 다른 면에서 가슴이 서늘했다. 오직 다미만은 그렇지 않았다. 그녀는 눈 하나 깜빡하지 않은 채 듣고 있었다.

'하이고! 무신 여자가 남자인 내보담도 더 당차노.'

혁노도 그런 다미에게 그만 질려버렸는지 준서를 보며 머리를 흔들어 보였다. 그건 비록 순간적이지만 한때 미치광이 행세를 하던 그를 떠올리게 했다.

'다미 처녀가 울 어머이하고 닮은 데가 마이 있다는 생각은 하매 해왔지만도, 시방 내가 이렇는데 저런 모습이라이.'

사실 준서 또한, 처녀들 못지않게 충격을 받았다. 그 서양 선교사가 목격했다는 처참한 장면은 앞으로 꿈에도 자주 나타나 악몽에 빠뜨릴 듯했다.

"불은 사흘이 지나도 꺼지지 않았다고 합니다."

듣는 사람들 몸도 마음도 타버리는 성싶었다.

"그 잿더미 속에서 한 노인의 시체가 나왔는데……."

거기서 손으로 성호를 긋고 나서 이석상은 이야기를 이어갔는데 이제 제발 그만하라고 말리고 싶을 지경이었다.

"새카맣게 타버린 몸뚱이에 목이 새 목처럼 달라붙어 있었고."

시가지 동북쪽에 있는 옥봉동 산 밑 순천당 터에는 그 고을 가톨릭 역사의 태동이 숨 쉬고 있었고, 왜색이 짙은 천주당 목조기와를 스치고 지나가는 바람은 어쩐지 무심하게 들렸다. 새소리는 들은 것도 같고 듣지 않은 것도 같았다.

"몸에는 총알 자국이 네 군데나 나 있었지요."

서양 선교사가 타버린 집 주위를 돌아다니다 보니, 늙고 젊은 여자들이 잿더미 속에서 타다 남은 살덩어리와 부서진 뼈를 줍고 있더라는 것이다.

"하느님…… 아~멘."

서양 선교사는 신에게 기도를 드렸다. 그런 후에 자신도 잿더미를 헤쳐 시체 한 구를 끄집어냈다.

"그 형체조차 알아보기 어려울 만큼 흩어져 버린 사지를 가까스로 맞추어 간신히 사진을 찍었는데……."

그 사진을 찍는 기계에 찍힌 물체의 형상을 상상하는 것조차 속이 뒤집히고 몸서리가 쳐지는 준서였다.

"너무나 분노가 치밀어 사진기를…… 사진기를 고정시킬 수가 없어 몇 번이나 찍고 다시 찍었으며……."

준서는 보았다. 그 자리에 있는 모두가 하나같이 기도를 하고 있었다. 저 북쪽 간도 마을에서 처절하게 죽어간 조선인들 명복을 빌어주고 있는 것이리라.

그리고 또 소스라쳐 보았다. 준서 자신도 어느새 기도하는 자세를 취하고 있었다. 지금 햇살은 천주당 안으로 들어오지 못하고 창문들의 가장자리에서만 안타깝게 서성거리고 있었다.

준서는 문득 깨달았다. 내가 사는 이 고을에 맨 처음 들어온 외래종교는 기독교 호주선교사에 의해 이루어졌지만, 그 두 해 후인가 저 일본 종교인 대곡파 본원사도 마치 도둑처럼 슬쩍 들어왔다는 사실이었다.

'그 땜새 우리나라 신앙인들이 큰 고초를 겪어야 했제.'

준서는 고집스레 마음의 고개를 내저었다.

'하지만도 더 옛날로 거슬러 올라가 보모…….'

준서 눈이 혁노를 향했다. 준서 자신은 물론이고 혁노도 태어나기 전에 전창무라고 하는 천주교 신자가 이미 하느님 나라를 꿈꾸며 선교 활동을 하였고, 그러다가 결국 그곳 진주포교에 체포되어 처형을 당했다. 또 그 후에는 문산면에 천주교 공소가 창설되기도 하였다.

"자, 그럼……."

"예."

이윽고 헤어질 때가 되었다. 다미가 준서 가까이 다가와 다른 사람들이 듣지 못할 낮은 소리로 물었다.

"앞으로 여게 옥봉 천주당에서 더 만내뵐 수 있으까예?"

준서는 거의 반사적으로 대답했다.

"예? 예. 그, 그리……."

다미가 살포시 웃었다.

어쩌다 본의 아니게 그 비밀스러운 대화를 엿들은 사람은 혁노 한 사람밖에 없었다. 그 또한 보이지 않는 신의 손길이 닿았음인지 모르겠다.

"음."

어머니 우 씨의 고운 입매를 닮은 그의 입에서 깊은 울림을 담은 소리가 새 나왔다. 오늘 준서와 다미가 다른 곳도 아니고 이렇게 천주당에서 만나게 된 것이 결코 우연이 아니라 하늘의 계시가 아닐까 하는 기분이 들면서 어쩐지 온몸이 서늘해지는 기분이었다.

'잘된 일 아이가, 잘된 일.'

두 사람이 좀 더 가까워졌으면 좋겠다는 기도 섞인 소원을 빌면서 혁노는 여전히 사귀는 여자가 없는 자신의 처지에 생각이 미쳤다. 그의 처음이자 마지막 대상은 오직 하느님 한 분밖에 없다는 신념에 찬 생활을 해왔지만, 그래도 왠지 모르게 가슴 한 귀퉁이가 텅 비어오는 느낌은 떨쳐버릴 수가 없었다.

천주당 신부가 되어 천국에 계실 아버지에게 갈 그날까지 오로지 하느님 그분만 섬기는 일에만 몰두하리라는 결심이 처음으로 흔들리는 무력감에 시달리면서, 혁노는 큰 갈증을 느끼는 사람처럼 속으로 그저 '주님, 주님'만을 부르고 있었다.

'내 신심信心이 모지라는 탓인 기라.'

잠시 후 이종낙 부자는 그들 사택으로 가고, 다미와 그녀의 벗들도 먼저 그곳을 떠났다. 마지막까지 남은 준서와 혁노는 옥봉 천주당 마당에 서 있는 은행나무 아래 서서, 처음 거기 왔을 때의 그 모습들로 돌아가 건물을 올려다보며 이야기를 더 나누었다.

"다린 것들은 다 좋은데 말이다."

무슨 이야기 끝에 혁노가 약간 망설이는 어조로 그런 말을 해 와서 준서는 눈을 깜빡이며 물었다.

"여게 천주당 머가 새이 멤에 안 드는데?"

"그기 안 있나."

잠시 머뭇거리던 혁노가 손짓으로 거기 건물을 가리켰다.

"저 건물이 좀……."

준서는 더욱 알 수가 없었다.

"건물이 우뚱는데?"

혁노가 대답 대신 고개를 크게 흔들었다. 그 바람에 숱이 많은 그의 머리카락이 산발한 것으로 비쳤다.

그 순간, 준서 뇌리에 또다시 기습처럼 떠오르는 게 지난날 한창 미치광이 행세를 할 때의 그의 모습이었다. 당시 준서 자신은 한참 어렸고, 혁노도 지금보다는 한층 나이를 덜 먹은 시절이었지만, 그날들의 기억은 범상한 성질의 것이 아니기에 모두의 머릿속에 생생히 남아 있는 것이다.

그 어두웠던 기억을 떨쳐버리기 위해 준서 또한 머리를 세게 저으며 심상한 어투로 한 번 더 물었다.

"잘 있는 건물이 우때서?"

건물 위로 전신이 새까만 새 몇 마리가 날아가고 있었다. 꼭 먹물을 입힌 것같이 검은빛이 누가 큰 붓으로 하늘에 획을 긋고 있다는 묘한 기분을 자아내었다. 잠시 그것을 올려다보고 있던 혁노가 입을 열었다.

"왜눔들 건물."

준서가 쓸쓸한 표정으로 그 말을 곱씹었다.

"왜눔들 건물."

그새 하늘에 검은 새들은 보이지 않고 읍내장터 쪽에서 은행나무를 향해 불어오는 남쪽 바람이 손끝에 잡힐 듯이 투명하게 전해지고 있었다. 새로 낸 넓은 신작로 위를 거쳐 온 그 바람 속에는 장돌뱅이들의 애환이 묻어나고 있는 듯했다.

준서는 언젠가 아버지 재영이 안 화공과 나누던 이야기가 머릿속에 되살아났다. 그날 두 사람 모두 낯빛이 밝지 못했다는 사실도 생각났다.

"와 해필이모 왜색이 짙은 건물을……."

"그거는 맞는 이약이고…….."

그 기억을 떠올리며 준서는 그 건물을 좀 더 자세히 올려다보았다. 처음 봤을 때부터 거슬리던 바이지만 바로 전형적인 일본식 목조기와 건물이었다.

"새이 니는 알고 있는 기가?"

준서가 침통한 어조로 물었다.

"와 우리 천주당을 조선 방식이 아이고 일본 건물 양식으로 지잇는고 말이다."

혁노는 늙은이의 듬성듬성한 이빨 사이로 새는 것 같은 한숨을 내쉬며 말했다.

"내도 그 이유는 잘 모린다. 다만…….."

"다만? 다만 우떻다 말고?"

혁노는 작고 약해 보이는 손을 들어 이마 위로 흘러내린 긴 머리칼을 쓸어 올렸다.

"우짜모 일본 눈치를 봐서 그랬을 수도 있다."

준서 얼굴이 붉어졌다. 역시 혁노도 준서 자신과 다르지 않은 짐작을 하고 있는 것이다.

"분통 터질 노릇인 기라."

"여게가 누 나란데…….."

"그기 사실이라모 에나 슬프고 가슴 아푼 일이다."

탄식하는 준서 말에 혁노는 허공 어딘가를 응시하며 말했다.

"개인이고 나라고 간에 심이 없으모 그런 일을 당할 수밖에 없다 아이가. 바리고 틀린 거를 떠나서 모든 거는 오즉 심이 갤정해뺀다 아인가베."

준서는 은행나무 꼭대기에 걸려버린 연처럼 보이는 조각구름에 시선을 보냈다.

"그 까닭 말고 또 있다모?"

혁노는 햇볕에 반짝이는 천주당 창문으로 눈길을 돌렸다.

"어차피 저런 양식으로 지어지삔 거, 인자 와갖고 우짤 수는 없고."

건물 앞쪽에 자연석을 써서 높고 길게 만들어 놓은 축대를 물끄러미 바라보고 있더니 자위하는 목소리로 말했다.

"억지로라도 좋거로 볼 거 겉으모……."

하느님이 계시는 집의 천장치고는 좀 낮아 보인다는 생각이 드는 준서 귀에 혁노의 말이 공허하게 다가왔다.

"우리나라맹캐 선교 기반이 미약한 곳에 있는 신자들한테는, 이런 정도의 천주당이라도 갖거로 된 기 에나 다행한 일 아이것나."

"……."

준서는 가타부타 대꾸가 없었다. 그 역시 썩 내키지 않은 생각이지만 준서 자신도 이미 짚고 있었던 소리였다.

혁노 머릿속에 옥봉 천주당 헌당식을 하던 날의 광경이 떠올랐다. 참 많은 신자들이 참여했었다. 우리 교우들이 저렇게 많은가 하고 가슴 벅찰 일이었다. 대구 교구장인 안세화 주교가 직접 미사를 집전하였다는 것도 경남지역 가톨릭 사회의 이목을 끌어내기에 충분하였다.

그뿐만이 아니었다. 마산성당의 목세영 신부와, 혁노 자신이 숙식하였던 문산성당의 스테파노, 곧 김양홍 신부도 조례朝禮를 섰었다. 서부 경남 복음 전파의 거점으로 자리 잡으려 했던 문산이었다.

또, 나중에 그 행사에 관한 기록물을 통해 알게 된 사실이지만, 그날 미사에는 성인영세자 스무 명, 견진성사자 백서른아홉 명, 고해성사자 이백일흔여섯 명, 영성체자 이백육십 명 등이 배출될 만큼 굉장한 성황을 이루었다. 그날 다른 신도들이 이런 대화를 나누는 것을 벅찬 가슴으로 듣기도 했다.

"일개 공소에 지나지 않은 우리 옥봉공소에서 교구장이 직접 미사를 올릴 정도로 성대한 미사가 행해졌다쿠는 거는 머를 뜻하것소?"

"맞심니더. 그거는 우리 옥봉공소가 조만간 본당으로 승격돼야 한다는 당위성을 예고한 기라 봅니더."

"오, 본당! 하느님 아버지시여."

혁노의 마음은 무두묘에 묻혀 있는 아버지에게 향하고 있었으며, 일본식 건물 위로 잿빛 비둘기 무리가 횡대로 날아가고 있었다.

다미는 그동안 오빠들에게서 말로만 들었던 경성에 와 있었다.

그녀는 오래전부터 대한제국의 수도인 서울에 꼭 가봐야겠다고 벼르고 있었는데 늦었지만 이제 그 꿈이 이뤄진 것이다.

오빠들 입을 통해 설레는 가슴으로 전해 듣던 서울이었다. 그것은 다미에게 항상 새로운 세계로서 자리 잡고 있었다. 심지어 서울을 떠올리다 보면 그만 눈물이 왈칵 솟을 때도 있었다. 그 연유는 도무지 모르겠다.

지금 다미는 남강 물속의 물고기 무리보다도 많은 사람이 이리저리 몰려다니고 있는 서울 도심지에 서 있는 자신이 영락없는 읍내장터 촌닭 같다는 기분을 지울 수가 없었다. 서울은 코끝에 와 닿는 공기부터 벌써 달랐다.

'우물 안 개고리라는 말이 그냥 생긴 거는 아인갑다.'

그녀 나름대로는 신여성에 걸맞게 학교 교육도 받고 대갓집 손녀로서 누릴 만큼 전부 누려왔는데, 막상 서울에 오니 자신이 그렇게 왜소해지고 있다는 느낌을 던질 수가 없는 것이다.

"여게 서울 인구가 와 이리 마이 늘어났는고 하모……."

기량은 더없이 다정다감한 오빠의 미소를 띤 얼굴로 말했다. 세상 누구보다도 가장 소중하고 귀엽게 여겨지는 예쁜 여동생이었다.

"농민들이 한거석 모이들고, 또 안 있나."

크고 많은 건물들이 우뚝우뚝 서 있는 서울 한복판에서 듣는 오빠의 경상 방언이 다미 귀에는 어쩐지 새로운 감각으로 다가왔다. 고향에서 하던 것과 똑같은 말을 그대로 쓰고 있는데도 좀 색다르게 들리는 것이다.

"일본 사람들이 상구 짜다라 늘어나고 있기 땜인 기라."

기량의 그 말을 들은 다미의 고운 눈썹이 찡그려졌다. 그러고는 야무져 보이는 입매로 비난 섞어 말했다.

"우리 고향 땅에도 일본인들이 자꾸 불어나고 있어예. 자고 일어나 보모 있고, 또 자고 일어나 보모 또 있고 말입니더."

그런 꿈을 꾼 적도 있었다. 일본인이 아니고 동전이었다. 길 위에 동전이 하나 떨어져 있는데, 그걸 줍고 보니 또 있고, 줍고 보니 또 있고. 그건 서운해도 신나던 꿈이었다.

"같은 조선인이라모 그리 크기 실감나거로 느끼지기는 안 할 기다."

기량의 표정도 어두워졌다. 예쁜 여동생에게 서울 구경을 시켜주고 있다는 생각에 그냥 좋기만 했던 마음에 그늘이 지는 것이다. 그는 돌아가신 조상들을 안치한 선산에 있는 오래된 밤나무를 떠올렸다.

'열매도 벌거지가 짜다라 생기모 끝이제.'

남매는 서울에서도 상업의 중심지라는 '진고개'에 서서 한동안 말없이 주변을 둘러보았다. 저만치 혼마치(본정本町)라는 간판이 대단히 크게 나붙은 상가가 눈에 들어왔다. 그 생소한 이름만큼이나 선뜻 정이 들지 않고 한층 더 낯설기만 한 다미였다. 만약 오빠가 옆에 없으면 무작정 아무 데로나 달아나고 싶다는 감정에서 벗어날 수가 없었다.

'동업직물이라쿠는 상호도 그리 꼴도 보기 싫더마는.'

문득 고향 중심 시가지에 있는 배봉가의 커다란 점포가 생각났다. 포식한 뒤 그대로 아무렇게나 벌렁 드러누워 있는 돼지를 떠올리게 하는 상점이었다. 시장통 요지의 상가 건물에 들어 있는 비단 가게도 머릿속에 함께 그려졌다. 긴 통로를 사이에 두고 나루터집 제1호 분점과 밤낮으로 노려보고 있는 곳이었다.

'그리도 악맹(악명)을 떨치더이.'

비화의 소작인인 꺽돌과 설단 부부가 키우는 천룡의 뿔에 떠받혀 죽은 배봉의 개기름 반지르르 흐르는 둥글넓적한 상판대기가 떠올랐다. 천년만년 살아갈 것처럼 굴던 그의 비명횡사는 오랫동안 지역민들 사이에 회자될 것이다.

'비화 마님이 이약했제. 할무이는 배봉이 그눔 땜에 돌아가싯다꼬. 아, 억울해서 몬 참것다.'

아버지 범구는 물론 큰오라버니 기량도 아직 그런 사실을 알지 못하고 있다는 것이 과연 옳은 일인가 여전히 갈피를 잡지 못하는 다미였다.

'그눔을 내 손으로 몬 쥑인 기 한이다.'

다미는 무덤이라도 파헤쳐 칼로 찔러버리고 싶은 그자의 얼굴을 떨쳐버리기 위해 고개를 있는 대로 내저으며 눈을 크게 떴다. 다른 나라에 와 있지 않나 하는 착각이 들 정도로 모든 것들이 갈수록 생경하기만 했다.

"저게도 왜눔 장사치들이 있는 기라."

기량의 말을 듣고 있는 다미의 눈에 거기 혼마치 저 뒤쪽으로 서양 용품을 파는 일본인 상점들이 즐비하게 늘어선 게 보였다. 정말 종류도 다양했다. 백화점, 양복점, 카메라점, 안경점…….

"저 건너편에 있는 종로 상인들하고 우리 한국인 상인들은…….."

길 위로 얼굴을 돌린 기량은 눈짓으로 혼마치 건너편을 가리키며 말을 이어갔다.

"일본인 상인들과 에려븐 갱쟁을 벌임서 근근이 살아가고 있다."

하지만 일본인 상인들은 그들 정부의 든든한 배경을 바탕으로 서울 곳곳에서 상권을 장악하고 있다는 오빠의 말을 들을 때 다미는 그저 가슴이 먹먹하기만 하였다.

'상촌나루터에 있는 나루터집도 일본인들이 열고 있는 일식집들하고 갱쟁한다꼬 심이 마이 들 끼거마는.'

그런 생각을 하니 준서 얼굴이 서울 허공에 나타났다. 한때는 마마에 걸려 얼굴이 얽어 마음고생이 참 심했다는데, 지금은 마마 자국이 거의 없어져 사회생활을 하는 데 아무런 장애가 없다는 사실이 좋았다.

'다린 사람들은 한분 마마에 걸리모 얼골이 그리 칼끗하거로 회복되기가 안 수월하다고 하더마.'

사람이 악한 끝은 없어도 선한 끝은 있다더니, 나루터집 사람들이 모두 바르게 살아가니 그런 복도 생기는 게 아닌가 싶기도 했다.

'외할아부지 김호한 그분을 닮아서 문무를 갬비한 젊은이라꼬 근동에 아조 맹성이 자자하고. 그날 그가 아이었으모 우짤 뿐했노.'

언젠가 그녀가 일본 낭인에게 낭패를 당할 위기에 처했을 때 준서가 바람같이 나타나 구해 주었던 일이 바로 어젠 양 또렷했다. 일본인의 '닛뽄도'를 물리친 그 뛰어난 무술은 우리나라의 전통무예인 택견이라고 했지. 나루터집 우정댁 아들인 얼이와 함께 택견 고수인 원채라는 분을 스승으로 모시고 수련을 하고 있다던가. 그리고 원채라는 그분은 택견뿐만 아니라 여러 면에서 여간 비범한 인물이 아니라고 했다.

'그 택견이라는 거를 여자는 배울 수 없는 기까? 내도 함 배와보고 싶은데 준서 도령을 보고 부탁하기는 좀 안 그렇나.'

그런데 다미로 하여금 잠시 준서 생각에서 물러나도록 하는 새로운 일이 생겨났다. 그건 다음 순간에 들려온 기량의 이런 외침 때문이었다.

"다미야, 저거 좀 봐라!"

그 소리에 다미는 거의 반사적으로 오빠가 손가락으로 가리키는 곳을 바라보았다.

"아!"

다미 입에서도 놀람인지 감탄인지 분간이 가지 않을 소리가 흘러나왔다. 거기 넓은 도로 위에서 빠르게 움직이고 있는 큰 물체가 있었다.

"저게 바로 자동차라쿠는 기다."

기량의 말을 다미가 되뇌었다.

"자동차."

저것이 바로 '바람을 뚫고 질주'한다는 그 귀한 자동차구나 싶었다. 하지만 그 자동차라는 것은, 휘발유나 중유 등을 연료로 하는 발동기를 달고 그 동력으로써 바퀴를 돌려 달리게 만든 차라는 사실을 안 것은, 한참 시간이 흐른 후였다.

"맨 첨에는 왕실용으로 우리나라에 들왔다 쿤다."

기량의 설명에 다미는 감격에 겨운 목소리가 되었다.

"아, 왕실용!"

그런 여동생의 반응을 어떻게 받아들였는지 기량이 하는 말이었다.

"우리 다미는 왕비나 공주보담도 상구 더 이뿌다 아이가."

다미는 그만 낯을 붉혔다.

"여동상인께 오라버니가 그런 이약 하시지예."

기량이 주위를 빙 둘러보았다.

"그거는 아이다. 시방 여게 지내가고 있는 서울 사람들 모돌띠리 불러 세워 놓고 물어봐도, 내 말이 맞다 쿨 기다."

어쨌거나 그게 지금은 많이 늘어 2백 대 가까이 된다고 했다. 그렇지만 자동차는 여전히 아무나 소유할 수 없는 것이었다. 자동차를 유심히 바라보던 다미가 운전석에 앉아 있는 남자를 눈으로 가리키며 물었다.

"저 사람이 차를 움직이거로 하고 있는 기지예, 오라버니?"

기량이 고개를 끄덕이며 알려주었다.

"하모, 저런 사람을 운전수라 쿤다."

다미는 이번에도 그 말을 따라 했다.

"운전수."

그런데 운전수라는 그 남자는 아무래도 적잖게 뻐기는 듯한 표정을 짓고 있는 것 같았다. 마치 이 세상에서 최고로 잘난 사람처럼 굴고 있다고나 해야 할까? 다미의 그런 느낌은 기량의 이런 말을 통해 좀 더 확실해졌다.

"자동차를 모는 운전수는 월급을 상구 마이 받는다 쿠더라. 일등 신랑감이고."

다미는 오빠 말에서 여동생이 어서 일등 신랑감을 만나 시집갔으면 하는 동기간의 깊은 애정을 맛보았다.

그러자 자신도 모르게 그녀 눈앞에 누가 마술을 부리기라도 하는지 딱 등장하는 한 남자가 있었다.

'옴마야, 미칫다. 시방 내가 무신?'

다미는 오빠가 그녀의 속마음을 읽어낼까 봐 괜히 혼자 조바심이 일었다. 그것은 그녀 스스로도 짚어낼 수 없는 묘한 감정 결이 아닐 수 없었다. 꼭 벌에게 쏘인 것만큼이나 낯이 화끈거렸다. 마음은 그보다 더 뜨겁게 타올랐다.

물론 그 정도 나이가 되면 남자든 여자든 자기 배필을 꿈꾸어 보는 게 당연할 것이지만, 그녀는 그런 면에서는 거의 무감각하달까 그다지 깊이 생각해 본 적이 없었다. 그런데 오빠의 그 말을 듣는 순간 불시에 떠오르는 게 그의 얼굴이었다.

'암만캐도 이런 감정은 비화 마님 땜새 생기나는 기라고 봐야것제.'

다미는 혼자 속으로 변명 가깝게 중얼거렸다.

'안 그라고서야 내가 준서 도령을…….'

한데 다미의 그런 속내를 비쳐 보기라도 한 것일까, 기량이 무슨 밀담을 나누듯 이런 말을 던져왔다.

"다미야, 안 있나. 니 이 오래비한테 요만큼도 기시지 말고 함 이약해봐라. 니는 시상에서 우떤 남자가 좋노?"

다미는 귓불까지 붉어지는가 했더니 오빠를 외면하며 답했다.

"우리 오라버니 겉은 남자예."

서울도 여자들 외출이 남자들보다 적어서인지 지금 거리에는 남자들이 여자들보다 많이 눈에 띄었다.

"머라꼬?"

기량이 크게 소리 내어 웃었다. 하지만 말에는 진지함이 담겨 있었다.

"이거는 그냥 농담으로 핸 소리가 아이다."

그러고 나서 입속으로 중얼거렸다.

"하매 우리 다미 나이가…….."

세월의 무상함까지는 아니어도 벌써 우리 나이가 이렇게 돼버렸다는 것에 대한 새로운 자각 내지는 서글픔 비슷한 게 묻어나는 음색이었다.

'우리 다미가 돌아가신 할무이를 그리 따르더이.'

기량의 머릿속에 비명으로 가신 할머니가 떠올랐다. 백번 천번 생각을 해봐도 도무지 알 길이 없는 할머니의 그 선택이었다. 세상에, 절간에 가서 고목에 목을 매시다니? 당신이 그런 식으로 가족을 버리고 떠나셔야 할 까닭이 무엇이란 말인가?

그는 아직도 할머니 죽음 뒤에는 저 임배봉이라는 인간이 관여되어 있다는 가공할 사실을 알지 못했다. 하긴 이제는 그자도 이 세상에 없으니 설혹 지금 와서 안다고 해도 무슨 소용이 있겠냐마는, 그래도 절대로 그게 어떤 면죄부가 될 수는 없을 것이다.

"다미 니한테 저런 자동차를 한분 타거로 해주고 싶지만도, 시방 당장에 그거는 쪼매 에럽것고……."

기량은 솟아나는 할머니 생각을 떨치기 위해 목청을 높였다.

"저짝에 비이는 전차는 우떻노?"

다미 또한 다른 상념에서 빠져나오기 위해서인지 기대에 찬 얼굴을 지어 보이며 쾌활한 목소리로 응했다.

"아, 전차예? 쌔이 가서 한분 타 봐예, 우리."

기량이 먼저 그쪽으로 발을 옮기며 말했다.

"사람들이 젤 마이 이용하는 대중교통 수단 아인가베."

그러면서 일러주었다.

"선로도 복선이 되고, 백 사람도 더 넘거로 탈 수 있는 큰 전차도 안 나왔나."

궤도나 공중에 가설한 전선으로부터 전력을 받아 궤도 위를 달리는 차량이라는 그 사실 하나만으로도 대단한 것이라고 여겨지는 다미였다.

"마침 우리가 타라꼬 기다리고 있었던 거 겉거마."

"그래예, 오라버니."

남매는 나란히 전차에 올랐다. 그들 외에도 여러 연령층의 많은 사람이 서둘러 승차했다. 전차는 서서히 움직이기 시작했다. 다미가 느끼기에 땅이 움직이는 것 같았다.

"타고 있으이 기분이 우떻노?"

기량이 다미 귀에 대고 낮게 물었다. 그의 음성 또한 어딘가로 막 달려가고 있는 물체에 실려 떠도는 인상을 주었다.

"새매이로 날개가 달리갖고예."

다미는 다른 승객들에게 닿지 않게 두 팔을 옆으로 들어 올려 새가 날 갯짓하는 자세를 취하였다.

　"허공을 막 날라가고 있는 기분이라예."

　기량도 엉덩이를 내려놓은 좌석에서 몸을 들썩였다.

　"난다, 난다, 오데로 나노?"

망을 씌운 댕기머리 여자

그들이 휙휙 스쳐 지나가는 풍경을 구경하며 몇 개 정류장을 지나 한 정류장에서 내렸을 때였다. 그곳은 저만큼 떨어진 길가에 키 큰 가로수가 거인같이 서 있는 정류장이었다.

다미의 시선이 막 전차에 올라타고 있는 두 사람에게 못처럼 박혔다. 일행으로 보이는 젊은 남녀였다.

"다미야, 와 그라노?"

기량이 의아한 표정으로 물었다. 다미가 무척 뜻밖이란 듯 말했다.

"서울이 그리 넓은 데가 아인가 봐예."

다미는 그 사람들과는 꽤 거리를 두고 있으면서도 작은 소리로 말을 계속했다.

"여서 저 사람을 만내는 거 본께네예."

기량은 한층 어리둥절한 얼굴이었다.

"저 사람 누?"

다미는 이제 막 전차 안으로 들어선 어떤 젊은이를 눈여겨보면서 대답했다.

"우리 고향 사람이라예."

"그래?"

기량도 묘하다는 낯빛을 짓더니 호기심 어린 목소리로 또 물었다.

"눈데?"

다미는 짧지만 명확하게 전달했다.

"동업직물 임동업이라쿠는 사람이라예."

그러자 기량도 다미와 마찬가지로 그 젊은이를 유심히 바라보면서 확인하였다.

"동업직물? 아, 비단으로 유맹한 그 집 말이가?"

이번에는 다미가 답했다.

"예."

기량이 맑은 눈동자를 굴리며 말했다.

"혼자가 아이고 우떤 여자하고 같이 있는 거 겉은데?"

"예."

그때쯤 다미의 눈길도 동업에게서 떠나 그와 함께 있는 젊은 여자에게 가 있었다. 초면이었다.

'저 여자.'

한눈에 봐도 근대여성의 표본이라고 할만했다. 엷은 분홍빛 양장 차림이었는데, 어쩐지 은은한 악기 소리를 내는 분위기를 자아내고 있었다.

그런데 다미의 눈을 사로잡은 것은 옷보다도 그 여자의 머리였다. 두 갈래로 땋은 짧은 댕기 머리에는 비녀 대신 망을 씌우고 있었다.

개항을 하기 전 일반 부녀자들은 쪽머리, 그러니까 가운데 가르마를 타서 뒷머리에 틀어 묶고 비녀를 꽂았다. 그리고 처녀들은 가운데 가르마를 타고 뒤에서 한 갈래로 땋아 늘어뜨리고 댕기로 묶는, 이른바 댕기 머리를 하였다.

그런데 여자들도 학교에 다니고 사회활동이 활발해지면서 바뀌기 시작하고 있었다. 바로 지금 동업과 무슨 이야기인가를 열심히 주고받고 있는 처녀가 그 바뀐 머리 모양을 하고 있었다.

전차는 다시 출발했고 동업과 그 처녀의 모습도 곧 시야에서 사라졌다. 그렇지만 오빠와 나란히 길을 걸어가면서도 다미의 머릿속은 그 두 사람 생각으로 가득 차 있었다. 처음 보는 서울 풍경도 거의 눈길을 끌지 못했다. 아니, 지금 그곳이 서울이라는 생각마저도 잊어버릴 지경이었다.

'동업이 그 사람이 올매 안 가서 혼래를 치룬다쿠는 소문이 있더이, 아까 본 그 처녀하고 할랑갑다.'

그 고장 최고 갑부 동업직물 집안의 혼례인지라 그 소문은 근동에까지 널리 알려져 있었다. 물론 그전에 만호의 외동딸이 출가했고 그 또한 지역민들의 적잖은 이목을 끌었지만 그건 동업의 그것에 비하면 미미한 편에 속했다.

한편, 가문의 대를 이어가야 할 장자인 동업이 결혼 적령기를 한참 넘긴 그 이면에는 그의 어머니 해랑이 있기 때문이라는 풍문도 나돌았다. 그의 아버지 억호는 동업이 몇 번 맞선을 본 집안 처자와 혼인을 시키자고 했다는데, 해랑은 성에 차지 않는다며 극구 미루어왔다는 것이다. 그것은 어떤 면에서 볼 때 억호보다 해랑의 동업에 대한 애정과 기대가 더 크고 깊다는 증좌일 수도 있었다.

"어, 다미야. 무신 생각을 그리키 한거석 하고 있노? 서울 기경이나 안 하고……."

그때 들려온 오빠 말에 다미는 정신이 났다. 그런데 기량도 아까 보았던 그 두 사람에 대해 생각하고 있었던 모양이었다.

"동업이라쿠는 그 젊은이, 꽤 괘안은 사람 겉던데?"

150

다미가 그 처녀에 대해 더 많은 생각을 하고 있었던 데 반해 기량은 동업에 대해 더 많은 생각을 하고 있었던 성싶었다.

"키도 상구 크고, 얼골도 잘생깃고."

그러다가 기량은 이런 말을 했다.

"그란데 그거는 시상의 일반 상식이나 잣대로 볼 적의 이약이 고……."

"……."

"내 주관으로 판단해서는 그리키 썩 멤에 들지는 안 하더라. 남자가 돼갖고 여자맹커로 생깃더마는. 남자는 남자다버야 안 하나."

"……."

다미는 잠자코 듣고만 있었지만 그건 사실이었다. 그 이야기를 하고 있는 다미와 기량은 물론이고 세상 사람들이 모두 모르고 있는 사실이 지만, 동업은 그의 친모인 허나연 판박이였던 것이다. 길쭉한 허리하며 크고 동글동글한 눈 그리고 갸름하게 생긴 얼굴은, 기량의 말 그대로 남 자보다도 여자에 더 가까운 인상이었다.

그러나 다른 모든 것을 떠나 할머니의 억울한 죽음과 관련된 임배봉 의 손자라는 그 사실 하나만으로도 다미는 더 이상 그 젊은이 생각은 하 고 싶지 않았다. 당연히 지금까지 그의 신부가 누구인지도 관심 밖에 나 있던 터였다.

그런데 뜻밖에도 기량이 이런 말을 하는 바람에 다미는 또 다른 면에 서 허우적거려야 했다. 그건 무심코 길을 가다가 땅 위에 솟아 있는 돌 부리에 걸려 엎어질 뻔한 것과 같은 기분이 아닐 수 없었다.

"내사 도로 그 젊은이가 몇 배나 더 낫더라. 와 안 있나, 저 상촌나루 터에 있는 나루터집 아들……."

"……."

다미는 혹시 오빠가 조금 전 내 마음속을 들여다보고 있지 않았나 싶은 생각이 들 만큼 당혹스러웠다. 무슨 큰 죄를 지은 것도 아닌데 공연히 가슴이 벌름거렸다. 그 소리가 오빠 귀에 들리지 않을까 우려될 판이었다. 그러거나 말거나 기량은 잇따라 말을 쏟아내었다.

"나루터집 여주인 김비화 그분하고 눈이 마이 닮았더마는. 내가 몇 분 보지는 안 했지만도."

다미는, 예, 눈이 참 영리하게 생긴 것은 맞아요, 하려다가 그만두었다. 어쨌거나 그의 어머니 해랑의 눈에도 찼는지 동업은 그 처녀와 동행하고 있는 것이다.

'엷은 분홍빛 양장, 두 갈래로 땋은 짧은 댕기 머리, 비녀가 아닌 망…….'

그 처녀가 다미 자신과 같은 고장 출신인지 서울 출신인지 아니면 또 다른 곳 출신인지 알 수 있는 게 아무것도 없었지만, 이제 동업의 혼례는 곧 이뤄지겠구나 하는 생각에는 확신이 섰다.

'아.'

그러자 다미는 홀연 머리가 아플 정도로 몹시 지끈거리기 시작했다. 아무리 대범하고 예사롭게 넘어가려고 해도 도저히 그럴 수 없는 존재였다.

동업이 누구인가? 할머니를 죽음에 이르게 한 장본인인 임배봉의 손자가 아닌가? 비록 배봉은 천벌을 받아 미물인 소에게 죽임을 당했지만, 아직도 내 손으로 그자를 처치하지 못했다는 죄의식에서 벗어날 수가 없는 다미였다.

"너모 아쉬버하지 마라꼬. 소든 다린 무엇이든 배봉을 그렇게 하지 않았다모, 아즉도 그자는 두 눈이 시퍼렇기 살아갖고 온 고을을 쏘댕기고 있을 끼라. 그러이 인자 그자에 대한 생각은 모돌띠리 잊아삐고 살아가자꼬, 응?"

그날 꺽돌과 설단 부부의 집에 들렀다가 언네와 함께 배봉의 마지막
을 두 눈으로 똑똑히 목격한 비화는, 그 현장의 상황을 다미에게 상세히
들려주면서 그런 말도 했었다. 그래 다미는 그와 똑같은 장면이 펼쳐지
는 꿈을 여러 차례나 꾸기도 했다.

하지만 다미는 비화의 그 말 뒤에 숨겨져 있는 그녀의 마음을 알 수
있었다. 그녀 또한 자신의 손으로 복수를 하지 못한 것에 크나큰 아쉬움
과 죄책감을 품고 있다는 것이다. 비화는 또 이런 말도 했는데, 그건 다
미 자신에게 한다기보다 그녀 스스로의 마음을 달래려는 의미도 있는
것으로 보였다.

"하매 죽어삔 인간 아이가. 살아 있다모 우리가 저주도 퍼붓고 웬수
도 갚고 하것지만도, 이 시상에 더 있지도 않은 인간, 우리도 멤 속에서
싹 다 훌훌 털어삐야제. 내 생각은 그렇거마. 안 그런 기가?"

다미는 고향에서 천 리나 떨어져 있는 서울에 와서까지 그런 상념에
서 헤어나지 못하고 있는 내가 참 싫고 못났다 싶었다. 비화 마님 말마
따나 모두가 부질없는 것이다. 뒤늦게 이제 골백번 되새기면서 탄식해
본들 무슨 소용이 있겠는가?

지금 내 앞에 보이는 저 수많은 사람 가운데 그 가슴 속에 꼭꼭 감추
고 살아가는 아픔과 비밀이 없는 자 그 누구이겠는가? 사람은 누구든
고뇌와 슬픔의 바퀴에 깔려 살아갈 수밖에 없는 존재인 것이다.

'아까 본 자동차도 바퀴가 있고 전차도 바퀴가 있제. 좋은 바퀴든 나
쁜 바퀴든 바퀴가 없으모 굴리갈 수가 없는 기라. 고통 또한 삶의 자양
분이 될 수도 있는 것을.'

다미의 그런 모습을 옆에 서서 지켜본 기량은, 그때 동생이 무엇 때
문에 그렇게 복잡하고 아픈 표정을 짓고 있는지는 모르면서도 동생의

마음을 풀어주어야 하겠다고 결심한 모양이었다.

"다미야, 우리 해나 안 좋은 기 있어도 모돌띠리 날리보내삐고 즐겁거로 살자. 와 우리 이전에 종이비행기 날림서 놀던 기억 안 나나? 그거 매이로."

그러고 나서 느닷없이 극장에 가자고 했다. 그건 미리부터 계획되어 있었던 게 아니라 즉흥적으로 생겨난 발상으로 들렸다.

"극장예?"

다미가 묻자 기량은 애써 밝은 표정을 지으려고 하는 빛이 역력하였다.

"영화 비이주께. 니는 아즉 극장에 한 분도 안 가봤다 아이가."

그건 사실이었다. 다미는 아직까지 극장이라는 곳에 가본 적이 없었다. 극장이라는 것이 있다는 사실을 안 것도 얼마 안 되었다. 이 땅에 소위 서양문화가 들어오면서 그게 매우 빠르게 퍼져 나가고 있다는 것은 알았다.

"시방 우떤 영화를 상영하고 있는지는 모리것지만도 우리 극장에 함 가보자. 무신 영화든 영화는 싹 다 재밌다 아이가."

마침 극장이 여기서 멀지 않은 곳에 있다고 했다.

"극장, 기대가 돼예, 오라버니."

다미도 어둡고 무거운 마음에서 벗어나기 위해 들떠 보이는 모습을 보였다. 그걸 본 기량은 한결 기분이 나아지는 듯했다.

"하모, 기대해도 되는 기라."

이윽고 당도한 극장은 다미의 상상을 훨씬 뛰어넘을 정도로 큰 건물을 자랑하고 있었다. 세상에 이런 집도 다 있나 싶을 정도였다.

'똑 거인이 살고 있는 집 겉다. 보통 집 몇 채를 합치야 이만치 되것노.'

그러나 막상 입구를 지나 안으로 들어서자 동굴처럼 온통 컴컴한 게 차라리 나가버릴까 싶은 생각이 들기도 했다. 잠시 봉사가 되어 아무것도 볼 수 없는 체험을 겪고 있는 것 같았다.

아무튼, 어둠 속에서 더듬거려가며 중간쯤 좌석에 자리를 잡고 앉았다. 그제야 아주 흐릿하게나마 사물들이 눈에 비춰드는 듯했지만 그건 퍽 단조로운 세상에 와 있는 성싶은 기분을 갖다 안기는 것이었다.

"갑갑하더라도 쪼꼼만 기다리모 된다."

"괘안아예."

"내도 첨에는 그랬다."

"예."

오빠 말이 이제 곧 새로 영화가 시작될 거라고 했다. 오빠는 그전에도 올케 언니와 함께 극장에 들르곤 했을 거라는 짐작을 다미는 했다. 오빠 내외의 행복한 가정의 일면을 본 기분에 다미는 마음이 다소 나아졌다. 다시 한번 다짐했다. 할머니의 죽음 뒤에 감춰져 있는 비밀에 대해서는 끝까지 입을 다물어야겠다.

드디어 영화가 시작되었는데 이른바 '무성영화'였다. 출연한 배우는 그저 연기만 하고, '연사演士'라고 불리는 사람이 영화를 보면서 대사를 읽어 나가는 것이었다. 그 또한 새롭게 접하는 경험이었다.

그런데 다미는 영화 속에 나오는 배우보다도 그 연사의 말솜씨에 더 매료되었다. 어쩌면 의식적으로 자막에서 눈을 돌리려고 한 탓도 있었는지 모른다. 영화는 복수를 다루고 있었다.

그리하여 영화를 보는 내내 다미 마음은 또 할머니와 임배봉에 관한 생각들로만 꽉 차 있었다. 그래 악역을 맡은 남자 배우는 임배봉으로 보였고, 희생물이 되는 여자 배우는 할머니로 보였다.

'저 영화의 주인공은 저리하고 있는데……'

다미 자신과 다르게 그 여자 배우의 자식은 통쾌하고 멋진 복수를 하고 있었다. 그 주인공 자식을 통해 다미는 지지리도 못난 자신을 보았고, 그래서 연사의 말에만 더 귀를 기울였다. 아무래도 아주 고통스러워하거나 악행을 저지르는 배우들의 모습을 보는 것보다는 연사의 대사를 듣는 게 그나마 조금은 마음이 괜찮았다.

"배우의 연기도 중요하지만도, 그보담도 연사의 말솜씨가 영화의 흥행을 좌지우지하기도 한다데."

기량은 영화를 보는 도중 다미의 귀에 대고 살짝 그런 말을 하기도 했다. 다미는 그저 고개만 끄덕이며 그만 영화가 빨리 끝났으면 했다. 영화는 어디까지나 영화일 뿐이라고 일축해도 생각과 마음은 따로 놀았다.

'결국 저리 되는 거를.'

엄청나게 커다란 자막에서 주인공이 길을 떠나는 마지막 장면이 사라지고 영화는 모두 끝났다. 그렇지만 여전히 영화를 통해 받은 감정에 취해 매우 상기된 표정을 짓고 있는 관람객들이었다. 넋이 빠진 채 멍한 얼굴로 좌석에 그대로 앉아 일어설 줄도 모르고 있는 관객도 있었다. 사람들 사이에 섞여 극장에서 빠져나왔을 때 다미 뇌리에 남아 있는 것은 여러 배우보다도 연사였다.

그런데 배우들 가운데 한 사람만은 달랐다. 그는 악인도 주인공도 아니었다. 남자 배우가 아니었다. 영화의 앞부분에서만 등장하다가 더 이상 모습을 보이지 않은 여자 배우였다. 악인의 희생물로 죽었던 그 여자는 오히려 밝은 극장 밖 이곳저곳에서 새롭게 출현하고 있었다.

'아아.'

그 비극의 여배우는 거리를 오가고 있는 모든 행인의 얼굴마다 되살아나고 있었다. 그리고 이제 관객은 단 한 사람, 다미 그녀뿐이었다. 오빠 기량도 극장 좌석에서 일어나 나가버리고 없었다. 조연이었던 그 여배우가 주연이 되어 있는 그 영화는 영원히 끝이 나지 않을 영화였다.

그 영화가 상영되는 극장은 화염에 싸여 있었으며, 연사는 연방 비명을 지르고 있었다.

기량은 다미에게 영화 감상에 관해 묻지 않았다. 그도 어렴풋이 느끼고 있었다. 지금 다미는 또 돌아가신 할머니 생각을 하고 있었다. 여러 손주 가운데서 가장 할머니가 좋아하셨고 또 할머니를 좋아했던 사람이 다미라는 것을 모두가 알고 있었다.

'우리 다미한테도 퍼뜩 짝을 지이줘야것다. 그라모 각중애 돌아가신 할무이 생각에서 쪼꼼이라도 벗어날 수 안 있것나.'

그런 생각까지 품어보는 기량이었다. 하지만 그가 할머니 죽음에 얽혀 있는 비밀에 관해 알게 된다면…….

그새 시간은 제법 많이 흘러 서울 거리에는 어느덧 저녁 어스름이 깔리기 시작하고 있었다. 분위기 또한 달라지면서 어쩐지 이방인의 도시를 연상케 했다. 남매는 똑같이 고향 생각이 났다.

얼마쯤 걸음을 옮겨 놓았을까, 한 곳에 이르자 어디선가 노랫소리가 흘러나왔다. 기량은 그곳이 '음악의 거리'로 알려진 곳이라는 것을 깨달았다. 날이 갈수록 저 '대중가요'가 유행하기 시작하고 있다는 것을 체감하고 있는 그였다.

'노래는 싹 다 좋은데, 노래에 무신 죄가 있것냐마는, 그래도 일본 엔카의 영향을 받은 트로트는 좀 안 좋다. 넘들은 우떨지 몰라도 내사 그렇거마.'

그런 마음도 들었다. 일본 엔카라니. 그렇다고 꼭 그런 노래들만 있는 게 아니었다. 참 다양한 노래들이 있었다. 한국 민족의 정서를 듬뿍 실은 민요풍의 노래, 서양음악의 영향을 많이 받은 이국적인 노래, 등등.

"제 생각에는 말예요."

그런데 노래의 주제는 좀 한정되어 있는 게 아닌가 하는 게 기량 아내

지론이었다. 남편보다도 음악에 관심과 조예가 깊은 아내는, 요즈음 노래의 주제는 주로 남녀 사이의 사랑과 이별을 담은 것이 너무 많은 것 같다는 말도 하였다. 물론 방랑과 어려운 생활의 서러움과 한을 실은 노래도 적지 않다고 했다. 기량은 아내의 그 얘기에서 이런 의미를 읽었다.

'일제에 저항하는 노래는 왜 없는가요?'

그 자각에 기량은 온몸에 소름이 돋았다. 일제가 들으면 큰일 날 소리였다. 사실 그런 노래를 만들거나 불렀다가는 언제 어느 귀신이 와서 잡아갈지 모르는 게 작금의 현실이었다.

'인자 이런 생각은 고만하자.'

어쨌거나 다미에게 서울의 모든 것을 보여주고 싶은 심정이었다. 그렇지만 동생을 데리고 가고 싶지 않은 곳도 적지 않았다. 그런 곳이 있다는 사실마저 알게 하고 싶지 않았다. 대중을 상대로 하는 오락이나 유흥 시설 등이 바로 그러했다. 작금의 시국 탓으로 돌린다고 해도 허랑했다.

그랬다. 서울 곳곳에는 서구식 술집이 점점 더 불어나고 소위 댄스홀 같은 곳도 생겼다. 그리하여 우리나라의 전통적인 미풍양속을 해친다는 비판도 일었지만, 그래도 그런 곳을 찾는 젊은이들이 적지 않았다.

"세상이 말세가 되려고 하니 별의별 것들이 다 나타나는구나."

굳이 나이 든 어른들의 그런 말이 아니더라도 기량 또한 실감하고 있었다.

'하여튼 시상은 에나 마이도 변해가고 있구마. 이런 식으로 배뀌가다가는 내중에는 우떤 시상이 될랑가 모리것다.'

처음 이 나라가 일본의 지배하에 들어갔을 때 조선 사람들은 더 살지 못할 줄 알았다. 그런데 칡 줄기보다도 모질고 독한 게 사람 목숨 줄이라더니, 그래도 지금까지 용케 죽지 않고 살아오고 있는 동포들이었다.

'이 모도가 우리가 더 마이 몬 배와서 생긴 일 아이것나.'

그런 생각이 들자 기량은 다미를 꼭 데리고 가고 싶은 곳이 떠올랐다.

"우리 한군데만 더 가보고 집에 들가자. 니 올케 언니도 기다리고 있을 기다."

"예."

다미는 그곳이 어딘지 묻지 않았다. 그녀 얼굴에는 나이에 어울리지 않게 무겁고 어두운 빛만 서려 있을 따름이었다.

'다미한테 내가 모리는 무신 비밀이 있는 거는 아이까?'

문득 그런 의혹에 휩싸이는 기량이었다. 그러자 언제부터인가 다미에게서 그와 유사한 느낌을 접해왔다는 자각이 일었다.

'해나 멤에 두고 있는 정인이라도 있는 기까?'

하지만 그런 사람이 있다면 그 사람 또한 다미를 멀리하려고는 하지 않을 거라는 자신감도 있었다. 누군가는 다미가 네 동생이니까 그런 소리를 한다고 말해 올지 모르지만, 형제 아닌 누구의 눈에도 다미만큼 호감이 가는 처녀는 드물 것이다.

"아, 여게는!"

"놀랬제?"

기량이 다미를 데리고 간 곳은 책방이었다. 그곳을 보는 순간 다미 뇌리에 곧바로 자리 잡는 사람들이 있었다. 비화와 진무 스님이었다. 한 사람은 살아 있지만 한 사람은 이미 이 세상에 없었다.

"우리 고을에 안 있나, 우리나라 최초의 여자학급을 맹근 사람이 있는 기라. 눈고 하모, 바로 나루터집 여주인 김비화 그분 아이가."

"하모, 하모. 그라고 여자들도 남자들매이로 책도 읽고 공부도 해야한다꼬, 핵조 겉은 데 돈을 에나 마이도 기부했다 쿠더라."

"우리 고을 여자들은 모도 비화 그분한테 감사해야 할 끼다."

"오데 여자들만 그러까이? 남자들도 가리방상하제."

"아, 우찌 그런 기막힌 발상을 다 했으까? 여자학급이라이."

"여자학급! 세종 임금도 그런 글자는⋯⋯."

고향 사람들이 그런 대화를 주고받는 것을 귀에 못이 박히게 들어온 다미였다. 그녀는 외국인 선교사 달렌과 그의 부인 시콜리가 세운 사립 정숙학교 출신이지만, 대다수의 다른 집안 여자아이들은 비화가 만든 여자학급에서 많이 배우고 있다고 했다.

"옴마야! 이기 모도 책이라예?"

그 넓은 책방 안에 가득 진열되어 있는 책들을 보며 다미는 감탄을 금치 못했다. 그녀는 태어나서 여태 그렇게 많은 책을 한꺼번에 모아 놓은 곳은 보지 못했다. 완전 책 세상이 거기 있었다.

세상 사람들이 흔히 '백 부자'라고 부르는 할아버지와 아버지의 사랑방에도 여러 종류의 서적들이 있었지만 지금 거기 책방에 비할 바는 아니었다. 준서와 얼이의 스승인 권학의 서당에도 이렇게 많은 서책은 없을 것이다.

이 책 저 책을 들여다보느라 여념이 없는 다미 귀에 기량의 말이 들렸다.

"이기 모도 활자하고 인쇄술 발달로 책을 대량으로 보급할 수 있는 덕분인 기라. 이전 겉으모 꿈도 몬 꿀 일이제."

기량은 다미를 서가 한곳으로 데리고 갔다. 책을 얹어 두는 그 시렁은 먼지 한 점 없이 정갈해 보였다. 기량은 거기 빼곡 꽂혀 있는 책들을 유심히 살펴보면서 설명해주기 시작했다.

"여게 있는 이 책들은 말이다."

"아, 예."

그것들은 '문고본'으로 만들어진 것이었는데, 특히 심청전, 춘향전, 장화홍련전 같은 우리 옛 소설들을 개작한 것이라고 했다.

'문고본, 문고본.'

그 책의 속에 든 내용물도 그렇거니와 그 출판물의 형식 또한 다미의 눈길을 사로잡기에 모자람이 없었다. 어떤 한 발행소에서 보급을 목적으로 하여, 값이 싸고 또 가지고 다니며 읽기 편리하도록, 국판菊判의 반쯤 되게 모두 똑같은 본새로 하여 만들어 낸 총서였다.

"책 표지가 좀 특이하네예."

다미가 잘록한 허리를 구부려 반짝이는 눈으로 책을 들여다보며 말했다.

"그렇제? 똑 아아들이 갖고 노는 딱지맹캐 울긋불긋 안 하나."

기량이 어렸던 시절을 회상이라도 하는지 감회에 젖은 목소리로 말했다. 그것은 얼핏 딱지를 방불케 했다.

"그래서 이런 책을 '딱지본'이라 부리기도 한다는 기라."

다미는 재미가 있어 오빠 말을 따라 했다.

"딱지본."

기량이 희고 가지런한 이빨을 약간 드러내 보이며 씩 웃고 나서 동생에게 하나라도 더 가르쳐주려는 욕심에서 또 말했다.

"올마 전부팀 요런 딱지본이 짜다라 맹글어지기 시작했다데."

다미가 유난히 하얀 손을 내밀어 그중 하나를 들어 올리며 말했다.

"몸에 지니고 댕기기도 상구 편리하것네예."

기량은 책방 주인이 앉아 있는 입구 쪽 계산대 방향으로 고개를 한 번 돌리고 나서 말했다.

"책방 쥔들 하는 이약이, 값도 좀 싼 편이어서 한거석 읽힌다 쿠데."

다미가 해맑은 눈을 빛내며 소망처럼 말했다.

"저거를 본께 앞으로 소설이 대중화될 거 겉다는 생각이 들어예."

기량이 아주 대견스럽다는 얼굴을 했다.

"역시 우리 동상 똑소리 난다, 똑소리."

"아이, 오라버니도."

자못 멋쩍어 하는 다미였다.

"안 그래도 책방 쥔들이 그런 이약도 하데? 갈수록 사람들이 소설을 아조 마이 읽기 될 기라꼬."

두 사람은 다른 진열대로 갔다. 그곳에는 만화책을 모아 놓았다.

"만화도 새롭기 자리를 잡아간다 쿠더마."

그 말에 이어 기량은 이런 말도 했다.

"신문하고 어린이 잡지 겉은 데에도 단편하고 장편 만화가 실리서 짜다라 인기를 끌고 있고⋯⋯."

다미가 말잇기 놀이를 하듯 하였다.

"어른들은 소설책, 아이들은 만화책⋯⋯."

그녀의 청아한 음성은 책방 안을 메아리같이 맴돌다가 스러지곤 했다.

"우쨌든 지는예, 우리나라 사람들이 어른이고 아이고 모도 책을 마이마이 읽었으모 참 좋것어예."

다미는 거기 책방 안이 너무너무 좋았다. 하루 종일 이런 데 앉아서 책이나 읽으면 모든 근심 걱정이 깡그리 사라질 것이다. 책장을 넘길 때 나오는 소리는 어떤 즐거운 풍악 소리보다도 사람 마음을 사로잡을 듯했다.

'세월이 갈수록 이 시상에 여러 종류의 직업이 생기것지만도⋯⋯.'

저만큼 계산대 앞에 앉아 책방 안의 손님들을 둘러보기도 하고, 장부 같은 데 필기구로 무엇을 써넣기도 하는 책방 주인이 참 부럽다는 생각도 들었다.

책방 주인이라면 머리가 허옇게 세고 돋보기를 낀 노인일 성싶다는 선입견과는 달리, 그 남자 주인은 아직 젊고 입성 또한 무척 단아하고 깨끗

했다. 그는 다미에게 무슨 말을 걸어오려고 하다가 그만두기도 했다.

"글 쓰는 사람들은 에나 좋것어예."

"내는 만화가도 해볼 만한 업業이라 본다."

그런데 그들 오누이가 그만 그 책방에서 나와 버리고 싶은 마음이 생긴 것은 잠시 후였다. 그것은 그림엽서 같은 것이 진열되어 있는 곳에 갔을 때였다. 호기심과 학구열 담긴 눈빛으로 그것을 들여다보고 있던 다미 입에서 적잖게 놀라는 소리가 새 나왔다.

"오라버니! 이, 이거는……."

기량이 놀란 얼굴로 다미를 돌아보며 물었다.

"와? 다미야, 와 그라노?"

다미는 책방 안을 살피고 나서 작은 소리로 입을 열었다.

"여게 이 그림엽서 좀 보이소."

기량 또한 음성을 낮추었다.

"그 그림엽서가 우째서?"

다미는 더욱 소리를 죽였다.

"조선총독부."

"머?"

기량은 들어서는 안 될 소리를 들은 사람처럼 안색이 파래졌다.

"조, 조선총독부라이?"

"……."

어디선가 일본 순사가 허리에 차고 다니는 칼이 철커덕거리는 소리가 들려오는 것 같은 순간이었다.

"다, 다미야."

그런데 다미는 더 이상 아무런 말이 없었다. 그 대신 거기 놓여 있는 그림엽서를 노려보듯 내려다보았다. 기량의 입에서 신음과 흡사한 소리가 흘러나왔다. 다미도 뛰는 심장을 가까스로 억누르는 모습이었다.

뒷면에 사진과 그림 등이 있는 우편엽서였다. 그 그림엽서에는 무엇이 그려져 있고 또 무슨 글이 쓰여 있었다. 거기에는 한국인이라면 누구나 치를 떨고 저주를 퍼부을 일제 조선총독부의 치적과 시책, 행사 등을 홍보하는 그림과 글이 찍혀 있었다.

"으, 이런 짓은 하는 기 아이다."

기량은 문득 떠올린 듯 책방 안을 경계하는 눈초리로 둘러보며 여전히 낮은 소리로 말을 이었다.

"포스터 겉은 데서도 본 기억이 있다."

다미가 떨리는 목소리로 물었다.

"포스터라모?"

기량 또한 흔들리는 목소리로 대답했다.

"광고나 선전 등을 하기 위해서 맨든 삐라나 도안……."

그 대화를 끝으로 두 사람은 한동안 말이 없었다. 갑자기 시선을 둘 곳을 잃은 사람들처럼 허공 어딘가를 멍하니 바라보고 서 있었다. 그렇지만 두 사람 마음 깊은 곳에는 이런 소리가 울리고 있었다.

'일제가 발을 안 들인 데가 없다더이.'

'앞으로 이 나라가 우찌될랑고?'

그때다. 짧은 댕기 머리에 핀을 꽂은 처녀 하나가 책방 안으로 들어서고 있었다. 다미 뇌리에 아까 전차 정류장에서 보았던 동업과 동행한 여자가 되살아났다. 그 처녀는 아마도 학생이거나 사회활동을 하고 있을 것이다.

'학상이라도 일본식 교육을 받아야 하것고…….'

다미는 비화와 나누었던 이야기가 또 기억났다. 비화가 콩나물국밥집을 운영하고 땅을 사들이는 등 여러 가지 일을 하는 그 바쁜 생활 속에서도, 어떻게 교육에도 그리도 박식한지 그저 놀랍고 존경스러울 따름이었다.

비화는 격한 울분을 삼키는 얼굴로 말했다. 보통학교가 6년제가 된 후부터 한국어 수업 시간은 2~5시간으로 되레 줄어들었다. 그에 반해 일본어 수업 시간은 무려 주당 9~12시간으로 늘어났는데, 그것은 한국인으로 하여금 일본인으로서의 정신 자세를 갖게 하려는 사악한 의도라고. 그리하여 특히 일본 역사와 지리, 수신(도덕) 등을 한국인 머릿속에 주입시키려 하고 있다고.

"이라다가는 우리가 생김새만 조선 사람이지 속은 모도……."

두 사람 다 탈기했다.

"우짭니꺼?"

그런데 다미에게 일본식 교육에 대해서 알게 해준 사람은 비화뿐만이 아니었다. 준서와 얼이의 스승 권학이란 선비도 있었다.

그날 아버지가 부르신다기에 아버지 사랑채로 갔더니 아버지는 권학과 마주 앉아 있었다. 다미는 먼발치에서 몇 번 보았던 권학에게 다소곳이 인사를 했다. 그가 준서와 얼이를 가르친 사람이라는 사실이 왠지 다미에게 그를 새로 보게 하였다. 항상 고매하던 비어사 진무 스님 못지않게 또 다른 높은 인격의 향기가 풍기는 인물이었다.

"다미야, 니도 알아 놓는 기 좋을 거 겉애서 오라 캤다. 여 계시는 선상님의 말씀을 잘 들거라."

범구는 딸에게 그렇게 이르고 나서 권학에게 이야기를 계속해 줄 것을 부탁했다. 그러는 아버지의 태도가 다미 눈에는 더없이 공손해 보였다.

"참으로 좋은 따님을 두셨습니다. 보기 드문 규수가 아닐 수 없군요. 흡족하심이 하늘에 닿으실 듯합니다."

권학의 그 말에 다미는 더욱 어깨가 움츠러들었다.

"하하. 과찬의 말씀을 하십니더. 아즉도 부족한 기 아조 많은 여식입니더. 앞으로 많은 가르침 부탁드리것십니더."

앉은 자리에서 고개를 숙여 보이며 하는 범구의 말에 손을 내젓고 나서 권학은 이렇게 말했다.

"일제가 제정한 조선교육령 3조에 의하면……."

서울 말씨를 쓰고 있는 권학의 이야기를 들으면서 다미는 언젠가 준서와 얼이가 그들의 스승을 두고 이런 대화를 나누던 기억이 났다.

"우리 스승님만치 서울말하고 갱상도말을 같이 쓸 줄 아는 사람도 벨로 없을 끼다. 안 그런 기가?"

"하모, 새이 말이 한 개도 안 틀리다. 우떨 때 보모 여게 토박이인 우리들보담도 더 잘 안 쓰시나."

"하여튼 말 내용에 따라갖고 다리거로 쓰시는데, 내는 솔직히 스승님이 우리 지역말로 하실 때가 더 좋더라."

"그거는 그렇는데, 그래도 때에 따라서 서울말로 하는 기 더 필요할 갱우도 있다꼬 본다, 내는."

그 대화를 떠올리면서 다미는 줄곧 서울말을 쓰고 있는 권학의 이야기에 더한층 귀를 기울였다.

"거기에 보면 말입니다."

"아, 예."

"시세時勢와 민도民度에 맞는 교육을 실시한다, 그렇게 돼 있지요."

아버지와 권학이 어떤 끈으로 알게 되었는지는 모르겠지만, 두 분은 가끔 만나 이런저런 이야기를 나누시는 사이라는 것을 다미는 그날 처음 알았다.

"시세와 민도라모?"

범구가 학구열에 불타는 학동처럼 묻자 권학은 얼굴을 붉히며 말했다.

"그것이야말로 우리 한국인들에게 저들의 지배에 순순히 따르고 시키는 대로만 하라는 뜻이 아니겠습니까."

범구 또한 붉은 음성이 되었다. 어지간해서는 집 담장 밖으로 큰기침도 내보내지 않는 그였다.

"그런께네 민족적 차벨 교육을 하것다, 그런……."

권학이 뭔가 마음을 다지려는지 자리를 고쳐 앉았다.

"바로 보셨습니다. 소위 우민화 교육이라고 할 수 있지요."

그러고 나서 덧붙였다.

"그리하여 그들은 초등교육과 초보적인 기술교육에 중점을 두겠다, 그런 의미가 아니고 무엇이겠습니까."

허공 어딘가로 눈길을 보내며 범구가 목이 타들어 가는 소리로 곱씹었다.

"어리석은 백성, 어리석은 백성으로……."

이른바 저 '식민교육'에 대한 다미의 지식은 그녀로 하여금 참 많은 것을 생각하게 하였다. 준서에 대한 감정의 결이 한층 달라진 것도 그중의 하나였다.

물론 그 밑바탕에는 김비화라고 하는 그 지역 교육계의 한 대모代母가 있었다. 그리고 '민족교육'의 빛이라고 할 수 있는 야학교夜學校 또한 결코 빠뜨릴 수 없는 중요한 기관이었다.

야학교의 불빛

비화는 나이가 들어가도 여전히 총기를 놓치지 않은 눈으로 마주 앉아 있는 권우홍을 가만히 응시했다. 공식적인 자리에서는 몇 차례 만나 본 적이 있지만, 지금처럼 단둘만 앉아 이야기를 나누기는 이번이 처음이었다.

권우홍은 지역의 선각자라고 알고 있었다. 그런데 그가 상촌나루터까지 찾아와서 긴히 나눌 이야기가 있다고 했을 때 비화는 약간 곤혹스러웠던 게 사실이었다. 그녀를 찾아와 돈 버는 비법을 알려 달라고 하는 사람들과는 그 성질이 달랐다.

어쨌거나 그를 나루터집 여러 방 중에서 가장 조용한 방으로 안내했는데, 맨 처음 그의 입에서 나온 게 입적하신 진무 스님 이름일 줄은 몰랐다. 진무 스님이 망자가 된 이후로 나루터집 사람들 사이에서 눈물로 금기시되어 있다시피 한 이름이었다.

"비어사 큰스님이신 진무 스님을 통해 비화 마님이 올매나 교육에 관심이 높으신가 하는 이약을 들은 적이 있심니더. 그래서 오늘 이렇게 찾아뵌 깁니더."

"진무 스님."

비화는 다른 말은 귀에 들어오지 않고 오직 진무 스님이란 법명 하나만 마음을 찌르고 귀에 윙윙 울릴 뿐이었다. 그리하여 가슴이 콱 막히는 바람에 그저 가만히 듣기만 하고 있는데 그가 계속해서 말해왔다.

"오래전에 마님께서 우리 고을 핵조에 여자학급을 맨드신 일을 지는 시방도 기억하고 있고예."

"아, 예. 그거는……."

비화는 왠지 낯이 부섰다. 그 일을 아직도 기억하는 사람이 있어 이렇게 말해 온다는 것이 자랑스럽다기보다도 민망스럽고 부끄럽다는 생각이 앞섰다.

"영업하신다꼬 마이 바뿌실 낀께 용건부텀 퍼뜩 말씀드리것심니더."

권우홍은 사려 깊어 보이는 두 눈을 가느스름하게 뜨고는 무슨 장면인가를 떠올리는 표정을 짓고서 말을 이어나갔다.

"집안이 가난한 아이들이 돈이 없어 배우지 몬하는 채로 딱할 정도로 방황하는 모습을 보고……."

"예."

약간 저음인 그의 말에 벌써 비화 가슴팍이 찌르르했다. 당장 속눈썹에 물기가 맺혔다.

가난. 그 지독한 형벌. 그녀 자신 또한 얼마나 방황하였던가. 아무 죄도 없이 누군가에게 맞은 것처럼 그저 슬프고 암울하고 아프기만 했던 그 나날들.

"그래서 지는……."

권우홍은 힘겹게 고봉준령을 넘어온 사람같이 숨을 몰아쉬었다가 이렇게 말했는데 예사 범상한 이야기가 아니었다.

"그런 아이들을 위한 야학회를 세울라 쿱니더."

비화는 자신도 모르게 얼른 물었다.

"예? 야학회라모?"

방문 창호지를 통해 들어오는 빛살이 투명하고 밝았다. 권우홍은 시종 조심스럽고 신중한 목소리였다.

"그 아이들에게 배움의 기회를 줄라모 핵조가 있어야 하것기에……."

거기서 말끝을 흐리던 그는 자신을 추스르듯 하였다.

"아, 이거는 아즉은 핵조라고 이름 붙일 수도 없것지만, 그래도 일단은 시작부텀 해보고 싶심니더."

아직은 학교라고 이름 붙일 수 없는 학교라는 것이다.

"시작이라꼬예."

비화가 상념에 잠기는 모습을 보이자 권우홍은 더 스스로를 채찍질하는 빛이었다.

"하매 생각해 논 이름이 있심니더."

비화는 그를 빤히 바라보았다. 이름부터 지어 놓았다니? 권우홍은 집터에 기초석을 하나 세우는 듯한 모습을 보였다.

"제3야학회라꼬……."

비화는 그 말에 묘한 감정을 품으며 되뇌었다.

"제3야학회."

권우홍이 상기시켜주는 어조로 말했다.

"마님께서도 알고 계실 깁니더. 우리 지역의 제1야핵조하고 제2야핵조는 말입니더."

그 제1, 2야학교의 뒤를 잇는다면 응당 제3야학회가 아니라 제3야학교가 되어야 마땅하지 않을까 짚어보던 비화는 조심스러운 말투로 입을 열었다.

"전국적으로도 많은 야학들이 곳곳에서 생기난 줄 알고는 있심니더마는……."

"맞심니더!"

그때까지 차분하고 낮았던 권우홍의 말씨가 좀 더 예리해지고 높아졌다. 감정의 기복이 심한 사람이 아닌 성싶은데도 그러는 그의 심경을 비화는 어렵지 않게 비추어 볼 수가 있었다.

"일제의 무단통치가 문화통치로 배뀜서부텀 그랬지예."

"예."

홀연 방 안 분위기가 크게 바뀌는 느낌이었다. 비화는 천장에서 일제의 창검이 내리꽂히는 듯한 아찔함에 허둥거렸다.

"문화통치? 그 문화통치라쿠는 기 그 실상을 따지보모 말입니더."

역시 사람들이 그를 두고 지역의 선각자라고 부르는 것이 그냥 하는 소리가 아니구나, 그렇게 생각하고 있는 비화 귀에 이런 말이 계속 떨어졌다.

"무단통치보담도 상구 더 악랄하고 교묘한 기라는 거는 삼척동자도 알것지예."

"그거는 그렇심니더."

다른 방들이며 마당 평상에서 손님들이 내는 소리가 끊이지 않고 있었지만, 비화는 그 모든 소리들이 단 하나의 소리로만 들렸다. 학교, 학교, 학교…….

"시방 말씀드린 그 제3야학회를 세울라모……."

권우홍은 거기서 말을 멈췄지만, 비화는 다음에 그의 입에서 나올 말이 무엇인가는 벌써 알았다. 아니, 사실은 그가 맨 처음에 야학회를 세우려 한다는 말을 했을 때부터 이미 감지하고 있던 일이었다.

"지가 사재私財를 털어 세울라 쿠는데……."

우리 나루터집은 살림방이나 손님방이나 별로 다르지 않아 보인다는 다소 엉뚱스러운 생각이 드는 비화였다.

"암만캐도 혼자 심만으로는 버거울 거 겉십니더."

비화는 잠자코 고개를 끄덕였다. 백지장도 맞들면 낫다는 옛말의 의미를 일찌감치 깨치고 있었다. 권우홍은 이야기 진도를 더 나갔다.

"제3야학회는 우선 나이 제한이 없십니더."

남강 쪽에서 들려오는 물새 소리가 방문을 두드리고 있는 느낌을 자아내고 있었다. 저 미물들도 지금 그들이 나누고 있는 이야기를 듣고 싶어 방으로 들어오려고 저러는 게 아닌가 여겨졌다.

"또오, 남녀공학으로 할 계획입니더."

"예에."

비화는 내심 깨달았다. 남녀공학, 바로 그녀가 만든 여자학급과도 연관이 있는 것이다. 비화는 천천히 물었다.

"부지, 야학회를 세울 장소는 물색해 놓은 데가 있으심니꺼?"

권우홍은 그 말이 나오기를 기다리고 있었는지 곧바로 답했다.

"진주제1보통핵조 뒤편 인사동 주택가 쪽을 고려하고 있심니더."

"제1야핵조, 제2야핵조는……."

비화는 조심스레 말을 이어갔다.

"그 두 핵조는 그 뜻은 좋지만도……."

권우홍의 얼굴이 약간 굳어졌다. 어떻게 보면 잠을 설친 사람같이 부석부석했다.

"여러 가지 사정으로 그 활동상이 좀 미미한 편이라는 거를 우리 지역민들도 알고 있는 거 겉심니더."

권우홍이 비화의 그 말을 서둘러 받았다.

"바로 그 점 땜에 지가 제3야학회를 구상한 깁니더."

비화는 고개를 숙여 언제나 변함없이 정갈하기 이를 데 없는 방바닥에 잠시 시선을 주었다가 다시 들었다.

"쉽지가 안 할 낀데……."

"……."

이번에는 선뜻 대꾸가 없는 권우홍이었다.

"하매 운영하고 있는 그 두 야핵조를 보고 말입니더."

방문 틈새로 스며드는 국밥 냄새는 식욕을 돋울 만하였다. 하지만 그 것에 만족하지 않고 아직도 꾸준히 더 좋고 더 새로운 음식의 식단을 짜 기 위해 나루터집 식구들 모두가 저마다 노력하고 있었다.

"압니더, 알고 있지예."

밤골집에서 낮술에 취한 술꾼들이 부르는 노랫소리가 먼 다른 세상에 서 나는 것처럼 전해지고 있었다. 그게 갈수록 조선인들의 삶이 팍팍하 고 피폐해지고 있다는 증거로 받아들여져 비화 심정이 먹먹했다.

"그래서, 그렇기 땜새 나선 것입니더."

권우홍은 남자로서는 약간 여리게 생긴 외모와는 달리 끈질긴 면모가 있었다. 하긴 그런 강단이 없다면 그렇게 어렵고 힘든 일을 계획하지도 못할 것이다. 혹시라도 일제의 눈에 불령선인으로 비치게 되면 그의 운 명이 어찌 될지는 누구도 장담할 수 없는 노릇이었다.

"방금 말씀하신 거매이로……."

그는 마음을 다져 보이는 품새였다.

"활동이 쪼꼼 미미한지라 증말 우리 지역사회의 관심을 모을 수 있는 야학을 이룰라쿠는 깁니더."

"지역사회의 관심예."

손님들이 드나들면서 내는 소리들이 어쩐지 귀에 생경하게 다가오는 비화였다. 오랫동안 들어온 그 소리에서 그런 감정을 맛본다는 것은 썩 유쾌한 일이 아니었다.

'이럴 때 진무 스님이 살아 계신다모 올매나 좋으까? 무신 좋은 방책을 갈카 주실 수도 있을 긴데.'

그런 비화의 아쉬움을 읽어내기라도 한 걸까? 권우홍의 입에서 보다 고무적이고 새로운 이야기가 흘러나오기 시작했다.

"야학을 통해 우리나라 사람들의 문맹률을 타파하는 일도 중요합니더."

그는 꼭 닫혀 있는 방문 쪽을 한번 살펴보고 나서 목소리를 낮추었다.

"일본인들이 세운 보통핵조의 식민지교육이 아인 우리의 민족교육을 할 수 있거로 이 한 몸 던지서 운영해 보고 싶심니더."

지붕 위에서 까치 소리가 났다.

'민족교육!'

비화 가슴이 풀숲 방아깨비 모양으로 풀쩍 뛰었다. 꼭 그의 입을 빌려 진무 스님이 하는 말을 듣는 기분이었다. 그녀는 자신도 모르게 말했다.

"그런 교육을 하신다쿠모 모지람이 많은 지도 적극 심을 보태것심니더."

"아, 그라모!"

권우홍의 얼굴이 환해졌다. 비화의 손이라도 덥석 잡아올 사람같이 하였다.

"마님께서 심을 보태주신다모 증말 지로서는 더 이상 바랠 끼 없것심니더. 에나로 그렇심니더."

그는 앉은 자리에서 머리를 조아렸다.

"고맙심니더, 고맙심니더."

비화도 덩달아 고개를 숙여 보였다.

"아입니더. 고맙기는 지가 더 고맙지예. 우리 한국인들 모도가 고마버해야지예. 그리 에려븐 일을 시작해 주신다쿤께 에나 존갱시럽심니더."

권우홍은 구원병을 얻은 장수만큼이나 기운이 솟아나서 앞으로의 포부와 계획에 관해 늘어놓기 시작했다.

"제3야학회의 교육과정은 보통핵조의 초등교육하고 가리방상하것지만 말입니더."

그는 시원스러워 보이는 눈을 들어 또 한 번 방문 쪽을 살폈다.

"일본어 교육보담도 우리 조선어 보급에 주력할 생각을 하고 있심니더."

"아, 조선어 보급."

듣고 있는 비화도 점점 감정이 고조되고 있었다. 극락에 가 계시는 진무 스님도 이 말을 들으면 무척 흡족해하고 좋아하실 것이다.

"우리 조선어를 널리 알리는 데 아조 큰 도움이 될 거로 생각됩니더. 지도 능력이 닿는 대로 도우것심니더."

"역시 마님은 다리심니더."

권우홍의 눈에 푸른 기운이 감돌고 있었다. 지금 그 고장에 들어와 있는 서양인들을 떠올리게 했다. 그는 한껏 목소리를 낮췄다.

"이거는 아즉 아모한테도 이약 안 했고 마님께 첨 말씀드리는 긴데……."

"……."

산기슭을 따라 흐르는 남강 물소리 속에 뱃사공의 노랫소리가 섞여 들리곤 하는 상촌나루터의 한낮은 쩡쩡한 기운을 뿜어내고 있었다.

"조선어 시간에는 말입니더."

지금 권우홍이 해 보이는 저 얼굴이야말로 조선인의 얼굴이라는 느꺼운 감정에 젖으며 비화는 그의 말에 한층 귀를 기울였다.

"우리나라의 역사를 은밀히 갈카 줄라 쿱니더."

비화는 자신의 심장이 뛰는 소리가 귀에 들리는 듯했다. 그의 말에서 한 번 더 감동과 실감을 맛보았다.

"아, 우리나라의 역사를 말씀입니꺼?"

권우홍은 자신 있어 보이는 얼굴이었다.

"그렇심니더, 마님."

그 장담 끝에 권우홍이 약간 아쉽다는 투로 말했다.

"그란데 한 가지 멤에 안 차는 기 있심니더."

"그기 머심니꺼?"

잠시 주저주저하고 있던 권우홍의 답변이었다.

"아모래도 여건상 교육과정이 짧아서 4년밖에 안 될 거 겉심니더."

상념에 잠긴 얼굴로 듣고 있던 비화가 말했다.

"그런 점은 크기 상심 안 하시도 되리라 봅니더. 그런 미비점을 충분히 보완해 줄 것이 우리에게는 있기 때문입니더."

권우홍이 눈을 끔벅이며 물었다.

"예? 그기 무신 말씀입니꺼?"

비화가 기대에 찬 얼굴로 또렷또렷하게 대답했다.

"향학열, 야학생들의 향학열을 말하는 깁니더."

"야학생들의 향학열이라꼬예?"

권우홍은 한참 비화의 그 말뜻을 헤아려보는 빛이더니 이윽고 깨달았는지 조금 밝아진 목소리로 말했다.

"아, 듣고 보이 그렇심니더."

까치 소리가 사라진 지붕에서는 참새들이 내는 소리가 내려오고 있었다. 비화의 귀에는 그 소리가 학생들이 글을 읽는 소리만큼이나 활기차고 정겹게 들렸다.

그러고 보니 둘이 참 달랐었다. 얼이가 집에 돌아와서 그날 서당에서 배운 것을 온 집안 식구들이 모두 들을 수 있을 만큼 크게 낭독하는 반면, 준서는 단 한 번도 그러지 않고 내내 속으로만 암송하는 모습을 보였던 것이다. 그랬던 것이 바로 엊그제 같은데 이제는 한 가정을 이룰 나이들이 되었으니 세월의 흔적은 아무리 강조해도 지나침이 없었다.

"배움에 목마린 야학생들은 6년제의 보통 학생들과 비하모 향학열은 쪼꼼도 안 떨어질 거 겉심니더."

"도로 더 높을 기라 봅니더."

"지가 마님께 증말 잘 왔다꼬 생각합니더."

"아입니더. 이리 찾아주시서 에나 고맙심니더."

참새 소리가 잠시 멎는가 했더니 이번에는 강가에서 물새 소리가 들려왔다. 귀를 기울여 그 소리를 듣고 있던 권우홍이 새삼스레 느꼈다는 듯이 말했다.

"물새 소리는 산새 소리하고는 다린 느낌을 주는 거 겉심니더."

사안事案이 사안인 만큼 어떤 것도 끼어들 수 없을 정도로 사무적이었던 분위기가 조금은 풀리고 있었다. 비화가 미소 띤 얼굴로 물었다.

"우찌 다린 거 겉은데예?"

"짧고 날카로븐 거 겉으면서도 물기 젖은 여운이 길거로 받아들이지는, 머, 그런 느낌 말입니더."

비화 목소리가 반쯤 말린 행주마냥 눅진했다.

"지도 그런 생각을 할 때가 있심니더. 물새들 울음소리의 여운에 물기운이 서려 있는 거는 아일까 하고예."

사람들이 자기들 이야기를 하고 있다는 것을 알기라도 한 것일까? 이번에는 여러 마리의 물새들이 한꺼번에 소리를 냈다. 하긴 저 강에는 하도 많은 종류의 물새들이 서식하고 있는지라 그런 경우가 드물지는 않았다.

"그라고 강물맹커로 오덴가로 끝없이 떠나갈 거 겉은 기분도 맛보고 예."

권우홍의 음성도 갈라져 나왔다.

"우리 야학생들이 배움의 넓은 바다로 나아가길 기대해 봅니더."

그 말에 대한 화답이기라도 하듯 새소리가 더욱더 크게 들리기 시작했다. 이번에는 물새들과 산새들이 합창이라도 하는지 한꺼번에 내는 소리였다.

그날 이후 제3야학회의 개설은 급류를 탄 듯 빠르게 진행되었다.

제3야학회가 들어선 인사동 주택가의 공간은 협소하여 3칸 목조건물 정도로밖에 짓지 못한 게 약간 아쉬웠지만, 지역민들의 관심을 끌기에는 모자람이 없었다. 특히 그 지역의 선각자로 널리 알려져 있는 권우홍이 세운 것이라는 사실 하나만으로도 모두의 눈길을 끌 만하였다.

그러나 비화가 적잖은 도움을 주었다는 사실을 아는 지역민은 별로 많지 않았다. 워낙 비화가 선행을 드러내기를 꺼려하는 성격이었다. 또한, 권우홍은 혹시라도 일제의 눈 밖에 나서 비화가 어떤 화를 입을까 봐 그 사실을 숨겼을 수도 있었다.

아무튼, 일제 문화통치 밑에서도 무려 20년이라는 긴 세월을 민족교육으로 버텨간 그 지역 제3야학교는 그렇게 시작되었다. 처음 개설할 때에는 제3야학회라는 이름을 달고 출발했지만, 나중에는 제3야학교라고 불리게 된 것이다.

비화와 권우홍의 예측이 들어맞았다. 제3야학교는 얼마 지나지 않아 학생 수가 크게 늘어나기 시작했다. 그래서 3칸 목조건물 옆에 있던 초가집을 개조하여 1칸 교실을 더 만들었으며, 교사들이 교재 연구라든지 학생 면담 등 근무하는 데 여러 가지로 활용할 수 있는 사무실(교무실)

도 마련하여 그런대로 학교다운 면모를 갖추게 되었다.

그뿐만이 아니었다. 출입구에 무쇠 종을 매달아 놓으니 한층 배움의 터전다웠다. 강철보다 녹기 쉬워 주조에 적합하므로 솥이나 화로 등을 만드는 재료로도 쓰이는 무쇠로 된 그 종이 내는 소리는, 야학생들은 물론이고 교사들에게도 각성을 시켜주는 소리로 들렸다. 그리하여 밤늦도록 가르치고 배우는 교사와 야학생들의 뜨거운 열정으로 학교는 갈수록 지역사회의 높은 관심을 모았다.

그렇지만 모든 게 강물 흐르듯 순조로운 건 아니었다. 그건 비단 제3야학교에만 국한된 것은 아니었다. 당시 일제 치하에서 편안하고 순탄하게 살아가는 한국인은 찾아보기 어려웠던 게 사실이었다. 결국, 문제는 재정이었다. 학교뿐만 아니라 다른 개인이나 가계나 기업 등을 굴러가게 하는 힘인 금융 사정이었다.

'개우시 세워논 핵조가 그대로 무너질 때꺼정 그냥 두 손 딱 맺고 앉아만 있을 수는 없는 기라.'

권우홍은 고민 끝에 그 지역 부호 정진상을 찾아가 도움을 요청하였다. 그 과정에 그는 지역민 모두가 존경하는 사람의 이름부터 내비치면서 뜻을 전했다.

"상촌나루터에 있는 나루터집 비화 마님께서 개교 첨부텀 시방꺼지 물심양면으로 마이 도와주시고는 있지만도……."

권우홍의 말에 정진상은 선뜻 말했다.

"잘 알것심더. 미약하나마 지도 심을 보태도록 하것심더."

"아, 도움을 주신다이!"

권우홍은 속으로 안도의 숨을 몰아쉬었다. 정진상은 또 즉석에서 도와줄 금액까지 매우 흔쾌히 털어놓았다.

"지가 매달 10원씩 보조금을 후원하것심더."

권우홍은 고개 숙여 감사의 뜻을 전했다.

"그러키 큰돈을 희사하시것다이 에나 고맙심더."

정진상이 손을 내저었다.

"아입니더. 권우홍 선상님의 크신 노고에 비하모 그거는 너모 빈약한 깁니더. 맨 첨에 시작하는 기 에렵지 뒤에서 따라가는 거는 그래도 쉽심 니더."

"똑겉지예."

"존갱합니더. 지가 들으이 그 핵조에서는 일본어 교육보담 우리 조선 어 교육에 상구 더 심을 쏟는다꼬 하듭니더."

부호의 상相은 저럴까 하고 정진상의 얼굴을 바라보는 권우홍의 귀에 계속해서 들리는 말로 미루어 보건대 그는 정보에도 밝은 인물이었다.

"거다가 우리나라 역사에 대해서 은밀히 가르치기도 한다쿠는 것에 는 증말 감사드립니더. 참으로 애국자이십니더."

권우홍은 부끄럽다는 낯빛이 되었다.

"아, 무신 말씀을 그리 하십니꺼. 지는 그냥 이 나라 백성으로서 마땅 히 해야 할 일을 하고 있을 뿐입니더."

정진상이 기대 밖의 말도 했다.

"지가 소개시키드릴 사람이 있심니더. 그분한테도 찾아가서 핵조 사정을 이약하모 반다시 도움을 주실 깁니더."

권우홍이 반가운 목소리로 물었다.

"우떤 분입니꺼?"

정진상이 눈을 감았다가 뜨며 말했다.

"동아일보 아시지예?"

권우홍이 얼른 말했다.

"아, 예, 압니더. 우리나라 최고의 신문 아입니꺼?"

정진상이 천천히 말했다.

"그 신문 우리 지역 지국장 강창대 씨라모…….."

권우홍은 몸을 일으킬 자세를 취하였다.

"예, 당장 찾아가 보도록 하것심니더."

권우홍은 그 길로 강창대 지국장을 찾아갔다.

신문과 관련된 일을 하는 사람이라는 선입견 때문인지 그의 몸에서는 어쩐지 엷은 기름 냄새가 풍겨 나오는 것 같았다. 전후 사정을 들은 강창대가 말했다.

"잘 오싯심니더. 지도 능력이 닿는 대로 돕도록 해보것심니더."

"고맙심니더. 참말로 고맙심니더."

권우홍은 발걸음도 가볍게 돌아갔다. 그의 머리 위로 드넓게 펼쳐진 하늘이 한 장의 커다란 신문을 연상케 했다. 희망과 꿈으로 펄럭이는 푸른 신문이었다.

한편, 어머니에게서 제3야학교에 대해 들은 준서는 그 학교에 가서 야학생들을 가르치고 싶다고 했다.

"준서 니가 야학생들을 말이가?"

비화는 예상치 못한 일인지라 눈을 크게 떴다.

"예, 어머이. 지가 훌륭한 선생은 몬 되것지만, 그래도 갈카줄 선생이 마이 모자라지 않것심니꺼."

준서의 결심은 의외로 단호해 보였다.

"니가 그리 해주것다모 이 에미로서는 말릴 이유도 없고, 또 떳떳하고 상구 자랑시러븐 일이기는 하지만도…….."

비화는 말끝을 흐렸다. 사실 그녀는 준서의 신상이 크게 우려되지 않을 수 없었던 것이다. 단 하나밖에 없는 외아들이었다.

제3야학교가 어떤 학교인가? 눈에 불을 켜고 있는 일제의 악랄한 감시를 피해가며 몰래 조선어 교육에 주력하고, 심지어 식민지로 전락해 버린 한국 역사까지 가르치고 있는 민족교육의 산실이라는 것을 알 만한 사람은 다 알고 있었다. 그리하여 혹시라도 일제에게 발각되면 어떤 위험에 처할지 모르는 것이다. 하지만 그렇기 때문에 더더욱 그 학교 선생 노릇을 할 필요가 있다고 한다면 입이 열 개라도 할 말이 없는 것이다.

"어머이."

"알것다. 니 뜻이 정 그렇다모 안 말리것다."

"죄송합니더."

"아이다. 내는 그런 말이 아이다."

"이왕 하기로 했으이 바로 시작할랍니더."

준서는 곧 그 학교 선생으로 야학생들을 가르치기 시작했다. 원래 영특한 데다가 책을 많이 접한 준서는 얼마 안 되어 제3야학교의 최고 선생으로 자리를 굳혔다. 야학생들뿐만 아니라 다른 선생들도 모두 준서를 좋아하고 존경했다.

"그 핵조 행핀을 본께네……."

준서는 가르치는 일에서만 그치지 않았다. 얼이, 문대 등의 도움을 받아 또 다른 훌륭한 일을 해내었다. 그 지역 중등학교에 재학 중인 학생들이나 졸업생들에게 부탁하여 제3야학교에 기부금을 내도록 한 것이다.

"우리 손에 있는 돈이 이거밖에 안 돼서 미안하요."

"아, 그런 기 중요한 기 아이지예."

비록 목돈은 못 되고 푼돈이 대부분이었지만 그래도 그게 적지 않은 힘이 되어 주었다. 특히 금액의 많고 적음에 앞서 그 정신이 중요한 것이다.

"그리 고마븐 일이 있으까!"

그런 사실을 뒤늦게 알게 된 교사들은 더욱 열과 성을 다하여 야학생들을 가르쳤고, 또 야학생들은 야학생들대로 한층 학구열에 불타서 제3야학교의 향학열은 깊은 한밤중에도 꺼지지 않는 호롱불처럼 활활 타오르고 있었다.

'아, 여서?'

그런데 준서의 제3야학교 선생 노릇은 준서 자신에게도 크나큰 선물을 주는 계기가 되었으니 그건 전혀 예기치 못했던 일이었다. 바로 안골 백 부잣집 다미도 그 학교 선생으로 들어왔다. 그리고 다미 역시 준서가 이미 그 학교 선생을 하고 있다는 사실을 알고서 여간 충격을 받은 모습이 아니었다.

'모전자전이라더이.'

기실 일제의 눈을 피해 민족교육을 하는 그 학교는 교사들뿐만 아니라 야학생들도 신분 노출에 무척 신경을 쓰고 있던 터였다. 그래서 직접 그 학교에 종사하는 사람들 말고는 누구도 모르게 일절 외부에 비밀로 부쳐 두었다. 물론 다른 야학교에 비해 제3야학교가 지역민들의 지대한 관심 속에 있었음은 부인할 수 없는 일이었다.

제3야학교에서 나란히 야학생들을 가르치면서 준서와 다미 사이는 자연스럽게 점점 더 가까워졌다. 그건 바람에 풀들이 한 방향으로 쏠리는 것과 같은 현상이었다.

"머라꼬? 다미 처녀도 그 핵조에서 학상들을 가르친다꼬?"

처음 준서에게서 그 말을 들은 비화가 보인 모습은 누구 눈에도 과민 반응이라고 할 정도로 커 보였다.

"예, 어머이. 지도 다미 처녀가 귀한 집 처녀의 몸으로 그런 일을 할 끼라고는 내다보지 못했심더."

그렇게 얘기하는 준서가 비화 눈에는 왠지 변명하는 사람처럼 비쳤다. 나의 지레짐작이 그릇될 수도 있다는 생각을 하는데도 그랬다.

'이거도 무신 모릴 운맹 겉은 기까?'

문득, 비화가 자신도 모르게 입속으로 혼자 중얼거린 소리였다. 준서는 고개를 숙인 채 손바닥으로 제 턱을 연방 문지르고 있었다. 아무리 봐도 그건 거의 무의식적인 상태에서 나오고 있는 동작이었다.

'신기하기도 하지만도 우짠지 쪼매 무섭기도 안 하나.'

비화가 자신에게 하는 소리였다. 뒤돌아보면 다미 할머니 염 부인과 비화 자신과의 인연 또한 그냥 예사로운 인연은 아니었다. 그것은 어쩌면 하늘이나 부처님이 맺어주신 퍽 각별한 인연이었다. 그때만 해도 염 부인은 꽃방석에 앉아 살아가는 신분이라면 비화 그녀는 축축하고 썩은 낙엽 더미 위를 뒹굴며 연명하는 처지였던 것이다.

더군다나 죽은 임배봉을 떠올리면 그런 감정은 더한층 짙어졌다. 이제는 저승에서 서로 만났을 염 부인과 임배봉이지만 그 지독한 악연은 그곳에서조차 매듭의 끈을 풀지 못했을 수도 있지 않을까 싶기도 했다. 모든 악연은 이승에서 끝내라고 하던 진무 스님이 그런 두 사람을 보면 어떻게 하실는지.

'그거는 그렇다 쳐도 준서하고 다미가…….'

비화는 또다시 머리가 지끈거리기 시작했다. 사람의 앞날, 특히 남녀의 인연은 누구도 알 수 없는 것이다. 하지만 준서의 상대가 다미일 수도 있다는 것은 생각만으로도 벌써 마음이 더할 나위 없이 복잡해지고 가슴이 막히는 것은 어쩔 도리가 없었다.

'다미를 볼 적마다 염 부인이 다미의 그림자매이로 따라붙는 거는 우짤 수 없다 아이가. 내는 그기 싫은 기라, 다미가 싫은 기 아이고.'

혼자서 그러다가 또 혼자서 고개를 내젓곤 하였다.

'와 똑 그 연관성을 가질라 쿠노. 다린 쪽으로 생각해 보모 도로 잘된 일일 수도 안 있것나. 솔직히 이 시상에 다미만 한 처녀가 오데 있것노. 인물 좋제, 머리 영리하제, 거다가 대갓집 규수로서 갖출 거는 다 갖찼 제.'

비화는 혼자 결단을 내렸다. 모든 것은 운명에 맡기자. 그럴 수밖에 없다. 게다가 다미 집안에서 이 일을 알았을 때 그쪽에서는 어떻게 나올 지 그것도 모르는 것이다.

그런데 모든 것은 훨씬 비화의 예상 밖으로 나돌고 있었다. 무엇보다 야학생들과 교사들 사이에서 크게 부각되고 있는 두 사람이었다. 누가 언제 어디서 무엇을 계기로 하여 그런 풍문을 퍼뜨린 것인지는 알 수 없 지만, 준서와 다미 두 사람 사이가 그냥 보통 관계가 아니라는 말이 떠 돌기 시작했다. 저 구름에 비가 들었는지 눈이 들었는지 알 수 없다고 하는 노래도 있지만, 그들은 꽃구름을 피워 올리고 싶었는지도 모른다.

그리고 더 큰 문제는, 정작 당사자인 두 사람은 그런 것에 대해 전혀 모르고 있다는 사실이었다. 야학생들은 그런 이야기를 나누고 있다가도 준서나 다미가 나타나면 얼른 입을 다물어버리고는 다른 일을 하거나 흩어지는 모습을 보였다.

준서는 물론이고 다미도 그런 야학생들을 붙들고 무슨 일이냐고 물었 지만, 그러면 그럴수록 모두는 더욱 아무 일도 아니라며 시치미를 떼고 딴전을 부리기 일쑤였다.

야학생 중에는 준서나 다미보다 더 나이가 많은 사람도 있었는데, 그 들은 그저 씩 웃는 것으로 답을 대신하기도 하였다. 그리하여 준서와 다 미는 머쓱한 얼굴로 돌아서지 않으면 안 되었다.

그런데 그것은 두 사람을 음해하거나 나쁜 방향으로 몰아가려고 하는 못된 의도는 결코 아니었다. 도리어 그 반대였다. 모두가 그 두 사람을 너무나 좋아하여 더 그랬다. 행여 자기들이 알고 있다는 것을 눈치라도 채면 두 사람은 거리가 멀어지지나 않을까 하는 노파심의 발로일 수도 있었다.

그리고 또 하나, 그 두 사람만큼 잘 어울리는 한 쌍은 없다는 생각을 하고 있었다. 두 사람의 앞날을 떠올리며 자기들 일인 양 꿈에 부풀기도 하고 부러워하기도 하였다. 어떻게 해서 저런 축복을 받을 수 있는지 하늘에 물어보고 싶다는 사람도 있었다. 나도 다음 세상에서는 저들처럼 태어났으면 했다.

하지만 그들이 오해를 하고 있는 부분도 있었다. 그것은 준서와 다미가 그 학교 선생이 되기 전부터 둘이 깊이 사귀던 관계라고 보았다는 사실이다. 그래서 둘이 같이 의논하여 그 학교 선생이 되자고 했을 거라고 지레짐작하였다. 특히 준서는 상촌나루터의 나루터집 아들이고, 다미는 안골 백 부잣집 손녀라는 것을 알고부터, 그 이야기는 한층 눈덩이처럼 불어나는 실정이었다.

그러면 당사자들은 어땠는가? 오히려 두 사람은 더 거리를 두려고 하였다. 그것은 자칫 남들 눈에 범상치 않은 관계로 비치지나 않을까 하는 자격지심에서 비롯된 것이었다. 까마귀 날자 배 떨어지는 일도 있어서는 안 되었다.

그리하여 결국 그런 어정쩡한 가운데 시간만 자꾸자꾸 흘러가고 있었다. 그동안 야학생 몇이 더 들어오고 교사 한 사람도 일신상의 사유로 교체되는 등 약간의 변화가 있기도 했다. 하지만 신은 그 두 사람을 절대 그대로 내버려 두지 않았다. 그 제3야학교와 연관하여 발생한 엄청난 사건이 그것이었다.

그 대사건을 일으킨 당사자는 그곳 옥봉리에 살고 있는 이찬학이라는 사람이었다. 그렇다면 그의 신분은 무엇이었을까? 그런 정도의 일을 저

질렀으니 응당 고위 관직에 있는 자?

그 어느 쪽도 아니었다. 사람들은 그 사건을 차마 믿을 수 없었으며, 놀랍게도 그는 조선 최하위층에 속하는 백정 출신이었다.

저 '인간은 저울처럼 평등하다'는 사상으로 이른바 '형평衡平'이라는 말이 나오게 되는 그 바탕에 있는 장본인들인 백정이었다. 조선 봉건제도 아래 '고기 장사, 혹은 버들가지의 쳉이 장사'라고 불리며 온갖 멸시와 천대 속에서 살아온 인간 이하의 계층이었다.

한데, 그는 백정 출신임에도 불구하고 대단한 자산가였다. 어떻게 그게 가능했을까? 그 모든 건 그 자신에 의해 이뤄진 것이지만 이 나라 역사를 통틀어 그런 인물은 흔하지 않을 것이었다. 그리고 하극상이라는 것과는 성질이 달랐다.

아무튼, 그에게는 아들이 있었는데, 그는 그 아들을 공립보통학교에 보내려고 했다. 당시 그 지역에는 제1보교, 제2보교 그리고 2개의 공립 초등학교가 있었다. 일찍부터 교육의 고장이라고 할만했다.

그렇지만 그게 뜻대로 되지를 않았다. 될 수가 없었다. 그건 바로 백정 출신이라는 이유 때문이었다. 오직 그 하나였다. 그리하여 어떤 곳에서도 그의 아들의 입학을 허가해 주지 않았다. 가는 곳마다 처참하게 거절당했다.

'우짤 수 없는 기라. 그라모 그 핵조라도 댕기거로 해야것다.'

결국, 이찬학은 비록 비정규 교육기관이기는 하지만 야학교에라도 입학시킬 생각을 했다. 하지만 그마저도 쉬운 일이 아니었다. 고생 끝에 간신히 제3야학교에서 그의 아들을 받아주겠다는 약속을 얻어냈다.

'에나 고마븐데 그냥 가마이 있을 수가 없제.'

이찬학은 거금 1백 원을 제3야학교에 기부하였다. 그리하여 온갖 우여곡절을 겪은 후에 백정 출신인 그의 아들을 입학시킬 수 있었다.

"증말 잘된 일입니더."

준서가 제 일같이 기뻐하며 말했다.

"맞아예. 그래야 핵조, 진짜로 우리 한국인을 위하는 핵조라고 할 수 있지예."

다미도 평소의 그녀답지 않게 흥분한 모습을 보였다.

"앞으로……."

"예, 지 생각도 그래예."

두 사람은 이찬학의 아들을 각별히 돌봐줄 결심을 했다. 물론 다른 야학생들이라고 소홀히 하지 않고 지금까지처럼 열심히 가르쳐주려는 마음에는 변함이 없었지만, 그래도 백정 출신 아들에게는 더 신경과 애정이 쏠림은 어쩔 수 없었다. 그런데 그 느꺼운 순간은 짧았다.

"예? 다린 학부모들이 우짠다꼬예?"

"그, 그기 말입니더."

준서와 다미는 망연자실, 서로 얼굴만 멍하니 바라보았다. 다른 때 같으면 민망해서 그럴 수 없었겠지만, 그 순간에는 그런 감정마저 느낄 수가 없었다.

"쪼꼼 더 상세히 말씀해 봐예. 우찌 된 일인고예."

다미 채근에 준서는 이마의 땀을 닦는 시늉을 하였다.

"내도 잘은 모리것고예."

다미 눈이 매서울 정도로 빛을 발하고 있었다. 그 눈빛은 준서마저도 그만 질리게 할 판이었다. 공교롭게도 준서와 다미 둘 다 집안에 작은 일이 있어 며칠 야학교에 나오지 않은 그 사이에 벌어진 상황이었다.

거기 사무실(교무실) 안 공기도 놀라 흠칫, 뒤로 물러나는 듯했다.

"일반 학부모들이 자기 자슥을 백정하고 함께 공부시킬 수 없다고 했다이."

준서 말에 다미가 흐느끼듯 입을 열었다.

"백정은 이 나라 백성이 아인가예? 우째서 똑같은 백성들끼리 그라지 예? 더군다나 나라를 일본에 빼앗긴 이런 시국에 말이지예."

준서는 다른 교사들로부터 들은 바를 그대로 전했다.

"일반 학부모들이 자슥들을 핵조에 안 보내고 있다 안 쿱니꺼."

"아."

나이 어린 야학생들은 그렇다 치더라도 나이 먹은 야학생들까지 그렇 게 하느냐고 말해 볼 기운마저 없는 다미였다.

"그 아 아부지가 핵조에 1백 원을 기부금으로 내기꺼지 했는데……."

초가집을 개조해서 지은 교실 쪽에서 무슨 소리가 들려오는 것 같았 다. 어쩌면 백정의 아들이 내는 울음소리인지도 모르겠다는 애타는 생 각을 준서는 했다. 그 아이는 그 어린 나이에 자기 출생 성분에 대해 얼 마나 좌절하고 분노하고 있을지 가슴이 막혔다.

그러나 그 순간까지도 두 사람은 내다보지 못했다. 그 슬프고도 애달 픈 일이 그렇게 빨리 진행되어버릴 거라는 사실이었다. 어찌 그토록 모 질고 가혹한 처사가 있을까?

퇴학. 결국, 백정 출신 아들은 퇴학을 당하고 만 것이다. 퇴학이 무엇 인가? 바로 학생이 졸업 전에, 다니던 학교를 그만두거나 그만두게 하 는 게 아닌가? 아니, 정확히 말해 이번 일은 그만둔 게 아니라 그만두게 한 것이다. 어떻게 그런 처분이 내려질 수가 있을까?

'이랄 수가? 으으, 시상에 이런 일은 있을 수가 없는 기라.'

이찬학의 아픔과 분노는 컸다. 당연한 일이었다. 그는 이빨을 갈았 다. 계급적 차별에는 이골이 붙을 대로 붙은 그였지만 그래도 그의 아 들이 당한 수모와 고통에는 더 참아내기 힘들었다. 아직 어린 아들이 그 시련을 이기지 못해 자칫 잘못된 길로 빠지면 그 책임은 누가 질 것인가?

'내 이 한을 반다시 풀고 말 끼다. 하늘이 있다모 절대로 이대로 넘어가거로는 안 하실 끼다. 함 두고 봐라.'

그는 하늘을 우러러 끝없이 통한과 울분을 토하고 기도했다. 그리고 백정의 한이 하늘에 닿았음일까? 이 나라 역사를 두고 일찍이 어느 곳에서도 없었던 충격적이고 경이로운 그 일이 벌어질 조짐을 보이고 있었다.

태동하는 형평사

    그런데 그보다도 조금 더 앞서 그 고장 사람들, 특히 다미에게 또 다른 불운한 사태가 벌어지고 말았으니 대체 세상은 어디로 굴러가려고 하는 것인지 알 수 없었다. 그것은 마치 거대한 태풍이 할퀴고 지나간 자리에 또다시 무서운 수마가 겹치는 것과 같은 재앙이 아닐 수 없었다.

    그것은 다미가 다녔던 저 정숙학교, 지금은 광림학교로 개명된 바로 그 학교에서 일어난 불미스러운 사건이었다. 다미는 호주선교사 달렌이 어쩌다가 그런 일을 저지르게 되었는지 도저히 이해할 수 없었다. 늘 좋게만 보았던 달렌과 그의 부인 시콜리였다. 신기하고 아름다워 보이는 구슬같이 파란 눈과, 백합처럼 하얀 살결은 순진한 한국인을 기만하기 위한 사탄의 위장막이었을까.

    다미가 처음 그 소식을 접한 것은 아버지 입을 통해서였다. 지난날 달렌이 다미의 집을 방문하여 아버지 범구와 만나 딸 다미를 그가 세운 학교에 보내 달라고 했던 일이 되살아나는 순간이었다. 그날 범구는 달렌을 아주 후하게 대접했고 달렌 또한 범구와 다미에게 큰 관심과 애정을 보였었다.

"아, 아부지? 무신 신문에 그런 기사가 났다고예?"

비명 지르는 모습의 다미에게 범구가 한 번 더 얘기해주었다.

"동아일보에 났다 쿠더라."

다미는 희고 긴 고개를 있는 대로 흔들었다.

"달렌 선교사님이 절대로 그랬을 리가 없어예! 시상에, 그가 여학생을 감금하고 여교사를 파면했다이, 그거는 아일 기라예! 머신가 잘몬 알고 있는 기라예!"

생떼 부리듯 하는 다미에게 범구가 진정하라는 어조로 천천히 말했다.

"내도 전에 니가 있었던 자리에서 달렌 그 사람을 만내본 적이 있제. 그래서 그 사람이 그랄 사람은 아이라꼬 보는데 그래도 우짜겄노. 신문 기자가 있지도 안 한 엉터리 이약을 역부로 지이내갖고 신문에 보도할 리는 없고……."

아버지 말을 끝까지 듣고 있을 인내심마저 말라버린 다미가 급히 물었다.

"그래서 달렌 선교사님은 우쨌다 쿠는데예?"

범구는 말 그대로 사랑방 방구들이 폭삭 내려앉을 만큼 한숨을 크게 내쉬면서 대답했다.

"그는 곧바로 승맹서(성명서)인가 머신가를 내갖고 그에 대해 적극적으로 해맹(해명)을 하기는 했다더마는."

다미가 그 보란 듯 말했다.

"보이소, 아부지."

"글씨다."

탁자 위에 놓인 문방사우가 귀를 기울이는 것 같았다.

"잘몬된 기 맞다 아입니꺼?"

"음."

그러나 범구는 한동안 눈을 감은 채 잠자코 있기만 했다. 그 또한 다미와 마찬가지로 그 일이 제발 사실이 아니기를 간절히 바라는 심정이었다.

'하지만도 아모래도 진짠갑다.'

그렇지만 최고 부수를 발행하는 동아일보 같은 신문에서 그런 허위 기사를 낼 리는 없을 거라는 자각에, 범구는 그저 가슴에 큰 돌덩이가 얹힌 듯 답답해 올 뿐이었다. 그리고 다미는 그보다 더해 보였다.

사랑채 마당에 선 회화나무에서 까막까치가 울고 있었다. 그리고 그 나무가 지우고 있는 그늘 속에서는 온몸이 붉은 개미들이 행렬을 지어 어딘가를 향해 기어가고 있었다. 까만 개미들보다 보기 힘든 붉은 개미 무리였다.

그로부터 얼마 지나지 않아서였다.

그 신문 기사의 진위와는 상관없이 광림학교에 관련되어 대단히 좋지 못한 일들이 벌어지기 시작했다. 어쩌면 그 사안에 비춰보아 예견된 일인지도 모른다.

"광림핵조 여자부 학상들이 우쨌다꼬예?"

그 사건은 삽시간에 거기 온 고장을 뒤흔들어 놓았다. 지역 사람들은 마치 그 현장을 직접 목격한 것처럼 이야기를 나누었다.

"달렌인가 벨렌인가가 새로 임맹한(임명한) 교사에 대해서 그 학상들이 수업을 거부했다 안 쿠는가베?"

"아, 수업을 안 받으모 우짤라꼬?"

"안 받는다쿠는 거는 아이고……."

"그라모?"

"핵조를 떠난 옛 교사한테만 수업을 받것다꼬 해쌌는다는 기라."

"그거는 말이 되는 거 겉기도 하고, 또 다린 쪽으로는 안 되는 거 겉기도 하다."

"머? 허, 사람 말을 머로 알고?"

"어? 오, 오해 마라. 시방 니가 핸 말이 그렇다쿠는 기 아이고, 그 말, 그런께네 그 소문이 말이 되는 거 겉기도 하고 안 되는 거 겉기도 하다, 그런 이약인 기라."

"하기사! 우리가 시방 입으로만 이리 떠들어쌌지 상세한 내막이사 우찌 알것노. 안 그런 기가?"

그랬다. 광림학교 여자부 학생들 가운데서 여섯 명의 주동 학생들이 그 일에 앞장섰다는 사실을 일반 백성들은 알지 못했다. 하지만 그 주동 학생들은 다른 학생들을 선동했다는 이유로 퇴학과 정학을 시키는 등 중징계를 내린 사건이었다.

"또예? 아, 그 일도 모지라서……."

이번에는 다미가 먼저 알고 준서에게 전말을 들려주었다. 다미는 그 학교 후배 여학생을 통해 전해 들었다.

"여학생들이 그런 조치를 당하자 이번에는 광림핵조 남학생들이 흥분해서……."

같은 여학생들이 아니라 남학생들이 나섰다는 게 더욱 큰일이다 싶은 두 사람이었다.

"동맹휴교 사태꺼정 갔다고 안 해예?"

이어지는 다미 말을 듣고 있는 준서 입술이 몹시 심한 추위를 타고 있는 사람처럼 파리해졌다. 학생들이 단결하여 그들의 요구를 관철하기 위해 일제히 등교하지 않기로 했다면 피해는 누구에게 고스란히 돌아갈 것인가?

"달렌 선교사는 그 동맹휴교에 참여한 주동 남녀 학생 40여 명 모도를 퇴학과 정학을 시킷다는 기라예."

낭패감이 서린 낯빛으로 듣고 있던 준서가 위안을 삼으려고 하는 말이었다.

"그에 비하모 그래도 우리 제3야핵조가 더 낫거마예."

다미가 사려 깊은 얼굴로 말했다.

"제3야핵조 일도 더 이상 다린 방향으로 안 퍼지나가야 할 낀데 걱정이라예. 이 핵조도 그런 구설수에 오리기 되모 우째예."

"그거는 맞심니더. 그 사건이 있고 나서 온 고을 민심이 너모 흉흉합니더."

다미는 무슨 불상사가 생겨도 그대로 주저앉을 수는 없다는 빛이었다.

"안 좋은 기 있으모 좋거로 되는 기……."

마지막 보루마저 무너지는 것을 지켜보는 심정이 이럴 거로 생각하는 준서였다.

"해필이모 그래도 믿었던 핵조들이 와 그랍니꺼."

준서는 더 이상 말은 하지 않았지만 다미의 그 말끝에서 무엇인가가 태동하고 있다는 느낌에 가슴이 서늘해지고 있었다. 늦가을의 소슬바람 같은 것이었다.

그리고 그 위에 덮쳐지는 게 또 다른 감정의 결이었다. 계절과는 아무런 상관이 없는, 바로 사랑이라는 이름을 가진 것이었다.

그런 가운데 시간은 더 흘러 그해 5월이었다.

유서 깊은 그곳 면面의 가장 번화가에 자리 잡은 진주좌였다. 일본식의 2층 목조 극장 건물로 당시 그 지역에서 최고로 규모가 크고 높은 건물인 진주좌였다.

지금 그곳에서는 이 나라 역사상 일찍이 없었던 경악스럽고 충격적인 창립축하식 하나가 열리고 있었다. 바로 형평사衡平社 창립축하식이었다. 진주좌는 그전에도 여러 사회단체의 행사장으로 사용되어 오고 있었으나 그날의 행사만큼 큰 행사는 없었다. 그건 한마디로 하늘과 땅이 새로 열리는 현장이었다.

그런데 그곳으로 가장 많이 속속 몰려들고 있는 사람들의 면면이 여간 예사롭지 않았다. 그들은 늘 콧방귀깨나 뀌는 지역 유지나 높은 자리에 앉아 거들먹거리는 고관대작이나 돈이 넘치는 대부호가 아니었다.

정녕 놀랍게도 그들은 백정들이었다. 조선의 최하위층으로서 온갖 수모와 고통을 당해가면서, 살아도 살아 있지 않은 것처럼 지내온 백정들이었다. 소나 돼지 같은 짐승을 도살하면서 소나 돼지와 다름없이 목숨을 연명해온 백정들이었다. 도대체 지금 거기서 무슨 일이 벌어지려는 걸까?

또 한 가지, 눈을 의심케 하는 사실이 더 있었다. 그 많은 백정을 모아 놓고 그 앞에 나서서 창립축하식의 개회사를 하고 있는 인물이 있었다. 백정들 속에서 그는 백정이 아니었다. 양반 가문의 후예였다. 그의 이름은 강호상이었다.

바로 지난날 비화가 아들 준서와 함께 만난 적이 있었던 강순재의 아들이었다. 강순재는 준서를 보고 말했었다. 영리하게 생겼다고. 훗날 큰 인물이 될 사람 같다고. 그리고 비화도 준서더러 그를 잘 보아두라고 시켰었다. 바로 그런 사람의 아들이 백정들을 이끌고 그 역사적인 행사를 진행하고 있는 것이다.

그런데 그날이 실제 처음 시작한 날은 아니었다. 그 앞의 달, 그러니까 4월에 그는 이미 이른바 '백정해방운동'의 불을 지폈다. 그 지역 청년회관에서 최초로 '형평사 발기회'를 개최하였다.

그는, '인간은 저울처럼 평등하다'는 말로 백정들을 설득시켜 형평사를 조직하기에 이른다. 그리고 어느 누구도 할 수 없는 일을 그는 하게 된다. 백정을 차별하는 사회적 악습과 제도를 무너뜨리기 위해 그 지역뿐만 아니라 이 나라 방방곡곡을 돌아다니며 형평사의 하부 조직을 결성하기 위해 깃발을 높이 치켜들게 되는 것이다.

　─우리도 사람이다!

　─아아, 평등한 저울!

　─누가 저울눈을 속이려고 하느냐?

　─하늘이 하늘인 줄 모르고 땅이 땅인 줄도 몰랐다!

백정들은 이제 알게 되었다. 백정들은 태어나서 처음으로 자신들도 인간임을 확인하였다. 두 발로 걸어 다니면서도 네발로 기어 다니는 짐승처럼 딱 엎드려 살아온 시간들이었다. 소가 아니고 말이 아니고 개가 아니고 인간이었다. 나아가 특별한 존재도, 전지전능한 신도 아닌 일반인들에게 그 사실을 알리고 자신에게도 알렸다.

　─무신 뜻으로 그리 이름을 붙잇다꼬?

　─저울도 모리나, 저울도?

　─알고 있었은께 더 억울타 아이가?

　─인자는 안 억울해싸도 괘안타.

저울 '형衡'과 공평 '평平'의 의미로 이름 붙인 형평사衡平社였다.

그 형평사 조직을 위해 70여 명이 발기인 대회를 열었던 것이다. 그리하여 5월에 형평사 창립총회를 가진 진주좌에서 선포한 그 '주지문主旨文'은 소도 놀라고 말도 놀라고 개도 놀랄 정도로 대단했다. '백정은 인간이 아니더냐!'로 시작되는 그 주지문은 이러했다.

　─공평은 사회의 근본이고 애정은 인류의 본경이다. 그러므로 우리들은 계급을 타파하고 모욕적 호칭을 없애며 교육을 장려해서 우리들도

참다운 인간이 되는 것을 기함은 본사의 주지이다. 이제까지 조선 백정들은 어떤 지위와 압박을 받으며 지내왔던가!

지난날을 돌아보면 하루 종일 통곡을 하여도 피눈물을 금할 수 없나니, 여기에 지위와 조건 문제 등을 내세울 틈도 없이 눈앞의 압박을 절규하는 것이 우리들의 실정이다.

이 문제를 바로 해결하는 것이 우리들의 급한 의무라고 보는 것은 적확한 것이다. 낮고 가난하고 첨약하고 천하게 속한 자는 누구였던가. 그것은 바로 우리 백정이 아니었던가. 직업에 구별이 있다면 금수의 목숨을 빼앗는 자는 단지 우리들만은 아닐 것이다.

본사는 시대의 요구보다 사회 실정에 응해 창립되었으며 우리들은 조선민족 2천만의 분자로서 저 갑오년(1894년) 6월부터 칙령으로 백정의 호칭이 없애지고 평민이 된 우리들인 것이다.

애정으로 상부상조함으로써 생활의 안정을 기하고 공동의 번영을 꾀하려 하나니. 이에 40여 만 리 단결을 통해 본사의 목적인 그 주지를 밝고 분명하게 표방하는 바이다.

19XX년 5월 13일

조선경남진주 형평사 발기인 일동

강호상은 같은 주동 인물인 천구석, 신수현 등을 돌아보았다. 그들 또한 한껏 흥분되고 고조된 표정들이었다. 만천하에 계급타파 운동을 알리는 일에 앞장선 그들 가슴마다 이제 막 도살된 소나 돼지의 몸에서 뿜어져 나오는 피보다도 더 붉고 더 뜨거운 피가 들끓고 있었다. 아니, 백정을 떠올리게 하는 그런 비유 자체를 혐오하고 용납하려 들지 않는 그들이었다.

한편, 저 이찬학 또한 크게 뛰노는 심장의 박동을 억제하지 못하는 얼굴이었다. 그것은 그렇게 하지 않는 것이 이상할 정도로 지극히 당연한 반응이었다. 그는 마구 솟구치는 감격과 환희의 감정에 처음으로 살아 있음을 절감하였다. 그 죽어 없음을 저 멀리 내던졌다. 그는 오열하면서 혼자 속으로 끝없이 중얼거렸다.

'시방꺼지 내가 당해 온 그 수모와 치욕을 오늘이라사 그 천분지 일만분지 일이라도 씻고 있는 기라.'

맞았다. 두 번 다시는 떠올리고 싶지 않은 기억들이었다. 그는 제3야학교에서 퇴학당한 아들을 서울의 모 사립학교에 또 입학시켰었다. 그 지역이나 그 지역 인근도 아니고 저 천 리나 떨어진 서울에까지 가서 그렇게 하는 그게 얼마나 힘들고 어려운 일이었는지 모른다. 하지만 내 아들을 공부시켜야 한다는 그 일념만으로 그 모든 힘듦을 감내하였다.

'그란데, 그랬었는데⋯⋯.'

그런데 이게 또 어쩐 일인가? 백정의 아들이라는 사실이 알려지자 아들은 또다시 퇴학을 당해야 했던 것이다. 이찬학은 자신도 자신이거니와 어린 아들이 받았을 충격과 고통을 생각하니 당장 돌아버릴 것만 같았다.

'도로 아들을 품에 안고 둘이 저 남강에 풍덩 뛰어들모 이 아픔, 이 슬픔에서 벗어날 수 있을랑가?'

도대체 그가 전생에 얼마나 큰 죄를 지었기에 이승에서 이런 일을 당하는지 도저히 알 수 없었다. 그뿐만이 아니고 또 있었다.

얼마 전 그 고장 주봉인 비봉산 자락에 있는 사립 일신고등보통학교를 새로 지을 때의 일이었다. 백정들이 무려 70여 명이나 가서 부역을 하였다. 힘든 줄도 잊었다. 잔꾀를 부리기는 고사하고 내 집을 짓는 것보다도 더 신경을 기울이고 더 노력을 쏟았다. 그리하여 마침내 그 학교가 준공되자 그들은 자기들 자식을 입학시키려고 했다. 그것은 누구도 부인할 수 없는 당연한 요구였다. 하지만 그게 아니었다.

"머라꼬? 요분에는 오데서?"

"흐, 그기, 그기."

그런데 이번에는 학교기성회가 또 발목을 잡았다. 역시 이번에도 다른 이유 따윈 없었다. 또 그 망할 놈의 '신분'이었다. 학교기성회에서는 같잖은 회유책을 제시했다. 입학은 안 되고 대신 부역을 한 것에 대해 노임을 주겠다고 했다. 그런 박대와 모멸이 있을 수 없었다.

당연히 이찬학의 분노와 실망은 이루 헤아릴 수 없었다. 여러 날 동안 곡기도 끊은 채 끙끙 앓아누워 있던 그는 힘겹게 몸을 일으켰다. 당시 그 지역의 신지식인으로 알려진 강호상을 찾아갔다. 그러고는 피눈물을 쏟아가며 호소했다.

"너모너모 억울합니더. 억울해서 더 몬 살것심니더."

"음."

금방 죽을 것처럼 힘들어하는 그의 모습에는 누구도 그만 고개를 돌릴 만하였다.

"시상에 이럴 수는 없는 깁니더."

"흠."

강호상은 더없이 침통한 낯빛을 지었다.

"하늘 두 쪼가리 나더라도 그냥 이대로 있을 수는 없심니더."

이찬학은 지금까지 살아오면서 그의 가슴 속에 꼭꼭 쟁여 있던 응어리를 모조리 털어놓기 시작했다.

"지가 듣기로는……."

그는 강호상에 대해 사전에 많은 것을 알고 있었다.

"선상님께서는 우리 민족해방운동과 인권 옹호에도 남다린 관심을 갖고 계시는 거로 알고 있심니더. 그래서 이리 찾아뵌 깁니더."

머리를 바닥에 닿을 정도로 크게 조아렸다.

"부디 질로 그냥 이대로 내치지 마시고……."

"……."

얼마 동안이나 묵묵히 상대의 말을 듣고 있었을까? 마침내 강호상의 입에서 이런 말이 무겁게 떨어졌다.

"알것소. 내가 함 나서보것소."

이찬학은 눈물 젖은 얼굴로 말했다.

"그라모 지는 선상님만 믿심니더."

강호상은 친절히 문밖까지 배웅하였다.

"잘 가시오."

이찬학이 돌아간 후 잠시 궁리에 잠기던 강호상은 외출 채비를 갖추었다. 그가 찾아간 곳은 조선일보 지국支局이었다. 강창대가 지국장으로 있는 동아일보 지국과는 비슷한 것 같으면서도 어딘가 약간 다른 분위기도 느껴지는 듯했다. 그건 아마도 신문사의 기본 사시社是에서 비롯된 성질의 것이 아닐까 하고 강호상은 생각했다.

어쨌든 간에 신문은 다 좋고 반드시 필요한 것이라는 그의 평소 지론에는 변화가 없었다. 그리하여 비록 일제의 식민지가 되어 있는 대한제국이지만 신문들이 이 나라 백성들을 위해 여러 가지 역할을 해줄 것이라는 확신과 기대도 가지고 있는 그였다.

"우찌 지내십니꺼?"

"아, 어서 오십시오. 무슨 일로?"

지국장 신수현은 강호상을 반갑게 맞이했다. 평소 강호상의 명망과 인간됨에 대해 익히 들어오고 있던 신수현이었다.

"이리 찾아온 용건은……."

강호상은 어쩐지 좋은 종이 냄새가 짙게 배어 있는 듯한 지국 안을 한

번 돌아보고 나서 입을 열었다.

"그들도 사람인데……."

강호상은 이찬학을 비롯한 백정들이 당했다는 일을 대충 들려주었다.

"저도 조금 들어 알고는 있었습니다만, 그 정도일 줄은 몰랐습니다."

신수현의 얼굴도 돌처럼 굳어졌다.

"같은 민족끼리 한마음이 돼도 에려븐 시상 아입니꺼."

강호상의 말에 신수현은 고개를 수차 끄덕거렸다.

"잘 알겠습니다, 무슨 말씀이신지."

강호상은 새삼스러운 눈으로 거기 사무실 책상 위와 바닥 등에 놓여 있는 신문을 바라보았다.

"그렇게 받아주시이 에나 감사합니더."

"저희도 신문사의 책무를 제대로 이행하지 못한 것 같아 부끄럽습니다. 하지만 이제부터 발 벗고 나서도록 하겠습니다."

신수현은 적극적인 호응을 보였다.

"고맙심니더, 지국장님."

강호상은 한결 짐을 벗었다는 표정이었다.

"아닙니다. 조금 전에도 말씀드린 것처럼 사실은 진작했어야 할 일인데, 못 했으니 직무유기인 것 같습니다."

신수현의 말에 강호상은 한 번 더 마음을 다지는 소리로 말했다.

"우리 모두가 그렇심니더."

신수현은 당장이라도 의자에서 몸을 일으킬 자세를 취하였다.

"여하튼 지금부터라도 시작해야지요."

강호상도 무엇을 찾듯 그곳 지국 안을 둘러보았다.

"방법을 모색해 봐야 합니더."

신수현이 언론기관에 몸을 담고 있는 사람답게 나왔다.

"예, 우선 사회적 여론을 불러일으키고……."

강호상의 안색이 크게 밝아졌다.

"아, 좋은 방법입니더."

평소 여론의 힘이 얼마나 크고 강한가를 잘 알고 있었다.

"반드시 길이 열릴 것이라고 봅니다."

그러던 신수현이 문득 떠올랐는지 말했다.

"함께했으면 하는 분이 있습니다만……."

강호상의 눈이 빛났다.

"누 말씀이신지?"

신수현이 책상 위에 얹힌 필기구에 눈을 둔 채 대답했다.

"장필지라고……."

강호상이 기쁜 표정을 지었다.

"아, 그분!"

"만나서……."

강호상은 사무실 창문을 통해 행인들이 지나다니는 바깥을 내다보면서 말했다.

"기대가 큽니더. 언론인 출신으로 신지식을 터득하신 분으로 알고 있심니더."

신수현이 빙그레 웃었다.

"바로 보셨습니다."

"만나모 그 자리서 또 드리고 싶은 말씀도 있심니더."

발행 날짜는 달라도 거기 있는 신문들이 일제히 힘차게 펄럭거리는 것 같았다.

"그분도 무척 반가워하실 것입니다."

그리하여 저 역사적인 형평사 발기인 대회가 열렸으며, 마침내 그날 진주좌에서 형평사 창립총회를 가지게 되었다.

오후 5시.

진주좌 장내는 우렁찬 만세 삼창을 울렸다. 그 고을을 보호하는 지세로 굽어보고 있는 비봉산과 그 고을을 감돌아 흐르는 남강, 그사이의 도심지에 자리하고 있는 진주좌였다. 어쩌면 비봉산의 산신령과 남강의 용왕도 듣고 있었을 것이다.

"형평사 만세!"

"만세, 만세!"

한양에서 천 리나 떨어진 유서 깊은 그 고장에서 첫걸음을 내디딘 후 전국적인 조직으로 확산되어, 드디어 이 땅에서 핍박받는 저 백정계급을 완전히 사라지게 만드는 싹이 트기 시작한 것이다. 그 사건이야말로 하늘도 놀라고 땅도 놀랄 대변혁이 아닐 수 없었다.

그 형평사 창립 주역인 강호상은 지역의 천석꾼 강순재의 장남으로 세상에 태어났다. 모두가 인정하는 전통 있는 양반 가문의 후예였다. 당시 사람대접도 받지 못하고 밑바닥을 구르며 한과 눈물로 근근이 목숨을 이어가던 백정들 편에 선 그는, 자신이 가진 모든 부와 미래를 기꺼이 포기한 사람이었다.

"그눔, 개(犬)백정 아이가, 개백정."

"하모, 아인 기 아이라 기다. 개백정이다."

"신新백정도 되제."

"그기 무신 말고?"

"새로븐 백정이다, 그 말인 기라."

"헌 백정하고 새 백정하고 오데 잘해 보라 캐라."

일반인들은 그를 그렇게 부르며 비하하고 욕설을 해댔다. 천지에 그런 일이 있을 수가 없었다. 백정을 어떻게 한다고?

그러나 강호상은 조금도 마음에 끼지 않았다. 아니, 사람들이 그렇게 하면 할수록 그는 더더욱 백정해방운동에 한몫을 아끼지 않았다. 역시 피와 뼈대가 달랐다.

그는 그 운동에 앞서 또 다른 훌륭한 일도 해온 사람이었다. 아버지 강순재의 뒤를 이어 사립봉양학교를 운영하여 지역의 교육 활동에 이바지했으며, 3·1 민족해방운동 때에는 과감히 만세 시위를 주도하다가 일경에게 체포되어 징역형 1년을 선고받고 힘든 징역살이를 치르기도 했다.

그가 주도하였던 조선 형평사는 암울한 일제시대를 통틀어 가장 오랫동안 맥을 이어간 대표적인 사회 운동체로서 자리매김을 하게 되었다. 차마 입술에 묻히기조차 더럽고 힘든 갖은 차별과 멸시에 대책 없이 내던져졌던 천민계급, 그들을 불평등의 늪에서 건져낸 이른바 인권운동의 빛나는 분수령을 이뤄냈던 것이니, 그는 한마디로 전국의 백정들로부터 추앙받는 '백정들의 아버지'였다.

"행팽운동뿐이 아이라꼬?"

"하모, 몰랐디가?"

"또 무신 일을 했는데?"

"그 집안 재산이 오데 장난이었디가."

"아이제, 그거는 내도 안다."

"그란데 그러키 많은 재산하고 전답 겉은 것들을 온갖 사회사업하고 운동에 모돌띠리 바칫다 안 쿠나."

"그거를 싹 다?"

사람들은 어떤 경로를 통해 알게 되었는지는 모르겠지만 이런 구체적인 사실까지도 입에 올렸다.

"우리 고장 가난한 동민들 안 있나. 매년 그 사람들이 내야 할 세금을 대신 내줬다는 기라."

"세금꺼지?"

"해마다 60원씩을 대납했다 쿠더마."

"우리 고을에 그런 분이 계신다쿠는 기 에나 안 믿긴다."

"고맙심니더, 하느님, 부처님."

"조상님한테도 감사드리야제."

그런데 인간 세상에는 밝음만 있는 게 아니었다. 반드시 어둠도 있기 마련이었다. 그 형평운동에 대해 격렬한 반대의 깃발을 내건 또 다른 단체들이 있었다.

"머라꼬?"

"그라모 앞으로 우찌 되는 긴데?"

바로 24개 동洞의 농청農廳 대표들이 그들이었다.

그해 5월 하순, 농청 대표자들은 비봉산 자락에 있는 의곡사라는 절에서 회합을 가졌다. 농청 소속의 7백여 명이 모인 자리였다. 그들이 결의한 것들 또한 사람들의 입과 귀를 통해 곳곳으로 퍼져 나갔는데 대략 이런 내용들이었다.

－형평사와 관계하고 있는 자는 모조리 백정과 똑같은 대우를 한다.

－쇠고기는 절대 불매운동을 한다.

－진주청년회에 대해서는 형평사와는 관계치 못하도록 한다.

－노동단체와 형평사가 관련 못 하도록 한다.

－형평사를 배척한다.

농청도 결코 만만한 게 아니었다. 조직의 힘은 막강한 것이었다.

그들이 펼치기 시작한 그 운동은 단지 일회성으로만 끝나지 않고 지

속적으로 이어졌다. 실로 위험하고 살벌한 기류가 남강 위에 자욱한 물 안개같이 걷힐 줄 몰랐다.

"우짜노? 우짜지?"

"까딱 잘몬하모 시방꺼정 쌓아온 모든 기 싹 다 무너져삐기 생깃다."

그러나 형평사는 조금도 굴하지 아니하고 그 고장에 본사를 두고 전국적으로 조직을 키워나갔다. 이 나라 여러 지역으로 세력을 넓혀 나가기 위한 그 노력은 참으로 힘들고 어려웠다. 그럼에도 불구하고 형평사는 가파른 벼랑에 붙어 자라는 소나무처럼 푸른 기상을 잃지 않고 생명력을 이어갔다.

하지만 참으로 안타깝고 슬픈 노릇이 아닐 수 없었다. 세상은 밖에서뿐만 아니라 안에서도 공격의 손이 존재하는 것이다. 그리고 그로 인한 균열은 외부에서 가해진 충격보다 더 치명적일 수도 있는 것이다.

그것은 이듬해 3월에 벌어진 일이었다. 장소는 충청남도 천안에 있는 중국집 '의풍루'였다.

그곳에서 행해진 형평사 혁신회 창립 선언을 계기로 하여 강호상과 장필지가 크게 대립, 형평사는 두 파로 갈라서게 되고 말았다. 강호상은 진주에 본사를 둔 형평사를 지휘하게 되고, 경성 도염동에 간판을 건 형평사 혁신동맹회는 장필지가 지휘하게 되었던 것이다.

"이래서는 아니 됩니다."

"그렇지예. 우짜든지 무신 수를 찾아야지예."

"아, 어떻게요?"

"그래도 우찌 맨든 행팽산데……."

그런 논란과 논의 끝에 시간은 그해 8월로 접어들었다. 고목에 앉은 매미 울음소리가 유난히 귀를 따갑게 하고 있었다.

"대전에 있는 무신 극장예?"

"대전좌라고 하는 극장인데, 그곳에서 통일대회를 갖기로 했답니다."

"아, 그래예? 지발 내분이 수습됐으모 좋것다 아입니꺼."

"잘 되겠지요. 아니, 잘 되어야 하고요."

그런데 그게 아니었다. 여러 가지 장애물들이 나타났다. 흡사 꼭꼭 깊이 파 놓은 함정들 같았다. 도깨비처럼 불쑥 나타난 것들이 많았다.

"일본의 수평사水平社라고……."

"일본의 수, 머예?"

"수평사요."

"그기 머신데 우리를?"

한국인들로서는 일본의 수평사가 무엇인지 잘 알 수가 없었다. 그렇지만 그로 인해 입게 된 타격은 컸다.

"그 수평사와 연관되어 사회주의운동과 제휴를 했다는 설이 나돌고 있어요."

"허, 왜눔들의?"

"그뿐만이 아닙니다. 공산주의와도 연루가 되어 있다는군요."

"그거는 또 무신 이바군데예?"

"북평사北平社와 관계되었다는 거지요."

"북팽사는 또 머신데예?"

수평사에다 이번에는 또 북평사라니? 그 북평사라는 건 또 뭔지 모르겠다.

"나도 잘 알고 있지 못합니다. 하여튼, 우리가 하나로 똘똘 뭉쳐도 힘들 형국에 이렇게 서로 사상적인 갈등까지 겪게 된다면 정말 예삿일이 아닙니다."

"그런께 말입니더. 아모래도 조짐이 상구 안 좋십니더."

"제발 아무 일도 없어야 할 텐데, 후우."

그러나 얼마 후 모두의 그 간절한 바람을 무너뜨리게 하는 하나의 대사건이 일어나고 말았다.

"장필지 선생이 어떻게 되었다고요?"

"체포되었답니다."

"체, 체포! 무엇 때문에요?"

"고려혁명당 사건으로요."

"아, 인자는 우짭니꺼."

"결국 다 끝난 일입니다."

"그래서는 안 되지요. 끝나다니요?"

"우짜모 좋노, 우짜모 좋노."

"애당초 둘로 갈라질 때부터 잘못돼 있었던 겁니다."

"하늘도 무심하셔라."

"아즉도 하늘을 믿는다 말입니꺼?"

그랬다. 스스로 믿지 못하는 자들에게는 누구도 도움을 주지 못한다. 그리하여 우리 사회가 어렵게 근대화하는 과정에 지대한 기틀을 마련했던 형평사는 끝내 와해되기에 이르고 말았다.

사람들은 두고두고 그 일을 입에 올렸다. 그건 나루터집 식구들도 예외가 아니어서 한참 이야깃거리로 삼았다. 하지만 비화도 저 형평사 창립 주역인 강호상의 앞날을 내다보지 못했다.

훗날 한국전쟁이 일어나고 인민군이 그 고장에 들어왔을 때, 그가 좌익인사들에 의해 그곳 인민위원장으로 추대되고, 그것으로 말미암아 죽는 날까지 공산주의자로 낙인찍혀 얼마 남지 않은 재산도 반공세력에게 다 빼앗기고 가난에 시달리게 되었던 것이다.

비극은 거기서 그치지 않았다. 더 큰 슬픔과 아픔이 그를 기다리고 있었다. 그것은 그가 남산리에서 세상을 떠난 후에 벌어진 일이었다.

그의 무덤은 선산인 새벼리에 만들어졌는데, 그 선산마저도 남의 손에 넘어가게 되었고, 그래서 전국의 형평사원들(지난날의 백정들)이 치러주었던 형평장(전국축산기업조합장) 때 세운 비석과 상석도 사라지게 되었다. 그리하여 그의 영결식에서 형평사원이 낭독한 조사弔詞만이 영원히 남아 그 초라한 무덤가를 맴돌게 될 줄은 아무도 몰랐다.

까치 두 쌍이 날아든 뜻은

그날은 이른 아침 댓바람부터 까치가 날아들었다.

처음에는 두 마리였다. 그리고 조금 있다가 또 다른 두 마리가 모습을 드러내었다. 모두 네 마리가 되었다.

그것들은 나루터집의 살림채와 가게채 지붕 위를 바지런히 오가며 청아한 소리를 내었다. 잠시 살림집과 가게를 구분 짓는 나무들 가지에 올라앉기도 했지만 이내 다시 지붕 위로 날렵하게 비상하였다.

"대관절 무신 일고? 두 마리 두 마리 해갖고 쌍쌍을 지은 까치들이 네 마리씩이나 저리 날라들고……."

우정댁 말을 원아가 받았다.

"그런께 말입니더, 성님. 우쨌든 재수 있는 새란께 기분은 좋네예. 한 마리만 해도 좋을 낀데 네 마린께 네 분이나 안 좋것어예?"

그러고 나서 두 사람은 동시에 비화를 보면서 말했다.

"준서 옴마는 우째서 아모 말이 없노?"

"효도 잘하는 새라꼬 까마구를 좋아하더이, 까마구가 아이라서?"

까치들도 아주 잠깐 소리를 멈추는 게 그들도 혹시 비화의 마음을 알고 싶은 게 아닌가 여겨졌다.

"참, 이모님들도."

비화는 그렇게만 말하며 잔잔한 미소 띤 얼굴로 듣고만 있었다. 하지만 내색은 하지 않아도 그녀 마음은 그 두 사람보다 더 싱숭생숭 흔들리고 있었다.

'시방 생각해 봐도 그거는…….'

간밤에 꾸었던 꿈 때문이었다. 참 야릇하고 기이한 꿈이었다. 준서가 비화 자신과 재영에게 큰절을 올리고 있었다. 집안 잔치 때 사용하는 화조도花鳥圖 병풍을 등지고 화려한 빛깔의 방석에 앉은 부모를 향해 아주 공손하게 예를 취하였다.

그런데 준서 혼자만이 아니었다. 다른 사람과 함께였다. 한데, 그 사람은 놀랍게도 성내 안골 백 부잣집 고명딸, 바로 염 부인 손녀 다미였다.

'다미가 준서하고 나란히 서서 우리 부부한테 절을 하는 꿈이라이? 에나 얄궂어라.'

그러자 스스로 돌아봐도 뜬금없는 이런 생각이 들었다. 지금 우리 집에 날아든 까치 한 쌍은 꿈에 본 준서와 다미라는 것이다.

그러면 또 다른 한 쌍은? 영특한 머리를 가진 비화였지만 그건 아무래도 풀 길이 없는 수수께끼였다. 그 두 마리는 대체 누구를 의미하는 것인가?

비화는 생각에 생각을 거듭해 보았지만, 준서와 다미에게서 큰절을 받았다는 그 사실뿐만 아니라 다른 한 쌍의 까치에 대해서도 해몽을 할 수가 없었다. 그냥 넘어갈 수도 있는 일이건만 내내 마음 끝을 붙들고 늘어지는 일이었다.

그런 가운데 가게로 출근한 주방 여자들과 음식을 장만하느라 잠시 꿈과 까치 생각을 잊고 있을 때였다. 전혀 예상치 못한 인물의 방문을 받았다. 그때쯤 그 까치 두 쌍은 어딘가로 가버리고 그림자도 보이지 않고 있었다.

"아, 선상님께서 우짠 일로 저희 집꺼정 귀한 걸음하싯심니꺼?"

비화는 놀람과 반가움이 섞인 얼굴로 그를 맞이했다.

"그동안 별고 없으십니까?"

그렇게 정중하게 안부를 물어오는 내방객은 준서와 얼이의 스승인 권학이었다. 서당에서부터 낙육고등학교에 이르기까지 여러 해 동안 줄곧 준서, 얼이와 사제지간 인연을 맺었던 명망 있는 선비였다. 하지만 준서와 얼이에게 들은 말에 따르자면, 권학은 제자들의 집을 찾아다닐 사람과는 거리가 멀었다.

'역시 흐르는 시간은 우짤 수가 없는 모냥이다.'

어쨌거나 그도 이제는 세월의 더께를 어쩌지 못해 얼핏 많이 늙은 모습이었다. 입적하신 비어사 진무 스님이 떠오르게 했다. 하지만 그는 아직 정정해 보여 비화 마음이 그런대로 좋았다.

"긴히 드릴 말씀이 있어 왔습니다."

비화가 권학을 나루터집 식구들이 함께 모일 때 사용하고 있는 살림채의 큰방으로 모셨을 때 그의 입에서 맨 먼저 나온 말이었다.

"요즘도 준서는 제3야학교에서 야학생들을 가르치고 있지요?"

비화는 그와 마주 앉은 자리에서 고개를 숙여 보이며 대답했다.

"예, 그렇심니더. 지 딴에는 한다고 하는데, 잘하고 있는지는 모리것심니더."

그런데 비화의 그 말이 떨어지기 바쁘게 권학이 하는 말이었다.

"안골 백 부잣집 다미 처녀도 거기서 선생을 하고 있다고 들었습니다."

"예? 예."

비화는 한순간 머리가 띵해 오는 느낌이었다. 권학의 그 말에서 어떤 암시처럼 곧바로 떠올렸다. 간밤의 꿈이었다.

그리고, 다음으로 비화가 떠올린 것은, 준서와 얼이에게 들은 말인데, 권학은 보통 땐 그 지역 말을 쓰지만 중요하거나 심각한 이야기를 할 때는 한양 말을 한다는 사실이었다. 지금 그는 아주 정확한 한양 말을 또렷하게 구사하고 있다.

아무튼, 그 대화를 끝으로 비화뿐만 아니라 권학도 잠시 침묵으로 일관했다. 지붕 위에서 까치 소리는 전혀 들려오지 않고 있었지만, 비화 귀에는 아직도 그 새들이 내던 소리가 쟁쟁하게 들리는 기분이었다.

얼마나 그런 순간이 흘렀는지 모르겠다. 이윽고 권학이 천천히 입을 열었다.

"제가 오늘 이렇게 찾아뵙게 된 것은……."

비화는 자신도 모르게 자리를 고쳐 앉았다.

"예, 말씀해보시이소."

그녀 또한 이제는 중후한 모습을 보일 정도로 세월의 강을 많이 노 저어온 연륜을 쌓았다. 그렇지만 그 순간까지도 권학에게서 그런 말을 들을 줄은 정말이지 조금도 짐작하지 못했다.

"마님께서는 듣지 못하셨을지 모르겠으나……."

"……."

그는 꺼내기 힘든 말을 하려고 하고 있음에 틀림이 없어 보였다. 비화는 자신의 그 예측이 맞을 거라는 생각이 들면서 점점 더 긴장감에 사로잡혔다.

"그런데……."

그러고 나서 권학은 또 잠시 숨을 몰아쉬었다가 말을 이어갔다.

"지금 제3야학교 교사들이나 학생들 사이에서는……."

하지만 거기서 또 입을 다무는 권학이었다. 비화는 그 나이에도 여전히 초롱초롱한 눈을 빛내며 야무지게 생긴 입술로 말했다.

"말씀을 해보시이소."

그래도 권학은 얼른 말이 없었다.

"말씀하시기 곤란하시모 안 하시도 됩니더."

그런데 비화의 그 말에 퍼뜩 정신이 났는지, 아니면 없던 용기를 얻었는지, 권학은 이렇게 말하는 것이었다.

"준서와 다미를 두고 말입니다."

"예에?"

비화는 자신도 모르게 목청이 높아졌다. 어지간해서는 항심恒心을 잃지 않지만, 자식 문제에 대해서는 그녀도 어쩔 수 없는 모양이었다.

"그들이 지 자슥하고 다미 처녀를 두고예?"

비화의 그 소리는 넓은 방 안을 울리고 방문을 통해 마루 쪽으로 빠져나가고 있었다.

"음."

권학은 신음 비슷한 소리를 내고 나서 또다시 침묵으로 나왔다. 도대체 무슨 말을 하려는 것인지 머리가 지끈거리는 비화였다.

'뭔가 생각보담도……'

그런 자각이 비화를 한층 안달 나게 했다.

"무신 말씀이라도 괘안심니더. 그러이 해주시이소."

그러자 평생 거짓말을 묻히지 않았을 것으로 보이는 권학의 단아한 입술 사이로 나오는 소리가 경악스러웠다.

"그 두 사람이 아주 가까운 관계라고……."

일순, 비화의 입에서는, '예에? 그기 무신?' 하는 말이 나오다가 딱 멎었다. 꼭 눈에 보이지 않는 어떤 신묘한 손이 그녀의 입을 서둘러 틀어

막아 버리는 것 같았다.

"마님?"

그걸 보자 도리어 적잖게 놀라고 당황해하는 쪽은 권학이었다. 그는 비화가 보이는 그 반응의 의미를 몰라 어리둥절한 표정이기도 했다.

'혹시?'

나아가 권학이 어렴풋이 깨달은 것은, 어쩌면 비화도 그런 사실을 진작부터 알고 있었던 게 아닌가 싶은 거였고, 동시에 내가 하지 않아도 될 소리를, 해서는 안 될 이야기를 괜히 끄집어낸 게 아닐까 하고 후회하는 빛이 되기도 했다.

'만약 그것이 사실이라면?'

그뿐만이 아니었다. 더 나아가 어쩌면 내가 바라는 목적이 생각했던 것보다도 더 수월하게 이루어질 것 같기도 하고, 아니면 그 반대, 그러니까 결코 달성될 수 없을 것 같다는 기분도 들었다.

그렇다면 비화는 아직 그 어느 쪽도 아니라는 게 보다 적확한 표현이었다. 그 대신 그녀가 벌써부터 신의 무슨 계시나 암시처럼 느껴오고 있었던, 그게 무엇이라고 딱 꼬집어 말해 보일 수는 없는 그 무엇, 그것이 비로소 모습을 드러내려고 하고 있구나! 하는 아찔하고 숨 막히는 순간에 직면하고 있었다고 해야 할 것이다.

비화는 알고 있었다, 다미를 향한 준서의 감정을. 그리고 모르고 있었다, 준서를 향한 다미의 감정을. 하기야 어렴풋이나마 짚어낼 수 있을 성싶은 순간도 분명히 있었다.

그게 언제였던가. 어떻게 해서 다쳤는지는 모르지만 부상을 입은 준서를 집에까지 데리고 왔던 다미였다. 그때 비화는 준서가 다 장성했구나 싶어 마음이 야릇했었다.

그러나 그 사건 말고는 별다른 게 없었던 것 같았다. 하여튼 물에 술

탄 듯 술에 물 탄 듯 어정쩡한 그런 가운데 세월이 지나갔다.

그렇게 된 중심에는 염 부인이 있었다. 비화 입장에서 염 부인은 다미에게 빛이면서 동시에 어둠과도 같은 존재였다. 그 어둠 뒤편에 도사리고 있는 것은 더 말할 필요도 없이 임배봉이었다. 다미도 어느 정도 간파하고 있는 장본인이었다.

"마님."

그때 권학이 부르는 소리에 비화는 퍼뜩 정신이 났다. 얼른 바라보니 영문을 알 수 없어 하는 권학의 약간 길쭉한 얼굴이 보였다. 전형적인 조선 선비 상相은 저러한 얼굴이 아닐까 하는 생각을 비화는 했다.

"예? 아, 예, 말씀하시이소."

비화는 어쩐지 온몸에 진땀이 솟는 느낌을 받았다. 그럴 리야 없겠지만 혹시라도 그가 염 부인과 임배봉 사이의 비밀을 알고 있지 않을까 하는 얼토당토아니한 생각이 들었다. 권학이 한층 조심스레 말해왔다.

"혹여 제가 큰 결례 되는 말씀을 드렸다면 부디 이해해주십시오. 저는 다만 그 두 사람을 위하는 마음에서……."

비화는 바람이 일 정도로 손을 세차게 내저으며 말했다.

"아, 아입니더, 선상님. 도로 지가 상구 고맙지예. 에나 그렇심니더. 그런 사실을 기심없이 말씀해주셔서 말입니더."

권학이 고개를 가로저었다.

"지금 와서 다시 생각해 보니 아무래도 제가 좀 경솔했던 게 아닌가 여겨집니다. 특히 다른 이야기도 아니고 당사자들이나 그 가족들에게는 더없이 중요하고 또 조심스러운 사안이 아닙니까."

비화는 이렇게 말씀하셔도 알고 저렇게 말씀하셔도 안다는 듯이 했다.

"아입니더. 아조 잘 압니더. 선상님께서 숙고 끝에 하신 말씀이라는 거를 지가 우찌 모리것심니꺼."

권학이 부담을 덜었다는 얼굴로 말했다.

"그렇게 이해해주시니 감사합니다."

그가 그렇게 나올수록 비화는 더 마음의 짐이 무거워지고 있었다. 다른 모든 것에 앞서 그는 준서와 얼이를 저렇게 번듯한 젊은이들로 만들어 준 은사인 것이다.

"좀 전에도 말씀드릿지만도 감사는 지가 더……."

비화는 말을 끊었다가 다시 입을 열었다.

"지가 잘몬 알고 있는지는 모리것지만, 선상님께서 지한테 하시고자 하는 말씀의 뜻은 다린 데 있는 기 아인가 싶은데, 그런 기 아인가예?"

그때까지 경직되어 있던 권학의 얼굴이 약간 펴지면서 음성도 좀 더 밝아졌다.

"역시 소문 듣던 대로 보통 분이 아니시군요. 그렇습니다. 실은 꼭 드리고 싶은 말씀이 있어서입니다."

비화의 표정이 보다 심각해지면서 말의 무게도 한층 무겁게 전해졌다.

"지가 준서 에미로서, 부모 자슥 간의 눈에 비이지 않는 인륜이 있다고 보모……."

권학은 반신반의하는 눈빛이었다.

"그러면 제가 드리려고 하는 말씀을 이미 파악하고 계신다는 건가요?"

그러자 비화는 그게 상대방에 대한 예의라고 보는지 이랬다.

"아입니더. 그러이 말씀해 주시이소."

권학이 얕은 기침 소리를 내고 나서, 별다른 장식품은 없지만 은은한 분위기가 풍기는 정갈한 방안을 둘러보면서 하는 말이었다.

"우리가 이 방에 들어온 뒤로 시간이 꽤 흐른 것 같습니다. 바쁘신 마님을 너무 오래 붙들고 있었지 않나 싶고요. 그러면……."

하지만 거기서 또 말을 멈추는 권학이었다. 비화는 서두르지 않는 말투이면서도 다음 이야기를 할 것을 권했다.

"그냥 편하거로 말씀하시이소. 우리 아이들 스승님이 아이십니꺼. 그림자도 밟으모 안 된다쿠는 스승님 말입니더. 우떤 말씀도 모도 다 들것심니더."

"마님께서 그렇게 말씀해주시니 제 마음이 한결 가볍습니다."

권학의 턱수염이 빳빳이 서는 것 같더니 마침내 그의 붉은 입술 사이로 흘러나오는 말이었다.

"제가 생전 팔자에도 없는 매파 역할을 한번 해보고 싶어서 그냥 단도직입적으로 말씀을 드리겠습니다."

"……."

혼인을 중매하는 할멈 역할을 해보고 싶다는 그였다. 아주 순간적이지만 권학의 그 말을 들은 비화의 뇌리를 확 꿰뚫고 나오는 아주 오래전의 기억이 있었다.

해랑, 아니 옥진이 완전히 장성하지도 않은 처녀였을 때였다. 당시 새덕리 시가에서 어렵게 살고 있는 비화를 찾아와, 우리 부모가 나를 빨리 시집보내기 위해 매파를 중간에 넣고 난리가 났다며 투정을 부리던 옥진이었다.

'그랬었는데, 억호 재취가 될라꼬 그리 시집 안 가것다꼬 야단이었던고?'

그러나 그런 씁쓰레한 기분은 그다지 오래가지 못했다. 그것이 아닌 어떤 다른 기분이었더라도 마찬가지였을 것이다.

권학의 입에서는 비화가 지금껏 살아오면서 들어온 그 어떤 말도 넘볼 수 없는 강렬한 기운이 담긴 소리가 흘러나왔다.

"준서와 다미 처녀, 그 두 사람을 서로 맺게 해주시면 어떨까 해서……."

"……."

그 말을 들은 비화 얼굴에 언뜻 스쳐 가는 빛은, 이 세상의 그 어떤 빛보다도 몇 배 복잡하고 불가해한 성질의 것이었다. 아니, 더 정확하게 얘기하자면 그런 빛이 스쳤는지 아닌지 하는 것조차 상대방은 알 수 없다는 것이었다.

"마님."

권학은 얼핏 울상을 짓고 있는 아이 같아 보였다. 일찍이 누구도 권학의 그런 면은 본 사람이 없을 것이다.

"……."

비화의 무응답이 이어졌다. 그렇지만 그녀 얼굴에서 엇갈리는 빛살은 천만 마디 말보다 더 많은 말을 담아내고 있었다.

어떻게 보면 그녀는 산 자가 아니라 망자亡者와 서로 소통하는 영묘한 능력을 지닌 무녀를 방불케 했다. 그리고 그 망자가 누구인가를 권학은 물론이고 누구도 말해 보일 수 없을 것이다.

얼마나 그런 순간이 흘러갔을까? 얽히고설킨 실타래가 끝없이 어딘가로 굴러가고 없는 자리 같은 분위기가 지속되다가 이윽고 비화 입에서 나오는 말이었다.

"근동뿐만 아이라 먼 다린 지역에꺼지 권학 선상님의 고매하신 인품과 깊은 학식에 대해 모리는 사람이 없는 거로 알고 있심니더."

빛이 약간 누르고 줄진 결이 똑똑한 방문 창호지에 와 닿은 햇살이 은은하면서도 밝은 기운을 자아내고 있었다.

"그런 선상님께서 하시는 말씀인께 지가 똑똑히 멤에 새기두것심니더."

수심이 깊은 강은 조용히 흐른다는 말을 그대로 입증해 보이듯, 그날

따라 남강은 여느 때보다 고요하게 느껴지고 있었다.

"그 크신 보살핌에 몸 둘 곳을 모리것심더. 고맙고 또 고맙심더."

진심 어린 비화의 말에 권학이 아주 정중하게 목례를 취하며 말했다.

"그렇게 받아들여 주시니 제 마음이 너무나도 편합니다."

그러고는 자리를 한 번 더 고쳐 앉았다.

"앞서도 말씀드렸지만, 사실 이런 일은 당사자들은 물론이고 그 부모님들에게도 평생을 두고 가장 중요한 사안 중의 하나인지라, 남이 감히 나서서 말할 수 있는 일이 아닌 줄은 압니다만……."

여간해선 했던 말을 반복하는 권학이 아니었지만 지금 그 자리에서는 달랐다.

"이것 역시 아까도 말씀드렸던 겁니다만, 그 두 사람을 위하는, 잘되기를 바라는 저의 마음이 남달라서……."

비화는 깊이 고개 숙여 인사하였다.

"그래서 더 고맙고 감사하다쿠는 깁니더. 이리키나 훌륭하신 스승님을 뫼시고 있는 우리 준서하고 얼이가 에나 대복을 받은 기지예. 그리 큰 복이 없을 깁니더."

권학이 손을 내저었다.

"과찬의 말씀입니다. 제가 더 복을 받았다고 생각합니다."

"그기 무신?"

선생님에게 대한 그 무슨 불경한 말씀이냐는 듯이 자기 얼굴을 쳐다보는 비화에게 권학이 계속해서 하는 말이었다.

"어디 준서 같은 영재를 제자로 두기가 쉬운 일이겠습니까? 얼이도 준서만큼은 머리가 영리하지 못해도 진짜 사내다워서 좋고요."

이참에 전부 털어놓아야겠다고 작심한 빛이었다.

"제가 다미 처녀를 직접 가르치지는 않았지만, 다미 처녀가 다녔던 학교 선생들에게서 들은 바에 의하면, 다미 처녀만 한 여학생도 찾아보기가 어렵다고 하더군요."

한동안 뿌듯한 표정을 짓더니 금상첨화가 따로 없다는 식으로 말했다.

"마님께서도 인정하시겠지만 집안도 좋고요."

비화는 또다시 기습처럼 염 부인이 눈앞에 나타나 보이는 느낌을 받았다.

"예, 그거는 지도 그리 생각합니더."

"그렇다면 이제 더 이상……."

정말 매파 역할을 톡톡히 해보고 싶은 권학으로 보였다. 비화는 또한 번 가슴 서늘하게 절감했다. 어쩌면 이건 인력으로는 피해 갈 수 없는 운명이었다.

그런데 곧 이어지는 권학의 이야기를 듣자 비화는 도리어 더럭 겁이 나면서 뒤로 물러서고 싶은 심정이 되었다. 거대한 산 하나가 성큼성큼 그녀에게 다가오고 있는 꿈을 꾸었던 그때와 마찬가지였다.

"실은…… 제가 이곳으로 오기 전에 다미 처녀의 집, 그러니까 안골 백 부잣집으로 가서 백범구 그분을 먼저 만났습니다."

"예? 배, 백범구 그분을 만내셨다꼬예?"

비화는 아찔함을 느끼며 자신도 모르는 새 손바닥으로 방바닥을 짚었다. 다미의 아버지, 아니 염 부인의 아들을 먼저 만났다는 사실은 정말 예상 밖이었다.

"그렇습니다. 이 일은 인륜대사인데 조금이라도 소홀히 해서야 되겠습니까?"

"……."

"그래서 그분 집을 우선 들렀던 것입니다."

"……."

권학의 말을 듣고 잠깐 생각에 잠기던 비화가 신중한 어조로 물었다.

"해나 다미 처녀도 그 일을 알고 있지는 않은지예?"

권학이 고개를 가로저었다.

"아직은 모르고 있습니다. 백범구 그분께서 비밀로 해 두는 게 좋겠다고 저에게 말씀을 하시더군요."

비화가 고개를 끄덕였다.

"퍽 사려 깊으신 처사인 거 겉심니더."

권학이 은근히 부추기는 투로 말했다.

"그러니 근동에서 존경받는 대갓집이 아니겠습니까?"

그러더니 얼른 덧붙였다.

"아, 그건 나루터집도 마찬가지고요. 허허."

구름이 지나가는지 방문의 창호지가 잠깐 어두워지는가 했더니 이내 다시 밝아졌다. 누가 전깃불을 켜는 듯했다. 비화는 가게채에서 들려오는 손님들 소리를 들으며 말했다.

"무신 그런 말씀을예."

권학은 아까보다는 훨씬 여유가 있어 보이는 얼굴이었다.

"아닙니다. 사실이 그렇지 않습니까?"

비화는 잔잔한 미소로 화답했다.

"일이 다 끝나기 전까지는 준서에게도 비밀로 해 두심이……."

권학의 제안에 비화가 말했다.

"그거는 지가 선상님께 부탁드리고 싶은 말씀입니더. 인자 다 장성했다 캐도 아즉은 둘 다 멤에 상처를 입기 쉬븐 나이들인께네예."

권학이 등을 곧추세우며 말했다.

"지당하신 말씀입니다."

그런데 비화 생각에, 이제 일어서려고 하지 않을까 추측했던 권학이 이번에는 다른 이야기를 내비치기 시작했다.

"저……."

게다가 그 이야기라는 게 준서와 다미를 맺어주자고 하는 이야기 못지않게 바싹 긴장을 불러일으키는 내용이었다.

"동업직물 말입니다."

권학의 입에서 그런 말이 떨어지는 순간, 비화는 하마터면 부지불식간에 이런 말을 불쑥 내뱉을 뻔했다.

'와예? 각중애 동업직물은 와예?'

하지만 그건 그녀의 입안에서만 감돌았고 실제로는 어떤 말도 하지 못했다. 마치 '영역 침범 불가'라고 하는 경고판을 본 사람 같았다.

"그 집안……."

"……."

권학의 음성 또한 무겁고 긴장감을 담고 있었다. 그 고장 사람이라면 누구나 알고 있을 나루터집과 동업직물 사이의 관계였다. 현재 상황으로 보아서는 천년 세월이 천 번을 오고 간다고 해도 달라지지 않을 견원지간이었다.

한데 그에 관한 말을 꺼내고 있는 권학인 것이다. 그것도 방금 자기 입으로 의미를 상기시켜 준 저 인륜대사를 논한 그 자리에서 그 이야기가 마르기도 전이었다. 어쨌거나 권학의 말이 이어졌는데 그의 말이 아닌 듯싶게 뒤죽박죽이었다.

"동업직물 임배봉, 아, 이제는 죽고 없으니 그의 아들 억호, 아, 억호보다도……."

비화는 그만 다른 여자로 변해 버렸다. 자신도 모르게 아들의 스승인 그를 향해 방문이 덜컹거릴 만큼 큰 소리로 물었다.

"시방 누를 이약하고 싶으신 긴데예?"

권학이 약간 민망한 얼굴로 혼잣말처럼 대답했다.

"그 집안 장남 동업이라고……."

비화는 자신의 목소리가 타인의 그것 같다고 분명히 느끼면서도, 그래서 입을 열어서는 안 된다는 것을 깨닫고 있음에도 불구하고 또 물었다.

"동업이는 와예? 선상님께서 그 이약을 하시는 이유가 머심니꺼?"

권학이 비화와는 상대적으로 낮은 목소리를 유지하면서 천천히 대답했다.

"그 총각의 혼례 때문입니다."

비화는 머리털이 뭉텅뭉텅 빠져나가는 기분에서 헤어나기 어려웠지만, 상대가 상대인 만큼 가까스로 격한 감정을 억눌렀다.

"그 이약이라모 지도 쪼꼼은 들어 알고 있심더."

권학은 눈을 지그시 감으며 흡사 자신의 마음에 각인하려는 사람처럼 말했다.

"그 집에서 아들의 배우자가 될 색시는 벌써부터 물색해 놓았는데……."

"……."

날이 갈수록 살림채와 가게채의 경계선으로 심어 놓은 나무들이 잘도 자라나서 방음벽의 구실을 톡톡히 해주고 있는 덕분에, 이제 가게에서 들리는 소음은 예전에 비하면 훨씬 줄어든 상태였다. 하지만 왠지 모르게 그게 반드시 좋다는 생각만 드는 게 아니라는 게 비화의 알 수 없는 심경이었다.

"지금까지 혼례를 미루어 온 데는……."

"……."

권학의 음성도 자못 흔들리고 있음은 비화의 착각이 아닐 것이다. 마당에서 밤골집 나비가 우는 소리가 비화의 신경을 긁어 놓았다.

"임배봉의 급사急死가 있었기 때문이란 것은 마님도 아시지요?"

비화는 아무 말도 할 수가 없었다. 임배봉이라는 이름 석 자만 들어도 당장 살점이 부들부들 떨리고 피가 거꾸로 치솟는 그녀였다. 더군다나 그날 가마못 안쪽 동네에 있는 꺽돌과 설단 부부 집으로 갔다가 배봉이 천룡의 뿔에 받혀 즉사하는 장면을 직접 목격한 비화였다. 꼭 온 세상이 붉은 회오리바람에 휩싸이는 것 같았다.

"집안사람이 그런 흉사를 당하자……."

비화가 받아들이기에 권학은 그 사건을 최대한 객관적이고 균등한 눈으로 보고 있는 것으로 해 보이려는 게 아닌가 싶었다.

"부정 탄다고 지금까지 혼례식을 미뤄왔지만……."

나비란 놈이 마루 위에까지 올라와서 살금살금 기어 다니는 기척이 나더니 자신의 출현을 알리기라도 하려는지 홀연 소리를 내었다.

'야오옹.'

비화 시선이 벽면에 붙어 있는 그림에 가서 멎었다. 그것은 그 방의 유일한 장식품이라 할만했다. 안 화공 작품인데, 상촌나루터를 배경으로 한 나루터집을 사실적으로 그려놓았다. 그래서 나루터집 안에 앉아 있으면서도 밖에서 나루터집을 바라보고 있는 것 같은 착각마저 줄 때도 있었다.

옆에 있는 밤골집에 가면 역시 상촌나루터를 배경으로 한 밤골집 그림이 사진처럼 벽면에 걸려 있다는 게 비화 뇌리에 떠올랐다. 돌제와 밤골댁이 가게를 확장했을 때 축하 기념으로 안 화공이 선물한 그림이었다.

"이제 곧 혼례를 올릴 거라는 소문이 있더군요."

권학 음성이 흔들리고 있었다. 비화도 납득이 되는 이야기였다. 아무리 집안 어른이 비명횡사했다고 해도 자식 혼례를 언제까지나 시키지 않을 수는 없는 것이다.

'그거는 그렇는데…….'

비화 마음에 더 깊이 와닿는 것은 동업의 혼례가 치러지려는 이때 공교롭게도 준서의 혼례 이야기가 나온다는 사실이었다. 이건 아무래도 우리가 모를 무슨 필연 같은 게 아닐까 싶기도 하면서 어쩐지 무섬증이 일었다.

동업이 누구인가? 바로 비화 그녀의 남편 박재영이 바람을 피운 허나연이 낳은 아이가 아닌가? 이 세상 사람들 가운데 그런 비밀을 알고 있는 이는 극소수에 지나지 않지만 그건 누구도 부인할 수 없는 엄연한 사실인 것이다.

어쨌거나 동업은 혼인 적령기를 놓쳐버린 것은 분명한 일이었고, 준서 또한 그렇게 빠른 편은 아니었다. 여자인 다미는 오히려 늦은 감이 있었다. 그런데 범구는 어떤 대답을 했을까? 비화가 문득 그런 의문을 품는데 권학이 그녀 속마음을 읽기라도 했는지 이렇게 말했다.

"범구 그분도 준서에 대해 알고 계셨는데, 제가 하는 말을 듣자 은근히 기뻐하는 그런 기색이었습니다."

그러더니 혼례를 성사시키기 위해 발싸심을 하는 진짜 매파처럼 이내 이렇게 덧붙였다.

"하긴 딸을 가진 부모라면 누구나 준서 같은 젊은이를 탐내지 않겠습니까?"

비화는 그만 머쓱한 표정을 지었다.

"모지라는 기 상구 많은 지 자슥을 그리 봐주시이 그저 부끄러블 뿐입니더."

권학이 소리 없는 미소로 그 말에 대한 응대를 대신한 후에 하는 말이었다.

"제가 동업의 혼례에 관한 말씀을 드린 것에 대해서는 너무 큰 의미를 두시지 말았으면 합니다."

비화는, '나도 그렇게 하고 싶지 않습니다'라는 말을 하고 싶었지만 잠자코 듣기만 했다. 솔직히 이제 그 이야기는 접어주었으면 하는 바람이었다.

그때 마침 강 쪽에서 물새들이 내는 소리가 들려왔는데 이날은 한층 더 진한 물기운을 담아내고 있는 성싶었다. 산새들이 내는 소리에서는 풀잎 냄새가 풍기는 것 같은 감정을 접하곤 하는 비화였다.

두 혼사婚事

그런데 언제부터였을까? 나루터집 옆으로 흐르는 남강 속 용왕마저
도 내다보지 못했을 일이 있었다. 그게 하늘의 뜻이라면 진정 반가운 일
이지만, 소름이 끼칠 정도로 무섭고 두려운 일이기도 했다.

비화와 권학이 마주 보고 앉아 있는 그 방 밖에 서서 안으로부터 흘러
나오고 있는 그 모든 이야기를 다 듣고 있는 두 그림자가 있었다.

그들은 참으로 경악스럽게도 그 긴요한 대화 속에 나오는 주인공들인
준서와 다미였다! 어찌 된 노릇일까? 그 두 사람이 어떻게 거기에서 모
든 조화를 꾸미는 하늘의 기밀과도 같은 그 이야기들을 엿듣게 되었는
가?

어떻게 새겨보면 일의 시초부터 마지막까지의 양상이 너무나도 복잡
하고, 또 어떻게 살펴보면 더없이 단순한 것이었다.

다미가 비화를 보러 왔다. 마침 상촌나루터에 용무가 있어 왔다가 오
랜만에 문안 인사차 들른 것이다. 그런데 누가 와서 함께 살림채로 갔다
고 했다. 다미는 그냥 돌아갈까 하다가 그래도 이왕 여기까지 온 김에
잠시 기다렸다가 비화를 만나기로 했다. 비화와 이야기를 나누면 그나

마 가슴에 맺혀 있는 응어리가 조금은 풀리는 것 같았다.

그런데 그것도 그렇지만, 꼭 비화 얼굴을 보고 가라고 강요하다시피 한 사람이 다름 아닌 우정 댁이었다. 그녀는 준서와 다미가 맺어지기를 은근히 꿈꾸고 있었다. 옆에서 지켜보니 비화도 다미를 무척이나 좋아하는 눈치이고, 다미 역시 비화를 어머니같이 따르는 듯했다. 여자의 마음은 같은 여자가 더 잘 아는 법이다.

준서도 다미를 보면 평소의 그답지 않게 좀 허둥대는 품이 아무래도 마음에 두고 있는 것으로 비쳤다. 지난날 얼이가 효원을 대하던 그 모습을 통해 이미 터득하고 있는 우정 댁이었다. 그리고 얼이를 향한 효원의 진심이 어떠한가도 깨달았다. 그렇게 보면 단 한 가지, 말하자면 준서에 대한 다미의 감정 결에 대해서는 아직 짚어내지 못했다.

'다미 그 처녀가 오데 지 속내를 그리 쉽거로 막 드러내는 처녀가? 우리 효원이가 더 몬하다는 이약은 아이고, 사람마다 그 천성이 다린께네 그리 봐야제.'

은근히 며느리를 감싸는 생각도 했다. 그리고 비록 다미의 감정을 모르기는 해도, 비화를 대하는 다미의 태도로 보아서는 다미가 준서를 싫어할 이유는 하등 없어 보였다.

"오랫간만에 여꺼정 와갖고 그냥 돌아가모 우짜노? 내중에 준서 옴마가 함 알아봐라. 록주 옴마하고 내를 상구 원망할 끼다. 다미 처녀를 그리 섭하거로 보냈다꼬."

우정댁 그 말을 옆에서 듣고 있던 원아도 거들었다.

"우리 성님 말씀맹캐 하는 기 좋것거마. 특벨한 용무가 없다 쿠더라도 얼골은 한분 보고 가야제."

그래서 다미는 살림채로 향하고 있었는데, 바로 그때 거기 대문이 열리면서 준서가 불쑥 그 모습을 나타냈다.

"어?"

"아!"

두 사람 입에서 거의 동시에 놀람과 반가움이 섞인 소리가 새 나왔다. 물론 그동안 서로 만나지 않은 것은 아니었다. 특히 인사동에 위치한 제3야학교에서 나란히 야학생들을 가르치면서 자주 얼굴을 대해 오고 있는 터였다. 그렇지만 학교에서 볼 때와 지금처럼 집에서 만나는 것은 기분부터 달랐다.

"시방 손님 맞는 큰방에서 손님하고 이약을 하고 계실 깁니더."

준서는 그의 어머니가 있는 곳을 알려주었다. 그러자 다미는 잠시 머뭇거리는 눈치더니 이렇게 말했다.

"예. 그라모 큰방 가까븐 곳에 가서 기다리까예."

그렇게 하여 두 사람은 큰방 근처 마당에 서서 약간 어색한 얼굴들로 침묵을 지키고 있었다. 준서는 무슨 말이라도 해야겠다는 생각은 드는데 할 이야기가 얼른 떠오르지 않았다. 다미는 그 안을 둘러보며 뭔가 상념에 잠기는 빛이었다. 하지만 그녀 역시 지금 그 매끄럽지 못한 공기 탓에 일부러 그런 모습을 지어 보이는 것인지도 몰랐다.

그런데 준서의 발길이 좀 더 손님이 있는 방 쪽으로 다가간 것은 안에서 들리는 손님의 음성 때문이었다. 그는 어렵지 않게 알아차렸다.

'스승님 목소리 아이가!'

외출에서 돌아온 후 가게에 들어가지 않고 곧장 살림채로 왔기 때문에 준서는 어머니를 찾은 손님이 누구인지 잘 모르고 있었는데, 큰방에서 새 나오는 목소리가 귀에 익었던 것이다.

"시방 권학 스승님이 와 계신 거 겉심니더."

준서가 낮은 소리로 일러주었다.

"아, 그분이예?"

다미 얼굴에 또다시 놀람과 반가움이 번져 났다. 그녀도 익히 알고 있었다. 권학은 준서와 얼이를 여러 해 동안이나 가르쳐 온 스승이었다. 그런 관계 하나만으로도 권학에게 남다른 친밀감을 품고 있는 그녀였다.

그렇지만 그때 문득 그쪽 방에서 준서와 다미라는, 바로 그 자신들의 이름이 흘러나오지 않았다면 안에서 들리는 대화에 그렇게 귀를 기울이지는 않았을 것이다. 그런데 천만뜻밖에도 방에서 나누는 이야기 속에 그들이 들어 있는 것이다.

"……."

준서와 다미는 거의 본능적으로 좀 더 그 방 쪽으로 발을 옮겨갔다. 두 사람 모두 자신들의 그런 행동을 인식하지 못하고 있었다. 더욱이 남들이 나누고 있는 이야기를 몰래 엿듣는다는 것은, 아무리 대화 당사자들이 어머니와 스승이라고 할지라도, 평소 그 두 사람의 성품에 비추어서 해서는 안 되고, 또 있을 수도 없는 일이었다.

그런데 모든 건 이미 신에 의해 짜인 각본대로 행해지고 있었다. 어느새 그들은 꽤 똑똑히 엿들을 수 있을 정도로 그 방 가까이 다가가 있었다.

그리고 급기야 본의 아니게 엿듣고 말았다. 바로 그들의 신상에 관한 이야기, 그것도 일생을 두고 가장 중차대한 저 혼례에 관한 이야기였다.

그때 그곳에서 준서와 다미는 벌써 이성을 잃어버린 사람들이었다. 아니다. 그 어느 때 어느 곳에서보다도 가장 명징한 정신을 지니고 있었다. 자기들을 맺어주자는 이야기를 주고받고 있었으니 너무나도 당연한 현상이었다.

그런데 어쩌면 준서보다도 다미의 안색이 더 붉어 보였다. 심장은 더 크게 뛰고 있었을 것이다. 월하노인이 청실과 홍실을 가지고 총각과 처녀의 발목을 꽁꽁 하나로 묶어주어야 이루어진다는 혼인이었다.

다미는 지금까지 그녀 자신을 대하는 비화와 준서의 태도에서 뭔가 심상치 않은 느낌을 받아온 것은 부인할 수 없는 사실이었다. 비화는 그녀의 할머니 염 부인 때문에, 그리고 준서는 총각이라는 신분 때문에, 그녀를 대하는 마음이 그냥 밋밋하지는 않을 거라는 생각은 해왔다. 하지만 혼례라니……

그에 비해 준서 심경은 좀 달랐다. 그 이면에는 어머니와 스승이 진지하게 나누는 대화 속에 나오는 동업도 한몫하고 있었다. 사실 동업직물에서는 동업과 혼례를 치를 신붓감을 벌써부터 점찍어 놓았지만, 할아버지 배봉의 갑작스러운 흉사가 꺼림칙하여 여태까지 혼례를 늦추어왔다는 사실도 알고 있었다.

한데 동업이 이제 얼마 안 있으면 그 신붓감과 혼례를 올릴 거라는 말을 듣는 순간, 당장 준서의 머리에 자리 잡는 게 바로 자기 옆에 있는 다미였던 것이다. 그렇고 보면, 준서가 해야 할 '사랑 고백'을 어른들 입을 통해 대신 얻어내고 있었다.

'우찌 이런 일이!'

더 나아가 그 충격적인 와중에도 이것은 하늘이 정해 준 일이라는 확신이 서기도 했다. 절대로 다미를 놓쳐서는 안 된다는 생각이 온통 그를 사로잡았다. 이렇게 좋은 기회를 놓치게 되면 나중에 가서 아주 크게 후회하게 될 것이라는 조바심마저 일었다.

그때였다. 그런 감정에 사로잡혀 있는 준서의 귀에 문득 아주 낮은 다미의 말소리가 들려왔다.

"지는 가, 가봐야것어예."

준서는 한겨울에 알몸인 채 남강 속으로 풍덩 뛰어든 것처럼 화들짝 정신이 났다.

"예?"

그러면서 자기를 바라보는 준서의 눈길이 몹시 부담스러웠는지 다미는 몸을 옹송그리며 목구멍 안으로 기어들어 가는 소리로 말했다.

"계, 계시이소. 이만⋯⋯."

그 말을 끝내기도 전에 다미는 벌써 몸을 돌려세우고 있었다. 그러는 동작이 매우 서툴고 위태로워 보였다.

"그, 그냥 가, 가시모?"

준서는 단지 그런 말밖에 하지 못했다. 기실 다미 못지않게 너무나도 당혹스러운 그였다. 어머니와 스승의 이야기를 들으면서 계속 그 자리에 서 있기가 힘들었기도 했다. 그럼에도 그는 그 자리를 벗어나지 못했다. 오히려 좀 더 구체적이고 확실한 이야기가 나오기를 기대했었다.

"호, 혼자 가, 가시모?"

그렇게 아주 심하게 더듬거리면서도 준서는 자신의 그 말이 지금 그 상황에서 얼마나 부적절하고 무책임한 소리인가를 깨닫고 있었다. 그럼 혼자 가지, 나하고 같이 가자는 것인가? 그녀를 그냥 이대로 돌려보내도 되는 것인가?

아니었다. 그건 아니라고 보았다. 비록 준서 스스로 직접 한 소리가 아니기에 괜찮다고 할 수 있을지 몰라도, 다미에게는 참으로 충격적인 이야기가 아니겠는가 말이다. 그 누가 뭐라고 해도 표적은 다미와 준서 자신인 것이다.

그런데 몸을 돌려세운 다미는 비틀걸음으로 어느새 대문 쪽으로 걸어가고 있었다. 마치 무슨 다른 힘에 이끌려 가는 사람의 모습을 방불케 했다. 그냥 저대로 놔두었다가는 두 번 다시는 만날 수 없을 듯했다. 심지어 누구에게 납치당할 것 같다는 위기감마저 들었다.

"저, 저⋯⋯."

그러면서 준서는 허둥지둥 다미의 뒤를 따라붙고 있었다. 두 사람 다

발이 허공 위에서 제멋대로 놀고 있는 것 같아 보였다.

"……."

누구도 더 말이 없었다. 솔직히 자기들을 맺어주자는 그 이야기를 엿들은 다음부터 서로의 얼굴을 보기조차 민망하고 겸연쩍었다. 훤한 대낮에 아무것도 걸치지 않은 몸으로 서 있는 기분이 그러할지도 모른다.

침묵이 이어지는 가운데 그들은 대문을 빠져나왔다. 그들이 방의 대화를 남몰래 엿들었다는 사실을 아는 사람은 아무도 없었다.

"그냥 이대로 보내드릴 수는 없……."

이윽고 나루터집에서 아주 조금 떨어져 나온 길 위에서였다. 준서가 다미를 뒤따라가면서 말했다. 그러자 걸음을 멈춘 다미가 말했다.

"되련님은 집으로 들어가이소."

준서는 고개를 흔들었다.

"죄송해서라도 그랄 수는 없심니더."

다미 눈이 태양 아래서 약간 갈색으로 빛났다. 머리칼도 그렇게 비쳤다. 그래서인지 그 고장에 들어와 있는 서양인을 떠올리게 했다. 하지만 그녀의 입에서는 어김없는 그곳 토박이말이 흘러나왔다.

"우째서 되련님이 죄송해예?"

준서는 고집스럽게 나왔다. 어쩐지 뒤로 밀리는 기분이었다.

"그, 그래도……."

"지도 되련님하고 가리방상한 기분이라예."

준서는 턱없는 말이란 듯 물었다.

"아가씨가 와 지하고?"

다미는 보일락 말락 엷은 웃음을 띠어 보였다.

"시간이 가모 아실 깁니더."

하루에도 수천 명의 사람이 들끓는 상촌나루터는 지금도 활어처럼 생

기가 넘쳐 보였다. 온갖 장사치들이 오가고 있었다. 가마며 인력거 등
이 서로 달리기 경쟁이라도 벌이듯 내닫고 있었다. 나루턱에서는 쉴 새
없이 나룻배를 타고 내리는 사람들이 띄었다. 강가를 따라 죽 늘어선 무
수한 가겟집들은 드나드는 손님들로 북새통을 이루었다. 남강 위에서는
물새들도 덩달아 날갯짓에 바빴다.

하나같이 분주하게 움직이고 있는 그들을 보자 준서는 갑자기 마음이
한층 조급해짐을 느꼈다. 그것은 반드시 해야 했을 일을 지연시켜 왔다
는 자격지심과 유사한 감정이었다. 특히 동업이 조만간 혼례를 치르게
될 것이라는 이야기가 떠오르면서 뭔가 가슴 속에서 뜨거운 기운이 불
쑥 치밀어 오르고 있었다. 문득 준서 입에서 이런 말이 나왔다.

"안 급하시모 지한테 시간 좀 내주이소."

다미가 놀랐는지 눈을 크게 뜨며 확인하듯 물었다.

"시간예?"

준서는 고개를 돌려 강 쪽을 보며 말했다.

"흰 바구 있는 데 알지예?"

"……."

다미는 곤혹스러운 표정을 지었다. 지금 정황이 그럴 수밖에 없겠지
만 평소의 그녀와는 많이 다른 모습이었다.

"예, 알기는 아는데, 거는……."

준서는 다미가 흐리는 말끝에 담긴 뜻을 곧바로 읽었다. 거기는 너무
인적이 드문 곳이 아니냐는 것이다. 일순, 낯이 화끈거렸다.

'시방 내가 무신 소리를 하고 있노?'

그러나 준서는 이런 기회를 놓치고 싶지 않았다. 영원히 두고두고 후
회할 수도 있었다. 무엇보다도 그날 이후로 다미가 보일 태도가 염려되
었다. 아까 집에서 들은 그 이야기에 남자인 자신도 정신이 아뜩해졌는

데 하물며 여자인 다미가 받은 충격은 엄청날 것이었다. 그래서 앞으로 어지간해서는 준서 자신을 만나려고도 하지 않을지 모른다.

그것은 당연했다. 세상 어떤 처녀가, 자기와 혼례 이야기가 오가는 총각과 자주 만나려 하겠는가? 부담스럽고 신경 쓰일 건 불문가지였다. 그런 데까지 생각이 미친 준서였기에 더더욱 지금의 그 기회를 꼭 붙잡아야 한다는 조바심이 일었던 것이다.

그런데 다미는 말은 그렇게 했지만, 꼭 거절하려는 기색은 아니었다. 평소 준서가 어떤 젊은이인가를 잘 알고 있는 다미는, 준서가 그런 말을 꺼내기 위해 얼마나 고심했을까 헤아렸다. 그래서 준서가, '그라모 다린 데서라도……' 라고 했을 때, 다미는 '아, 아이라예. 흰 바구가 좋아예' 라고 말할 수 있었을 것이다.

상촌나루터 흰 바위가 준서와 얼이에게는 어떤 의미가 있는 곳인가를 똑똑히 알고 있는 다미였다. 그리고 얼핏 듣기에, 얼이와 효원이 자주 만났던 장소도 거기라고 했다. 그건 준서 입을 통해서가 아니라 혁노의 입을 통해서였다. 혁노가 얼이를 놀려먹을 때는 저 흰 바구 어쩌고저쩌고 했던 것이다.

"그라모……."

"예."

두 사람은 남강 상류 쪽을 향해 걸음을 옮겨 놓기 시작했다. 강물을 거슬러 오르는 길에는 곳곳에 서 있는 여러 종류의 나무들이 어서 오라고 손짓을 하는 것처럼 보였다. 흰 바위가 가까워질수록 점점 인파가 줄었고 집들도 적어지고 있었다. 강은 구부러지기도 하고 쭉 곧기도 하였다.

강둑을 따라서 한동안 걸어가다가 이윽고 무성한 나무숲이 있는 곳에 다다랐다. 거기서 넓은 모래밭으로 내려서서 조금 더 걸어 강가에 있는 커다란 흰 바위에 당도했다. 인적이 끊기고 물새들만 조용히 날고 있었다. 그날따라 강물도 숨을 죽이는 분위기였다.

두 사람은 누가 먼저 그러자고 한 것도 아닌데 서로 묵약이라도 있었던 것같이 나란히 흰 바위 위로 올라갔다. 어쩌면 흰 바위가 몸을 움직여 그들을 끌어 올린 게 아닌가 여겨질 정도였다.

"……."

누구도 선뜻 말이 없었다. 강 언저리에 붙어 자라는 수초들만 간간이 자신들의 존재를 알리듯 흔들렸다. 녹색과 갈색이 뒤섞여 있는 그 물풀들은 언젠가 그곳이 습지로 바뀔 수 있다는 생각을 자아내게 하였다. 강 건너편 산 능선 위에는 강에 자주 나타나는 재두루미를 연상시키는 옅은 잿빛의 구름 두 개가 걸려 있었다.

얼마나 시간이 흘러갔는지 모르겠다. 그런데 이윽고 먼저 입을 연 쪽은 준서가 아니고 다미였다. 게다가 그런 사실도 예상 밖의 일이었지만 그 말의 내용은 더욱 놀라웠다.

"우리가 제3야핵조라쿠는 핵조가 생기서, 거서 자조 만낸 거도 미리 정해진 운맹 겉은 기까예?"

"예?"

다미가 말하는 운명론에 준서는 전신에 소름이 쫙 돋침을 느꼈다. 그건 그 자신이 품고 있던 생각과 너무나 닮아 있었다. 마치 다미의 입을 통해 준서 자신의 말을 듣고 있는 것 같은 착각마저 들 지경이었다.

준서는 아직도 모르고 있다. 다미의 할머니 염 부인의 죽음 뒤에 감춰져 있는 그 비밀을 알지 못한다. 비화는 나루터집 다른 식구들은 물론이고 남편 재영과 아들 준서에게도 그 사실을 발설하지 않았다. 만약 준서가 그 비밀을 알게 된다면 어떻게 될까.

"야학생들이 우리 사이를 그렇게 알고 있다쿠는 거는 상상도 몬 핸 일이지만……."

다미는 거기서 더 말을 잇지 못했고, 먼저 그곳에 오자고 했던 준서는 아직 어떤 말도 꺼내지 못하고 있었다. 준서가 사려 깊은 선비풍의 젊은이라면, 다미는 당찬 신여성의 표본이라고 할 수 있었다. 그건 어쩌면 준서보다도 다미가 받은 충격이 더 크다는 증거일지도 알 수 없었다.

다미는 온 고을이 다 알아주는 학자이자 선비인 권학이 그녀의 아버지 범구를 만나 그런 매파 역할을 했다는 사실을, 조금 전 자기 두 귀로 분명히 들었음에도 여전히 현실로 받아들여지지 않고 있었다. 하지만 이런 것은 있었다.

'그라고 보이 요 바로 올매 전부텀 아부지가 낼로 보시는 눈빛이 와 그런고 이전하고는 쪼매 다리다 싶더이.'

다미가 그런 생각에 젖어 있을 때 준서가 비로소 가늘게 떨리는 목소리로 간신히 입을 열었다.

"인자 올매 안 가서 우리 집안에서나 아가씨 집안에서 어른들이 우리 보고 무신 말씀을 해 오실 긴데⋯⋯."

그러고 나서 잠시 가쁜 숨을 몰아쉬던 준서는 불쑥 말했다.

"내가 드릴 말씀은 하매 정해져 있심니더."

"⋯⋯."

다미의 안색이 하얗게 변했다. 그건 꼭 남자에게서 고백을 듣는 여자의 모습을 방불케 했다. 준서는 벌써 정해져 있다고 한다.

그러면? 나는? 나 백다미는? 다미는 호흡이 가빠왔다. 그건 일방적인 통보였다. 밀고 당기는 사랑 놀음과는 완전히 거리가 먼 것이었다.

한데, 그 숨 막히는 와중에 다미의 뇌리에 자리 잡는 게 바로 준서 어머니 비화가 다미 자신의 할머니의 죽음에 대한 비밀을 속속들이 알고 있다는 그 사실이었다.

그러자 아까 나루터집에서 비화와 권학이 나누던 그 이야기 속에는,

임배봉의 맏손자인 동업의 이름도 들어 있었다는 그 인식이 한층 강하게 다가왔다. 할머니가 진무 스님이 주지로 있는 저 비어사 대웅전 뒤쪽의 고목에 명주 끈으로 목을 매고 자살케 만든 원흉인 임배봉의 핏줄인 동업이었다.

그런데 이심전심이었을까? 다미의 귀에 준서의 이런 말이 들려온 것이다.

"내가 멤의 갤정을 빨리 내리거로 핸 사람이 있심니더. 눈고 압니꺼? 바로 임동업, 그 인간입니더."

홀연 세찬 물살이 시퍼런 기세로 밀려오더니 그들이 올라앉아 있는 흰 바위 밑동을 후려쳤다가 하얀 포말을 일으키며 물러갔다.

다미는 온 세상이 뜨거운 물로 소용돌이치는 듯했다. 준서의 그 말이 그녀더러 나는 그러니 당신도 어서 마음의 결정을 내려 달라는 주문으로 전해졌다.

'동업을 향한 준서 도령의 원한이 내가 짐작했던 거보담도 상구 더 크고 무섭구마.'

그런 자각에 다미는 또다시 부르르 몸을 떨어야 했다. 만약 그녀가 나루터집 사람이 된다면 배봉가의 동업은 평생의 원수가 될 것이다. 아니다. 이미 그렇게 되어 있다. 할머니의 억울하고 슬픈 죽음이 있다.

다미는 이런 소리를 들었다. 하늘 위에선가 강물 속에선가 들려오는 것 같았다.

―다미야이, 니도 멤이 정해졌다꼬 퍼뜩 이약해라. 그래갖고 준서 도령하고 둘이 심을 합치서 내 원한을 씻어 다오. 그래야 내는 지하에서라도 팬키 눈을 감을 수 있는 기라.

그게 환청이라는 것을 잘 알고 있으면서도 다미는 너무 무서웠다. 못 견디게 두려웠다. 그녀도 준서가 싫지는 않았다. 아니, 솔직히 털어놓자면 좋았다.

그러나 그의 어머니가 나의 할머니의 천추에 씻지 못할 그 불미스럽고 치욕스럽고 원통하고 슬픈 비밀을 알고 있다는 게 마음에 암초로 걸렸다. 솔직히 말해 좋지 않았다. 그걸 두고서 결코 그럴 비화가 아니라는 것을 누구보다 더 잘 알고 있음에도 불구하고, 마음의 턱에 단단히 걸려 넘어가 주지를 않는 것이다.

어떤 측면에서 볼 때 비화는 오히려 그것 때문에 더 다미 자신을 위해주고 가까이하고 싶어 할지 모르겠지만 다미 스스로는 그 호의를 받아들이기 어려웠다. 그것은 얄팍한 자존심 따위와는 거리가 먼 것이었지만, 누구든지 다미 자신과 같은 처지가 되면 그렇게 될 것이다.

그때 또다시 들려오는 할머니의 목소리가 있었다. 이번에는 앞에서와는 비교가 아니게 더 생시의 음성을 닮아 있었다.

—다미 니는 그냥 집안 어른들이 시키는 대로만 하모 된다. 고민하고 심들어할 필요 없다. 이거도 아까 니가 준서 도령한테 말핸 그 운맹이라 꼬 받아들이고 말이제. 우찌 보모 운맹만치 사람을 팬키 해주는 거도 없다. 운맹을 두고 원망을 마이 하는 시상이지만도.

다미가 떨리는 손으로 터져 날 것 같은 머리를 감싸 쥐고 있는데 이번에는 준서의 음성이 들렸다.

"사람의 멤이 흐르는 거도 저 강물이 흐르는 거하고 똑같다고 봅니더. 우떤 누도 억지로 다린 데로 흐르거로 하거나 역류하거로 할 수는 없는 그런 성질 말입니더."

그게 준서 자신의 의지와 결심은 확고하다는 것을 에둘러 말함이라는 것을 알자 다미의 마음도 아주 조금은 굳어지기 시작했다.

'철썩, 처얼썩.'

흰 바위는 아무리 거센 물살이 와서 부딪쳐도 꿈쩍도 하지 않았다.

흰 바위는 바라고 있는 것 같았다. 나의 크고 넓은 몸 위에서 이미 한 쌍을 맺어주었으니, 이제 또 새로운 한 쌍을 더 맺어주고 싶다고.

그 고장 사람들을 술렁거리게 하는 두 개의 큰 사건이 일어났다. 그것도 한 달이나 한 주일의 간격이 아니라 똑같은 날에 생겨났다.

바로 나루터집과 동업직물의 혼사였다. 사람들은 저마다 입 하나가 모자랄 판국이었다. 그뿐만이 아니었다. 그 지역에 살고 있는 일본인들이나 호주인들도 그 이야기에 두 귀를 모았다.

─철천지웬수 집안이라더이 우찌 혼래도 같은 날에 할 수가 있노.

─우짜모 역부로 그리 핸 긴지도 모리제.

─그기 오데 사람 멤묵은 대로 되더나.

─우쨌든 간에 가가이다.

신랑들이 모두 우리 고을 최고가는 대갓집 아들들이라는 말이 오가다가 당연히 크게 쏠리는 관심은 신부들이었다.

─나루터집 신부는 안골 백 부잣집 고명딸이라 쿠던데, 동업직물 신부는 눈고?

─자동차 회사 하는 집안 규수라꼬 들었다. 이름은 서련이고.

─자동차 회사? 내가 전에 듣기로는 그런 가문이 아이던데?

─하모, 삘삘 잘나가는 집안하고 혼담이 오갔제. 그라다가 갤국 그 집안으로 낙찰이 됐것지 머.

그런데 온 세상이 떠나갈 듯한 분위기 속에서 그 두 개의 혼례에 대해 누구보다도 마음의 갈피를 잡지 못하고 있는 사람들이 있었다. 하지만 그게 모두가 앞다퉈 부러워하는 그 혼례의 혼주婚主일 줄은 누구도 상상하지 못했다.

박재영. 그는 그날 두 아들을 장가보낸 사람이었다. 그렇지만 준서에 대한 감정과 동업에 대한 감정은 그야말로 극과 극을 치달았다. 몸은 준서 혼례식에 있으면서도 마음은 동업의 혼례식에 가 있기도 했다. 준서가 동업으로 변해 보이면서 비화가 나연으로 변해 보이기도 했다.

'동업아이, 니가 장개를 가다이. 이 애비를 용서해라이.'

그의 마음의 창 위로 피눈물이 얼룩져 내렸다. 마땅히 그가 있어야 할 자리를 억호가 차지하고 있다는 사실에 가슴이 터질 것만 같았다. 동업이 자식을 갖게 되면 그 아이는 나루터집의 또 다른 원수가 될 것이다. 원수가 씨를 낳고 그 씨가 또 씨를 낳을 것이다.

재영이 그러고 있을 때, 당연히 또 다른 한 사람도 재영과 똑같이 격한 감정에 시달리고 있었다. 바로 동업의 생모인 허나연이었다.

'아, 내 앞에 이런 일이 닥칠 줄은 몰랐다.'

결코, 짧지 않은 그 세월 동안 나연은 어디서 어떻게 살았던가. 그것이 신의 선처인지 형벌인지는 모르겠으나 나연은 뜻밖에도 운산녀와 같이 생활하고 있었다. 민치목이 살아 있던 지난날 그들 셋이서 함께 어울려 온갖 흉계를 부리기는 했지만 그 당시는 모두 숙식하는 곳이 제각각이었다. 그런데 지금은 운산녀와 한 집에서 기거하고 있는 것이니 또 무슨 일을 만들기 위한 신의 포석인지 모르겠다.

한편, 임배봉이 천룡의 뿔에 받혀 급사했다는 소문을 들은 후부터 운산녀는 신변의 안전에 대한 걱정을 어느 정도는 덜 수가 있었다. 물론 점박이 형제가 여전히 계모인 그녀를 노리고 있을 테지만 그래도 배봉보다는 훨씬 그 정도가 약하리라는 것을 알고 있었다. 그건 '한 다리가 천 리'라고 하는 것과 유사한 이치라고 보았다.

그건 사실이기도 했다. 억호와 만호는 이제 운산녀 존재 자체를 거의 망각한 채 지내고 있었다. 그런 색광도 다시없으니 아마도 멀리 도망가서 또 어떤 놈을 만나 같이 살고 있겠지, 여겼다. 하지만 실상은 달랐다. 운산녀는 여전히 그 고장에 숨어 살고 있었다. 그것도 허나연과 함께였다.

"거나 내나 똑겉이 꽁(꿩) 떨어지고 매 떨어진 꼴인께네."

"알것심니더, 마님. 한 많고 설움 많은 우리 두 사람, 우짜든지 서로 으지함시로 살아가입시더."

두 여자는 솟을대문이 높은 배봉가의 대저택이 있는 성밖 동네에서 저 남동쪽으로 최대한 멀리 떨어진 돝골 마을에서 조그만 국수집을 열어 놓고 있었다. 돝골이란 그 지명처럼 돝(돼지)을 많이 키우는 곳이었다.

돈을 모을 형편은 못 되고 입에 근근이 풀칠이나 할 정도였지만 그래도 굶어 죽지 않고 연명할 수 있다는 것에 만족해야 했다. 전신만신 비단을 휘감고 황후처럼 살아가던 그런 팔자가 이제는 상거지로 전락하여 참담하기 이를 데 없었다. 어쨌거나 그런 중에 동업의 혼례 소문이 그 은둔처까지 날아들었다.

'동업아, 동업아. 한 개밖에 없는 내 아들아이. 니가 인자 장개를 가서 각시를 얻었구마. 이 죄 많은 에미를 용서해라이.'

나연은 운산녀 모르게 눈물 콧물 질질 짜면서 몸부림을 쳤다. 차라리 종종 사람이 빠져 죽는다는 저 메기굼터에 뛰어드는 게 나을 뻔했다. 그런 후회를 하다가 어느 순간 모든 동작을 딱 멈추고 두 눈에서 독기를 내뿜으며 자괴감에 빠졌다.

'아이다. 용서가 머꼬? 퍼뜩 죽어리꼬 저주를 해라, 저주를. 흑.'

나연은 그녀가 있어야 할 자리에 관기 출신 해랑이 있었다는 사실에 복장을 쳤다. 남몰래 동업에게 접근했던 지난날의 기억들이 지금은 까마득한 꿈속의 일처럼 느껴졌다. 모든 게 그저 숙명이겠거니 여기고 살아왔는데 막상 아들의 혼례 소식을 접하자 막혔던 봇물 터지듯 슬픔과 아픔이 마구 덮치는 것이다.

그러나 누가 뭐니 뭐니 해도 가장 큰 변화의 한복판에 서 있는 사람은 당사자들, 곧 그 두 쌍이었다. 지금까지 살아오면서 그보다 더한 인생의 변화는 없었을 것이다. 다른 시간과 공간에 들어선 듯 모든 게 그저 낯설었다.

"저……."

"아, 예? 예."

특히 준서와 다미 부부는 동업과 서련 부부에 비해 좀 더 심한 격동의 흐름에 휩싸였다. 동업과 서련의 혼례는 꽤 오래전부터 계획된 것이었다. 단지 배봉의 급사로 말미암아 그 날짜만 늦추어졌을 뿐, 그 사이에 혼인을 전제로 하여 가끔 만나는 처지였고, 심지어 서울까지 동행할 정도였다. 그래서 같은 한 이부자리를 써도 그런대로 점차 익숙해질 수 있는 심정들이었다.

그런데 준서와 다미는 그렇지 않았다. 어떻게 보면 그야말로 '번갯불에 콩 구워 먹듯' 치른 혼례였다. 그리고 그 이면에는 비화의 남모를 심리가 크게 작용하고 있었다고 해도 그릇된 말은 아니었다. 그것을 두고 경쟁의식이라고 해도 좋고, 모든 것에서 앞서야 한다는 자격지심에서 비롯된 것이라고 해도 무방했다.

'우떤 것도 저것들 집구석에 지모 안 되는 기다.'

하지만 며느릿감이 다미가 아니었다면 상황은 달라질 수도 있었을 것이다. 그것은 다미 하나에만 국한된 것도 아니었다. 두말할 것도 없이 그 배경에는 염 부인이 있었다. 처음에는 다미가 염 부인의 손녀라는 것이 비화의 마음에 큰 걸림돌이었던 게 사실이었다. 다미를 가까이 두고 볼 자신이 없었다. 그러기엔 모든 기억의 편린들이 너무 저주스럽고 고통스럽고 슬픈 것이었다.

그러다가 마음을 고쳐먹었다. 다미가 준서의 짝이 되는 것은 신의 뜻이라고 받아들였다. 그 둘이 하나로 합쳐지면 만사가 잘될 거라는 기대 감 내지는 확신이 들었다. 무엇보다도 다미를 다른 집안에 빼앗길 수 없 다는 욕심이 앞섰다.

'머보담도 우리 준서가 다미를 멤에 두고 있다는 거를 하매 알고 있었 던 내가 아이가. 다미도 준서를 싫어하는 눈치는 아이었고. 그라고 젤 중요한 거는 팽생 같이 살아가야 할 당사자들인께네.'

그렇게 결론을 내렸다. 어렵다면 한정 없이 어려웠고 쉽다면 그냥 쉬 웠던 결단이었다. 그렇지만 또 다른 한편으로는 명징하지 못한 점도 있 었다.

'하지만도 혼래를 너모 서둘렀던 거는 맞다.'

그런 생각 끝이면 비화는 준서를 한참 눈여겨보기 일쑤였다.

'우리 준서 안 겉거마.'

내 자식은 내가 잘 안다는 말도 있거니와 비화가 바로 보았다. 준서 는 아직도 꿈속에서 헤매고 있는 기분이었다. 다미와 부부의 인연을 맺 다니. 하긴 다미 외에 다른 여자는 일절 생각해 본 적이 없었다. 그렇지 만 다미의 마음이 중요했다. 비록 제3야학교에 나가 나란히 야학생들을 가르치면서 서로 접할 기회를 많이 얻었지만, 그건 어디까지나 공적인 자리였고 단둘만의 시간이라고 할 수 없었다.

"짜아식, 니 다미 처녀 볼라꼬 그 핵조 선상질 하는 기제?"

얼이의 놀림 반 진담 반 섞인 그 말에 쌍둥이 아들 문림과 무림을 어 르고 있던 효원도 호응하였다.

"와 비싼 밥 묵고 씰데없이 뻔한 이약 해쌌는 기라예? 남자는 입이 천 근은 돼야 한다 안 쿠던가예?"

남강이 흐르고 있는 쪽으로 고개를 돌리며 가르침을 주듯 하였다.

"풍덩! 하모, 남강 물괴기 뛰노는 소리지예."

그럴 때면 준서는 한쪽 눈은 문림을 보고 한쪽 눈은 무림을 보면서 말했다.

"시상은 돌고 도는 기라. 내중에 너것들 장개갈 때 함 보자. 내가 너거 부모들한테 진 빚을 왕창 갚아줄 낀께네."

그런데 어쩌다 그 자리에는 록주가 있을 경우도 있었다. 그리고 그때 준서는 똑똑히 감지할 수 있었다. 록주의 얼굴에 서리는 것은 깊고 어두운 그림자였다.

안석록과 송원아와는 다르게 무척 활달한 성격임에도 불구하고 그 순간의 록주는 더없이 소심하고 내성적인 처녀 모습이었다. 나이에 비해 퍽 조숙한 록주를 몰래 훔쳐보며 준서는 속으로 빌었다.

'우리 록주한테도 좋은 남자 친구 하나 얼릉 생깃으모 좋것다.'

다미는 평생 기둥으로 삼고 살아갈 지아비로 준서가 부상浮上 되었을 때 맨 먼저 떠오르는 게, 지난날 그녀가 일본 낭인에게서 곤욕을 치르고 있을 때 몸을 아끼지 않고 나서서 막아주었던 그의 모습이었다.

일본 낭인이 마구 휘두르는 닛뽄도에 찔려 하마터면 목숨을 잃을 뻔했던 그였다. 그리고 준서의 집에까지 함께 와서 부상을 입은 그를 간호해 주었던 그녀였다. 어쩌면 그때 이미 두 사람은 부부의 인연이 있다는 것을 하늘이 미리 보여주었는지도 모른다. 다만 인간이 미숙하여 알아채지 못했을 뿐이다.

그러나 그녀가 그 혼례를 받아들이기로 한 데는 아버지 범구와 큰오빠 기량의 적극성 또한 큰 몫을 하였다. 부자는 앞다퉈 그녀를 설득시키려 애썼다.

"그만 한 신랑감은 없다. 김비화 그분의 아들이라이 더 알아볼 거도 없다고 본다, 이 애비는."

"같은 남자인 내가 봐도 반하것더마. 얼골 잘생깃고 키도 크고, 또 속도 너리고 머리도 그러키 좋담서?"

초가집들이 옹기종기 머리를 맞대고 있는 그곳 안골에서 눈에 띄게 큰 기와집인 다미의 본가를 향해 날아드는 까치들의 날개가 햇빛을 받아 눈이 부셨다.

소울이 마을의 소

준서와 다미는 신접살이로 들어갔다.

상촌나루터에 있는 나루터집의 살림채가 아니라 새덕리에 위치하고 있는 저택에 둥지를 틀었다. 그곳은 아버지 재영의 본가, 그러니까 어머니 비화의 시댁이 있는 동네였으니, 따져보자면 가문의 대代를 이어갈 아들 준서가 제대로 자리를 잡은 셈이었다.

재영이 나연과 눈이 맞아 사방 천지 모르고 막 쏘다닐 때, 새댁 비화가 독수공방하며 악착같이 일을 하고 돈을 모아 구입한 땅이었다. 거기에 임배봉의 솟을대문 집에 버금갈 만치 크게 지어 놓은 대저택이었다.

'우리 집이 인자사 제대로 쥔들을 만낸 기라.'

준서 부부가 그 집으로 들어갈 때 비화의 감회는 남달랐다. 나루터집 옆에 있는 밤골집의 한돌재와 밤골댁 내외간과도 참 얽힌 게 많았던 마을이었다. 동구 밖의 큰 팽나무는 여전히 터줏대감의 위엄을 간직한 채 까치집을 머리에 얹어 놓고 있는 동리였다.

하지만 이른바 신여성인 다미는 그냥 집에 앉아 살림만 할 생각이 없었다. 혼례와 함께 제3야학교의 선생 노릇은 그만두었지만, 당시 지역의 민족사학을 대표하는 교육기관인 여고보女高普에서 학생들을 가르치고 싶었다.

"내 생각도 그렇소."

준서도 적극 권하였다. 다미의 아버지 범구가 다른 지역 유지들과 더불어 토지와 재산을 희사하여 그 학교의 설립에 큰 역할을 한 바도 있어 그 학교에 대한 애착도 남달랐다.

그런데 그 일신여자고등보통학교 또한 사연이 많은 사립 여자고등교육기관이었다. 사실 처음에는 여자고보가 아니라 남자고보를 세우려 했다. 그래서 지역의 민족교육재단법인인 '일신재단'이 발족되었는데 문제는 이번에도 일제의 훼방이었다.

"머라꼬요? 왜눔들이 우찌 해뺏다꼬요?"

"우리의 민족자본으로 맹글어지는 남자중등핵조는 저거한테 항거하는 교육장이 될 끼다, 그리 봄시로……."

"아, 그래갖고 일신재단의 중등핵조 설립을 여자학급만 되거로 제한했다, 그런?"

"그라모 남자고보는 물 건너가삔 기라요?"

"그기 또."

"저, 저런 날강도 겉은 눔들이!"

그 내막을 알게 된 지역민들의 분노와 한탄은 하늘을 찔렀다. 가증스럽고 악랄한 일제는 재단에서 약탈한 토지와 자본금을 저들의 입맛에 맞는, 그러니까 식민지 통치 교육기관의 역할을 수행할 수 있는 공립 남자중등학교를 건립하는 비용으로 돌려버린 것이다. 진주고보의 태동은 그렇게 이루어지게 되었다.

"그눔들의 속셈이 그런 기였다 말이제?"

"하모. 두말하모 입 아푸고, 세 말 하모 뺨 맞제."

여고보의 수난과 치욕은 거기서 끝난 게 아니었다. 일제는 일신재단이 잡아 두었던 학교 부지인 비봉산 아래 터를 남자고보를 짓는 데 쓰게 하고, 여고보는 일본군 진주수비대가 주둔하고 있다가 철수한, 그러니까 지난날 대한제국군이 머물던 진영대를 임대해 여학교 건물을 세우도록 방해한 것이다.

"그런 핵조이기는 하지만도……."

"예, 맞아예. 그래서 지도 그 핵조에서 가르치고 싶은 멤이……."

준서와 다미의 대화는 이어졌다.

"왜눔들 땜에 남자중등핵조가 아이고 여자중등핵조로 배꼈지만도, 핵조 건물만큼은 좋기 지었다꼬 모도 다 그러데요."

"그 생각을 하모 그래도 반분은 풀리예. 핵조 본관 건물을 일본식이 아이고 서양식 건물양식으로 세웠은께네예."

"내 욕심으로는, 서양식보담도 우리나라 전통양식의 건물로 맨들었으모 상구 더 좋았을 기 아인가 생각이 들기도 하거마요."

"글씨, 그거는 그런 거 겉기는 한데예."

그러다가 이야기는 또 다른 것으로 옮겨졌다.

"또 기분이 괘안은 거는, 건축기술자도 왜눔이 아이고 중국인을 고용해서 짓거로 했다는 거 아이것소."

"지도 욕심을 쪼꼼 더 부리서 말씀드리모, 중국인이 아이고 우리 한국인 기술자를 썼으모 좋았을 거라고 봐예."

다미의 말을 듣자 준서 머릿속에 떠오르는 사람이 문대 아버지 서봉우 도목수였다. 그렇지만 그 고을 최고의 목수였던 그도 이제는 나이를 먹어 그런 큰 공사는 맡아 하기에 무리인지도 모른다.

"교실 건축에 사용된 목재도 우리나라 것만 썼다고 들었다 아이요."

"예, 그렇다꼬 하데예. 저 멀리 백두산하고 압록강 변에서 가지고 왔답니더.”

“아, 그 먼데서!”

“그냥 보통 사람들은 안 믿을라 쿨 기라예.”

“증말 우리의 교육선각자들이 훌륭합니더.”

“그뿐이 아이라 쿠데예?”

“그라모 또 있는 기요?”

“우리 민족 으지의 상징으로 절개와 지조의 으미를 나타낼라꼬예, 그 나모들을 모돌띠리 사각재로 맹글어갖고 건축목재로 썼다는 이약도 들었어예.”

“우리 민족 으지.”

“예.”

거기서 두 사람은 잠시 말을 멈추고 가만히 있었다.

민족 의지, 절개와 지조.

그저 가슴이 마구 벅차오르면서 아무런 말도 할 수가 없었다. 이야기를 해보면 해볼수록 그 학교는 대단한 학교라는 자각이 든 것이다.

사립 봉산고녀.

그 학교의 교명이었다. 나중에 일신여고보로 변경되지만 그 ‘봉산’이라는 말이 두 사람의 마음 깊은 곳에 뿌리를 내리고 있었다.

“당신이 그 핵조에 가서 가르치고 싶다고 하이, 내 방금 떠오른 생각인데…….”

준서가 계속해서 하는 말이었다.

“요분에 제2대 교장으로 다린 분을 영입했다고 들었는데, 해나 그분에 관해 당신이 아는 기 있소?”

그러자 그 여고보에 들어갈 작정을 하고 있던 다미는 이미 그것도 알고 있었는지 곧 대답했다.

"예, 부산에 있는 동래일신여핵조에 재직하고 있던 백훈남 교장이라는 거하고……."

말을 하는 쪽도 듣는 쪽도 하나같이 눈이 빛났다.

"뭣보담도 그분은 아조 진보적인 생각을 가진 교장이라는 소문이 자자합니더."

"진보적인 생각."

준서는 그 교장도 그렇지만 벌써 그런 사실을 알고 있는 다미가 새로워 보였다. 대단히 믿음직스러운 울타리가 될 것이다.

'역시 백 부잣집 맹성이 그냥 헛된 거는 아인 기라.'

그러나 그때까지는 준서는 물론이고 다미 또한 내다보지 못하고 있었다. 그해 11월에 광주에서 학생운동이 일어나자 그곳 진주에서도 학생운동이 일어나게 된다는 사실이었다.

그리고 봉산고녀 여학생들이 가두 진출을 하려고 할 때, 그것을 막기는 고사하고 도리어 교문을 활짝 열어 학생들이 나갈 수 있도록 해주었다는 것이다.

그로부터 얼마 지나지 않아서였다.

세상은 수심 깊은 강처럼 고요한 곳이 아니라는 것을 알게 해주는 일이 또다시 생겨났다. 그 고장 사람들이 저 나루터집과 동업직물 후계자의 혼례에 관심과 흥미에만 빠져 있을 수 없게 몰아가는 또 다른 커다란 사건 사고들이 잇따라 터지고 말았다. 그리하여 근동의 온 마을이 말 그대로 벌집 쑤셔 놓은 것 같았다.

맨 먼저의 사건은, 그 고을의 젖줄인 남강을 가로지르는 지역 최초의 콘크리트 교량인 남강 다리(남강교)의 공사를 하는 도중에 발생한 인부들의 사망 사건이었다. 인명 사고, 그것은 물질적인 손실과는 견줄 바가 아니었다.

전말을 살펴보면 우선 이태 전으로 거슬러 올라가야 한다. 그해에는 유난히 비가 많이 쏟아졌는데 그 때문에 남강 배다리(선교船橋)가 홍수로 떠내려가는 일이 일어났다.

배다리의 수난은 거기서 그치지 않았다. 이번에는 천재가 아니라 인재였다. 일본인들은 그들의 식민지인 대한제국을 그야말로 제멋대로 했는데, 그 고장에 있던 도청을 부산으로 이전하겠다고 한 것이다.

"머? 도청을 우짠다꼬?"

"모리지. 홍수가 나모 여서 부산꺼정 떠내리갈랑가."

그건 예삿일이 아니었다. 이에 그곳 지역민들이 들고일어났다. 한데 아이러니하게도 주모자들은 주로 일본인들이었다. 그들이 대규모 집단행동을 벌였는데, 그때 머리에 '심心' 자를 쓴 붉은 띠를 두르고 있었다. 사람들은 그들을 '적심단원'이라고 불렀다. 그리고 바로 그들이 배다리를 파괴하는 등 난리가 났던 것이다.

"아, 아. 그 대신에……."

그러자 일본은 도청 이전에 대한 주민들의 강한 반발을 무마하기 위해 새로운 다리를 세워주겠다고 했는데 그게 바로 앞서 말한 저 남강 다리였다.

'씨~잉.'

바람은 남강의 한가운데서 생겨나 불고 있는 것 같았다. 시월 초순의 오전이었다. 남강 가에서 지진제地鎭祭를 올렸다. 대규모 토목공사를 할 때 그 공사의 안전을 비는 뜻으로 지신에게 제사를 모신다고 했다.

"함 가보자."

사람들이 그것을 보기 위해 너나없이 참 많이도 모였다. 준서와 얼이의 모습도 보였다. 동업과 재업도 인파 속에 섞여 있었다. 맹쫄과 그의 아들 노식도 왔다. 하지만 워낙 숱한 사람들이 운집한 터라 그들은 서로를 발견하지 못했다.

준서 등은 나중에 안 사실이지만, 맹쭐은 그 다리공사의 구경꾼이 아니라 직접 참가한 업체 사장이었다. 친분을 쌓고 있던 일본인 죽원웅차의 추천이 있었던 것이다. 그렇지만 맹쭐이 동원한 인부들이 한 일은 기껏 몸으로 때우는 것으로 전체적으로 봐서는 극히 일부분으로서 미미했으며, 그저 일본인을 겨냥한 조선인의 증오감과 반발심을 무마할 방패막이로 이용을 당했다는 게 더 맞는 말이었다.

"왜놈들이 아이고 우리 한국인 기술로 하모 올매나 좋것노."

얼이가 준서 귀에 대고 한 말이었다.

"기분 나뿌고 부러버만 할 기 아이라 요분 참에 우리도 다리 건설하는 방법을 단디 배와놔야제."

준서도 낮은 소리로 말했지만 또렷또렷한 어조였다.

"재업아, 남강에 다리를 세우는 데 드는 총공사비가 안 있나, 무려 25만 원을 더 넘는다 쿠더라."

동업이 어디서 정보를 입수했는지 말했다.

"우와, 에나 마이도 든다, 새이야."

재업이 굉장히 놀랍다는 듯 눈을 크게 뜨고 말했다. 그는 장성할수록 억호의 외모를 더 닮아가고 있었지만, 마음결은 어머니 설단처럼 여리고 고운 편이었다. 그렇기는 해도 그것이 그의 인생에 도움이 될지 해악이 될지는 더 두고 봐야 할 일이었다.

그로부터 열흘가량 지난 후부터 본격적인 다리공사가 시작되었다. 사람들은 그 광경도 보기 위해 몰려들곤 하였다. 이곳의 주인은 어디까지나 우리라는 사실을 보이기 위해서였는지도 모른다.

당시로서는 현대식 교량이라고 할 수 있는 '공형구 단형교工型構 單桁

橋' 구조였다. 그 공사는 공법工法부터 큰 구경거리가 될 만했다. 물론 훗날의 공법에 비하면 원시적인 수준이겠지만 그 시대에는 모두의 눈길을 끌 만하였다.

그 공사 현장을 보고 온 사람들은 보지 못한 사람들에게 말을 퍼 나르기 바빴다. 그들이 주고받는 이야기는 비봉산처럼 높이 쌓였고 남강 물같이 그칠 줄 몰랐다.

"다리받침이 서는 곳에 안 있나."

"다리받침이라 캤나?"

"하모, 받침이 있어야제 받침이 없으모 머가 떠받치줄 낀데?"

"그래, 알것다. 그러이 더 이약해 봐라."

"잠수부들이 거게 들어가갖고 구디이를 파는 기라."

"잠수부들꺼정 동원했다 말이가?"

"잠수부들이 원통의 철판을 강바닥에다가 그냥 콱 박으모 말이다."

"들어만 봐도 실감이 난다."

"그 안에 철근을 집어넣고 콘크리트를 와르르 쏟아 붓는데 말이다."

생경한 공사 방법이기는 했다.

"와아, 그 소리가 올매나 큰고 귀가 다 멍멍(먹먹)하더라쿤께?"

"니도 목소리 쪼매 낮차라. 내 귀도 멍멍하다."

"남강 물속 용왕님이 잠도 몬 자것더마는."

"그라모 안 되는데? 용왕님이 고마 성이 막 나갖고 남강 나룻배들을 확 뒤엎어삐모 큰일 아이가."

이런 아쉬운 소리도 나왔다.

"그란데 보기 쪼매 그런 기 있더마."

"머가?"

"장비가 너모 행핀없다쿠는 거."

"유비, 관우는 아인갑네."

"니 요가 오데 중국인 줄 아나?"

"히히히."

"그래서 안 있나, 한쪽에서 쌔맨(시멘트)하고 모래하고 자갈을 섞어 갖고 넣으모 안 있나."

"모래하고 자갈은 남강에서 구하모 되것는데, 쌔맨은 그라기가 안 쉬블 낀데."

"다린 한쪽에서는 양동이로 물을 퍼내고, 그리하는 기라."

"어, 양동이 갖고 하는 거는 쫌 그렇기는 하거마."

"쪽바리 눔들이 근대식이니 머니 잘난 척 해쌌더이, 저거들도 그 이상은 우짤 수 없는 모냥이제."

"우쨌든 후딱 완공이나 되모 좋것다."

"하기사! 다리가 무신 죄가 있노. 다리 맹글고 있는 왜눔들이 밉제."

그러나 그런 큰 불상사가 생길 줄은 알지 못했다. 그 나쁜 소식은 그 고을은 말할 것도 없고 근동 다른 고장에까지 파다하게 퍼져 나갔다. 나루터집 식구들도 일손을 놓고 그 사고에 관한 이야기에 빠져들었다.

"근분 큰 공사라 놔서 해나 무신 사고가 안 나까 걱정은 했지만도, 음."

며느리를 맞아들인 후로 행동거지에 무척이나 신경을 쓰고 있는 재영이 정말 안됐다는 듯 침통한 목소리로 말했다.

"난공사라서 인부들이 부상을 당하고 있다쿠는 소리는 들었지만도 목심을 잃을 줄은 몰랐심더."

지금도 그 지역 곳곳을 다니며 여러 풍광을 화폭에 담고 있는 안 화공이 고개를 내저으며 말했다.

"그거도 그냥 한두 사람이 아이고 몇 사람이나 죽었담서?"

우정댁 이마에는 주름살이 하나 더 그어지고 있었다.

"더 안타깝고 성이 나는 거는, 일본 사람은 안 죽고 우리 조선인 인부들만 잘몬됐다쿠는 기라예."

세월이 비껴가는지 원아는 여전히 고운 몸매와 예쁜 눈을 간직하고 있었다.

"우리 문림이하고 무림이 아부지 이약 들으이, 일본인들은 토목업자하고 기술자들만 공사에 참여하고 일본인 인부들은 하나도 없었다쿤께, 갤국 부상을 당하고 목심을 잃는 거는 우리 조선 노무자들 아이것어예?"

효원이 크고 둥근 눈으로 얼이를 가리키면서 말했다. 그녀에게서는 지난날 얼이와 처음 만났을 때의 그 새끼 기생 모습은 조금도 찾을 수가 없었다. 그 대신 만년 처녀일 것 같았던 자태는 좀 사라지고 아이 엄마다운 넉넉함 비슷한 게 느껴지고 있었다.

"맨 첨 그 다리공사를 시작할 적에……."

얼이가 준서를 보면서 말을 이었다.

"그눔의 지진젠가 무신 젠가 하는 거를 올린다꼬 해쌌더이, 그기 하나도 필요가 없었던 깁니더. 준서 니도 내하고 같이 그 제사를 안 봤디가."

준서가 예전에 비해 한층 튼실해 보이는 고개를 끄덕이고 나서 말했다.

"일본인들이 넘의 나라에 들와서 그런 일을 하고 있다쿠는 그 사실부텀 지는 화가 납니더. 그래도 꼭 나쁜 거만은 아인 거는, 우리 조선인 가온데서 요참에 다리 건설하는 벱을 배울라쿠는 사람들이 있다쿠는 기지예."

그런데 평소 남의 말 듣기만 잘 하고 자기 말은 아끼는 과묵한 성격의 안 화공이 이날은 또 뜻밖의 놀라운 이야기를 했다.

"그란데 지가 나불천 있는 데서 그림을 그리고 있을 때 지내가던 사람들 하는 소리가, 맹쭐이가 하는 토목회사 인부들이 남강 다리 공사를 하다가 고마 사고로 죽었다꼬……."

비화가 그중 가장 민감한 반응을 보였다.

"맹쭐이 회사 인부들이예?"

기억을 더듬는 얼굴이었다.

"맹쭐이가 일본인 토목업자 죽원옹차하고 서로 심을 합치고 있다쿠는 이약은 들었지만도, 맹쭐이 회사 인부들도 목심을 잃었다이."

나이가 들어가면서 점차 불어나는 몸집을 보이는 재영이 낯을 붉히며 말했다.

"왜눔들하고 어울려 댕김시로 몬된 짓을 하는 거는 맹쭐이 고 인간인데, 애먼 죽음은 심없는 조선 인부들이 당했다이 성이 마이 나거마."

아버지 말을 듣고 있는 준서 눈앞에 맹쭐 아들 노식이 떠올랐다. 벌써 오래전 일이었다. 외할아버지 호한과 그의 친구 언직을 따라 한양에 갔을 때였다. 음식점에서 서로 맞닥뜨렸는데, 외할아버지는 맹쭐 아버지 민치목과 겨루고, 준서 자신은 노식과 싸웠던 기억이 있다.

그 노식이 지금은 아버지 맹쭐의 회사에서 중책을 맡고 있다고 들었다. 자기 회사에서 고용하고 있는 인부들이 불의의 사고를 당해 목숨을 잃은 사건은 그들에게 적잖은 타격일 것이다.

"그러이 우리가 쪽바리라꼬 욕을 하제."

"조선인 인부들이 아이고 저거들 나라 인부들이 공사에 동원됐다모 이런 일이 일어났것나."

일본인들이 허술하게 다리공사를 하지 않았다면 그런 불상사는 없었을 거라는 안타까움에 나루터집 식구들은 너나없이 분노가 치미는 얼굴들이었다. 그리고 처음부터 끝까지 그 자리에 없는 것처럼 줄곧 침묵만 지키고 있는 사람은 새색시 다미였다. 야학생들을 열심히 가르치고 있을 때의 그녀 모습이 떠올라 준서는 감회가 새로웠다. 지금 그들이 모여 있는 큰방의 공기 또한 여느 때와는 많이 달라 있었다.

그런데 그 무렵 발생한, 역시 일본인에 의한 또 다른 사건에 대해서는 아직은 잘 모르고 있는 그들이었다. 그 사건을 누구보다 잘 알고, 더 나아가 관여되기도 한 이들이 꺽돌과 설단 부부였다. 이제 그들에게서 종살이할 적의 모습은 완전히 사라지고 어엿한 농사꾼의 면모가 엿보이고 있었다. 특히 그네들이 키우고 있던 천룡에게 배봉이 죽은 그 사건은 모든 것의 뿌리를 뒤흔들어 놓기에 모자람이 없었다.

훗날 '청수면화 부정매수사건'이라고 이름 붙여진, 일본인이 저지른 그 천인공노할 야비하고 교활한 사기 사건은 영원히 잊지 않을 것이다. 그 장본인은 그 고장에서 조면 공장을 운영하고 있는 일본인 시즈미였다.

"면화를 팔라꼬 오는 우리 조선인들을 우떤 식으로 기싯다꼬예?"

꺽돌을 보고 그렇게 묻는 설단의 낯빛이 붉었다. 지금은 설단도 예전의 연약하기만 했던 설단이 아니었다. 천금과도 바꿀 수 없는 내 자식을 억호와 분녀에게 강제로 양자로 주어야만 했던 피맺힌 사연을 겪었다.

지렁이도 밟으면 어쩐다고 했다. 설단은 독이 받칠 대로 받친 악녀일 수밖에 없었다. 원체 천성이 곱고 착한지라 그 정도로 살아갈 수 있는지도 모른다. 그런데 이번에는 동족이 아닌 침략자 일본인의 사악한 마수에 걸려들었다.

"면화 무게를 다는 저울추 안 있는가베."

꺽돌은 얼굴뿐만 아니라 목덜미까지 벌겋다. 그의 마음도 꺼내 들여다보면 아마 불과 같을 것이다.

"저울추 있지예. 그란데 와예?"

260

온몸을 떨고 있는 설단에게 꺽돌이 이빨 갈리는 소리로 말했다.

"거다가 납을 넣어갖고 여러 해 동안 부당한 이득을 취해 왔던 기라."

설단은 화를 넘어 너무나 어이없다는 빛이었다.

"시상에, 납을 넣어예?"

그러다가 무척 궁금하다는 표정으로 물었다.

"그거를 우찌 알았다 쿠는데예?"

꺽돌이 그나마 다행이라는 투로 대답했다.

"도량행 검사 때 그 사실이 들통 난 기라."

도량형 검사가 아니었다면 얼마나 더 조선인 농민들이 억울한 피해를 당해야 할지 몰랐을 일이었다.

"시즈민가 즈시민가 하는 그 왜눔, 조면업 말고도 정미업도 한다 쿠 더마."

"정미업꺼지예?"

"정미업을 함시로는 또 올매나 사기를 쳐왔는지도 모리제."

"모리는 기 아이고 알지예."

"흠."

"보나마나 정미업 쪽에서도 몬된 짓을 한거석 했을 기라예."

"갤국 그 모든 피해는 모돌띠리 우리 조선 사람들한테로 돌아오는 기다."

"우짜다가 이 나라가 이리 됐으꼬예."

작고 낮은 툇마루 밑에서 삽사리가 내는 소리가 장지문을 가늘게 흔들고 있었다. 이제는 수명이 거의 다 되어가는 삽사리였다. 노쇠한 개가 신음하듯 내는 소리는 듣는 주인의 마음을 아프고 어둡게 했다.

'하지만도 천룡이한테 비하모 아모것도 아이다.'

그래도 천룡이 보다는 훨씬 더 낫다고 생각하는 그들 부부였다. 천룡은 지금 이 집에 없다. 죽었는지 살아 있는지 그것도 알지 못한다.

배봉을 뿔로 들이박아 즉사케 한 천룡이었다. 투우의 제왕이었다. 그 천룡을 그대로 집에 놔두었다간 배봉이 자식들의 재물이 될 것은 삼척동자도 알 일이었다.

"흑, 우리 천룡이를……."

결코, 적지 않은 세월 동안 삽사리와 더불어 같은 식구처럼 여겨오던 천룡을 다른 곳으로 보내려고 한 그날, 설단은 천룡의 목을 껴안고 울음을 터뜨렸다.

"인자 고마 놔라꼬. 배봉이 자슥들이 오기 전에 퍼뜩 다린 데로 피신시키야 안 하나."

꺽돌이 연방 사립문 쪽을 바라보며 초조하고 불안한 목소리로 말했다.

"마침 우리 동네 박 씨가 있어 다행인 기라. 산청에 사는 그의 친척 농사꾼 집에서 데꼬 가것다고 하이 올매나 잘된 일이고."

하지만 비록 말은 그렇게 하면서도 설단보다도 더 마음이 쓰리고 애통한 사람은 꺽돌이 아닐 수 없었다.

'아, 천룡이, 우리 천룡이.'

지난날 억호 심복 양득이 키우는 해귀와 남강 백사장 투우장에서 갑종 결승전을 치렀던 천룡이었다. 천룡은 자식이 없는 그들 부부에게는 가축이 아니라 사람이었다. 그것도 눈에 넣어도 아프지 않다는 자식이었다. 그런 천룡을 이제 두 번 다시는 볼 수 없게 영원히 떠나보내야 하는 것이다.

"후우."

앉은뱅이가 되어 운신도 하지 못한 채 옆에서 그들 부부 이야기를 듣고 있는 언네는, 그저 한숨을 내쉬면서 눈물만 뿌렸다. 인고의 세월이 할퀴고 간 흔적이 역력한 불구자는 살아 있어도 산 사람 같지가 않았다.

그녀는 간간이 이런 소리도 했다.

"내 웬수를 갚아준 천룡아이, 니는 내 은인인 기라. 우리 죽어 저승에 가모 그때 내가 반다시 니한테 진 빚을 갚것다. 부대 새 쥔 만내서 이승을 뜰 때꺼정 잘 살거라이, 우리 천룡아."

천룡도 주인들과의 영원한 이별을 알았음일까? 보통 때는 주인이 이끄는 대로 순순히 따르던 놈이 그날은 죽자고 시키는 대로 하지 않았다. 차라리 이 집 외양간에서 점박이 형제 손에 죽겠다고 작심이라도 한 것 같았다.

"이눔아, 천룡아!"

끝내 꺽돌도 눈물을 보였다. 할 수 없이 박 씨의 친척 된다는 그 산청 사람이 직접 와서 천룡을 데리고 갔다.

채 씨 성을 가진 그 산청 사람은 대추방망이처럼 단단한 몸을 가진 오십 대 중반의 사내였는데, 오랫동안 소를 키워본 경험이 많아 소를 아주 잘 다루는 기술을 가지고 있었다. 무엇보다 소의 마음을 꿰뚫어 보는 눈을 가졌다.

"천룡아! 천룡아! 잘 가거라이, 잘 가. 그라고 담 시상에는 짐승으로 태어나지 말고 꼭 고관대작 가문의 자제로 태어나 호강함시로 살거라."

"여보! 우리 천룡이, 천룡이를 우짜모 좋심니꺼, 야아?"

무모해 보일 만큼 버티고 또 버티던 천룡도 마침내 산청 사람 손에 이끌려 집을 나갔다. 삽사리가 천룡의 뒤를 따라가며 끝없이 울어 댔다. 천룡을 마지막으로 보내면서 꺽돌은 천룡과의 첫 만남을 되살리고 있었다.

천룡은 함양 수동의 우명牛鳴 마을에서 태어난 소였다. 소가 우는 마을이라는 의미에서 '소울이 마을'이라고 불린다고 했다. 그다지 높지 않은 승안산에서 비롯된 도랑인 우명천이 마을 중앙을 가르며 흘러내려 남강으로 유입되는 곳이었다.

"그런 내(川)는 온 시상천지를 통틀어 찾아보기 심이 들 끼라요."

꺽돌에게 송아지 천룡을 넘겨준 소 장수는 그 우명천에 대해 입에 침이 마를 정도로 자랑을 늘어놓았다. 우명천의 물이 너무나도 깨끗하여 사람이 밤길을 갈 때도 그 빛나는 물빛만 있으면 불을 안 밝혀도 괜찮다는 거였다.

"그라고 또, 풍수지리학적으로 볼 거 겉으모 안 있소."

얼굴 생김새가 소보다는 말의 상相에 더 가까운 그 소 장수는, 소울이 마을 토박이로서 그 소임을 다하느라 꺽돌을 붙들고 놓아주지를 않았다.

"누라도 보모 당장 알것지만도, 우리 마을은 그냥 소의 모습을 닮은 데서만 안 근치고, 소가 아조 팬안하거로 누우 있는 그런 지세인 기라요."

꺽돌 눈에도 그곳은 땅이 무척이나 비옥하고 물 또한 맑아서 농사짓기에 조금도 모자람이 없어 보였다. 과연 천석꾼이 수십 가구나 되고, 그들 소속의 농토가 저 김해뿐만 아니라 멀리 호서지방에도 산재해 있을 만했다. 그리고 그 모든 것은 그 마을 전체가 소와의 어떤 연관성을 지니고 있는 덕분이 아닐까 싶었다.

그런데 꺽돌 마음에 가장 크게 와닿은 것은 그 마을에 있는 우물 세 곳이었다. 세 개의 우물터였다.

소의 침이 흐르는 곳, 소의 젖이 나오는 곳 그리고 소가 오줌을 누는 곳.

여전히 생소하기만 한 소리지만 그 모든 것은 꺽돌로 하여금 더욱 천룡을 향한 애정을 두텁게 갖도록 하는 것이었다.

"하지만도 내가 증말 안타까븐 기 있는데 말이오."

소 장수는 지금보다도 훨씬 더 세력이 컸던 지난날의 마을에 관해 들려줄 때는 두 눈에 눈물마저 맺혀 있었다.

"시방은 없어져삣지만도 원래 우리 마을 저 앞쪽에는 진짜 근사한 칼바우 하나가 있었는 기라요. 연못도 한 개가 있었고, 또 칼바우 외에도 커다란 바우가 두 개나 더 딱 박혀 있었는데……."

사단事端은 유교를 숭배하고 불교를 배척하는 풍조에서 비롯되었다는 것이다. 그곳에 왔다가 제대로 대접을 받지 못한 승려들이 생기고 그런 일이 되풀이 되자 어느 도승 하나가 찾아들었다고 했다.

그 마을에서는 더 잘살 수 있다는 도승의 말만 믿고 그가 시킨 대로 칼바위를 끊고 바위 하나를 뽑아 연못을 메웠다. 하지만 그게 돌이킬 수 없는 크나큰 화근이 되고 말았다.

"칼바우는 소가 보고 용을 써서 기운을 살리는 거였다 아이요."

칼바위를 끊은 것은 곧 지맥을 끊어버린 것이었다.

"큰바우 두 개는 안 있소."

그것은 쇠뿔인데 그중 하나를 자른 것은 소의 기력을 없앤 것이며, 소의 여물통이라고 할 수 있는 연못이 사라지게 된 것은 소의 생명을 다하게 하는 것이었다.

"이런 우리 소울이 마을에서 태어난 소인지라……."

거기서 말을 멈추고 천룡을 한참이나 바라보고 있던 소 장수는 새로운 주인이 된 꺽돌에게 당부하기를 잊지 않았다.

"천룡이 말이오, 내가 이름 한분 잘 지이줬지, 천룡이. 우리 천룡이를 데꼬 가갖고 잘만 키우모 그냥 예사 소가 아이고 증말 멋진 소가 될 끼라고 보요. 다린 송아지들이 천룡이 겉에도 몬 가는 기라요, 올매나 기운이 세고 용맹시러븐지."

"알것심더. 내 눈에도 그리 비이거마예."

"내 멤이 그래도 쪼매 괘안소. 댁 겉은 사람한테 천룡이를 넘기거로 돼서요."

"쌈소로 한분 키워볼 생각입니더."

"쌈소! 역시 내가 사람 보는 눈은 있다쿤께? 우리 천룡이가 제대로 쥔을 만낸 기라. 하하."

그런 사연이 서려 있는 천룡을 그렇게 보낸 날 이후로, 부부는 여러 날 밥은 고사하고 목으로 물 한 모금 넘기지 못했다. 천룡은 가슴에 묻은 자식이었다.

그리고 이건 또 무슨 재앙의 조짐일까? 삽사리란 놈이 갑자기 몸이 아파 마루 밑에서 나오지 않고 온종일 끙끙 앓는 소리만 내었다. 언네 뒤를 좇아 앉은뱅이가 돼버리지 않을까 큰 우려에 싸였다. 자칫 한 집안에 앉은뱅이 둘이 생길 판이었다.

그런데 그로써 모든 게 무마된 게 아니었다. 정해진 수순처럼 큰 위기가 닥쳐왔다. 되레 이제부터 시작인 모양이었다.

아버지 배봉의 장례식을 치르자마자 점박이 형제가 가마못 안쪽 동네 초입에 있는 꺽돌네 집으로 불시에 들이닥쳤다. 그것은 예견하고 있었던 일이었음에도 불구하고 그들 부부는 심장이 얼어붙는 느낌이었다.

천하의 개망나니로 알려져 있는 억호와 만호였다. 그들 형제도 지금은 비록 나이가 들어 젊었던 시절만큼은 아니어도 변함없이 고을 사람들에게는 침략자 일본인 못지않게 두렵고 무서운 존재들이었다.

남달리 간담이 큰 꺽돌도 가슴이 서늘해지고 전신에 쥐가 나면서 마비될 정도였으니, 천성적으로 새가슴인 설단의 공포는 굳이 더 말할 필요가 없었다. 언네는 아예 방 안에 꼭꼭 숨어 방문 틈으로 밖을 내다보면서 치를 떨기만 했다.

억호는 설단이 배봉 집안 여종으로 있을 때 그 어린 나이의 여자애를 임신까지 시킨 장본인이었고, 더 나아가 재업을 가로채 간 비정한 인간이었다. 그리고 무슨 수로 그렇게 했는지는 모르지만, 그 고을 최고 관

266

기로 알려져 있는 해랑을 재취로 삼기도 한 그였다.

그런데 그런 억호에게도 손톱만 한 양심은 있었는지, 아니면 무슨 또다른 흑심이 도사리고 있었는지는 알 수 없지만, 그는 동생 만호에 비하면 그나마 좀 나은 모습을 보였다. 만호의 횡포와 위협은 그 초가집을 완전히 뒤엎고도 남을 만했다.

"요것들이야? 고눔의 소를 오데다가 숨깃노, 엉? 쌔이 우리 앞에 몬 끌고 오것나?"

참새같이 왜소한 설단은 집채 같은 꺽돌 등 뒤에 몸을 숨긴 채 그저 덜덜 떨고 있었고, 꺽돌이 두꺼운 가슴팍을 쑥 내밀고 상대했다.

"그날 바로 섭천에 사는 백정이 와갖고 끌고 갔다 안 쿠요?"

하지만 만호는 누가 그런 거짓말에 넘어갈 줄 아느냐고 두 발로 거기 좁은 마당이 쿵쿵 울리도록 함부로 밟아가며 계속 으름장을 놓았다.

"그라모 그 백정 눔을 당장 데꼬 와 봐라. 우리가 직접 확인해야것다. 안 그라모 이노무 집구석 확 불살라삐고, 당장 순사들 불러갖고 너거 두 연눔을 감옥에 콱 처넣거로 해삘 끼다!"

꺽돌이 픽 웃음을 터뜨리고 나서 말했다.

"알것소. 정 그리 그 백정을 보고 싶다모 낼 다시 오소. 그 백정한테도 연락해 놓을 낀께네. 인자 됐소?"

만호가 하는 짓을 한동안 지켜보고 있던 억호가 꺽돌에게 다짐을 받았다.

"꺽돌이 니 방금 핸 그 말 진짜제? 에나 거짓말 아이제?"

꺽돌이 상기시켜주었다.

"이 보소! 내가 아즉도 당신들 집안에서 부리는 종눔인 줄 아요? 넘의 사람 이름을 벌로 턱턱 불러쌌거로."

억호의 눈빛이 야릇해졌다.

"안 보던 그새 사람이 상구 달라졌거마. 하기사 세월이 그만치 흘러 갔은께 안 그란 거 더 이상하것제."

꺽돌이 고개를 뒤로 꺾어 하늘을 올려다보면서 거기 고하듯 하였다.

"세월이 흘러가도 하나도 안 변한 인간들도 있거마는."

만호가 가래침을 돋우어 마당에 뱉으려다가 그만두며 빈정거렸다.

"하모, 사람이 변하모 죽는다 캤제. 우리는 베름빡에 똥칠할 때꺼정 오래오래 살라꼬 안 변했다."

꺽돌이 냄새를 맡듯 코를 벌름거렸다.

"요 내미가 고 내민가베."

만호가 주먹을 날릴 태세를 취했다.

"뒤질라꼬 환장을 한 것가? 죽는 기 소원이라모 그눔의 소보담도 니 눔 목심부텀 먼첨 끊어줄 꺼마."

억호가 동생을 말렸다.

"씰데없는 데 심 낭비하지 마라."

그렇게 해서 일단 점박이 형제는 돌아갔다. 그들이 사립문 바깥에 세워 두었던 인력거를 타고 저만큼 가는 것을 지켜본 부부는, 흡사 썩은 짚 동 무너지듯이 툇마루 끝에 털썩 주저앉았다. 한바탕 더럽고도 힘겨운 싸움을 치르고 난 뒤인지라 온몸에서 기운이 쫙 빠져나갔다.

'컹!'

그들이 가고 나서야 그때까지 툇마루 밑에 숨어서 살에 꼬리를 사리고 바짝 엎드려 있던 삽사리가, 엉거주춤 기어 나와 괜스레 점박이 형제가 사라진 곳을 보며 자꾸 짖었다. 하지만 그 소리는 목에 이물질이 걸려 있는 것같이 미약하기 그지없었다.

"비화 마님께 말씀드리서 그 백정을 불러와야것지예?"

설단이 바람에 흔들리는 감잎같이 떨리는 목소리로 물었다.

"음."

꺽돌은 아무런 말이 없었다. 그 대신 텅 빈 외양간 쪽만 망연히 바라보고 있었다. 그의 눈에는 우람한 덩치를 자랑하는 천룡이 늠름한 두 뿔을 곤두세우고 우렁차게 '음매' 소리를 내며 천천히 몸을 일으키고 있는 광경이 선연히 나타나 보였다.

"그 백정 이름이 머라 캤지예?"

남편의 침묵에 숨이 막히는지 설단이 숨통 틔우듯 또 물어왔다.

"방상각."

꺽돌이 짧게 대답했다.

"방상각."

설단은 그가 구세주이기라도 한 것처럼 그 이름을 자꾸 되뇌었다.

오래전 일이다. 평안리 타작마당에서 오광대 놀음판이 벌어졌던 날 밤, 일반인 청년들에게 집단 구타를 당해 자칫 죽을 뻔했을 때, 해랑과 꼽추 영감 달보의 도움을 받아 가까스로 목숨을 건졌던 바로 그 백정이었다.

나불천이 흐르고 있는 서장대 쪽에서 배봉이 시킨 종들에게 죽임을 당할 위기에 처했다가, 도리어 배봉 집안 종 하나가 벼랑 아래로 떨어져 죽었던 그 사건의 중심에 있었던 백정이었다.

그런데 그들 부부 입에서 어떻게 그 방상각이라는 이름이 나오게 된 것일까? 그 내막은 이러했다.

천룡의 뿔에 받혀 배봉이 즉사를 한 그 현장을 처음부터 끝까지 다 지켜보았던 비화는, 점박이 형제가 배봉의 장례를 치르면 곧 꺽돌네 집에 나타나서 천룡뿐만 아니라 꺽돌과 설단도 그냥 두지 않으리라는 것을 알았다.

"점벡이 행재가 오모 말이오."

비화는 부부에게 당부했다.

"천룡이를 백정한테 넘깃다꼬 이약하소."

설단은 전신을 떨기만 했고, 꺽돌이 조심스럽게 물었다.

"그랄 수 있는 백정이 있심니꺼?"

비화가 고개를 끄덕이며 말해주었다.

"한 사람 있소. 그 사람이라모 내 부탁을 들어줄 끼거마는."

설단이 좁은 어깨를 한층 움츠리며 말했다.

"천룡이는 산청에 사는 농사꾼한테 보내기로 했다 아입니꺼."

비화는 한숨을 내쉬면서 상기시켜주었다.

"만약시 그런 줄 알모 산청이 아이라 지옥 끝꺼지 후차가서라도 천룡이를 쥑일 것들이 점벡이 행재 아인가베."

꺽돌이 튼실한 목을 세로저으며 소망을 비는 소리로 말했다.

"그리만 되모 우리 천룡이도 무사할 수가 있고, 저희 부부도 화를 면할 수 있기는 하것는데……."

말끝을 흐리는 꺽돌에게 비화가 물었다.

"그라모 됐제 머가 또 문제요?"

꺽돌이 우려와 근심을 담은 목소리로 대답했다.

"해나 마님께 무신 해를 끼치지나 않을까, 그기 걱정돼서예."

비화 얼굴에 엷은 미소가 피어났다.

"내 안위를 걱정해 주는 거는 고맙지만도, 그런 염려는 하지 마소. 내가 다 알아서 할 낀께네."

부부가 동시에 입을 열었다.

"그리만 된다쿠모 저희들은 더 바랄 끼 없것심니더만도."

"그 백정이 잘할 수 있을랑가 모리것어예."

비화는 부부를 안심시켰다.

"비록 백정 출신이지만도 그냥 보통 백정이 아이거마는. 일반인보담도 상구 더 사려가 깊고, 머보담도 인간성이 뛰어난 사람인 거로 알고 있거마."

그렇지만 그 백정과 해랑 사이에 얽혀 있는 사연은 일절 입 밖에 내비치지 않았다. 저 대사지에 감춰져 있는 비밀과 마찬가지였다.

"방상각이라쿠는 그 백정이 우리 마님을 에나 존갱하는 모냥이지예?"

어느 정도 안도감을 찾았는지 설단이 이제 조금은 덜 떨리는 목소리로 말했다.

"아, 우리 비화 마님을 존갱 안 하는 사람이 오데 있것노? 요 시상천지에 그런 사람은 하나도 없을 끼다."

꺽돌의 말에 비화는 낯이 간지러웠다.

"내도 사람인지라 흠을 마이 가지고 있지예. 그러이 그런 이약은 하지 마소."

꺽돌이 고집스레 나왔다.

"아입니더, 마님. 그거는 우리 천룡이도 인정할 낍니더, 우리 천룡이도."

그러다가 꺽돌은 그만 울먹이기 시작했다. 자식 같은 천룡을 다른 집으로 보내야 한다는 사실에 가슴이 미어지는 모양이었다.

"여보, 산청 그 농사꾼이 소를 마이 사랑하는 사람이라쿤께 우리 천룡이한테도 잘 대해 줄 끼라예."

설단이 울음 섞인 목소리로 말했다.

"시방은 감상에만 젖어 있을 때가 아이요. 점벡이 행재는 하도 간악한 자들인께 우리가 단디 대비 안 하모 무신 안 좋은 꼴을 당해야 할랑가도 모리요."

비화가 경각심을 심어주었다. 꺽돌과 설단도 비로소 우리가 이럴 것이 아니라는 걸 깨달은 얼굴들이 되었다.

"예, 마님. 잘 알것심니더."

그리하여 그날 그 집에서 나온 비화는 곧장 방상각을 찾아서 그에게 자초지종을 털어놓고 도움을 청했던 것이다.

"그런께 점벡이 행재한테, 내가 천룡이를 끌고 가서 쥑잇다, 그리 이약하라쿠는 기지예?"

방상각이 확인하였다. 일을 허투루 하지 않는 철두철미한 사람이었다.

"그렇거마는. 저들은 그냥 예사 인간들이 아이라서 어지간해서는 안 속아 넘어갈 수도 있는 기요. 그러이 잘해야 할 끼거마는."

비화 다짐에 방상각이 자신 있게 말했다.

"걱정하지 마시이소, 마님. 지가 다 알아서 하것심니더."

비화는 한 번 더 부탁한다고 했다.

"내는 그짝만 믿소."

방상각은 그가 살아온 과거를 뒤돌아보는 얼굴로 말했다.

"예, 지가 시방꺼지 살아온 거에 비하모 요분 일은 아모것도 아입니더."

비화는 어쩐지 가슴이 찡해오는 바람에 그의 얼굴을 외면하였다.

"고맙소."

방상각은 자신이 하고자 하는 일에 집착을 보이는 사람답게 고집스러운 구석도 있었다.

"아입니더. 마님께서 시방꺼정 이눔한테 해주신 거를 생각하모 지가 백 배 천 배 더 고맙고 감사하지예."

비화는 꺽돌과 설단을 떠올렸다.

"천룡이도 그렇지만도, 그들 부부도 참 안된 사람들인 기요."

방상각이 말했다.

"예, 무신 말씀인지 짐작이 됩니더."

조선족 의사와 환자들

이튿날이었다.

새벽같이 눈을 뜬 방상각은 점박이 형제보다 먼저 도착하기 위해 꺽돌네 집으로 달려갔다. 그러고는 연방 사립문 쪽을 살펴가며 외양간 안에서 서성거렸다. 마치 아직도 천룡을 데려가고 나서 할 일이 더 남아 있는 것처럼 보였다.

"……."

꺽돌과 설단은 언네와 함께 방에 앉아서 숨을 죽인 채 방문 틈으로 밖을 내다보고 있었다.

"여봐라!"

이윽고 인력거로 왔던 전날과는 달리 큰 가마를 탄 점박이 형제가 당도했다. 이번에는 삽사리가 잽싸게 툇마루에서 나와 '컹컹' 소리 내어 짖으며 주인에게 불청객들의 등장을 알렸다.

"그 백정 와 있나?"

억호보다 만호가 먼저 큰소리로 겁 먹이듯 물었다. 맹수가 먹잇감을 앞에 두고 으르렁거리는 형용이었다.

"하매 와서 기다리고 있소."

꺽돌이 눈짓으로 외양간을 가리키며 심드렁한 얼굴로 말했다. 언네는 방에 그대로 있고 설단은 남편의 뒤를 따라 조심조심 마당에 나와 서 있었다. 야트막한 토담에 붙어 선 오래된 감나무가 지금 그곳에서 벌어지려는 광경을 보고 싶은지 허리를 굽혀 내려다보고 있었다.

방상각은 그들 출현에는 아무 관심도 없다는 듯이 여전히 외양간에서 밖으로 나오지 않고 있었다. 말없이 천룡이 앉았던 자리의 짚을 두 손으로 만지작거리고 있을 뿐이었다. 짐승의 체취를 찾기라도 하려는 모습으로 비쳤다.

"이것 봐! 쌔이 이리 나와 봐라꼬."

억호가 방상각을 향해 제가 부리고 있는 종에게 하는 것 이상으로 마구 행동했다.

"얼릉 안 나오 끼라?"

만호는 보는 사람이 숨 가쁘고 불편함을 느낄 정도의 육중한 몸을 이끌고 그곳으로 오느라 몹시 지친 사람 모양으로, 집주인의 허락도 받지 않고 턱 툇마루에 엉덩이를 내려놓았다.

"그 외양간에 있던 소를 데꼬 간 기 맞나?"

억호는 초라한 행색의 방상각을 상대로 사뭇 신문하는 어조로 나왔다.

"맞소. 내가 데꼬 갔소."

방상각은 조금 전 꺽돌이 했던 것과 마찬가지로 심드렁한 어투로 되받았다. 그는 여전히 외양간에서 나오지 않고 있었다. 그가 마치 소처럼 느껴졌다.

"내중에 가서 그기 거짓말로 드러나모 니 목심은 없다. 알것나?"

만호가 당장 몸을 일으켜 방상각에게 달려들 것같이 하며 협박조로 을러대었다.

"……."

방상각은 그 말에는 대꾸할 일말의 가치도 없다는 듯이 잔뜩 깔보는 눈길로 만호를 흘낏 바라볼 뿐 말이 없었다.

"우떻게 했는데?"

만호는 하늘을 한번 올려다보고 나서 말은 이게 마지막이란 듯이 나왔다.

"내가 물었다. 그 소, 천룡이를 우쨌는고 퍼뜩 고해라. 안 그라모……."

그래도 방상각은 코대답도 하지 않았고, 시끄러운 소리를 내면서 감나무 가지에 참새 몇 마리가 날아들고 있었다.

"천룡이를 우찌했는고 에나 답 안 하 끼가?"

억호가 입에서 침방울을 튀기며 다그쳤다. 그러자 방상각은 점박이 형제가 아니라 꺽돌과 설단을 번갈아 보면서 입을 열었다.

"소 쥔들 있는 데서 똑 그 소리를 들어야 쓰것소?"

만호가 툇마루가 삐걱거리는 소리를 낼 만큼 펑퍼짐한 엉덩이를 들썩거렸다.

"머라꼬?"

방상각은 참으로 형편없는 작자들이라는 것을 노골적으로 표해 보였다.

"쥔들이 그 소리를 들으모 멤이 우떨랑고 생각 안 해봤거마는."

참새들이 갑자기 뚝 소리를 그쳤다. 근처 하늘에 독수리나 매는 날지 않았다.

"쥔들 멤이 우떻는데?"

그러는 만호를 손짓으로 제지하며 억호가 혼잣말을 하였다.

"백정이라도 꽤 쓸 만하거마는."

방상각의 고집스러워 보이는 입매에 잔뜩 조롱하는 빛이 서렸다. 그러더니 점박이 형제를 동시에 노려보며 쏘아붙였다.

"나라를 송두리째 왜눔들한테 넘긴 고 잘난 양반들은 쓸 만 안 하고?"

"머라? 하하하."

억호가 크게 웃었다. 그러자 벌겋게 드러나 보이는 잇몸이 흉물스러운 느낌을 주었다.

"기백이 뛰어나거마."

굵은 고개를 절레절레 흔들었다.

"하지만도 기백이 뛰어난 거하고 거짓말하는 거하고는 다리다. 그거 안 모리제?"

"안 모리든 안 알든……."

그러고 나서 방상각이 툭 내뱉었다.

"할 이약 있으모 퍼뜩 하소. 내는 가봐야 하요."

너희 같은 인간들과는 입 섞어 말도 나누기 싫다는 식이었다.

"일 안 해도 살 수 있는 잘난 인간들하고 내 처지는 다린께네."

"으음."

꺽돌은 그 와중에도 역시 비화가 말했던 대로 그 방상각이라는 백정이 여느 백정들과는 다르다는 자각이 일었다.

"설마 소 한 마리에 하나밖에 없는 니눔 목심을 걸라쿠는 거는 아이 것제?"

만호가 또다시 자리에서 일어나 덤벼들 품새로 위협을 가했다.

"자꾸 니눔……."

그러면서 나서려는 꺽돌을 설단이 급히 눈짓으로 막았다. 방안에서는 언네가 혼자 앉아 '니눔, 니눔들을……' 하면서 부실한 이빨을 갈고 있었다.

"백정이라꼬 오데 지 목심이 안 아까븐 줄 아요?"

이윽고 방상각이 외양간에서 밖으로 느릿느릿 걸어 나오며 말을 계속했다.

"내가 소 쥔들 듣는 데서 말 몬 하컷다 쿠는데, 그기 무신 으민고 모리지는 안 할 끼고."

"……."

억호와 만호의 눈빛이 마주쳤다. 눈 밑에 난 점들도 똑같이 씰룩거리는 인상을 주었다. 비봉산 대숲 쪽에서 들려오는 것은 산비둘기 울음소리였다.

비좁은 마당은 거구의 사내들로 인해 꽉 차버린 느낌을 자아내었다. 하지만 그게 꺽돌과 설단의 마음을 더 슬프게 했다. 텅 비어 있는 외양간이 유난히 눈에 밟히는 그들이었다. 천룡이 들어가 있는 외양간은 언제나 가득 차 있는 넉넉함을 주었었다. 곡식이 그득하게 쌓여 있는 곳간을 보고 있는 심정과 유사했다.

"그런께 시방 니눔 말뜻은……."

천성은 어쩌지 못한다고 그저 입에 붙은 게 '니눔'이었다.

"그 소란 눔은 하매 이 시상에 없다, 그런 기가?"

만호는 공연히 토담 너머로 바라보이는 가마못 쪽을 째려보았다.

"하기사 살아 있다 캐도 올매 더 몬 살 끼라. 나이가 올만데, 안 그렇나?"

억호가 고개를 주억거렸다.

"양득이가 키우고 있는 해귀도 오늘 낼 하는 모냥이더마. 해귀하고 천룡이 그눔하고 나이가 가리방상 안 하까이?"

그러던 형제는 문득 어이가 없다는 얼굴들로 바뀌었다.

"그런 다 늙어빠진 소한테 떠받히서 죽다이, 천하의 임배봉이 그 이름이 아깝거마."

"울 아부지도 늙었은께 무신 용빼는 재조 있었으까이."

"자기는 팽생 팔팔한 청춘일 거매이로 해쌌더이."

"소나 사람이나 지 한 목심 떨어지고 나모 다 안 겉나."

그들은 자기들이 그곳까지 온 목적을 잊어버린 사람들 같았다. 어쩌면 세상 이목 때문에 거기 왔는지도 몰랐다. 그들 아버지를 죽인 소를 그냥 살려 두는 천하 후레자식들이란 소리를 듣기 싫어서 말이다.

어쨌거나 방상각의 연기력이 뛰어난 때문일까? 점박이 형제는 더 이상 의심의 눈초리로 보지 않기 시작했다. 게다가 아무 성과도 없으면서 주고받는 그 소리들이 가증스럽기 그지없었다.

"고마 가까?"

"그라모 안 가고 요 통시 까대기 겉은 집에서 살라요?"

"그런께 가자 안 쿠나!"

"아, 누 귀묵었소? 와 큰소리 지리고 난리요?"

두 눈 뜨고 지켜보기 뭐할 종내기들이었다. 본디 그런 족속들인 줄은 익히 알고 있었지만, 그들이 인간 취급도 하지 않는 천한 것들 보는 데서 한다는 행태들이 참으로 꼴사나웠다.

'후우.'

'인자…….'

그나저나 다행이다 싶은 게 꺽돌과 설단 그리고 방상각이었다. 하지만 원체 늙은 여우인 양 의심이 많고 막 나가는 인간들인지라 마지막까지 긴장의 끈을 늦출 수는 없다는 게 또 그들의 공통된 생각이었다. 맞았다. 그들 가슴을 뜨끔하게 하는 일이 다음에 벌어졌다.

"그눔 까죽은 우쨌노? 덩치가 장난이 아인께 그런 쇠까죽은 기경하기 안 쉬블 끼다."

억호의 그 말에 이어 만호가 한다는 소리였다.

"그 쇠까죽 우리한테 넘기라. 값은 안 서분할 만치 쳐줄 낀께."

잠깐 마음을 놓으려던 세 사람은 당장 안색이 싹 바뀌었다. 저들이 자칫 무슨 눈치라도 채면 어떤 일이 벌어질지 모를 판이었다. 그뿐만 아니라 천룡을 어떻게 하려고 온 그들은 꼭 무슨 흥정을 하려고 온 장사치들 모양으로 굴었다.

"우리 말 안 들리나? 그 쇠까죽, 돈 올마 주까?"

"다린 소도 아이고 우리 아부지 쥑인 눔 까죽인께 우리가 갖고 가서……."

"아, 그 생각 미처 몬 했네. 그눔 까죽이라모 그냥 안 둘 끼다. 몽디이 찜질을 해야제."

"방석으로 맹글어서 깔고 앉아야제."

"그거는 쪼매 안 그렇나. 올 아부지를 쥑인 소의 까죽인데 말이제."

"새이는 하기 싫으모 하지 마소. 내는 그리 할라요."

"그런 거 깔고 살모 장마당 꿈자리가 사나블 낀데."

가죽만으로는 모자라 뿔까지 불러냈다.

"내사 그눔 뿔도 사서 내 방에 걸어 놓고 살라요."

"머? 그 뿔도?"

"하모요."

"그 뿔이 우떤 뿔인 줄 모리고 그런 이약 벌로 해쌌나?"

"안께네 그리 해쌌소."

"안이든 겉이든."

그야말로 가관 중의 가관이었다. 축생畜生보다도 못한 인생들이 거기 있었다.

"꿈들 깨소, 꿈들 깨."

듣다 듣다 못 한 방상각이 잔뜩 업신여기는 투로 말했다.

"그 쇠까죽은 하매 다린 고장 사람이 와갖고 사 갔소. 지 집에는 호래이 까죽도 있다꼬 자랑을 해쌌던데, 내가 볼 적에는 호래이 똥도 기경 몬 한 거 겉더마는."

꺽돌과 설단의 얼굴에 안도의 빛이 살아났다. 재치와 기지가 뛰어난 백정이었다. 아무렇게나 툭 던지는 것같이 하는 그 말에는 누구든 넘어갈 수밖에 없을 것이다.

점박이 형제는 더는 무어라 할 말을 찾지 못하는 것 같았다. 그렇지만 둘 다 별로 아쉬워하는 기색이 아니었다. 어떻게 보면 오히려 홀가분하다는 빛까지 내비쳤다.

"할 이약 더 없지요? 그라모 내는 갈라요."

방상각은 사립문 쪽으로 몸을 돌려세웠다. 그새 참새들이 날아가 버린 감나무 가지를 바람이 가늘게 흔들고 있었다. 산비둘기 소리가 좀 더 가까운 곳에서 들리기 시작했다.

시즈미가 일으킨 '청수면화 부정매수사건'의 파장은 컸다.

그것에 매우 흥분한 지역의 피해 농민들이 일제히 들고일어난 것은 오래지 않아서였다. 꺽돌도 당연히 그 대열에 끼었다.

─악마 시즈미를 박멸하라!

대규모적인 시민대회가 열렸다. 그 고장 노동공제회 등 11개 사회단체는 악덕 상인 시즈미를 추방할 것을 결의하였다. 그 기세는 남강 가장자리에 많이 자라고 있는 대나무보다도 더 시퍼렇고 굳세어 보였다.

─타도하자! 타도하자!

그러나 일은 조선 농민들 의도대로 되지 못했다. 힘없고 기댈 곳 없는 계층이 농민이었다.

"빠가야로! 콱 뒈지고 싶어 환장들 했군."

"어디서 감히 대일본 천황 폐하의 신하들에게 반기를 들어?"

조선 민중의 목소리가 커갈수록 시즈미를 비호하는 일제의 포악은 한층 심해졌다. 자칫 뒤로 밀리면 그 후에 올 타격을 모를 리 없는 그들이었다.

"시즈미가 우짜고 있다꼬?"

"예, 시방 말입니더."

남강 많은 나루터 가운데 최대 규모를 자랑하는 상촌나루터에 있는 나루터집에서는 시어머니와 며느리의 대화가 이어지고 있었다.

"오데다가?"

"대정정에 그라고 있다 쿱니더, 어머님."

대정정은 남강 남쪽에 있는 동네였다.

"거다가 커다란 조면공장을 세우고 있다이?"

비화는 귀를 의심하는 빛이었다.

"우리 농민들이 벌인 규탄 운동을 비웃고 있는 깁니더."

다미의 목소리도 크게 흔들려 나왔다.

"우찌 맨든 면화인데, 그런 거를 사기해 무운 거도 모지라서 인자는 공장을 이전해서 확장꺼지 하것다꼬?"

"지가 듣기로는, 자금을 8만 원이나 투입했다 캐예."

"그런 거금을?"

"예."

"대정정이 통곡을 하고 있것다."

비슷한 시각이었다.

성 밖에 있는, 솟을대문이 하늘을 찌르는 동업직물의 대저택에서도 고부 사이에 대화가 한창이었다. 한데, 그들이 나누는 이야기 내용은 사뭇 달랐다.

"머? 함 더 말해 봐라."

"예, 그게 말이에요."

해랑은 여전히 빼어난 용모를 그대로 유지하고 있었으며, 동업의 처 서련 역시 한창때의 해랑보다는 못해도 아름다운 자태였다.

"일본인 이시이, 이시이가 그런 짓을!"

해랑의 입에서 이시이라는 일본인 이름이 연이어 나왔다.

"아직도 사람들은 모두 믿지 못하고 있어요."

그렇게 말하는 서련 자신도 믿지 못하겠다는 표정을 거두지 못했다.

"와 안 그렇것나?"

해랑은 진저리를 쳤다.

"그것도 권총으로 자살을 했다이."

서련은 아주 무서운 옛날이야기를 들은 아이 같았다.

"듣기만 해도 너무 섬뜩해요."

해랑이 긴 한숨을 내쉬더니 어두운 음색으로 말했다.

"아버님이 소한테 떠받히서 돌아가싯다쿠는 거도 믿기 에려벗지만……."

"……."

서련은 말은 하지 않아도 시어머니 신정을 십분 이해하고 있었다. 남편 동업에게서 전해 들으니, 며느리에 대한 시할아버지의 애정은 무척 극진했다고 한다. 물론 그 이면에는, 언네와 꺽돌이 모의하여 그를 식칼로 찌르기 직전에 해랑이 나타나서 생명을 구해주었던 그 사건이 가장 큰 몫을 하고 있었을 것이다.

"신사神社에서 참배를 한 후에 자살을 했다, 그기제."

신사 참배 이야기를 꺼내는 해랑이 서련의 눈에 어쩐지 낯설게 비쳤다.

"도청 이전이 그렇게 큰 충격을 줬을까요, 그에게는."

도청 이전 이야기를 하는 서련도 해랑에게는 생소한 느낌으로 다가왔다. 그러고 보면 둘 다 여느 여염집 여인네들과는 다른 삶을 살아왔고 앞으로도 그렇게 살아가게 되리라는 예고를 던져주는 분위기였다.

"하모, 그랬은께 자살꺼정 했것제."

서련이 고개를 갸웃거렸다.

"저는 이해가 너무 잘 안 돼요."

해랑이 며느리를 빤히 보면서 물었다.

"머가 말고?"

"어머님도 생각해 보세요."

서련이 눈을 빛내며 대답했다.

"우리 지역 조선 사람도 아니고 일본 사람인 그가 도청 이전을 막지 못했다고 자살까지 한 게 말이에요."

조리를 따지는 서련의 말이었다.

"우리 조선 사람이 그랬다면 또 모르겠지만요."

잠시 말이 없던 해랑이 천천히 입을 열었다.

"그거는 안 있나, 악아."

두 여자의 몸에서 나오는 체취는 꽃이 풍기는 향기와 닮아 있었다.

"예, 어머님."

다소곳이 앉아 시어머니 말을 듣고 있는 며느리가 대견하고 예쁜지 해랑의 낯이 약간 펴지고 있었다.

"말씀해보세요."

"내 생각으로는 말이다."

해랑은 시부모에게 꼬박꼬박 경성 말을 쓰는 며느리를 통해 유난히 깔끔을 떨던 어린 시절의 자신을 떠올리며 수수께끼 같은 말을 꺼냈다.

"우짜모 도청을 우리 고장에서 부산으로 옮겨가는 기 우리 조선 사람들한테는 벨로 크기 상관이 없는 일인지도 모린다."

"예?"

서련의 눈이 휘둥그레졌다.

"우리 조선 사람들과는 상관이 없다고요?"

"하모."

반원형의 창으로 새어드는 빛살이 왠지 모르게 무슨 비밀의 빛 같다는 생각을 하면서 서련이 조심스럽게 입을 열었다.

"저는 무슨 말씀인지 모르겠네요. 그게 왜 우리 조선 사람들과는 크게 상관이 없는 일이라고 하는지를 말이에요."

"모든 조선 사람들은 아이거마."

남정네들 입에서나 나올 법한 이야기들이 나오고 있었다.

"그러면요?"

"자본, 그런께 돈이 있는 조선인들은 또 다리것제."

역시 사업가의 내조자內助者로서 전혀 모자람이 없는 시어머니라는 생각을 또 해보는 서련이었다.

"어찌?"

"그라고 또……."

해랑이 취미 삼아 모아 놓은 그 방 장식품들은 그동안 늘어나지도 줄어들지도 않은 상태였다. 그것은 해랑의 관심이 다른 데로 흘렀다는 증거가 될 수도 있었다. 그만큼 해랑의 변신이 크다는 이야기로 귀결될 것이다.

"도청 이전 반대운동은 안 있나."

"예."

동업도 그런 이야기를 했다는 것을 떠올리고 있는 서련의 귀에 계속해서 해랑의 말이 떨어져 내렸다.

"일본 사람들이 저거들끼리의 이해관계에 얽히서 벌인 기라꼬 본다, 내는."

"그래요?"

해랑은 직접 여성 사업가로 나서도 손색이 없어 보였다.

"말하자모 상권, 또는 기득권 쌈 같은 거."

"그런데 제가 듣기로는 말이에요."

서련은 긴가민가하는 얼굴이었다.

"읍내 장 상인들이 가장 많이 반대했다고 하던데요."

"이해가 되는 일이제."

그러고 나서 해랑이 고개를 갸우뚱하며 하는 말이었다.

"그보담도 에나로 이해가 안 되는 일은 말이다."

"또 있다고요?"

정원의 나무에서 평소 잘 나지 않는 새소리가 들려왔다. 아마도 무슨 희귀조가 날아든 게 아닌가 싶었다.

"우째서 우리 지역 면민面民들이 그 이시이의 죽음을 슬퍼함시로……."

숨이 가쁜지 잠시 쉬었다가 해랑이 말을 이어갔다.

"신사 앞에다가 그자의 추모비를 세워줄라쿠는고 하는 기라."

조선인이 일본인의 추모비를 신사 앞에 세워주려고 한다. 서련 또한 먹먹한 정신 상태로 그 말을 되뇌었다.

"추모비."

그 방의 큰 거울에 비치는 해랑의 얼굴이 더할 수 없이 복잡다단해 보였다. 하긴 서련이 동업직물 가문에 시집을 와서 가장 힘들고 어려운 것

중의 하나가, 그 집안사람들은 여간해서는 자신의 속내를 잘 드러내지 않는 특성이 있다는 사실이었다.

"이런 어리석고 어드븐 일이 또 오데 있것노."

서련은 여전히 해랑의 말이 제대로 이해가 되지 않았다. 하지만 그러면서도 시어머니가 그렇게 본다면 그럴 거라고 보았다.

그녀가 배봉가에 들어와서 확실하게 느낀 게 바로 이 집안에서 해랑의 위치랄까 역할 내지는 힘이었다. 어떤 면에서 해랑은 억호나 만호보다도 더 큰 역량을 발휘하고 있는 듯싶었다. 한마디로 말해 주도권을 쥐고 있다는 얘기였다.

서련도 알고 있었다. 해랑이 남편 동업의 친모가 아니라는 것이다. 그렇다고 해서 정확히 아는 것도 아니었다. 동업을 낳아준 어머니는 죽은 분녀라고 알고 있었다. 그래서 세상 사람들과 마찬가지로 비화 남편 박재영과 불륜을 맺은 허나연이라는 여자가 동업의 진짜 어머니라는 사실은 까마득히 몰랐다. 그리고 차라리 모르는 게 되레 득이 될 수도 있는 게 세상의 묘한 이치이기도 했다.

어쨌거나 서련으로서는 그 일본인 이시이의 권총 자살이나 도청 이전에 관한 시어머니의 판단이 옳은지 그른지 잘 알 수는 없었다. 어떻게 보면 그런 것 같기도 하고, 또 달리 보면 전혀 그런 것 같지 않았다. 그것은 모든 게 뒤죽박죽인 그런 세상에서 살아가고 있다는 것을 재확인시켜주는 요소라고도 할만했다.

그러자 서련의 머릿속에 떠오르는 게 그 고장의 공립공업학교 교장으로 있는 일본인 금촌今村이었다. 그에 대한 평가 또한 후대에 내려질 것이지만 지금으로서는 무척이나 불투명했다. 짙은 안개 너머로 보이는 먼 산과 유사하다고 할 것이다.

서련은 듣고 있었다. 금촌 교장은 '성이근誠而勤'이라는 일종의 훈육

표어를 자필로 써서 액자에 넣어 교실마다 걸어 두게 하고 있다는 것이다. 그리하여 학생들이 그것을 실천궁행하여 교풍校風을 드높이도록 하고, 그 학교를 갑종농업학교로 승격시키는 등 크나큰 공적을 쌓고 있다는 것이다.

그런가 하면, 교사校舍를 이전하고 학급을 증설하기도 하는 등, 학교를 융성 발전시키는 데 지대한 공헌을 한다는 거였다. 그것은 국적國籍과는 별개의 문제인 것으로 취급되는 분위기였다. 심지어 이런 소리까지 나왔다.

―저러다가 나중에는 송덕비頌德碑까지 세워주겠다.

공덕을 칭송하여 세우는 비에 대한 의견도 분분했다.

"그만 한 공을 세웠은께 해줄 수도 안 있것나."

"머라꼬? 니 시방 지 증신이가?"

"내 증신 아이모?"

"아, 우리가 왜눔의 송덕비를 우째 준다꼬?"

"참 미치도 더럽거로 미칫다."

"조상님들이 지하에서 대성통곡 하시것다."

서련은 금촌 교장에 대한 사람들의 여러 이견에 관해서 제대로 알 수가 없었다. 다만 그녀가 예측할 수 있는 것은 있었다. 아마도 금촌 교장은 앞으로 오랫동안 그 학교 교장으로 재임하게 되리라는 것이다.

그런데 서련의 개인적인 입장에서 도청 이전이나 금촌 교장을 향한 평가 못지않게 중요한 게 있었다. 그것은 간혹 집 밖에 나가서나 집 안에서 그 고장 사람들과 집에서 부리고 있는 남녀 종들 입을 통해 우연찮게 알게 된 것이었다. 바로 그녀 시가인 동업직물과 상촌나루터에 있는 나루터집이라는 콩나물국밥집과의 악연惡緣에 관한 내용이었다.

물론 그전에도 바람결에 어렴풋이 들어 전혀 모르고 있던 사실은 아니었다. 그렇지만 좀 더 알고 보니 그녀가 예상했던 것보다도 상황은 한층 더 심각하고 중요했다. 시어머니 해랑을 볼 때마다 그녀와 친자매처럼 지냈다는 김비화라는 여자를 떠올리곤 했다. 그 두 사람이 원수지간이 되었다는 사실 자체가 충격이 아닐 수 없었다.

'다른 것은 말씀하시면서도 그건 함구하고 계신다.'

해랑은 서련에게 비화 이야기를 거의 하지 않았다. 하지만 비화의 아들 준서에 대한 이야기는 귀가 닳도록 들어야만 했다. 그럴 때 해랑은 광기에 사로잡힌 여자 같았다. 그것을 듣고 있는 사람도 본정신을 놓아 버리게 할 정도였다.

그렇지만 두뇌가 명석한 서련은 어렵잖게 짐작할 수 있었다. 비화와 해랑 자신의 싸움은 지났으며, 지금부터는 동업과 준서의 싸움이라는 것을 주지시키려는 것이 시어머니의 의도라는 것이다. 하지만 그렇다고 하여 나는 이 일에서 완전히 손을 떼겠다, 그런 마음은 추호도 없고, 다만 행동에 옮기는 것은 젊은 너희가 하라, 그런 주문이라는 것도 알았다.

'그 여자.'

그러자 서련은 자신과 준서의 아내인 다미와의 관계에 생각이 미쳤다. 실상 그대로 따져보자면 그녀와 다미는 서로 원수는 고사하고 낯붉힐 일도 없었다. 하지만 그럼에도 서련은 피해 갈 수 없는 숙명으로 받아들일 수밖에 없었다. 다미는 나의 적이며, 더 나아가 서로에게 자식이 생기면 그 자식들끼리 또 적이 될 것이다. 그리고 다미 또한 똑같은 생각을 하고 있을 것이다.

'특히 집안 어른들.'

시아버지 억호와 시삼촌 만호를 보면 그런 감정은 한층 깊어졌다. 그리고 반드시 그런 점 때문에 그런 것은 아니지만, 서련은 어쩐지 시아버지와 시삼촌이 싫었다. 이래서는 안 된다고 스스로를 다독이며 아무리

노력을 해도 고쳐지지 않았다. 나의 이런 마음가짐 탓에 자칫 큰 불상사가 생길지도 모른다는 우려도 효과가 없었다.

'또 이상한 게 있어.'

왠지 모르지만, 시아버지는 큰아들 동업보다도 작은아들 재업을 더 좋아하는 눈치였다. 그렇다고 동업이 가문에 무슨 큰 잘못을 저지르고 재업이 무슨 대업大業을 이룬 것도 아니었다. 오히려 모든 면에서 재업보다 뛰어난 동업이었다.

어쨌든 어떤 잣대를 들이대든 그건 참으로 상식 밖의 일이었다. 아버지들은 차남보다 장남에게 더 마음을 주는 법이라고 알고 있다. 그런데 무슨 이유로? 그 누구도 모르는 깊은 내막이 감춰져 있기에?

서련으로서는 알아낼 수 없는 게 당연했다. 억호는 나이가 들어갈수록 자기 피 한 방울 섞이지 않은 동업보다, 비록 종년이 낳은 자식이지만 재업은 그의 소생이라는 사실에 익숙해져 갔다. 그래서 알게 모르게 차별을 하는 자신을 발견하곤 낭패감과 당혹감에 빠지기도 하지만 이건 어디까지나 천륜이라고 치부해버렸다. 무엇보다 그의 경계 대상 1호는 동업이 아니라 만호와 상녀 그리고 은실이었다.

재업도 그런 느낌을 받아서였을까? 어릴 적에는 성질 사나운 아버지보다도 무척 살갑게 대해주는 어머니를 더 따랐지만 장성할수록 아버지에게 다가가려고 하는 면을 엿보이고 있었다. 역시 피는 못 속인다는 말이 그에게도 적용되는 모양이었다. 그리고 그런 감정 결이 어쩌면 형인 동업과의 사이에 걸림돌로 작용할 날이 오지나 않을까 은근히 신경이 쓰이기도 하는 재업이었다.

발 없는 말이 천 리를 간다고 한다. 그 소문은 설단의 귀에까지 들렸다. 설단은 기뻐서 꺽돌 몰래 눈물을 흘렸다. 슬하에 자식이 없는 그들이기에, 아니 설혹 다른 자식이 있다 할지라도, 재업을 향한 설단의 애달픈 모정은 그 끝을 보일 줄 몰랐다.

'아, 시방도 안 잊아삔다, 내는.'

오래전 재업이 너무나 보고 싶어 배봉의 집 앞까지 갔던 날, 하필이면 동업이 재업을 때리는 장면을 목격하고 얼마나 가슴을 깎아내렸던지 모른다. 그런 재업이기에 설단의 안도와 기쁨은 더 컸던 것이다.

그런데 재업, 아니 설단 자신의 불운은 아직도 남아 있었다는 것일까? 재업의 아버지인 억호를 향한 애정의 감정은 요만큼도 없는, 되레 증오와 원한의 대상으로 굳어 있는 설단이지만, 그 엄청난 사건이 기다리고 있을 줄은 전혀 알지 못했다. 무엇보다 같은 고장 안에 살고 있었지만 배봉가와 그녀 집은 밤하늘에 떠 있는 별과 별 사이보다도 더 먼 거리를 유지한 채 존재하고 있었다. 남의 나라가 따로 없었다.

이곳은 타국이라고 하기도 그렇고 자국이라고 하기도 애매한 만주 땅이다. 남들은 그게 무슨 소리냐고 할지 몰라도 원채 동생 승채가 느끼기에는 그랬다.

승채는 조선족 의사가 운영하는 병원에서 입원 치료를 받고 있는 중이었다. 세상은 모르고 있었지만 사실 그 젊은 양의洋醫는 승채와 같은 대한민국 독립군 단원이었다.

"동지! 많이 힘들지요?"

평소 조선족이 아니라 한족漢族처럼 가장하고 다른 한국인이나 중국인, 또는 여러 나라 외국인 환자들을 진료하는 표민산이 승채에게 말했다.

"아입니더. 그냥 견딜 만합니더. 표 동지가 아이었으모 내는 이 시상에 없을지도 모립니더."

승채가 미소 띤 얼굴로 말했다.

사실이 그러했다. 그가 혼수상태로 동지들에 의해 그곳으로 이송되었을 때만 해도 목숨이 경각에 달려 있었다. 응급처치를 받고 위험한 고비를 넘겼을 때 그에게 해준 표민산의 말로는, 일본군 총탄이 아슬아슬하게 심장을 벗어났기에 망정이지 조금만 더 오른쪽으로 가서 박혔다면 의사인 그로서도 손을 쓸 수 없었을 거라고 했다.

"우리나라 독립을 위해 승채 동지가 해야 할 일이 많다는 것을 알고 하늘이 동지를 구해주신 것입니다."

"아, 무신 말씀을? 왜눔들 무기에 부상을 입었다쿠는 기 너모 부끄러블 뿐입니더."

"동지가 얼마나 큰 활약을 펼쳤는가는 다른 동지들에게 들어 잘 알고 있습니다. 정말 존경합니다, 동지."

"증말 존갱 받으실 분은 표 동지 아입니꺼. 동지가 우리 독립군에게 주시는 귀한 군자금은 아조 요긴하게 잘 쓰고 있심니더."

"그래도 전투 현장에 나가 직접 몸으로 싸우시는 동지들에게 비하면 그건 아무것도 아니지요."

잠시 격려와 덕담을 나누던 표민산은 넘치는 환자를 회진하기 위해 다른 병실로 가고, 한동안 침대에 누워 있던 승채는 일어나 병원 뜰로 나갔다.

만주의 하늘은 흐렸고 대기는 우중충했다. 또 황사가 기승을 부리는 날씨였다. 세계 어디를 가 봐도 우리 한국만큼 청명한 나라는 드물지 싶었다. 그런 곳을 차지하고 있는 왜눔들을 향한 분노와 적개심이 치밀었다.

병원 마당 잔디는 시들시들한 게 건강해 보이지 않았다. 간간이 서 있는 나무들도 생기가 없어 보였다. 식민 민족의 모습인 것 같아 마음이 씁쓸했다.

곳곳에 환자복 차림의 환자들과 보호자들로 보이는 이들이 눈에 띄었다. 잔디밭 가장자리에 놓여 있는 긴 나무 의자에 앉아 있는 두 명의 사내는 뭔가 서로 열심히 대화를 나누고 있었다.

'우리 조선족 같은데?'

중국인이 아닌 것 같았다. 반가운 나머지 승채 발길은 자신도 모르게 그 나무 의자 있는 쪽을 향했다.

둘 다 승채와 똑같은 환자복을 입고 있었다. 한 사람은 얼굴이 검었고 한 사람은 창백했다. 한마디로 병색이 짙어 보였다.

승채는 긴 나무 의자 이쪽 끝에 엉덩이를 내려놓았다. 그들이 말을 멈추고 승채를 힐끗 바라보았지만 이내 고개를 돌렸다. 거기서 흔히 볼 수 있는 환자복을 입은 승채는 그들 보기에 평범한 환자에 지나지 않았을 것이다.

역시 승채가 예상한 대로 조선족이었다. 이역 땅에서 듣는 자국어는 승채 가슴을 여울지게 하였다. 그들은 그때까지 주고받던 이야기에 푹 빠진 탓인지 모르는 사람이 가까이 있어도 전혀 아랑곳하지 않고 하던 대화를 계속하기 시작했다.

"그쪽이 하는 말을 듣고 생각해 보니 참 이상하군요."

낯빛 검은 사내가 말했다.

"그런 말을 한 나 자신도 그렇습니다. 어떻게 그런 일이 있을 수 있는지 말입니다."

얼굴 창백한 사내가 말했다.

"그러니까 그때 나이가……."

검은 얼굴 사내 말을 창백한 얼굴의 사내가 받았다.

"그랬지요. 열 살도 채 안 된 아홉 살 어린 나이였죠."

그것을 끝으로 잠시 침묵이 가로놓였다. 갈색과 노란색이 섞인 잔디밭 위로 비슷한 빛깔의 햇살이 비스듬히 내리비치고 있었다. 해는 아직은 서쪽 하늘에 걸려 있었고, 완전히 떨어지고 나면 서서히 바람이 일렁이기 시작할 것이다.

중국인 노부부가 아주 느린 걸음으로 그들이 앉아 있는 나무 의자 앞을 지나가고 있었다. 아마도 아픈 쪽은 노파인 듯했으며, 남자 노인은 간호하느라 지친 기색이 역력해 보였다.

승채는 지난번 잠시 귀국하여 고향에 들렀을 때 보았던 호주인이 생각났다. 일본인은 한국과 만주뿐만 아니라 러시아와 상하이에서도 보았다.

'원채 성님은 미군과 싸우다가 포로가 되기도 하싯제.'

무사히 탈출했기에 망정이지 그러지 못했다면 집안 장자長子가 잘못될 뻔했다. 혹시나 그랬다면 부모님은 남강으로 뛰어들었을지 모른다.

'아부지, 어머이. 이 불효자슥을 용서해주이소. 흑.'

승채 머릿속에 이승을 뜬 부모가 떠올랐다. 비록 꼽추 영감이고 언청이 할멈이지만 여느 부부 부럽지 않게 금실이 좋았다. 오죽 좋았으면 한날한시에 나란히 저승길로 나섰을까.

그러나 그는 자식임에도 불구하고 부모가 마지막 가는 길을 배웅조차하지 못했다. 고국에서 온 동지에게서 들은 바로는, 형님 원채는 물론이고 다른 형제들도 그와 마찬가지라고 하였다. 다행히 상촌나루터에서 함께 노를 젓던 뱃사공들이 후하게 장례를 치러주었다고 했지만, 그래도 너무나 자식 된 도리가 아니었다.

악랄한 일경이 그들 형제가 나타나면 체포하기 위해 눈에 불을 켜고 노리고 있다는 것을 알고 갈 수가 없었지만, 그래도 그 일은 두고두고 가슴에 뽑아버릴 수 없는 대못이 되어 쾅쾅 박혀 있었다.

"아, 어떻게 그 나이에?"

얼마나 지났을까. 검은 얼굴 사내가 깊은 잠에서 빠져나온 사람같이 하였다. 그러자 창백한 사내도 마치 선잠을 깬 것처럼 하였다.

"그러게요. 지금 내 나이가 쉰하고 셋이니 꼭 사십사 년 전이로군요."

검은 얼굴 사내가 흠칫 몸을 떠는 게 승채 눈에 또렷이 들어왔다.

"사십사…… 죽을 사死가 둘이군요."

그의 두 눈에 강한 공포의 빛이 서렸다. 어쩐지 검은 장막이 드리워진 듯한 인상을 던져주었다.

"자꾸 그런 말씀을 하시렵니까?"

창백한 사내가 적잖게 화를 내고 있었다.

"누군 하고 싶어 합니까. 어차피 우리는……."

검은 얼굴 사내는 말끝을 얼버무렸다. 창백한 사내가 얼핏 건조한 음색으로 이렇게 말했다.

"지금 그 말씀은? 알겠습니다. 아홉 살 적 일을 한 번 더 말하지요."

승채가 느끼기에 그들 사이에 기묘하고 야릇한 기운이 감돌았는데, 그건 복잡하고 위험하다는 그 이상의 무언가가 담겨 있었다.

"예순을 넘겨 다섯 해를 더 사시다가 눈을 감으신 제 할아버지는……."

"장수하셨군요."

"글쎄요. 그게 장순지 아닌지는 모르겠네요."

"아, 그 옛날에는 대단한 장수지요."

"사십사 년 전이 옛날…… 하긴 그 말씀이 맞긴 하군요. 음."

그새 해는 지고 광활한 만주 특유의 황량한 바람이 일기 시작했다. 그렇지만 그 두 사내는 물론이고 승채 또한 자리에서 일어날 생각이 들지 않았다. 왠지 모르게 그 이야기를 끝까지 듣고 싶다는 기분에 사로잡혔다.

'내가 와 이라노? 생판 알지도 몬하는 사람들 오래전 이약이 머라꼬.'

더욱이 44년 전에는 승채 자신이 이 세상에 태어나지도 않았다. 어쩌면 단순히 같은 민족이라는 사실을 떠나 무언가 가슴 귀퉁이가 허전하다는 느낌에서 벗어나고 싶어서인지도 모르겠다.

"그런데 그쪽 분 애길 들으니 바로 어제 일같이 느껴져요."

"아무리 그래도 직접 경험한 저보다야 더 생생할까요. 아무튼 그때……"

조금 더 있으면 병원 건물 창문을 통해 불빛이 흘러나올 것이다.

'설마 내를 찾고 있지는 안 하것제.'

병원 건물 쪽을 보면서 승채는 그런 생각이 들기도 했지만, 아직 저녁 먹을 시간은 아니었고 갑갑한 병실보다는 여기가 더 나았다. 그리고 환자가 갈 데라고는 병원 뜰 말고는 더 없기에 무슨 용무가 있으면 거기로 찾아 나올 것이다.

"제 할아버지가 돌아가신 그날부터……"

창백한 사내는 알 수 없는 병에 시달리기 시작했다는 것이다. 어떤 의원도 정확한 병명을 짚어내지 못해 그저 고개만 절레절레 흔들 뿐이었다.

온몸에 뜨거운 열이 펄펄 끓었다. 연방 헛소리를 해대다가 끝내 혼절하기도 했다. 집안에서는 할아버지 초상을 치르는 일보다도 당장 손자 목숨을 건지기 위해 더 매달려야 하였다.

그런데 심지어 가끔 정신을 놓아버리는 그런 독한 병마에 시달렸음에도 불구하고, 사내는 너무나 똑똑하게 기억 이편으로 떠올리고 있었다. 그사이에 그 자신이 겪었던 기이한 일을 생생히 이야기해 보일 수도 있는 것이다.

"겨우 두세 사람이 나란히 걸어갈 수 있을 정도의 좁은 길이었습니다. 그리고 끝이 보이질 않는 길이기도 했고요."

"……."

"한데 말입니다. 그 길 양쪽으로 길게 쭉 피어 있는 게 무어냐 하면 요, 바로 노란 꽃이었어요."

"예? 노란 꽃이요?"

"그렇습니다. 끝없는 길을 따라 노란 꽃이 한없이 피어 있었지요."

"음."

"아, 그뿐만이 아닙니다. 하늘도 노랬습니다. 그러니까…… 말하자 면…… 황천黃泉 말입니다."

창백한 사내가 숨이 가쁜지 잠깐 말을 멈추고 있는 틈을 타서 얼굴 검 은 사내가 또 확인하였다.

"꽃도 노란 꽃이고, 하늘도 노란 하늘이었다, 그거지요?"

"예, 맞습니다."

얼굴빛과 살빛이 핏기가 전혀 없고 푸른 기운이 돌 정도로 해쓱한 사 내 얼굴이 그 순간에는 노랗게 떠 보였다.

"그런데 이상하지 않나요?"

"이상하다니요?"

"아까도 말씀드렸지만, 그 당시 난 고작 아홉 살짜리 어린애에 지나 지 않았거든요. 그렇기 때문에 아직 황천이란 것에 대해 알지 못하던 때 였다, 그런 뜻입니다."

창백한 사내 표정도 검은 얼굴 사내 못지않게 질려 보이기 시작했다. 검은 얼굴 사내 음색 또한 검게 전해졌다.

"저 역시 그 점이 큰 의문으로 다가옵니다. 혹시라도 말이죠, 진작부 터 댁이 그 사실에 관해 모르지 않았던 건 아닐까요?"

창백한 얼굴 사내가 창백한 고개를 내저었다.

"그건 아닙니다. 분명히 말씀드릴 수 있어요. 제가 저승 하늘이 노랗다는 걸 맨 처음 알게 된 시기는 상급학교에 진학할 무렵입니다. 이건 명확한 기억이지요."

검은 얼굴 사내가 약간 검은 빛이 감도는 입술을 열어 말했다.

"그럼 도대체 무엇으로 그 일을 증명할 수 있겠어요. 아무리 신열이 나서 인사불성 상태였다고 할지라도 그에 대한 지식이 없는 상황에서 그게 가능할 수가……."

"그래서 답답하다는 겁니다. 벌써 몇 번이나 변명처럼 하는 소립니다만, 저는 그런 걸 알지 못했다는 말입니다. 그럼에도 제 기억에 살아 있는 그 길에는 노란 꽃이 만발하였고 황천이 드리워져 있었으니까요."

승채도 너무 답답해지기 시작했다. 그냥 남들이 나누는 이야기일 뿐만 아니라 그 내용 자체도 몹시 허랑하여 계속 들을 가치나 의미가 없다고 해야 마땅했다.

그러나 승채가 그 자리를 뜨지 못한 데는 까닭이 있었다. 항일 투쟁을 하다가 죽은 동지들이 떠올라서였다. 일제의 총칼에 이슬처럼 스러져 간 붉은 혼령들이 가 있을 저승에 관한 이야기였다.

저 사내 꿈과 마찬가지로 그들도 노란 꽃이 피어 있는 길을 따라 끝없이 걸어갔을 것이다. 그리고 나 또한 동지들이 먼저 간 그 길을 밟아야 될 것이다. 나의 뒤에는 끊임없이 뒤따르는 젊은 동지들이 있겠지. 그런데 노란 하늘이면 '누를 황黃'에 '하늘 천天'을 써야지, 왜 '샘 천泉'을 붙이는 걸까. 그런 뜬금없는 사색에 잠긴 채로 승채는 한참이나 거기 앉아 있었다.

그런데 승채가 그만 일어나야겠다고 생각하고 막 몸을 일으키려고 하는 그 순간이었다. 검은 얼굴 사내의 말이 승채를 다시 그 나무 의자에 눌러 앉혔다.

"그건 그렇고, 할아버지께서 같이 소풍을 가자고 하셨다고요?"

창백한 사내의 몸이 부르르 떨렸다. 음성은 그보다 더 흔들렸다.

"예, 그, 그렇습니다. 이, 이렇게 내 손을 꼬, 꼬옥 잡으시고는……."

그런 말과 함께 창백한 사내는 검은 얼굴 사내의 야윈 손을 잡았다. 하지만 얼른 다시 놓는 게 어쩌면 상대방 손이 너무나 차게 느껴진 탓이 아닐까 싶었다. 아니 할 말로, 시신의 손 같아서 말이다.

"죽은 사람이 손을 잡고 소풍가자고 했다면……."

얼굴 검은 사내가 음모를 꾸미는 사람처럼 고개까지 숙이면서 소리를 죽여 말했다.

"그것도 노란 하늘 아래서 노란 꽃이 피어 있는 길을……."

창백한 사내가 검은 얼굴 사내의 말을 끊었다.

"그, 그만하세요, 제발."

그런데 검은 얼굴 사내는 또 말했다. 그 자신은 그러고 싶지 않은데 무슨 보이지 않는 기운이 그렇게 하게 시키기라도 하는 것 같았다.

"정말 무섭고 두렵습니다. 어떻게 그런?"

말을 그만하라던 창백한 사내가 역시 어떤 힘이 조종이라도 하듯 잔뜩 밑으로 깔리는 소리로 말을 꺼냈다.

"만약 내가 할아버지 손을 잡은 채 끝까지 따라갔다면……."

"아, 그랬다면 더 말할 필요도 없……."

"후우. 상상만 해도……."

이윽고 병원 건물에 불빛이 좀 더 환해지는 것으로 보아 어둠이 가까이 와 있는 모양이었다. 잠시 침묵의 시간이 흘렀다가 이야기는 좀 더 진전되기 시작했다.

"한데, 서로 어떻게 헤어지게 됐다고 했지요?"

"둘이 손을 잡고 한참 동안 걸어갔는데, 어느 순간 보니까 할아버지가 보이지 않는 겁니다."

"예에?"

"방금까지 손을 잡고 있던 그분이 어디에도 없는 거예요."

"말 그대로 귀신같이 사라졌군요."

"혼자 남은 나는 너무 무서워서 소리 내어 울기 시작했어요. 자신의 울음소리에 놀라 한층 더 소리 높여 울었습니다."

"이해가 됩니다. 저도 꿈은 아니지만 실제로 그런 경험이 있었으니까요."

"한참 그러고 있는데, 누군가 내 몸을 세게 흔들었어요. 퍼뜩 눈을 떠봤더니……."

자기 어머니가 울고불고하면서 아들 몸을 흔들어대고 있더라는 것이다. 죽었다고 본 자식이 살아나자 집안 분위기는 상갓집이 무색할 만큼 기쁨으로 휩싸였다.

"정말 저승이 있을까요?"

검은 얼굴 사내가 승채 쪽을 한 번 보고 나서 물었다.

"황천 아래 노란 꽃을 보았으니……."

창백한 사내가 바람 속에 몸을 감추고 다가오는 어둠과도 유사한 빛깔의 목소리로 응했다.

그때 승채는 보았다. 의사복을 입은 표민산이 이리로 다가오고 있었다. 그의 흰 가운은 어두워 오는 밤빛을 몰아내는 밝음의 정령精靈으로 비쳤다. 승채는 속으로 그에게 말해주었다.

'우리는 노란 길 위에 서 있습니다. 그 길은 불멸의 집으로 통하는 영원한 생명의 길입니다.'

천계보살집 무당

억호가 뜬금없이 상봉리에 있는 무당집에 한번 가 보자는 얘기를 꺼 냈을 때 해랑은 극구 만류했다.

"우째서 안 하시던 짓을 할라 캐예?"

그러는 해랑의 눈에는 의아스러워하는 빛만 서려 있는 것이 아니라 어떤 두려움 비슷한 기운도 담겨 있었다. 그건 알 수 없는 일이었다. 평 소 해랑은 그보다 훨씬 더한 소리를 들어도 왼쪽 눈썹 하나 까딱하지 않 는 여자가 돼 있었다.

"내도 미신은 잘 안 믿는 사람이지만도……."

해랑이 필요 이상의 민감한 반응을 보이자 억호는 잘못되게 하는 무 슨 일을 입에 올리는 기분이라도 들었는지 말꼬리를 흐렸다.

"그란데 각중애 와예?"

해랑은 반드시 알아야겠다는 어투였다.

"암만 생각을 해봐도, 이거는."

"이약해 봐예."

억호는 하기 싫어도 해야 할 일에 대한 이야기를 꺼내는 사람 같아 보였다.

"아부지가 그런 식으로 돌아가싯다쿠는 거는……."

해랑이 억호의 말을 중간에 끊었다.

"시상에는 그보담 몇 배 더 알 수 없는 이상한 일들도 천지삐까리 아이라예?"

억호는 입맛이 쓴지 않는 소리를 냈다.

"음."

해랑이 억호 듣기에는 몰인정한 말을 자꾸 했다.

"그기 좋은 일이라모 몰라도, 기억해봤자 앞으로 우리가 살아가는 데 해만 되지 아모 도움도 몬 주는 기라예."

억호는 해랑의 방을 장식하고 있는 온갖 기호품들을 둘러보면서 서운하다는 빛으로 말했다.

"내가 당신이 갖고 싶다쿠는 거는 싹 다 사줬제."

해랑이 무슨 말을 하려는데 억호는 틈을 주지 않았다.

"그러이 당신도 내가 하고 싶다쿠는 일을 너모 말리지 마라꼬."

해랑은 거울에 비친 자신의 얼굴이 보기 흉하게 찡그려지는 것을 외면하면서 심드렁한 어조로 말했다.

"무당이 머를 안다꼬?"

"아는지 모리는지 당신이 우찌 알아서?"

해랑의 무당 운운하는 그 소리가 억호 귀에는 네가 무엇을 안다고? 하는 의미로 다가와 입술이 씰룩거렸다.

"천하의 동업직물 대표가 무당집이나 찾아댕긴다쿠는 소문이 나 보이소. 고을 사람들이 우찌 볼 낀고, 그런 거는 생각 안 해봤어예?"

해랑은 벽을 여러 겹이나 둘러치고 자기 의견을 내놓고 있었다. 그래도 억호는 물러나지 않았다.

"내가 답답한 속이나 좀 풀고 싶어서 그라는 기라."

먹감나무 가구를 등 뒤에 놓고 앉아 있는 해랑의 모습이 감히 범접할 수 없는 여신 같아 보이는 순간이었다. 여러 해 묵어 속이 검은 감나무의 심재心材인 먹감나무는 단단하고 고와 세공물을 만드는 데 많이 쓰고 있다고 하지만, 그 가구의 주인인 해랑은 그보다도 몇 배나 더 단단하고 고운 자태를 영원히 간직할 수 있는 여자로 비쳤다.

"여게는 우리가 모리는 머신가가 반다시 있을 거 겉애서 말이제."

바로 조금 전에 제 입으로 나도 미신은 잘 안 믿는 사람이라고 해놓고 또 금방 그 말을 뒤엎는 억호였다. 해랑이 실소했다.

"당신도 인자 늙어가는 모냥이네예."

억호는 안방 중늙은이 모습으로 잠시 생각에 잠기더니 말했다.

"당신은 가기 싫다모 내 혼자 갔다 오것소."

해랑은 깊이 생각하지도 않고 어쩔 수 없다는 듯이 말했다.

"그라모 그리하이소."

억호가 무슨 말을 하려는데 해랑이 가로막았다.

"단, 집안 종들한테도 비밀로 하고예. 알것지예?"

억호가 쓴웃음을 지었다.

"그거는 걱정 마소."

어쩐지 공허해 보이는 눈빛으로 크고 화려한 방문 쪽을 바라보면서 말했다.

"내 최고 심복 양득이한테도 말 안 할 낀께네."

해랑은 자리에서 몸을 일으킬 자세를 취했다.

"알았어예."

억호가 먼저 일어섰다.

"댕기오것소."

해랑이 영 마뜩찮다는 낯빛이 되면서 억호 귀에 들리지 않게 혼자 입속으로 중얼거렸다.

"댕기오든, 댕기가든."

그 길로 억호는 혼자서 상봉리로 향했다.

'천계보살집'은 그 명성에 비해 좀 초라하게 느껴졌다. 육순쯤 돼 보이는 여자 무당은 억호 방문에 처음에는 약간 놀라는 기색이더니 이내 아무렇지 않은 표정을 지었다.

"……."

그러나 무당은 계속 억호의 오른쪽 눈 아래 박혀 있는 크고 검은 점이 마음에 거슬리는 것 같은 눈치였다. 하긴 그 점이 아니더라도 그 고장에서 점박이 형제를 모르는 사람은 드물었다. 그것도 하나같이 부정적인 시각으로 보는지라 당사자로서는 아무도 자신들을 모르는 먼 고장으로 달아나버리고 싶은 심정이기도 할 것이었다.

어쨌거나 무당은 억호 같은 사람이 자신을 찾아왔다는 사실에 스스로 감동을 한 사람 같아 보였다. 그것은 다른 사람들에게 자신의 유명세를 알리는 데 큰 역할을 할 수 있을 거라고 내심 쾌재를 부르는 게 아닌가 싶기도 했다. 하지만 그만큼 위험 부담을 안아야 할 일이란 걸 염두에 두고 있는지는 모르겠다.

"우찌 오싯는지?"

이윽고 무당이 억호의 눈치를 보아가며 조심스럽게 물었는데 억호 입에서 대뜸 튀어나오는 말이었다.

"무당이 돼갖고 그거도 모리요? 맹색이 맹도(명도明圖)라쿠모 사람을 한분 보모 그냥 척 알아야제."

"무당이 돼갖고……."

그렇게 뇌까리는 무당의 안색이 그녀의 몸 뒤쪽에 있는 형형색색의 종이꽃처럼 변했다. 미친개도 슬슬 피해 갈 만큼 성깔이 더럽다는 소문은 진작 듣고 있었지만 그래도 제가 아쉽고 필요해서 찾아왔을 텐데, 이런 자리에서까지 고 못된 세도를 부리려는가 싶어 배알이 뒤틀리기도 하는 무당이었다.

억호는 한동안 말없이 어수선할 정도로 온갖 잡동사니들로 장식되어 있는 무당집 안을 둘러보고 있더니 잠시 후 입을 열었다. 이번에도 다짜고짜 쥐어박는 투였다.

"울 아부지가 와 그런 흉액을 당하싯는고 그기 알고 싶어 왔소."

"아부지에 대해서……."

얼굴 생김새가 사마귀를 방불케 하는 무당의 노리끼리한 두 눈에 야릇한 기운이 서렸다. 그녀도 그 지역 최고 대갓집 주인인 임배봉이 어떻게 죽었는가에 대해서 모르지 않을 것이다. 그가 한때 전국적으로 알아주는 투우였던 천룡이라는 소의 뿔에 떠받혀 목숨을 잃었다는 풍문은 아직도 회자되고 있었다.

"흉액을 당하싯다."

하여튼, 무당은 억호가 그곳에 온 까닭을 알자 갑자기 씽 찬바람이 이는 얼굴이 되었다. 하도 냉랭하여 천하 개망나니 억호 같은 사람도 간담이 서늘할 판국이었다. 토라질 때 해랑이 해보이는 것과는 또 다른 분위기를 풍겼다.

"내가 물었소. 그러이 퍼뜩 답해 보소."

억호는 여전히 우물에 가서 숭늉 찾는 그 성깔을 보였다. 종이꽃들이 오므라드는 것같이 비쳤다.

"……."

무당은 얼른 대답은 하지 않고 잠자코 억호 낯판을 쏘아보기만 했다. 그러고 보니 그녀는 얼굴뿐만 아니라 눈도 약간 세모꼴에 가까웠다.

'시방 머 보고 있는 기고?'

억호는 손가락으로 무당의 눈을 꽉 찔러버리고 싶었다.

'설마 내 얼굴에 벡히 있는 점을 보고 있는 거는 아이것제?'

하지만 그런 순간이 오래가지는 않았다. 무당은 억호 얼굴을 향했던 눈길을 돌려 그녀 앞에 놓인 앉은뱅이책상 위의 흰 종이에 무언가를 적기 시작했다.

'머라꼬 써쌌고 있노?'

억호는 무당이 쓰고 있는 글자를 바라보았으나 무슨 글자인지 알 수가 없었다. 어떻게 보면 지렁이가 기어가는 형상 같기도 하고, 어떻게 보면 무수한 점과 선으로 이루어진 괴상한 물체 같기도 했다. 그 어느 쪽이든 사람을 혼란시키는 마력을 지니고 있는 것은 분명해 보였다.

'무당이 아인 거 겉기도 안 하나.'

억호가 평소 알고 있는 무당에 대한 상식과는 한참이나 거리가 먼 무당 같았다. 그래서 더 명도라고 알려져 있는지도 모르겠다. 사람들은 잘 알지 못하는 것에 대해서는 무조건 경외감을 품는 허술한 존재일 수도 있다.

얼마나 그런 시간이 흘렀을까? 무당이 자리를 털고 일어섰다. 그녀의 얼룩덜룩한 여러 빛깔 치마에서는 향불 냄새가 풍겨 나왔다. 무당은 억호에게 아무런 말도 하지 않고 그녀가 앉아 있던 곳의 뒤쪽에 나 있는 작은 쪽문을 열더니 순식간에 그 속으로 모습을 감춰버렸다.

'도술을 부릿나.'

억호는 순간적이지만 무당이 연기나 안개가 되어 사라져버렸다는 환각에 빠졌다. 그리고 지금 그가 앉아 있는 거기가 꼭 다른 세상의 어떤 곳 같다는 느낌마저 들기 시작했다. 그러자 사방 벽면에 붙어 있는 해괴망측한 글자와 그림 들이 홀연 살아 움직이기 시작하는 환영에 흔들렸다. 그것을 글자와 그림이라고 해도 될지는 모르겠지만 하여튼 그랬다.

그뿐만이 아니었다. 천장에 매달린 채 아래로 늘어뜨려져 있는 갖가지 색깔과 모양의 천들이 바람에 흔들리는 갈대처럼 제멋대로 나부끼고 있는 듯한 기분을 불러일으키기도 했다. 한데 억호를 더 당혹스럽게 하고 심지어 소름이 끼치게 한 것은 형형색색의 종이꽃이었다. 그것들이 문득 연꽃으로 보이기 시작했다. 그랬다, 연꽃이었다.

'헉!'

그러자 그때부터 그곳은 성곽 북동쪽에 있는 저 대사지가 되고 있었다. 대사지의 연꽃이 눈앞에 있었다. 억호는 머리가 아찔해지면서 전신이 떨려왔다. 그의 몸이 강한 비바람에 흔들리고 있는 연잎 같았다.

'저, 저거는?'

그는 어릴 적의 그로 되돌아가고 있었다. 그곳에는 색동옷을 입은 어린 옥진이 있었다. 아직 사내 꼭지도 못 되는 만호도 있었다. 그들 점박이 형제는 함께 옥진에게 달려들었다. 연꽃이 속절없이 떨어졌다. 대사지 못물이 미친 듯이 출렁거렸다. 흙으로 만든 대사교가 폭삭 무너져 내렸다.

"으으."

억호 입에서 신음소리가 흘러나왔다. 그는 일어나 그곳에서 도망치고 싶었다. 조금만 더 앉아 있다가는 물속에 거꾸로 처박힌 사람처럼 숨도 쉬지 못한 채 곧장 죽어버릴 것 같았다. 그런데 마음뿐이었다. 손끝 하나 달싹할 기운조차 없었다. 머릿속은 온통 하얗게 비어갔다.

만일 조금만 더 혼자 그런 상태로 있었다면 그는 필시 비명을 질렀거나 혼절해버렸을 것이다. 바로 그때 무당이 들어갔던 그 쪽문이 삐걱 열리면서 무당이 모습을 드러내지 않았다면 무슨 일이 일어났을지 모른다. 그런데 어쩌면 더욱 수상하고 경악할 사태가 곧 벌어지기 시작했다.

"흐."

무당의 검붉고 까칠한 입술 사이로 조금 전 억호 입에서 새 나왔던 것과 거의 비슷한 신음소리가 나왔다. 더더욱 놀라운 것은 무당의 얼굴이었다. 그녀의 얼굴은 완전히 흙빛이었다. 저 대사교의 흙을 발라 놓은 듯했다. 말 그대로 사색이었다.

'아!'

일순, 그걸 본 억호는 정신이 반짝 났다. 대사지와 연꽃은 사라지고 옥진도 사라졌다. 어린 시절의 그들 형제도 없어졌다.

"각중애 와 그라요?"

억호가 물었다. 그렇지만 무당은 계속 죽을상이었다. 억호는 무당이 무슨 수작을 부리는 게 틀림없다고 보았다. 점을 치러 온 사람을 홀리게 하려는 것이다. 그 목적은 무엇이겠는가? 큰돈을 뽑아내려는 술수인 것이다. 속에서 욕설이 터져 나왔다.

'요 무당 년이야?'

그런데 잘 보니 그것이 아니었다. 그렇게 여기기에는 무당은 너무나 혼이 나가 보였다. 엄청난 충격을 받아 제정신을 차리지 못하는 여자 같았다. 무슨 속임수를 부릴 계제가 되지 못할 성싶었다.

"저, 저."

무당은 말도 제대로 하지 못했다. 역시 가식이나 기만과는 거리가 멀어 보였다. 그녀의 입을 어떤 보이지 않는 손이 틀어막고 있는 듯했다.

"……."

억호는 손톱으로 찍어 붙인 것처럼 작은 눈을 크게 뜨고 무당을 바라보았다. 무당은 허물어지듯 아까 그녀가 앉았던 그 진홍색 방석 위로 털썩 주저앉은 채 연방 가쁜 숨만 몰아쉬었다. 순간적이지만 억호는 그런 무당의 몸 위로 겹쳐 보이는 또 다른 노파 하나를 떠올렸다. 바로 혹독한 고문의 후유증으로 앉은뱅이가 돼버린 종년 언네였다.

'무당 조년이 무신 몬된 수작을 부리는 거는 아인 거 겉다. 하기사 내가 눈고 아는 이상 벌로 사기를 치지는 몬할 끼다. 그라모 저라는 저거는 머꼬?'

그런 생각과 함께 억호는 싸움에 나서기 전에 하는 버릇대로 손등으로 얼굴의 점을 쓱 문지르며 무당을 노려보았다. 그녀 얼굴에서 땀방울이 뚝뚝 떨어져 내리고 있었다. 막 접신接神을 한 무녀가 거기 있었다.

'서두를 끼 아이다.'

억호는 무당이 정신을 차릴 때까지 일단 기다리기로 마음먹었다. 어차피 저런 상태로는 어떤 점복占卜도 어려울 것이다. 억호의 정신은 그 어느 때보다도 투명하게 맑아지고 있었다.

"후우."

얼마나 그런 순간이 지났을까? 마침내 무당의 얼굴이 아주 조금은 산 사람의 그것처럼 바뀌었다. 그녀는 여러 차례나 긴 한숨을 내쉬었다. 그 한숨 소리에 벽에 붙은 글과 그림 그리고 천장에 매달린 천과 종이꽃들이 모조리 떨어져 내릴 듯했다.

'신들린 사람은 다 저런 기까?'

그러고도 얼마나 더 시간이 흘러갔는지 모르겠다. 이제 완전히 억호가 처음 보았던 그녀의 안색으로 돌아온 무당이 힘겹게 말을 꺼내기 시작했다. 그런데 그 첫마디부터가 여간 신경 쓰이게 하는 소리가 아니었다.

"시방부텀 내가 하는 이약 잘 들으소. 안 그라모 안 되는 기라요."

억호가 퉁명스레 대꾸했다.

"잘 듣고 있으이 쌔이 이약해 보소."

무당은 눈을 한번 감았다가 다시 뜨고는 낮고 느린 어조로 혼잣말처럼 했다.

"이거는 암만캐도, 암만캐도."

'머라 씨부리고 있노? 사람 기분 파이거로.'

억호는 또다시 적잖은 긴장감에 사로잡혔다. 무당의 표정과 말투가 갈수록 심상치 않았다. 그리고 다음 찰나였다.

"원혼!"

무당의 입에서 비수처럼 튀어나온 말이었다.

"워, 원혼?"

억호가 소스라치듯 반문했다. 그 서슬에 종이꽃들이 또 한 번 몸을 크게 움츠리고 있는 것 같았다.

"그, 그렇소."

떨리는 목소리로 간신히 그 말을 한 무당이 아이만큼이나 작은 손으로 좁은 이마의 땀을 닦아냈다.

"무신 소린고 더 상세하거로 말해 보소."

억호가 닦달하듯 말했다. 천장에서 아래로 늘어져 있는 여러 색깔의 천들이 별로 바람도 느껴지지 않은데 흔들리는 느낌을 주었다.

"방금 내가 이약한 그대로요."

무당은 그 말을 하는데도 아주 힘이 드는 사람 같아 보였다.

"그대로? 머가 그대로라?"

억호는 억지를 부리는 모양새로 굴었다.

"예, 원혼……."

무당은 진저리를 쳤다. 그녀의 몸에서 매캐한 냄새가 나는 듯했다. 어떻게 맡으면 곰팡이 냄새 비슷했지만 그건 아닐 것이다.

"누? 누 원혼 말요?"

억호의 눈 밑에 나 있는 점이 금방이라도 튀어나올 성싶었다. 그의 내면을 그 점만큼 잘 보여주는 것도 없지 않나 여겨졌다.

"울 아부지?"

억호는 확인하려고 했다. 틀림없을 거라고 보았다. 그런데 무당은 대답 대신 주름이 간 고개를 크게 가로저었다.

"그라모?"

억호는 몹시 안달 나 하는 모습을 감추지 못했다. 또다시 그의 불같은 성미가 도지기 시작한 것이다. 하긴 그 정도로 참았으면 그로서는 대견한 일이었다.

"퍼뜩 말해 봐라 캐도?"

억호 입에서 나온 침방울이 무당 앞에 놓인 앉은뱅이책상 위로 튀었다.

"그, 그, 그."

무당은 새파랗게 질린 입술을 덜덜 떨며 가까스로 말했다. 그 말이 실로 황당하고 해괴했다.

"소, 소의 워, 원혼이오."

일순, 억호 입에서 터져 나오는 말이 사나웠다.

"머요? 소? 소? 시방 무신 장난을 치는 기요, 으잉?"

하지만 무당은 이번에는 좀 더 또렷한 목소리로 한 번 더 말했다.

"맞소. 소의 원혼."

"……."

억호는 잠시 넋이 나간 모습으로 멍하니 앉아 있다가 대뜸 큰소리를 내질렀다.

"소의 원혼이라이?"

그 무당집 상호에 나오는 천계의 보살이 혼겁할 성싶은 고성이었다.

"시상에, 그기 말이나 되는 소리요?"

억호의 큰 다그침을 받은 무당이 밉살맞게 눈동자를 흘겨 뜨고 연해 억호를 쳐다보면서 한다는 소리였다.

"말이 아이고 소라 캤소."

"머? 말이 아이고……."

억호는 너무나 어이가 없는지 손찌검이라도 할 기세로 나왔다.

"허어! 이 할망구가야?"

보통 사람들 같으면 깜짝 놀라 비명을 지를 수도 있었지만, 무당은 그러지 않았다. 그뿐만 아니라 힘이 잔뜩 들어간 두 눈을 부릅뜨고 싸늘하게 쏘아붙였다.

"내가 뫼시는 수호신께 벌 안 받을라모 말 벌로 해쌌지 마소."

그 말을 듣자 억호는 얼굴을 있는 대로 찡그리며 벌침에 쏘인 사람이 방방 뛰듯이 하였다.

"벌? 내가 그깟 벌을 겁낼 줄 아요? 아이제, 누가 내한테 벌을 줄 수 있다꼬오?"

그러나 말은 그랬지만 한풀 꺾인 목소리로 바꿔었다.

"우째서 소의 원혼이라쿠는고 그 이유를 함 털어내 보소."

무당의 말이 갈수록 아리송했다.

"쪼꼼 더 자세하거로 이약하자모, 소가 내린 재앙은 아이고, 그 소를 쥑인 자가 내린 재앙인데……."

무당 뒤쪽에 있는 쪽문 안에서 무슨 소리가 나는가 했더니 이내 조용해졌다. 어쩌면 거기에 누가 있지 않나 하는 의심을 갖게 했다.

"머요? 에나 사람 자꾸 헷갈리거로 할라요?"

억호는 그야말로 전차에 받힌 사람으로 보였다.

"소도 아이고 소를 쥑인 자의 재앙이라이?"

한데, 무당은 점점 더 태산이었다.

"아, 그거도 아이고, 소를 쥑인 자 땜에 희생당한 또 다린 자의 원혼이 내린 기요."

"……."

억호는 철저히 바보로 비쳤다. 하긴 그 아닌 다른 누구라도 그런 말을 들으면 비슷한 반응을 보일 수밖에 없을 것이다.

소의 원혼도 아니고, 소를 죽인 자의 원혼도 아니고, 소를 죽인 자 때문에 희생당한 또 다른 자의 원혼이라니.

거기서 그치지 않았다. 이어지는 무당의 이야기는 억호를 한층 혼란과 무지의 도가니로 몰아넣는 것이었다. 그곳 무당집에 놀러 온 온갖 잡귀신들이 사람에게 못된 장난질을 치면 이러할지 모르겠다.

"내 한 개도 안 기시고 탁 털어놓고 이약하자모 그렇소."

벽면 이곳저곳에 붙여 놓은 괴상망측한 형상의 그림들이 일제히 요사스러운 소리를 내면서 살아 움직이기 시작하는 것 같았다.

"내도 그 이상은 잘 모리것소."

"모, 몰라?"

붉은 글씨로 휘갈겨 쓴 부적처럼 보이는 종이 쪼가리가 앉은뱅이책상 위에서 저 혼자 몸을 뒤채고 있는 듯했다.

"내가 아는 거는 방금 내가 말핸 그기 전부요."

"허."

억호는 한동안 기가 막혀 말도 나오지 않는다는 표정으로 듣기만 했다. 그러고 있더니만 이윽고 숨통 틔우는 소리로 말했다.

"무당이 모리모 누가?"

그러다가 이내 말끝을 흐지부지 말아버렸다. 본디 무당을 신봉하는 그가 아니었다. 하도 답답하고 딱한 나머지 무당집을 찾았지만, 그것은 도리어 무당을 더 불신하는 결과를 낳으려는 꼴이 되고 있었다.

"하지만도 내가 핸 말은 모도 진짜요."

여자 무당의 음성이 남자의 그것과 비슷하게 들렸다.

"분맹히 그리 나왔소."

"음."

무엇이 분명히 그렇게 나왔느냐고 반문하고 싶었지만 억호는 얕은 신음과도 같은 소리를 내며 꾹 눌러 참았다.

"으, 무시라."

무당은 그런 말을 하면서 한층 질린 낯빛이 되어가고 있었다. 그리고 틀림없는 착시 현상이겠지만 그런 무당의 얼굴을 보니 울긋불긋한 종이 꽃들이 모두 새파란 빛깔로 변해 있는 듯했다.

'흐.'

억호 자신도 오싹하지 않은 것은 아니었다. 원혼이라는 말 자체부터 벌써 기분이 나쁘기 마련인데 하물며 그런 원혼이라니 더 그랬다.

'그거는 그렇는데 말이다.'

그런 중에 한 가지 확실한 것은, 소와 관련된 원혼이라는 무당의 말은 오차가 없을 것 같다는 사실이었다.

'아부지가 쇠뿔에 받히서 죽었다 아이가.'

그러자 억호는 무당이 생판 사기꾼은 아니라는 자각이 일기 시작했다. 어쨌든 간에 아무 말도 듣지 못한 것보다는 그래도 낫다는 생각도 들었다.

그런데 다음에 나온 무당의 말이 억호를 또 경악케 하였다. 무당은 대단히 심각해 보이는 낯빛으로 말했다.

"그리 죽어삔 사람은 그리 죽어삔 사람이고, 아즉 살아 있는 사람들도 문제요."

억호는 자신도 모르게 황급히 묻고 있었다.

"아즉 살아 있는 사람들, 누요?"

"눈고 하모 말이오."

무당이 조금 전과 마찬가지로 억호 얼굴을 응시하며 대답했다. 그런데 이번에는 무당의 그런 눈빛이 억호 마음을 상하게 할 겨를도 없었다.

"행재분들 이약이요."

억호가 더없이 놀라며 확인했다.

"우리 행재?"

"……."

"그라모 내하고 만호?"

무당은 잠자코 고개를 끄덕였다. 이번에는 그의 색동저고리에서 향불 냄새가 약간 스쳐 나오는 것 같았다. 어쩌면 그 냄새의 진원은 그녀의 몸이 아니라 쪽문 저 안인지도 모르겠다.

"우리가 와 문제란 말요?"

억호 목소리가 사뭇 흔들리고 있었다.

"그 원혼의 복수는……."

무당은 자신도 겁이 난다는 듯 부르르 몸을 떨고 나서 말을 이어갔다.

"그 한 분(번)만으로 끝나는 기 아이고……."

억호가 소리쳤다.

"머요?"

그 고함에 그 방 먼지가 풀썩 이는 것 같은 느낌이 왔다. 왠지 모르게 어수선한 게 사람 머릿속까지 먼지가 끼게 할 성싶은 무당집 분위기였다.

"조심 안 하모……."

억호는 무당의 그 말을 끝까지 들을 인내심마저 말라버린 나머지 앞질러서 말했다.

"우리 행재도 당한다, 그 말이요?"

무당은 어쩐지 물기가 묻어나는 기분을 자아내는 손바닥으로 앉은뱅이책상 모서리를 가볍게 치고 있다가 지그시 눈을 감으며 말했다.

"내가 뫼시는 신께서 그리 말씀하싯소."

억호는 즉각 이빨 가는 소리로 내뱉었다.

"텍도 없는!"

무당이 천천히 눈을 뜨더니 회유인지 위협인지 분간이 되지 않는 모호한 어조로 혼잣말같이 하는 소리가 억호 신경에 거슬렸다.

"그라이 쌔이 무신 수를 안 쓰모 일 나요."

억호가 콱 쥐어박는 소리로 외쳤다.

"굿을 해라, 그 소리요?"

무당은 점을 보려고 자기에게 온 사람들 앞에서 늘 그런 식으로 하는지 부아가 날 만큼 심드렁한 투로 말했다.

"그거는 오데꺼지나 그짝 집안에서 알아 하실 일이고…….."

억호는 셈도 모르는 철부지 모양으로 굴었다.

"굿을 안 하기 되모?"

무당은 얼핏 사마귀 낯짝을 떠올리게 하는 야릇하고 기묘한 웃음기를 입가에 머금고는 인정머리 없는 자의 표본인 듯이 하였다.

"그거도 그짝에서 판단하실 일이제."

급기야 억호는 천성을 회복했다는 증거로 입에 담지도 못할 욕설을 퍼부었다.

"니기미! 씨팔!"

"훠어이~."

무당이 꼭 잡귀 쫓는 주문을 외듯 하고 나서 머리를 흔들었다.

"이거는 욕해갖고 풀릴 일이 아인데……."

억호가 열불 돋친 얼굴로 불쑥 물었다.

"올매요?"

무당은 아주 큰 선심이라도 쓴다는 표정을 지었다.

"마이는 받을 생각이 없고, 그렇제 머."

억호는 크고 투박한 두 손을 다 집어넣어 주머니란 주머니는 모두 뒤져 있는 대로 휙휙 던져주었다.

"엣소. 이만하모 됐소?"

종이꽃 위에 무진장 돈 꽃이 얹혔다. 일찍이 무당에게 그렇게 많은 복채는 처음일 것이다.

"어이쿠, 무신 돈을 이리키나 주시는고."

무당은 앉은 자리에서 모기만큼이나 가는 허리를 굽실거리기까지 하였다. 영락없는 사마귀로 보였다.

"인자 더 이상 여게 있을 필요가 없것거마."

그런 말을 남긴 억호는 잡귀를 떨치듯 벌떡 몸을 일으켰는데 그게 화근이었다.

'헉!'

엄청난 현기증이 덤벼들었다. 하마터면 그대로 픽 쓰러질 뻔했다. 아무래도 귀신이 들러붙은 모양이었다. 하지만 워낙 강골이었기에 그는 곧바로 몸의 균형을 바로잡았다. 머리는 나빠도 신체만은 축복받았다고 볼만했다.

'젠장, 바람이나 좀 쐬모 낫것제.'

무당집에서 도망치는 걸음으로 빠져나온 억호는 가슴을 쑥 내밀고 연방 깊은숨을 들이마시며 걸음을 떼놓았다.

잠시 다른 세상을 다녀온 기분이었다. 천계보살집과 거기 여자 무당이 이승에 존재하지 않은 대상들로 받아들여졌다.

'걸어감시로 한분 더 생각해봐야것다.'

평소 가마나 인력거를 타지 않고는 단 한 걸음도 옮기기를 싫어하는 억호였지만 이날은 집까지 걸어서 가기로 작정했다. 그는 항변하고 싶은 심정에 혼자 속으로 뇌까렸다.

'머? 아부지 담에는 내하고 만호가 당하기 된다꼬?'

온 세상을 향해 바락바락 악을 쓰면서 고함을 내지르고 싶은 걸 가까스로 참았다. 그러고는 맨 처음부터 다시 한번 곰곰이 되짚어 보기로 했다.

소의 원혼. 소를 죽인 자의 원혼. 소를 죽인 자 때문에 희생당한 자의 원혼.

'아! 가마이 있거라?'

다음 순간, 억호 안색이 싹 변했다. 그는 무언가 크게 깨달은 얼굴이 되었다. 매우 어려운 스무고개 풀듯이 계속해서 입안으로 중얼거렸다.

"소의 원혼, 소를 쥑인 자의……."

그러다가 그는 별안간 세상의 끝을 보고 있는 사람처럼 엄청 놀랐다.

'그, 그, 그렇다모?'

억호 뇌리에 나불천이 흘러가는 서장대 쪽에서 벌어졌다는 그 사건이 찍혀 나오기 시작했다. 자기 나름대로 계산속이 있어 그랬겠지만, 그날의 일을 아버지 배봉은 상세히 말해주지 않았다. 그래서 할 수 없이 그가 무섭게 협박도 하고 살살 구슬리기도 해가면서 집안 종들에게서 들은 내막은 이러했다.

"그 백정 눔을 절벽 밑으로 밀어뜨리뼈라고 마님이 맹넝하시서……."

배봉이 종들에게 백정을 밀어서 절벽 밑으로 떨어뜨려 죽여 버리라고 명령을 했고, 결국 종들은 주인의 명을 좇아 그렇게 하는 도중에, 그만 실수로 종 하나가 백정 대신 절벽 아래로 떨어져 죽고 말았다는 섬뜩한 이야기였다.

"우떤 눔인데?"

억호는 그 백정에 대해서도 물어보았다. 하지만 그 백정이 누구인지는 종들도 알지 못했다. 마님에게서 백정이라는 말을 들었고, 자기들이 봐도 백정 같았다는 것이다.

'하나하나 따지 들어가 보모, 그 원혼은 그날 죽어삔 우리 집안 종늠의 원혼이 틀림없는 기라.'

미신 따윈 믿지 않는다는 평상시 그의 지론은 사라지고, 억호는 지금 당장이라도 어디선가 억울하게 죽은 그 종늠의 원혼이 나타나서 자기를 죽이려고 달려들 것만 같은 위기감에 치를 떨었다. 그 무당의 말을 종합해보면, 그 원혼의 정체는 너무너무 분명해진 것이다.

'으으, 무시라, 무시라.'

억호는 사람들이 많이 지나다니는 훤한 한낮의 길거리임에도 불구하고 걷잡을 수 없는 무섬증에 휩싸였다. 일찍이 그토록 지독한 공포는 겪어보지 못한 그였다.

'아부지가 쇠뿔에 떠받히서 죽은 거는 절대로 우연이 아인 기라. 이거 사말로 맨 첨부팀 마즈막꺼정 다 짜여 있었던 운맹 겉은 기 아이고 머것노?'

소에서 시작하여 백정, 그리고 그 백정 때문에 죽은 종늠에 이르기까지, 모든 것이 아주 일사불란한 모양새로 그려지고 있었다.

'그렇다모 내하고 만호한테도 그 종늠 원혼이 와서…….'

억호는 그 자리에 곧장 무너져 버리려고 하는 몸을 간신히 지탱하였다. 어떻게 성 밖에 있는 집까지 왔는지 기억에 없었다. 집 안으로 발을 들여놓자마자 즉시 자기 사랑방으로 가서 쓰러지듯 드러누웠다.

잠시 후 종들에게서 남편의 귀가를 전해 들은 해랑이 왔다. 그녀는 몸이 크게 아픈 사람 모습으로 누워 있는 억호를 보자 놀라 물었다.

"와 이래예? 각중애 오데 몸이 안 좋아예?"

"……."

죽은 시아버지 사랑방과 구분이 잘 안 될 정도로 비까번쩍한 남편의 사랑방이었다. 어떤 내방객은 왕의 처소를 보았다며 떠벌리고 다닌다는 소문이 나돌기도 했다.

"무당집에는 갔다 오신 기라예?"

"……."

사랑채 용마루에서 억호의 대답을 대신해 주기라도 한다는 듯이 까막까치가 소리를 내고 있었다.

"갔더이 무당이 머라쿠던가예?"

해랑이 무슨 말을 어떻게 물어도 억호는 시종 귀머거리 행세였다. 해랑은 통나무 인간에게 말을 걸고 있는 기분이었다.

"여보! 동업이 아부지! 재업이 아부지!"

그때 사랑채 마당에서 발걸음 소리가 들리더니 마루 위로 올라서는 기척이 났다. 그리고 곧이어 방문을 흔드는 소리가 있었다.

"아부지, 어머이, 안에 계시예?"

동업이었다. 해랑이 일어나 방문을 열고 밖을 내다보며 말했다.

"동업이 니 마춤 잘 왔다."

동업이 문턱을 넘어 사랑방 안으로 들어서며 물었다.

"와 무신 일이 있어예?"

해랑이 아직도 여전히 방바닥에 등을 붙이고 있는 억호를 눈짓으로 가리키며 너무나 답답하고 어이가 없다는 투로 말했다.

"니 아부지가 각중애 사람이 이상해져삣다."

동업이 크고 둥근 눈을 치뜨며 의아한 목소리로 물었다.

"예? 아부지가 이상해졌어예? 그기 무신 말씀이라예?"

서련을 아내로 맞이한 후로 동업은 한층 더 의젓해졌다. 물론 총각

시절에도 묵직한 면이 느껴지는 그였지만 혼례를 치른 뒤로는 더욱 언행이 근중하였다.

"내사 아모래도 잘 모리것다. 그러이 동업이 니가 직접 니 아부지한테 함 여쭤 봐라. 와 그라시는고 말이다."

해랑의 말에 동업은 억호가 누운 이부자리 가까이 다가가 앉으며 물었다.

"오데 몸이 안 좋으시예? 아이모 사업이 잘 안 돼예?"

그래도 아무런 반응이 없는 억호였다. 고개를 살래살래 젓는 해랑을 한번 보고 나서 동업이 또 말했다.

"말씀해 보시소, 아부지. 중요한 일 겉으모 재업이도 오라쿠것심니더."

그러자 억호는 이번에는 아예 몸을 돌려 벽 쪽을 향해 모로 싹 돌아누워 버렸다. 그래도 숨은 붙어 있구나 싶었다.

"어머이."

동업은 더없이 난감해진 얼굴로 해랑을 돌아보았다. 그 표정 또한 나연이 짓는 표정을 그대로 옮겨놓았다.

"대체 무신?"

해랑이 용모와는 전혀 어울리지 않게 방구들이 꺼지도록 한숨을 내쉬고 나서 말했다.

"아모래도 니 아부지 입 여시거로 하는 거는 포기해야것다."

배봉의 방에서 볼 수 있었던 것처럼, 그 방도 문방사우가 탁자 위에서 하품을 하고 있는 것으로 비쳤다. 사람이든 사물이든 주인을 잘 만나는 게 최고였다.

그런데 털어놓자면 아들이 아버지보다도 한술 더 떴다. 지금 그곳 벽에는 문방사우도文房四友圖까지 척 걸어놓은 것이다. 종이, 붓, 먹, 벼루

외에도, 필통과 연적 그리고 도자기까지 곁들인 그 그림은, 정말이지 잘못 태어나도 그렇게 잘못 태어날 수가 없는 것이다.

"무신 일 땜새 저라시는지는 모리것지만도……."

문방사우도가 무연히 아래를 내려다보고 있는 가운데 해랑의 서운함과 투정 섞인 소리가 이어졌다.

"저 양반한테는 니하고 내가, 아들도 아이고 아내도 아인갑다. 진짜 아들이고 아내라꼬 생각하모 저리 안 한다."

억호가 부스럭거리는 소리를 내었다.

"아이기는예?"

동업은 효심이 지극한 자식인 양 어머니를 위로했다.

"그거는 아이고예, 아부지가 멤이 쪼꼼 풀리시모 싹 다 말씀 안 해주시까예."

억호 뒤통수에 눈을 두고서 말했다.

"지가 볼 적에는 쪼꼼 마이 피곤하신 거 겉심니더."

예의 사려 깊은 목소리였다.

"그라이 어머이하고 지하고는 고마 나가는 기 좋을 거 겉다는 생각이 듭니더. 아부지가 푹 좀 쉬시거로예."

해랑이 맥 풀리는 소리로 말했다.

"알것다. 우짜것노, 니 말대로 하는 수밖에."

그런 후에 봉곡리 타작마당을 떠올리게 할 정도로 넓은 억호 등판을 향해 말을 던졌다.

"우리는 고마 나가예. 좀 쉬시다가 해나 머 잡숫고 싶으신 기 있으모 아랫것들 시키서 알리주이소. 내가 맛있거로 장만할 낀께네예."

동업이 손바닥으로 방바닥을 짚고 일어나면서 말했다.

"나가이시더."

해랑도 천천히 자리에서 몸을 일으키며 무슨 이유에서인지 이렇게 말했다.

"옴마 방에 가서 이약 좀 더 하자."

동업은 자신도 그러고 싶었는지 얼른 말했다.

"예, 그라이시더, 어머이."

그런데 두 사람이 막 방문을 열고 밖으로 나가려고 할 때였다. 깊은 잠이라도 든 것처럼 꿈쩍하지 않고 있던 억호가, 갑자기 빠른 동작으로 이쪽으로 돌아누우며 다급한 목소리로 말했다.

"거 조, 좀 있거라!"

"예?"

해랑과 동업은 거의 동시에 뒤를 돌아보며 멈칫 발을 멈추었다. 그러고는 서로 얼굴을 바라보고 있는데, 억호가 일어나 앉으면서 이렇게 말했다.

"내가 할 이약이 좀 있거마."

어쩐지 눈두덩이 움푹 들어가고 그늘이 많이 지고 있는 인상이었다.

"동업아."

"예, 어머이."

해랑과 동업도 다시 돌아와 억호 앞에 앉았다. 두 사람을 번갈아 보며 억호가 힘에 겨운 음성으로 입을 열었는데 참으로 뜬금없는 말이었다.

"시상에 구신이 있다고 보나, 없다고 보나?"

해랑과 동업의 입에서 놀라는 소리가 한꺼번에 튀어나왔다.

"예에?"

그 방의 온갖 가구와 장식품들도 일제히 억호를 바라보는 것 같았다.

"시방 그기 무신 말씀이라예? 구신이라이?"

해랑이 꼭 귀신을 보듯 억호를 보았다. 동업은 그런 기묘한 말을 하는 아버지의 의중을 헤아려 보려는지 말없이 억호를 뚫어지게 응시했다.

"후~우."

억호 입에서 구들장이 내려앉고 서까래가 무너지게 할 한숨이 흘러나왔다. 사랑채 뜰의 정원수에서 이번에도 평소 듣기 힘든 희귀한 새소리가 들려왔다. 간혹 넓은 정원에는 별의별 새들이 날아들 때도 있었다.

"무당한테서 무신 이약을 들은 기지예?"

해랑의 확인하려는 물음에 억호보다 동업이 먼저 말했다.

"아부지가 무당한테 갔다 오신 깁니꺼?"

억호는 말이 없고, 해랑이 고개를 끄덕였다.

나불천은 흐른다

동업의 낯빛이 야릇하고 난감해지고 있었다.

무슨 신이든 간에 절대로 신을 믿는 아버지가 아님을 익히 알고 있는 그였다. 한데 불교도 기독교도 천도교도 아니고 미신을?

물론 동업이 다니던 서원의 벗 중에는 무당이 꼭 미신이 아닐 수도 있다는 말을 하는 사람도 있었다. 어쩌면 우리나라의 전통적인 종교일 수도 있지 않을까 하고 조심스레 벗들의 의견을 타진하기도 했다. 그렇지만 동문수학하는 벗들은 무당의 점占 같은 것은 미신이라고 치부했다.

"함 말씀해보이소, 무당이 핸 이약을예."

해랑이 반드시 알아야겠다는 투로 한 번 더 독촉했다.

"아부지."

동업도 궁금해하는 빛을 보였다. 억호가 왼손등으로 오른쪽 눈 아래 박힌 크고 검은 점을 힘없이 문지르며 입을 열었다.

"우리 집안에 원혼이 씌잇다 쿠는 기라."

"원혼예?"

동업이 귀 빠지고 나서 들어본 적이 없는 말이란 얼굴로 반문했다.

"아, 시방……."

해랑은 대관절 방금 내가 무슨 소리를 들었나? 하는 표정이 되었다. 지금 억호가 하는 짓이 그녀 눈에 낯설어도 너무나 낯설었다. 그 말의 내용에 앞서 그런 억호 모습은 처음이었다.

그랬다. 그가 그런 동작을 취할 때는 언제나 기운이 펄펄 넘쳐 있었다. 그건 단 하나의 행동을 개시하기 직전에만 보이는 동작, 다시 말해서 싸움하기 직전의 모습이었다.

그렇지만 지금 그는 기운이 전혀 없는 상태에서 그런 모습을 보이는 것이다. 마당에서 새는 좀 더 큰소리로 희귀한 자신의 존재를 알리고 있었다.

"우리 집안에 원혼이 씌잇다꼬예?"

동업이 망연자실하고 있는 해랑을 잠시 지켜보고 있다가 억호 앞으로 약간 더 다가앉으면서 물었다.

"아, 아이다, 고만두자. 내가 무담시 그랬는갑다."

억호가 다시 자리에 누워 이부자리 속으로 들면서 말했다.

"고만둘 끼 아인 거 겉네예. 무담시도 아이고예."

해랑이 고집스럽게 나왔다.

"우떤 원혼이라 쿠는데예?"

부모 얼굴을 번갈아 바라보고 있는 동업에게 동의를 구한다는 식으로 말했다.

"시상에 무신 그런 소리를 다 하는고? 미친 무당이 있거마."

한심하고 화난다는 목소리로 그렇게 내뱉는 해랑의 얼굴이 동업의 눈에 익숙하지 못했다. 그렇지만 어쩌면 그게 그녀의 민낯일 수도 있었다.

"미친 소린께 고만두자 쿤다."

그 말만 하고 억호는 천장을 향해 똑바로 누운 채 눈을 감아버렸다.

얼굴의 점이 씰룩거리는 것으로 보였다.

"아부지. 저, 저, 그기 말입니더."

동업이 미처 다 풀지 못한 시험 문제지를 그대로 두고 일어나야 하는 사람의 당혹스럽고 복잡한 얼굴을 했다.

"고만 나가자."

그런 부자를 바라보고 있던 해랑이 매몰차게 말했다. 그녀 몸에서 찬 바람이 씽씽 일었다.

"여서 이래봤자 아모 소득 없다. 내 방에 가서 이약하자."

해랑은 몸을 반쯤 일으켜 세웠다.

"잠깐만예, 어머이."

그렇게 제지하고 나서 동업은 앉은 자세 그대로 억호에게 물었다.

"원통하거로 죽은 혼이 눈고 무당이 말 안 해주던가예?"

억호가 감았는지 떴는지 모를 눈으로 하는 대답이었다.

"말은 해주더마. 말은 해주는데……."

동업은 잠자코 뒤에 이어질 아버지의 말을 기다리고 있는데, 해랑이 엉거주춤 선 자세로 억호를 내려다보며 성급하게 물었다.

"설마 아버님은 아이것지예?"

"……."

해랑의 그 말을 들은 동업의 안색이 파리해졌다. 할아버지의 죽음을 떠올리면 아직도 온몸에 차가운 물이 확 끼얹히는 느낌이었다. 어떻게 쇠뿔에 떠받혀 목숨을 잃는 불상사를 당할 수 있다는 건지 좀체 믿기 어려웠다.

그런데 그다음에 나오는 어머니 말을 듣자, 동업은 이번에는 그만 뜨거운 불길에 휩싸이는 기분이었다.

"그라모 아버님 땜에 죽은 그 종의 원혼이것지예."

너무나 단언적으로 나오는 해랑이었다. 동업은 똑똑히 보았다. 어머니 그 말을 듣는 순간 아버지 몸이 부르르 경련을 일으키고 있었다. 그 아버지 몸 위로 선머슴들이 잡아 땅바닥에 패대기치는 두꺼비가 겹쳐 보였다.

'에나 그런갑다. 종의 원혼.'

할아버지 명을 받아 백정을 죽이려던 종이 도리어 벼랑 아래로 떨어져 목숨을 잃은 사건이었다. 당시 현장에 있던 종들에게 단단히 입단속을 시켜 세상에는 알려지지 않았지만, 그의 집안사람 중에 그 일을 모르는 이는 없었다.

'어머이는 어머이다.'

동업은 정신이 산란한 와중에도 어머니는 역시 보통 여자가 아니라는 생각이 들었다. 무꾸리하는 데 남의 일을 잘 알아맞히는 영검한 족집게 장님처럼 아주 정확하게 짚어낸 것이다.

"그깟 종눔 원혼이 머가 무서버갖고 이라시는 깁니꺼, 예?"

해랑의 고운 입매에서는 그런 소리까지 나왔다. 억호가 다시 눈을 떴다. 그 눈에 독기가 서려 있었다.

"내 멤도 똑겉소. 다만……."

말을 잇지 못하고 머뭇거리는 억호를 겨냥해 해랑은 숫제 다그치는 소리로 나왔다.

"다만, 다만, 머예?"

억호가 몸을 뒤채며 말했다.

"고만둡시다. 이 일은 내가 알아서 해갤할 낀께네."

그럼에도 해랑은 듣기에 따라서는 빈정거림이 섞여 있는 어투로 물고 늘어졌다.

"해갤하고 안 하고 할 끼 머가 있어예?"

억호가 눈동자를 굴려 동업을 올려다보며 말했다.

"니 옴마 데꼬 나가라."

동업이 해랑의 옷자락을 잡아끌었다.

"나가이시더. 아부지도 벨거 아인 거로 말씀 안 하심니꺼."

하지만 해랑은 억호를 대책 없다는 눈초리로 노려보기까지 하면서 뇌까렸다.

"그 증신 나간 무당이, 니 할아부지가 그리 돌아가신 기 그 종눔 원혼 땜이라꼬 벌로 막 주디를 놀린 모냥인데……."

사랑채 마당에서는 그 희귀조의 소리는 사라지고 날만 새면 들을 수 있는 참새들 소리가 요란스러웠다.

"그런 텍도 아인 이약 듣고 와갖고, 저리 해쌌고 있는 니 아부지가 말이다. 너모 한심해서 내가 이란다, 너모 한심해서."

그날따라 그 방 문설주 사이에 가로 놓인 문지방이 여느 때와는 다르게 너무나 낮아 보였다.

"끄응."

신음 비슷한 소리를 내는 억호 얼굴 점이 씰룩거리고 있었다. 예전 같으면 천하없어도 그냥 듣고 누워만 있을 그가 아니었다. 그렇지만 아버지 배봉이 그렇게 죽은 이후로 그는 완전히 사람이 달라져 있었다. 어떨 땐 멍하니 그를 바라보기도 하는 집안 식구들이었다.

한편, 동업이 볼 때 그런 측면에서 작은아버지 만호는 달랐다. 오히려 득세라도 한 양 혈기왕성하게 바뀌었다. 이참에 반드시 내가 가문의 주도권을 잡아야 하겠다고 단단히 작심을 한 사람으로 보였다. 두뇌도 예전에 비하면 잘 돌아가는 듯했다.

그것을 용케 막아내고 있는 사람이 어머니 해랑이었다. 만호 또한 형인 억호보다 형수인 해랑이 더 버거운 상대라는 것을 명확히 인지하고 있는 것 같았다. 하지만 언제 어머니를 무너뜨리고 집안을 장악할지 모를 불투명한 형국이었다.

"어머이, 나가이시더."

"그라자."

"아부지, 잘 쉬시소."

"……."

해랑과 동업은 방에서 나왔다. 그런데 해랑은 좀 전 억호 방에서 말했던 것과는 달리 동업에게 너는 네 방으로 가라고 했다. 동업은 그런 어머니가 아버지보다도 훨씬 더 두렵고 강한 거인으로 다가왔다. 솔직히 불신감이 들었다. 그가 어렸을 땐 없었던 일이었다. 그녀의 치마폭은 할아버지와 아버지를 비롯한 집안사람들로부터 피할 수 있는 유일한 안식처였다.

'진짜 내 어머이, 아부지가 아이라서 장 이런 기분이 드는 기까?'

동업은 가슴 한복판에 커다란 구멍이 뻥 뚫리면서 그 속으로 매섭게 찬바람이 씽 들어오는 느낌이었다. 이제 동업은 자신의 출생에 관해 어느 정도 짐작하고 간파할 수 있는 나이를 훌쩍 넘어 있었다.

맨 처음에 알게 해준 사람은 지난날 그의 집안에서 종으로 부리고 있던 꺽돌과 설단이었다. 동업은 지금도 사람들 몸에 새겨진 문신만큼이나 또렷하게 기억한다. 그가 아직은 한참 세상 물정 어두울 당시 꺽돌과 설단이 자기에게 했던 그 말을.

그땐 당연히 믿지 않았다. 아니, 믿고 싶지 않았다. 그래서 무작정 부정하고 거부하였다. 실수로라도 그것을 시인하면 그의 인생은 그것으로 다 끝이라고 보았다. 그러나 세월이 느린 듯 빠르게 흐르고 나날이 장성하면서 피할 수 없는 숙명으로 받아들이는 단계에까지 도달하였다.

'우짜모 내 아부지는 시방 저 아부지가 아이고, 상촌나루터의 나루터 집 쥔 남자, 비화 그 여자의 남편이 바로 진짜 내 아부지일 수도 있는 기라.'

아버지에 이어 어머니.

'그라고 어머이도 돌아가신 그 어머이가 아이고, 길거리서 만냈던 그 허리 질쭉하고 얼골 가느스름한 여자, 바로 그 여자일 수도 안 있나.'

동업은 이미 다 알고 있었다. 결코, 모른다고 할 수가 없는 것이다. 그렇지만 알고 있으면서도 아무것도 모르는 체하며 살아가기로 마음먹었다. 다른 길은 없었다. 이제 와서 뭘 어쩌겠는가? 더 비참해질 뿐이다. 더 불행해질 뿐이다. 궁극적으로는 살아 있는 게 아닐 뿐이다.

그렇다. 나는 임동업이다. 누가 뭐라고 해도, 아니 나 자신이 뭐라고 해도, 나는 임동업이다. 박, 박이 아니라 임, 임, 임…….

'그거는 그란데?'

그러나 다른 한 사람, 준서만 떠올리면 동업의 감정은 그야말로 뒤죽박죽이 되고 말았다. 임동업도 없고 박동업도 없었다. 임동업도 있고 박동업도 있었다. 있고 없는 그 전체 경계를 허물었다. 모든 감각이 하얗게, 또 때로는 까맣게 변해버렸다.

'내 동상, 내 동상 아이가.'

배다른 동생도 동생은 동생인 것이다. 자기를 버린 부모는 미워해도 그 동생마저 미워할 수는 없었다. 동생도 형과 같은 마음일 거라고 보았다. 참으로 기묘하고 야릇한 감정이 아닐 수 없었다.

'아, 하지만도…….'

그런데 참으로 이율배반적이게도 그 동생은 그와 영원한 적수일 수밖에 없다는 자각만은 소름이 돋을 만큼 너무나도 또렷했다. 아니라고, 아니라고 수천수만 번을 더 되뇌고 되뇌어도 소용이 없었다.

맞았다. 대대로 내려오는 철천지원수 집안의 아들과 아들이었다. 자라면서 동업은 그의 어머니 해랑과 준서의 어머니 비화 사이의 엄청난 간극間隙을 깊이 실감했다. 화해는 영원히 이뤄질 수 없을 거라는 강한 확신이 섰다. 결국, 준서와 그는 건널 수 없는 강의 이쪽과 저쪽에 서 있다고 해야 마땅할 것이다.

'안사람들은?'

동업은 때때로 자기 아내 서련과 준서의 아내 다미를 견주어 보기도 했다. 사내인 내가 이 무슨 '가물치 콧구멍' 같은 졸장부 짓이냐고 자조하면서도 그 묘한 감정을 억누르기 힘들었다. 그리고 내린 결론은 없었다. 어떻게 보면 서련이 나은 것 같기도 하고, 어떻게 보면 다미가 나은 것 같기도 했다.

그러면 준서와 나는? 아니, 준서 역시 나와 똑같은 생각을 하고 있지 않을까? 아니다. 나보다는 아는 게 적으니 분명히 차이는 있을 게다.

"무신 생각을 그리 짜다라 하고 있노? 내한테 할 이약이 더 남았는 기가?"

그때 문득 들려온 해랑의 말에 동업은 퍼뜩 정신이 났다.

"아, 아입니더, 어머이."

자기 얼굴을 유심히 바라보는 해랑에게 물었다.

"머신가 상구 안 좋아 비이는 아부지를 혼자만 저리 놔놓고 그냥 나와삐도 괘안을까예? 아모 상관이 없으까예?"

해랑이 억호가 누워 있는 방 쪽을 돌아보면서 반문했다.

"아아도 아인데 우떻까이?"

다시 고개를 돌려 동업의 안색을 살폈다.

"와 멤이 좀 안 좋나?"

동업은 심경이 복잡할 때면 늘 단순한 방향으로 생각하려는 평소의 습관대로 이번에도 솔직하게 얘기했다.

"다린 거를 다 떠나서 우짠지 기분이 쪼매 그래서예."

해랑이 또 물었다. 끈덕진 그 성질은 여전했다.

"니 기분이 우뗳는데?"

동업은 참 알 수 없다는 표정이었다.

"아부지가 저리 불쌍하거로 비인 거는 생전 첨이다 아입니꺼."

"불쌍하다."

해랑은 잠시 그 말을 곱씹어 보는 빛이더니 왠지 오싹해지는 모양이었다.

"니도 그리 느낏더나?"

"예."

용마루에 걸린 하늘빛이 우중충했다.

"솔직히 내도 말은 안 했지만도……."

"……."

안채로 통하는 중문 쪽에서 바람이 일고 있었다.

"우째서 그런고 니 아부지가 자꾸, 머랄꼬, 아조 낯설거로 느끼지고, 또……."

언제나 붉고 촉촉한 해랑의 입술이 까칠하고 푸르죽죽해 보였다.

"어머이, 잠깐만예."

동업이 께름칙한 기분을 떨쳐버리려는지 애써 밝은 음성을 지어내었다.

"어머이하고 지가 잘몬 봤을 수도 있을 깁니더."

해랑은 아들을 올려다보며 그러기를 소원하는 투로 말했다.

"그런 기까?"

사랑채 정원의 잔디밭 중앙에 서 있는 노송이 그 옆에 놓여 있는 사자

형상의 석조물을 물끄러미 바라보고 있는 것 같았다.

"아부지가 오데 보통 사람입니꺼?"

눈을 크게 떠서 자기를 쳐다보는 어머니를 안심시키려 들었다.

"인자는 비록 연세는 좀 잡숫셨지만도……."

동업은 어쩐지 억지를 부리려는 심산으로 보였다.

"시상 우떤 남자보담도 더 강한 사람이라꼬 봅니더."

"강한 사람, 그런께네 안 약한 사람이다."

그러던 해랑은 자신도 더 이상 나쁜 생각은 하고 싶지 않았다.

"그거는 맞다. 니가 잘 본 기다."

동업이 선 채로 사랑방 쪽을 돌아보며 물었다.

"도로 아부지한테 가 보까예?"

해랑이 고개를 흔들었다.

"아이다, 고만 가자. 또 왔다꼬 무담시 신갱질 부리실 끼다."

동업은 어머니에게서 스산한 가을 분위기를 느꼈다.

"니도 아부지 성깔 잘 안다 아이가?"

이빨을 드러낸 채 포효하고 있는 형상의 사자 석조물이 내는 소리가 금방이라도 들려올 듯했다.

"그라까예."

체념인지 다짐인지 모를 애매한 어조로 그렇게 말하는 동업의 안색이 방에서 본 것보다도 더 어둡고 무거워 보였다.

'근분 생각이 깊은 기 도로 불행일지도 모리는데…….'

그런 동업을 보는 해랑의 마음도 덩달아 착잡해지고 있었다. 재업을 대할 때와는 다른 무엇인가가 그녀를 붙들고 놓아주지 않았다.

"어머이, 여게 서갖고 본께 나모는 모돌띠리 좋은 거 겉십니더. 그란데 이전에는 우째서 그 사실을 모리고 살아왔으까예."

동업이 애써 웃음 띤 얼굴로 말했다. 해랑은 잠자코 웃음으로 그 말에 공감한다는 표정을 지어 보였지만 스스로 헤아려 봐도 어색하기 그지없는 미소였다. 왜 모자가 모두 이런 기분이 되는지 정말 모르겠다.

'증말로 신이 있을까?'

나도 남편이 찾아갔다는, 귀신을 섬겨 길흉을 점치고 굿을 하는 그 여자에게 가서 한번 물어보고 싶다는 어처구니없는 유혹에, 해랑은 그저 자꾸만 맥없이 고개를 뒤흔들었다.

이튿날이었다.

해랑과 동업은 물론 집안사람들 누구도 알지 못했다. 억호가 오전 나절에 혼자 살짝 집에서 빠져나간 것이다.

그는 행인들이 분주히 오가는 길 위에 우두커니 서서 한참 동안 넋을 잃은 사람같이 허공 어딘가를 멍한 눈빛으로 바라보고 있었다. 어쩐지 그의 거구가 그 순간에는 종이 한 장 정도의 무게조차 나가지 않을 것처럼 가볍게 비쳤다.

'짹짹, 짹짹.'

플라타너스 가로수에 앉은 참새들이 재재거리다가 어느 순간부터 홀연 죽은 듯이 입을 다물었다. 그 미물들도 나름대로 이런저런 생각이 많은 건지 모른다. 그렇다면 저것들도 행복하지는 못할 것이다, 그런 기분이 들면서 억호는 함부로 고함이라도 내지르고 싶었다.

'그기 무신?'

간밤 꿈이 지울 수 없는 지문인 양 되살아났다. 지독한 악몽이었다. 길고 캄캄한 동굴 속을 소경처럼 한참 헤매다가 끝없이 깊은 구덩이로 추락하였다. 자연적으로 생긴 구멍인지 누가 몰래 판 함정인지 알 수는 없었다.

"으아아아아……."

그는 비명을 지르며 한없이 떨어져 내리다가 눈을 떴다. 전신이 쇠몽둥이에 맞은 것 이상으로 아팠다. 송곳에 찔린 듯 골이 빠개지는 느낌이었다.

창가는 아직 컴컴했다. 그의 귀에 상봉리 '천계보살집' 여자 무당이 질린 목소리로 한 말이 생생히 들려오고 있었다.

'담 차례는 두 행재분일 수도 있으이…….'

억호는 발을 들어 근처에 서 있는 애꿎은 가로수 둥치를 있는 대로 걷어차며 갖은 욕설을 퍼부었다. 광인의 모습이었다.

여러 갈래로 갈라진 키 큰 플라타너스 나뭇가지 곳곳에 앉아 있던 참새들이 놀라서 한꺼번에 화르르 날아갔다. 그 무리들은 하늘로 비상하면서 그 숫자만큼의 점을 그리는 것 같았다.

"빌어묵을!"

"……."

지나가던 행인들이 발광을 부리고 있는 듯한 억호를 힐끔힐끔 훔쳐보았다. 아무도 말은 하지 않아도 그의 얼굴에 나 있는 점을 보고 누구라는 것을 아는 눈치들이었다. 그 고장 최고 통치자가 와도 대놓고 제지하지 못할 정도의 힘을 가진 자였다.

'머? 백정 땜에 죽은 종눔의 원혼이 아부지도 죽거로 하고 내하고 만호도 노린다꼬?'

억호는 두꺼운 가슴을 쑥 내민 채 코웃음 쳤다. 하지만 그건 자신도 모르게 자꾸만 치솟는 어떤 공포심에서 벗어나기 위한 가식적인 행위에 가까웠다. 그러고 보니 그도 동업의 말마따나 이제는 나이를 많이 먹었는지 모르겠다. 그러지 않고서야 노파 무당이 한 말에 그렇게 신경을 쏟을 리가 없었다.

'내 귓구녕이 우찌 돼삔 기가?'

우선 복채부터 챙긴 무당이 당장 큰 굿판을 벌이지 않으면 또다시 무서운 재앙이 올 수도 있다는 말을 했을 때, 끝까지 듣지도 않고 화를 벌컥 내며 곧장 자리를 박차고 무당집에서 나왔지만, 무당의 말이 계속 귓전을 맴돌았다.

'그냥 몬 이기는 척하고 무당 말대로 굿을 한분 해봐?'

그런 생각도 들었지만, 천하의 배봉가에서 굿을 할 수는 없다고 보았다. 억호는 아까 집을 나올 때부터 머릿속에 그려 두었던 장소를 향해 발을 옮겨놓았다. 역설적이게도 바로 무당이 굿판을 벌이자고 했던 곳이었다.

'종눔 원혼이 질긴 뿌리매이로 거게 절벽 끄트머리에 딱 붙어 있을 끼라고? 그라고 거게 바람 끝에는 그 원혼의 울음소리하고 우리 집안을 저주하는 소리가 묻어 있다꼬?'

그가 가고 있는 곳은 바로 성곽의 서쪽에 자리한 서장대 쪽이었다. 그 아래로 항상 물이 마르지 않고 흐른다고 하여 '만물도랑'이라고도 불리는 나불천이 흐르고 있는 곳이었다.

'내 거 가갖고 함 볼 끼다.'

서장대와의 거리가 가까워질수록 그의 발걸음은 거칠고 사나워졌다. 사람 탈을 쓴 늑대 같았다.

'에나 종눔 원혼이 거게 있는가 보거로.'

그건 결코 객기나 호기가 아니라고 치부했다. 임억호의 간담이 크다는 것을 스스로에게 확인시켜주고 싶어서였다. 보통 사람들 같으면 께름칙하고 기분이 나빠서 그 근처에도 가고 싶지 않을 것이었다.

그러나 이 억호는 다르다고, 달라야 한다고 생각했다. 당장 그곳에 가서 그 못된 장난을 치는 종눔의 혼을 호되게 꾸짖어 주리라 작정했다.

인간 세상에 머물지 말고 지옥으로 가든 다른 곳으로 가든 어서 사라지라고 호통을 칠 것이다. 그저 맹신했다.

'그눔 혼이 낼로 보모 고마 놀래서 십 리는 달아날 끼라. 흐~음!'

그런데 그가 서장대로 향하고 있을 때였다. 그의 저 뒤쪽에서 그를 발견하고 깜짝 놀라고 있는 두 사내가 있었다.

"아, 아부지! 저, 저?"

"마, 맞다! 어, 억호 그눔이닷!"

이건 또 무슨 모를 신의 의도일까? 그들은 뜻밖에도 맹쭐과 그의 아들 노식이었다.

"오, 오데로 가는 기까예?"

얼굴에서 핏기가 사라진 노식이 애써 낮춘 떨리는 목소리로 물었다.

"글씨다."

맹쭐 또한 자제하려고 했지만, 더없이 크게 흔들리는 음성이었다. 억호에 대해 노식보다 더 잘 알고 있는 그이기에 그건 당연한 반응이었다.

'으, 저눔.'

아버지 민치목을 죽인 놈이다. 일본인 죽원웅차와 차베즈의 힘을 빌려 복수를 하려고 했지만 뜻을 이루지 못한 채 오늘에 이르렀다. 그자들은 맹쭐보다 더 돈도 많고 세도도 높은 배봉가에 붙으려고 하는 쪽발이들이었다.

"우짜까예, 아부지?"

노식이 곰의 그것같이 넓은 억호 등짝을 뚫어지게 노려보며 또 물었다.

"음."

맹쭐이 폐부 깊은 곳에서 우러나오는 소리를 내었다. 얼굴 근육은 마비된 것처럼 보였다. 그는 아들을 향해 들릴락 말락 하는 작은 소리로 말했다.

"간밤 꿈에 까치가 까마구를 막 쪼아대는 기 비이더마는."

도끼눈을 한 노식이 맹쭐보다 낮은 소리로 말했다.

"요리 좋은 기회가 또 있것심니꺼."

맹쭐은 행여 놓칠세라 억호에게서 한순간도 눈을 떼지 않은 채 자신에게 주입하듯 했다.

"하모. 요런 기회는 없제. 저눔이 오데 지 혼자 저리 댕기는 거 봤디가?"

부럽기도 하고 신경질도 난다는 투였다.

"장마당 양득이 겉은 사뱅들을 떡 거느리고 댕기지."

노식이 제법 튼튼해 보이는 고개를 끄덕였다.

"그렇심니더. 오늘은 무신 일이 있는고는 몰라도, 다린 때는 혼자 댕기는 거는 본 적이 없심니더."

맹쭐이 아무리 잘 봐주려고 해도 호감이 가지 않는 억호를 노려보며 말했다.

"우쨌든 저눔 뒤를 따라가 보자. 놓치모 안 된다."

"예."

맹쭐이 단단히 주의를 주었다.

"눈치 몬 채거로, 살사알."

"……."

그들 부자는 조심조심 억호의 뒤를 미행하기 시작했다. 발소리를 죽이고 일정한 간격을 유지하였다. 마치 살얼음판 위를 걸어가는 것으로 보였다.

한편, 아무것도 모르는 억호는 뒤에서 봐도 무척 골똘한 상념에 잠긴 모습으로 걸어가고 있었다. 그리고 가다 때로는 그 자리에 멈춰 서서 한동안 무엇인가를 생각하는 모습이 되기도 했다. 그 또한 평소의 억호와는 너무나 달라 보였다.

"따라붙자."

"서, 서라!"

아무튼, 억호가 걸어가면 그들 부자도 따라 걸어가고, 억호가 멈춰 서면 그들 부자도 얼른 멈춰 서곤 하였다. 언제부터인가 세 사람은 오래된 성곽 주위로 기다랗게 이어져 있는 성가퀴를 옆에 낀 채 걷고 있었다.

얼핏 억호는 두 개의 그림자를 가진 사람으로 비쳤다. 얼마나 그런 아슬아슬한 미행이 계속되었을까? 숨을 몰아쉬고 난 맹쭐 입에서 이런 말이 나왔다.

"저눔이 서장대 있는 데로 가는갑다."

노식이 저만큼 보이기 시작하는 사찰의 검은 기와지붕을 통해 아버지의 짐작을 가늠할 수 있었는지 수긍했다.

"그런 거 겉심더, 아부지."

맹쭐은 거기까지 미행해 오면서 줄곧 헤아려 봐도 알 수가 없었던 것을 입에 올렸다.

"서장대는 와 혼자 가노?"

노식도 고개를 갸우뚱하였다.

"그런께 말입니더. 거서 눌로 만낼라쿠는 기까예?"

"그거는 아일 끼다."

워낙 긴장하고 있는 탓에 얼굴 가득 땀방울이 맺혀 있는 맹쭐은 가증스럽다는 듯이 내뱉었다.

"누 만낼라쿠모 기생집 겉은 데서 만낼 족속이다, 저눔은."

여차하면 앞뒤 가릴 것 없이 억호를 향해 덤벼들 태세를 취하고 있던 노식이 뿌득뿌득 이빨 가는 소리로 말했다.

"저눔들 손에 할아부지가 살해당한 거를 생각하모……."

그 사실을 상기시켜주는 아들을 한번 보았다가 다시 얼른 억호에게 시선을 던지면서 맹쭐이 비장한 낯빛으로 말했다.

"니 할아부지가 우리한테 기회를 맹글어 주시고 있는갑다. 억울한 한을 풀어 주라꼬 안 있나."

노식의 안색이 지금까지보다 한층 더 하얗게 변했다. 그러고는 마음의 칼을 가는 소리로 되뇌었다.

"기회."

맹쭐은 결심을 다지는 빛이었다.

"두 분 다시는 없을 기회다."

"……."

노식은 아무 말도 하지 못했다. 막상 실행에 옮겨야 한다고 생각하니 더욱 큰 긴장감에 사로잡히고 있었다. 맹쭐의 말에 시퍼런 날이 섰다.

"오늘 우찌 몬하모 니하고 내하고는 더 살 자객(자격)이 없다."

그러다 어느 한순간 맹쭐이 짧은 비명 지르듯 하였다.

"서, 섰다!"

그들이 몰래 말을 주고받는 사이에 억호는 서장대 가파른 절벽 위에 멈춰 섰다. 비탈 밑에서 올려다보는 억호의 우람한 덩치는 거인을 연상시켰다. 비록 나이는 좀 들어도 예전의 그 몸을 그대로 유지하고 있었다.

'노식이하고 내하고 둘이 기운을 합친다 캐도 우찌될랑가 모린다.'

거기 커다란 나무 둥치 뒤에 몸을 감추고 서서 맹쭐은 생각했다.

'저눔은 온 천하가 다 알아주는 쌈꾼 아이었나.'

노식은 그런 아버지 표정을 읽자 심장이 쿵쿵 뛰는 소리가 들리는 듯했다.

'까딱 잘몬하모 도로 아부지하고 내가 당할 수도 있는 기라.'

그들 부자가 나무 뒤에 숨어서 자기를 노리고 있다는 사실을 까마득히 모르는 억호는, 저 아래로 나불천이 흐르고 있는 벼랑 위에 서서 밑을 내려다보고 있었다.

'요 절벽에 고 종늠 원혼이 붙어 있다, 그 말이제? 흥!'

억호는 코웃음을 치면서 속으로 곱씹었다.

'무당 년이 돈 벌어무울 끼라고 내한테 그런 소리꺼정 해? 대고 씨부릴 사람이 있제, 오데서 감히 누한테 주디를 놀리?'

그는 혼자 당장 한 방 날릴 사람처럼 굴었다. 필요 이상으로 인상을 팍 찡그리기도 했다. 얼핏 군사들을 호령하고 있는 장수 같은 모습으로 비쳤다.

하지만 실상은 그게 아니었다. 그는 간덩이 큰 것처럼 하고 있었지만, 막상 그곳에 당도하자 이상하게 몸이며 마음이 모두 떨리고 있었다. 그건 미처 예상하지 못했던 현상이 아닐 수 없었다.

돈을 노린 늙은 무당년의 미친 소리라고 치부하면서도 어쩐지 전신에 소름이 돋아나는 기분에서 헤어날 수 없었다. 벼랑에 매달려 있던 종늠 원혼이 금방이라도 위로 솟구쳐 그를 해치려고 덤벼들 것만 같은 섬찟한 느낌에 허우적거렸다.

'허, 내가 미칫다. 종늠 원혼 따위를 두려버하다이?'

평소 그가 기침 소리만 크게 내도 독수리 그림자에 놀라는 병아리처럼 그만 덜덜 떨면서 어쩔 줄 몰라 하는 집안 종들이었다. 한데도 그의 귀에는 무당이 하던 말이 한층 더 무게를 싣고 들려오기 시작했다.

'담번에는 그짝 행재들 순선 기라. 그 종의 원혼이 밤낮으로 노리고 있다 아인가베. 으, 무시라. 이리 지독한 증오와 미움이 또 오데 있으꼬?'

억호는 저 서쪽 너우니 방향으로 눈을 돌렸다. 거기는 지난날 망진산 아래 섭천에 살고 있던 백정들이 새로 터전을 잡은 곳이었다. 언젠가 큰 홍수가 나는 바람에 그러잖아도 어렵사리 살아가는 백정들의 집은 말할 것도 없고 사람까지 몰살시켰던 곳이었다.

'백정 눔들 전생에 무신 큰 죄를 그리키 한거석 지잇기에 그런 고통을 당함시로 살아가야 하는고 모리것다.'

그 높은 곳에서 아버지가 종들을 시켜 벼랑 밑으로 떨어뜨려 죽이라고 했다는 그 백정이 생각났다. 아버지를 죽인 천룡을 도살했다고 하는 백정이었다.

'오늘따라 머가 이리 조용하노? 팽상시에는 사람들이 좀 비이는 덴데 모돌띠리 요기 절벽에서 떨어져 뒤짓나. 하나도 안 비이거로.'

어쩌면 여기에 오는 사람은 모조리 그 종놈의 원혼이 달려들어 잡아먹어 버린 게 아닌가 하는, 실로 어처구니없는 망상에도 시달렸다. 한 번 피 맛을 본 귀신은 그 맛을 잊지 못해 계속해서 인간을 노린다고 하였다.

'허 참. 구신 씻나락 까 묵는 소리 하고 있다, 내가.'

아무튼 억호가 그러고 있는 사이에 저 아래 비탈의 나무 뒤에 숨어 있는 부자는 마침내 결정을 내리고 있었다.

"아부지, 살짝 올라가갖고 뒤에서 확 절벽 밑으로 밀어삐이시더."

노식보다 맹쭐이 좀 더 용의주도했다.

"그라기 전에 들키모 우리 둘이서 한꺼분에 덤비드는 기다, 알것제?"

그들이 은신하고 있는 나무에 달려 있는 이파리도 조심스럽게 살랑거리는 듯했다.

"예, 알것심니더."

노식의 어깨에 힘이 잔뜩 들어가 있었다.

"우리는 둘이라꼬 절대로 벌로 나가모 안 된다. 저눔은 최고 쌈꾼인 기라."

"……."

알았다는 그 말도 하지 못하는 노식이었다. 맹쭐은 비록 낮지만 강한 전의戰意가 느껴지는 목소리로 말했다.

"자, 올라가자."

그러다가 아들을 보면서 물었다.

"와 겁나나?"

노식은 자칫 억호 귀에도 들릴 만큼 약간 높아진 소리로 강경하게 부인했다.

"그, 그런 거는 아입니더."

맹쭐은 아들에게라기보다도 그 자신에게 용기를 북돋워 주려는 사람처럼 말했다.

"그라모 와?"

"……."

비탈이 좀 더 가팔라지고 있었다.

"사람들이 아모도 없을 때 후딱 해치야야 되는 기다."

"예……."

이번에는 간신히 그 대답만을 하는 노식이었다.

"우짜모 다린 사람들이 올랑가도 모린다. 모리는 기 아이고 올 끼다."

맹쭐은 다급함을 실은 목소리로 채근했다.

"자, 쌔이……."

"예."

드디어 맹쭐이 앞에 서고 노식이 그 뒤를 바짝 붙어 따랐다. 여전히 그 근처에는 아무 인기척이 없었다. 맹쭐은 또 한 번 하늘이 내린 기회라고 받아들였다. 그러지 않고서야 이곳에 이렇게 사람이 없을 리가 없었다.

억호는 여전히 이쪽에 등을 보인 자세로 벼랑 아래를 내려다보며 서 있었다. 어떤 눈치도 채지 못하고 있는 상태였다. 더욱이 지금 그는 이 런저런 깊은 상념에 잠겨 있는 터라 설혹 누가 옆에서 크게 소리를 질러도 알아듣지 못할지도 모른다.

"……."

드디어 그들 부자는 숨을 죽인 채 억호 바로 뒤에까지 접근해 갔다. 마치 그림자들이 움직이는 것 같았다. 그런데 맹쭐이 노식에게 둘이 억호를 벼랑 아래로 밀어버리자고 눈짓을 하는 그 순간이었다.

어떤 직감이 온 걸까? 갑자기 억호가 뒤쪽으로 휙 얼굴을 돌렸다. 그의 입에서 '아!' 하는 놀란 외마디가 튀어나온 것도 거의 동시였다.

"식아!"

아들을 부르면서 맹쭐이 억호를 향해 온몸으로 돌진했다. 멧돼지를 떠올리게 하는 그 싸움 기술은 점박이 형제에게 배운 것이었다. 노식도 같은 행동으로 들어가며 큰 기합을 내지르듯 하였다.

"에잇!"

그런데 그들 부자보다 억호 동작이 간발의 차이로 빨랐다. 억호는 날쌔게 몸을 피하면서 억센 악력으로 맹쭐의 몸을 뒤에서 잡았다. 맹쭐이 느끼기에 꼭 독수리 발톱에 채인 것 같았다.

"이것들이?"

억호는 맹쭐을 쓰러뜨리려고 했다. 하지만 맹쭐도 만만치 않았다. 비록 억호만큼은 아니어도 그 역시 지난날 점박이 형제를 쫄쫄 쫓아다니면서 익힌 싸움 기술이 있었던 것이다.

"오데서?"

그런 소리와 함께 맹쭐은 얼른 매끄럽게 몸을 빼어 억호와 마주 섰다. 그곳 높은 벼랑의 공기 흐름이 일시에 정지하는 듯한 분위기가 몰려왔다. 저 밑에서 흐르고 있는 물도 딱 멈추고 있는지 알 수 없었다.

"니눔들이 감히 내를?"

억호 두 눈에 불이 일었다. 오른쪽 눈 아래 나 있는 크고 검은 점이 마구 씰룩씰룩 했다. 어쩌면 그의 힘은 그 점에서 나오는 것인지도 모른다.

"아부지 웬수를 갚을 끼다!"

맹쭐은 세상에서 가장 표독스러운 맹수가 성이 나서 으르렁거리며 물려고 하는 것 같아 보였다. 오로지 아버지 복수 하나만을 하기 위해 눈알이 뒤집혀 있는 그의 모습은 거기 벼랑에 붙어 있다는 종놈의 원혼마저 두려워할 성싶었다.

"니 오늘 죽었다."

노식도 맹쭐과 합세하는 동작을 취하며 무섭게 말했다. 막상 행동으로 옮기자 묘하게도 이제까지의 긴장감과 두려움은 사라지고, 그 대신 반드시 저놈을 죽여야 한다는 일념에만 사로잡히고 있었다.

"요것들이야? 뒤질라꼬 환장을 했는 기라."

억호는 분을 이기지 못해 방방 뛰었다. 일찍이 그에게 이런 식으로 나오는 자는 없었다. 자기를 해치려고 하는 쪽은 둘이고 그는 혼자지만 그렇다고 해서 겁을 집어먹거나 달아나려는 빛은 추호도 없었다. 역시 그 이름값을 톡톡히 하는 억호였다. 그뿐만 아니라 그는 이런 으름장을 놓기도 잊지 않았다.

"애비하고 자슥 새끼가 이리쌌는 거 보이, 가문 문 닫을라꼬 작심을 한 모냥이거마."

맹쭐이 독기를 내뿜는 기세로 응수했다.

"누 가문 문 닫는가는 지키보모 알것제."

억호는 무쇠라도 으스러지게 할 정도로 커다란 두 손아귀에 잔뜩 힘을 넣으면서 말했다.

"온냐, 지키보자."

그 말들을 끝으로 억호와 맹쭐은 곧 한 몸이 되었다. 그러고는 그 높고 아슬아슬한 벼랑 위에서 서로 뒤엉켜 땅바닥을 이리저리 굴러다녔다. 거기 서장대가 함부로 흔들리는 것 같았다.

"이, 이?"

노식은 기회를 보아 억호에게 달려들려고 했지만, 아버지와 엉켜 있는 바람에 쉽지가 않았다. 억호를 노린다는 게 자칫 아버지를 다치게 할 위험도 다분히 있는 것이다. 한데 다음 순간이었다.

"헉!"

노식 입에서 놀라는 소리가 터져 나왔다. 그가 그러고 있는 동안에 맹쭐이 억호 밑에 깔리고 말았던 것이다. 아마 태산이 짓누르고 있는 듯한 무게감에 시달리고 있을 맹쭐이었다.

"이 쌔끼!"

그런 욕설과 함께 억호가 무쇠 같은 주먹으로 맹쭐의 얼굴을 내리치려고 했다. 단단히 벼른 그의 주먹 한 방이면 맹쭐 얼굴은 그야말로 묵사발이 되고 말 것이다.

"이눔아!"

그 위기일발의 찰나에 노식이 그렇게 소리를 지르며 억호에게로 몸을 날렸다. 사태가 사태인 만큼 그에게서는 평소보다 몇 배 강하고 빠른 행동이 나오고 있었다. 사실 그의 아버지도 점박이 형제에게 비하면 약한 편이지만 보통 사람들보다는 훨씬 강인하고 독한 기질을 가진 자였다.

"보자, 요눔."

그러자 이번에는 노식을 상대하느라 그를 놓친 억호에게서 풀려난 맹쭐이 몸을 일으켜 무서운 기세로 덤볐다.

"이, 이것들이?"

크게 당황한 억호는 두 사람을 상대하기 위해 안간힘을 다했다. 그는 맹쭐보다도 나이가 더 든 데다가, 노식은 지금이 한창 나이였다. 그가 비록 최고 쌈꾼이었지만 죽기 살기로 협공하는 둘을 혼자 감당해 내기에는 너무 버거워 보였다. 그의 입에서는 어쩔 줄 몰라 하는 소리가 나왔다.

"어? 헉……."

그러나 억호는 아직도 왕년의 그 기술이 완전히 녹슬지는 않았다. 자기보다 나이가 젊은 두 사람과 겨루고 있었지만, 일방적으로 밀리는 것은 아니었다. 오히려 때로는 맹쭐과 노식이 위험한 고비를 간신히 넘기기도 했다.

'까악, 까악.'

성가퀴 아래 가파른 비탈에 위태롭게 서 있는 오래된 팽나무에서 까마귀가 울고 있었다. 이날따라 그 울음소리에는 여느 날보다도 짙은 피 냄새가 배여 있는 것 같았다. 놈은 누가 죽든 죽으면 그 시체를 파먹기 위해 인내를 가지고 기다리고 있는 게 틀림없었다.

"얍!"

"억!"

한참 동안 그렇게 엎치락뒤치락하다가 어느 순간 또다시 억호와 맹쭐이 엉겨 붙었다. 그러고는 서로 상대를 벼랑 밑으로 밀어뜨리기 위해 말그대로 젖 먹던 힘까지 다 쏟고 있었다. 맹쭐이 밀리기 시작했다.

"아, 아부지……."

기겁을 한 노식이 억호에게 덤벼들었고, 이제 부자가 억호 하나를 가파른 벼랑 밑으로 밀어버리기 위해 기운을 합하고 있는 형세였다. 그러자 억호가 제아무리 힘이 세고 몸이 날렵하다고 해도 역부족이 아닐 수 없었다.

"식아, 다, 다리 자, 잡아라!"

맹쭐이 두 손으로 억호의 팔을 붙든 채 숨을 헐떡이며 노식에게 말했다.

"예."

노식이 부리나케 몸을 숙여 억호의 다리를 잡았다. 그러자 억호는 팔과 다리를 한꺼번에 붙들린 꼴이 되고 말았다. 영락없이 그물망에 걸려든 짐승이었다.

"어? 어?"

억호는 더없이 당황한 소리를 내며 그들 부자의 손아귀에서 벗어나려고 발버둥을 쳤다. 최후의 발악이었다.

그렇지만 상황을 역전시키기에는 늦어버렸다. 둘을 상대로 기력을 모두 쏟아버린 억호는 온몸에서 점점 맥이 풀려나가고 있었다.

"미, 밀어라!"

맹쭐이 억호의 팔을 꽉 잡고 그의 상체를 벼랑 쪽으로 밀면서 소리쳤다.

"예."

노식이 억호의 다리를 꼭 잡고 그의 하체를 같은 방향으로 밀었다.

"이, 이, 이것들이?"

억호는 그들 부자에게서 풀려나기 위해 물에 빠진 사람처럼 허우적거리며 마지막 힘까지 짜내었다. 그야말로 죽음의 아가리에서 탈출을 도모하기 위한 처절한 모습이었다. 그러나 끝내 올 것은 왔다.

"으아아아악!"

단말마와 같은 그 소리는 그다지 오래가지도 않았다. 저 아래서 '첨벙' 하는 물소리가 들린 것도 같고 들리지 않은 것도 같았다.

"……."

그들 부자는 아무것도 알 수 없었다. 다만 한 가지, 억호의 몸이 벼랑 저 밑으로 사라져버렸다는 그 사실만은 확실히 알 수 있었다.

"아부지."

노식이 아버지를 불렀다.

"노식아."

맹쭐은 아들을 부르며 그 자리에 털썩 주저앉았다.

노식도 맹쭐과 동시에 땅바닥에 그대로 몸을 내려놓았다. 기진맥진한 그들은 눈빛도 개개 풀려 있었다.

'카오옥!'

과연 영물이었다. 나무에 앉아 있던 까마귀란 놈이 아주 날쌔게 벼랑 밑으로 몸을 날리고 있었다. 사철 물이 마르지 않아 '만물도랑'이라고도 불리는 나불천이 흐르고 있는 곳이었다.

'카오옥!'

까마귀가 내지르는 소리가 지옥 깊은 골짜기에서 들려오는 것처럼 아스라하게 전해지고 있었다.

'까~악, 까~악.'

언제 몰려든 것일까? 처음에는 팽나무에 앉아 있던 까마귀 한 마리밖에 없었는데 어느새 무수한 까마귀들이 출몰하고 있었다.

그러나 그 까마귀들은 아마도 시신을 발견하지 못한 모양이었다.

그로부터 사흘 후였다. 억호 사체는 거기서 동쪽에 솟은 선학산을 떠받치고 있는 뒤벼리 아래로 흐르는 남강 물 위에 무슨 추한 부유물처럼 떠올랐다.

그의 죽음은 영원한 미제謎題 사건으로 남게 되었다.

온 사람 간 사람

달도 차면 이지러지고 이지러졌다가 다시 차오른다.

비화 친정집이 있는 성 밖 동네에도 비슷한 일이 생겨났다.

－머라꼬?

－안 죽고 살다 보이 요런 일도 안 보나 말이다.

좌우로 거느린 행랑채 지붕보다도 높은 솟을대문이 하늘 밑구멍을 찌르는 임배봉의 대저택은, 배봉의 뒤를 이어 큰아들 억호마저 죽어 '나간 집'이 되었는데, 거기 같은 동네에 있는 왕눈 재팔의 달팽이집 같은 초가집은 살아 '들온 집'이 되었다.

－누는 죽어 나가고…….

－누는 살아서 오고…….

응당 일본 땅에 있어야 할 왕눈이 쓰나코라는 일본 이름을 가진 여자와 함께 부모 형제가 있는 고향 집에 모습을 나타낸 것이다. 그것은 '기적'이라고 이름 붙이기에도 모자라고 가당찮을 만큼 너무나 경악할 일이 아닐 수 없었다.

－에나 일본 여자라 쿠더나?

350

─일본 여자모 일본 여자제, 에나 일본 여자는 또 머꼬?

도대체 그동안 그들에게 무슨 일이 있었던 것일까? 그 사연을 이야기 하자면 여러 날밤을 꼬빡 새워도 다 못 할 노릇이었다. 무엇보다도 세월 이 흘러도 너무나 많이 흘러가 버렸다. 그건 그렇고, 어쨌든 간에 가장 중요한 것은 왕눈의 귀향이라고 하는 그 엄연한 사실이었다.

─봐라, 역시나 하느님은 있다 아이가. 섬나라 오랑캐 눔들한테 천벌 이 내린 기라. 그란데 와 죄도 없는 우리 동포들을……

얼마 전 일본 본토에서 대지진이 일어났는데, 그때 일본에 살고 있는 조선인들이 폭동을 일으켰다고 했다. 하지만 그것은 사실 폭동이 아니 었다. 그렇지만 막대한 지진 피해를 당해 분풀이할 대상을 찾던 일본인 들은 애먼 조선인들에게 덮어씌워 온갖 포악한 짓을 저질렀다. 그들은 눈에 보이는 '조센진'에게는 무조건 뭇매를 가하고 심지어 목숨을 앗는 일마저 서슴지 않았다.

그런 아비규환 속에서 왕눈에게 비슷한 일이 일어났다. 왕눈은 일본 인들에게 심한 린치를 당했다. 게다가 쓰나코마저 굉장히 험한 꼴을 보 아야 했다. 쓰나코 경우는 일본인들 오해에서 비롯된 사고였다. 그들은 조선인 왕눈과 함께 있는 쓰나코도 조선 여자라고 착각한 것이다.

"무담시 내 땜에 이리 돼삔 깁니더."

왕눈은 자신의 상처는 어찌해 볼 생각도 하지 않고 쓰나코 몸을 걱정 하면서 미안해하는 말만 되풀이했다. 그런데 쓰나코는 고개를 흔들며 이렇게 말했다.

"저들이 잘못 본 게 아닐 수도 있어요."

왕눈은 그 말을 되뇌었다.

"저들."

자기 동족에게 '저들'이라고 하는 쓰나코가 왕눈에게 대단히 낯설게 비쳤다. 그렇지만 그러는 쓰나코가 보다 친근하게 느껴지는 것도 사실이었다. 어쨌든 왕눈은 그러잖아도 왕방울만 한 눈을 한층 크게 뜨며 물었다.

"그기 무신 말입니꺼?"

쓰나코 얼굴에 애조를 띤 빛이 감돌고 있었다. 음성에도 저녁놀을 떠올리게 하는 쓸쓸한 기운이 묻어났다.

"제 말뜻은……."

쓰나코는 말을 잇지 못했다. 왕눈 가슴이 뭉클했다. 어쩌면 쓰나코 얘기대로 그건 일본인들의 착각이 아닐 수도 있었다.

쓰나코는 어머니 노요리에가 조선 도공 이삼평의 후손이라고 했다. 쓰나코 몸에는 조선인의 피가 흐르고 있었고, 외모도 조선인과 흡사한 면이 적잖게 있었던 것이다. 하긴 왕눈도 쓰나코를 처음 만났을 때 그녀가 조선 여자라고 여겼었다.

하마터면 몰매를 맞아 죽을 뻔했던 그 위기의 순간에 그들이 살아나게 된 것은, 극히 당연한 일이지만 쓰나코의 유창한 일본말 덕분이었다.

처음에는 쓰나코도 조선 여자라고 보았던 일본인들은 유창한 자기들 말로 강하게 항의하는 쓰나코를 보자 그들이 오인했다는 것을 뒤늦게 깨닫고는 사과까지 했다. 그러고는 쓰나코 일행인 왕눈도 일본인이라고 생각한 것이다.

그 집단 폭행의 대상이 되었던 왕눈은 전신에 시퍼런 피멍이 들 정도로 마구 두들겨 맞았으며, 쓰나코도 머리채를 낚아채고 얼굴에 큰 상처를 입었다.

그런데 세상사 참으로 기묘한 이치였다. 왕눈은 일본인들이 마구 휘두르는 주먹과 몽둥이에 머리를 심하게 가격당한 바람에 그 충격으로 기절을 하고 말았다. 그리고 다시 정신이 돌아왔을 때 그에게는 기적이 일어났다. 그건 제2의 탄생이라고 해도 무방했다.

오래전 둘이 같이 걸어가던 도중에 붕괴되는 건물 더미를 먼저 발견하고 쓰나코를 구해준 대신 자신은 머리를 얻어맞고 일종의 '시간 감각 상실 증세'에 걸려버렸던 왕눈이었다. 그러다가 이번에 일본인들에게서 머리를 구타당하는 일을 겪자 다시 시간 감각을 알 수 있도록 정상적인 머리로 돌아왔던 것이다. 그것은 짚어볼수록 전지전능한 신의 보살핌이 아니고는 도저히 있을 수 없는 일이었다.

"아, 어떻게?"

"감사, 감사!"

쓰나코는 말할 것도 없고 그녀 부모 고케시와 노요리에의 기쁨도 더할 수 없이 컸다. 자기들 딸 때문에 시간 감각을 상실해 버린 왕눈에게 항상 죄책감을 품고 있던 부부였다. 그런 판에 이런 축복이 내렸으니 더 이상 바랄 게 없었다.

"여보, 우리……."

"내 생각도 그렇소. 이제 두 사람……."

그들은 왕눈이 정상적인 사람으로 돌아오자 조금도 주저하지 않고 딸과 혼인을 시킬 마음부터 먼저 내비쳤다. 두 사람 모두 나이가 나이인 만큼 일단 불이 붙기 시작한 일은 일사천리로 진행되었다.

그리하여 두 사람은 한참 늦은 혼례를 치렀는데 다시 한번 예사롭지 않은 일이 생겨났다. 부부가 되자마자 왕눈보다 쓰나코가 더 한국에 가보자는 강한 신념과 열의를 드러냈다.

"내도 가고는 싶지만도……."

왕눈은 망설였다. 마음이야 쓰나코보다 훨씬 더 가고 싶은 조국 고향 집이었다. 하지만 그동안 숱한 세월이 흘러가 버렸고, 시간 감각을 잃어버린 그는 백수로서 쓰나코 집안에 얹혀 살아왔다는 사실이 너무나 부끄러웠다. 이런 상태로 부모님과 동생을 만날 면목이 없다고 자책했다. 왕눈의 그런 생각을 깨뜨린 사람이 쓰나코였다.

"이 모든 건 재팔 씨의 잘못이 아녜요. 오히려 저한테서 비롯된 일인걸요."

쓰나코는 자신이 사고를 당할 뻔했는데 왕눈이 방패막이를 해준 바람에 오늘날의 이런 상황에 이르렀다는 것을 여러 번이나 상기시켰다.

"그러니 지금이라도 빨리 가요, 네?"

왕눈이 정신이 없을 정도로 서두르기를 잊지 않았다.

"그리고 저 있죠."

꿈꾸는 눈빛으로 말을 이어갔다.

"재팔 씨 부모님과 동생 되시는 분을 꼭 만나보고 싶어요."

"……."

그리운 부모 형제 이야기가 나오자 아무 말도 하지 못하고 금방 두 눈에 눈물이 글썽이는 왕눈의 손을 가만히 잡아왔다.

"어떻게 생긴 분들일까 늘 궁금했거든요."

"이거는 다린 문젭니더."

그래도 왕눈이 계속 주저하는 모습을 보이자 이런 말도 했다.

"부모님과 친지들, 그리고 고향 사람들에게는 재팔 씨가 일본에 있을 때 사업을 했다고 말해요."

왕눈은 쓰나코에게 손을 잡힌 채로 눈을 끔벅이며 반문했다.

"사업?"

그러자 살포시 웃음을 지으며 쓰나코가 하는 말이었다.

"예, 도자기 사업을요."

"우찌 없는 일을 지이냅니꺼?"

왕눈이 고개를 내젓자 쓰나코는 좀 더 확신에 찬 목소리로 말했다.

"거짓말이 아니에요. 저나 재팔 씨 몸속에는 조선인의 피가 흐르고 있잖아요."

왕눈은 흡사 처음 말을 배우는 아이 같았다.

"피. 조선인 피."

마주 잡고 있는 쓰나코의 손이 한층 따스한 기운을 전해주는 느낌이었다.

"여기 일본에 처음 도자기 기술을 전파해 준 사람도 같은 조선인이고요."

남편의 나라에 긍지와 자부심을 가진다는 빛이었다.

"그러니 우리가 도자기 사업을 했다고 해도 괜찮아요."

그러다가 쓰나코는 문득 떠올렸는지 이렇게 말을 바꾸기도 했다.

"아, 참. 재팔 씬 우동집을 하고 싶다고 했던가요? 그러면 우동집을 했었다고 얘기하면 되죠."

거기까지 듣고 있던 재팔이 목구멍으로 기어드는 소리로 말했다.

"그라모 일단은 도자기 사업을 했다쿠는 기 좋겠네예. 내중에 우동집을 하더라도 일단은 말입니더."

"그렇게 해요, 우리."

쓰나코 얼굴이 활짝 펴졌다. 그녀는 꿈에 부푼 낯빛으로 말했다.

"아아, 어서 재팔 씨 고향에 가보고 싶어요. 우리 어머니의 조국 땅말예요. 바로 모국이죠."

"여보."

왕눈은 쓰나코가 그렇게까지 자기 어머니 나라에 대해 동경과 애착심을 품고 있을 줄은 몰랐다. 가끔 조선에 대해 얘기할 때 아주 좋은 감정을 갖고 있구나 하는 느낌은 들었지만, 저 정도일 줄이야. 여하튼 바로 그게 왕눈과 쓰나코가 한국으로 들어오게 된 결정적인 연유였다.

"아, 니, 니가 우리 재팔이 맞는 기가?"

"재팔아이, 니가, 니가 안 죽고 살아 있었다이?"

"성님아! 내 상팔이다. 내 알것나, 상팔이."

왕눈의 부모와 동생은 죽은 식구가 살아 돌아온 것처럼 기뻐하면서 몇 시간이고 눈물을 멈출 줄 몰랐다.

"아아."

왕눈도 꿈을 꾸는 기분이었다. 이게 꿈이라면 제발 깨지 말아 달라고 빌었다. 지금까지 그토록 긴 세월이 흘러간 줄도 모르고 살아온 그였다. 일 년이 하루 같고 십 년이 일 년 같았던 지난날들이었다. 그게 꿈이라면 꿈이었다.

그 자신은 감각이 없는 탓에 시간이 별로 많이 흐르지 않은 것으로 알고 살았기에 그래도 고통과 절망이 조금은 덜했겠지만, 실제 시간의 흐름을 겪고 아는 가족들의 안타까움과 괴로움은 얼마나 심했을까 생각하면 가슴이 미어터지는 듯했다.

"고, 고맙거마는."

"우찌 이리 참한 색시를 얻었을꼬."

"행수님."

왕눈의 가족들이 쓰나코를 대하는 태도는 이루 말로 표현할 수 없었다. 하지만 처음에는 문제가 없었던 게 아니었다.

"머?"

"그, 그라모!"

부모는 쓰나코가 일본 여자라는 사실을 알자 대번에 안색이 싹 바뀌었다. 상팔도 눈치 살피기에 바빴다.

몹시 난감해진 사람은 왕눈뿐만이 아니었다. 어느 정도 예견하고 있었던 쓰나코도 더없이 당혹스러운 빛이었다.

"……."

한동안 방 안 가득 숨을 막히게 하는 공기가 흘렀다. 일본에 있으면서 일본인의 조선인에 대한 학대와 겁박을 목격한 왕눈은, 일본인들이 남의 나라인 한국 땅에 들어와서까지 얼마나 심한 횡포와 만행을 부렸는가를 깨달을 수 있었다.

'내가 살아서는 도저히 돌아올 수 없었던 거 겉은 집에 돌아왔는데 또 이런 난관에 부닥치다이.'

어쨌거나 그의 부모와 동생에게는 며느리와 형수인데, 쓰나코 앞에서 그런 민감한 반응을 보인다는 것은, 그만큼 식민지 민족으로 살아가는 게 힘들고 어렵다는 증거일 거라고 이해는 되면서도, 왕눈의 심정은 거대한 암초에 부딪힌 것만큼이나 막막하기만 했다.

그런데 약간의 반전이라고 할까, 서로 마음의 문이 열리기 시작한 것은 한참 동안 깊은 상념에 잠겨 있던 쓰나코가 이런 말을 꺼낸 다음부터였다.

"제 아버지는 일본 사람이지만 제 어머니의 조상은 원래 조선 사람이었어요."

그러자 왕눈의 부모보다 동생 상팔이 먼저 물었다.

"그라모 그짝 분 몸속에도 우리 조선인 피가 흐른다쿠는 이약입니꺼?"

경상 방언에 익숙한 쓰나코는 상팔의 말귀도 금세 알아들었다.

"예, 도련님."

모두 놀란 얼굴로 쓰나코를 바라보았다. 그녀는 상팔에게 서슴없이 도련님이라고 불렀다.

"어머이가 조선 사람 후손이라."

석만수가 마음에 새기듯 하였다. 그런 그에게서는 아주 작은 지푸라

기 하나라도 꼭 잡고 싶어 하는 기색이 엿보였다.

"그라모 벨 문제가……."

여간해선 자기 견해를 앞서 꺼내는 사람이 아닌 기 씨도 남편 눈치를 보며 말끝을 흐렸다.

"하모예! 머 문제가 있것어예? 안 그래예?"

부모 말이 떨어지기 무섭게 상팔이 소매를 걷어붙이고 나설 태세였다.

"상팔아."

왕눈은 그런 동생이 너무나 고맙고 믿음직스러웠다.

"그리고, 또 있어요."

쓰나코도 한층 용기를 얻은 모습을 보였다.

"사실 일본에 도자기를 전해준 이삼평이라는 분이 제 외가 쪽 조상이에요."

만수는 그 말에 귀가 번쩍 틔는 모양이었다.

"이삼팽? 가마이 있거라, 이삼팽이라모 도자기로 유맹한 그 도공 아이가?"

왕눈이 그 기회를 놓칠세라 얼른 입을 열었다.

"예, 아부지. 그래서 지도 일본에 있을 때 도자기 사업을 했다 아입니꺼. 도자기 사업을 말입니더."

기 씨가 듣던 중 너무나 반갑다는 목소리로 물었다.

"도자기 사업! 그라모 니가 일본서 사업을 했다, 그 말이가?"

상팔도 여간 자랑스럽지 않다는 표정이었다.

"야아, 우리 새이가 넘의 나라 일본서 사업을 했다이, 내는 에나 안 믿깁니더."

쓰나코가 빈틈을 주지 않으려는 의도로 급하게 말했다.

"저희 외가가 그런 집안이어서 그런지 도자기 사업이 번창했어요. 여기 조선 땅에서도 그런 사업을 할 계획이랍니다."

그러다가 새신랑처럼 말쑥하게 차려입은 왕눈을 한번 보고 나서 덧붙였다.

"아니면 우동집을 할 생각도 하고 있고요."

세 식구 모두 한입으로 복창하였다.

"우동집!"

그들은 그 고장에서 일본인이 운영하고 있는 우동집을 퍼뜩 떠올렸던 것이다. 일본식의 밀국수, 가락국수인 우동이었다. 만약 한국인이 그런 음식점을 한다면 더 많은 손님이 들 수도 있을 것이다.

'상촌나루터에 있는 나루터집도 함 봐라. 우동집은 아이고 콩나물국밥을 파는 데지만도, 올매나 돈을 한거석 번다고 소문이 나 있노.'

'도자기 사업이든 우동집이든 간에, 인자 우리 재팔이는 넘들 하나도 안 부럽거로 잘살 수 안 있것나.'

부모는 똑같은 마음이 되어 갔다. 그 표정을 읽은 왕눈과 쓰나코 시선이 마주쳤다. 크게 안도하는 눈빛이었다.

하긴 왕눈의 부모도 쌍수를 치켜들고 환영할 일이지 막을 계제는 못 될 것이다. 우선 재팔의 나이가 그만큼 들었고, 무엇보다 죽은 줄로만 알았던 아들이 며느리까지 데리고 왔으니 더 바랄 게 무엇이랴. 여기서 무얼 더 원한다면 그건 과욕을 넘어 죄악이라고 해야 할 것이다.

그동안 재팔은 객사했을 것이라고 보고 동생 상팔의 혼례를 생각하고 있던 참이었다. 상팔도 혼인 적령기를 한참이나 넘기고 있었다. 그렇지만 행여 재팔이가 돌아오지 않을까 기다리느라 차일피일 미루다 보니 지금까지 오게 된 것이다. 이제는 상팔도 짝을 맞춰주면 되었다. 그래, 다 잘된 것이다.

"사람이 살다 보이 이리 좋은 날도 있거마."

"그래서 쥐구녕에도 볕 들 날 있다 안 쿠던가예."

만수와 기 씨는 연방 싱글벙글하였다. 상팔은 만세라도 부르고 싶은 품새였다. 어느새 그들 얼굴에는 재팔이 데리고 온 사람이 일본 여자라는 사실을 모두 잊어버린 기색이 서려 있었다.

어머니 조상이 조선 사람이었다고 하니 며느리가 절반은 조선 사람이었다. 도자기 사업이든 우동집이든 먹고사는 일도 해결될 것이다.

일제의 횡포가 갈수록 그 도를 넘고 있었다.

증오와 울분을 억누르지 못한 얼이는 꼭두쇠 이희문이 이끄는 오광대 패에게 가서 그들과 어울리며 맺힌 한과 설움을 푸는 날들이 많아졌다. 오광대 사람들은 얼이를 볼라치면 꼭 이렇게 농을 걸어오곤 했다.

"효길이 총각은 와 같이 안 왔노?"

"효길이 총각이 쌍둥이 아들을 낳담서?"

이희문이 쓰잘데없는 소릴랑 거두라고 만류해도 그들은 멈추지 않았다. 그만큼 효원과 얼이로 말미암아 그네들이 겪었던 일이 희귀하고 충격적이었다는 증거가 아닐까 싶었다.

"설마 하매 싫증이 나갖고 서로 싸운 거는 아이것제?"

"그래 싸와본께 누가 더 세던고?"

그러면 얼이는 이렇게 응하면서 그냥 씩 웃기만 했다.

"운제부텀 오광대 놀음판이 탈도 안 쓰고 하는 요런 식으로 배낀 깁니꺼."

요즘 효원은 집에서 쌍둥이 문림과 무림을 돌보면서 가끔 그 고을 관기 출신들의 모임인 '기생조합'에 들르곤 하였다. 한때는 그 고을 감영에 소속된 관기들 가운데 검무를 가장 잘 추었던 효원이었다. 예전 같으면 그녀도 다른 기녀들과 마찬가지로 춤추고 노래 부르는 일을 하고 싶었을 것이다.

"시상에, 누가예?"

그러나 조선 기생들이 있는 곳에 일본인들도 드나든다는 사실을 알고 그런 마음은 싹 가셨다. 가다 한 번씩 집으로 찾아오는 원채가 그의 동생 승채에게 전해 들은 이야기를 해줄 때면, 얼이는 물론이고 여자인 효원 자신도 항일운동에 가담하고 싶다는 충동에 빠지기도 했다. 승채는 지금도 여전히 국내외를 오가면서 일본군을 상대로 독립투쟁을 하고 있다는 사실에 숙연함을 느꼈다.

그런데 비화를 보면 일제에게 항거하는 방법이 반드시 총칼로써만 가능한 것이 아니라는 사실을 깨닫고 있었다. 그때쯤 비화는 경상도 최고의 땅 부자로 자리를 굳히고 있었다. 나루터집은 '금 나와라 뚝딱, 은 나와라 뚝딱' 하는 요술의 집이었다.

그러니 일제가 그대로 두고 볼 리가 만무했다. 그자들은 온갖 수단 방법을 동원하여 한국인인 비화가 소유하고 있는 땅을 빼앗으려고 혈안이 되었다. 사람들은 불안해하고 걱정했다.

"에나 심들것다, 그자?"

"하모. 쪽바리들이 우떤 늠들이고?"

"잘몬되모 망해삐는 기 아인가 모리것다."

"모리것는 기 아이고 내사 알 거 겉다. 그러이 우짜모 좋노 말이다."

하지만 바로 여기서 비화의 진면목이 한층 빛을 발했다. 비화는 절대 일본인들의 술수에 휘말려 들지 않았다. 어떤 회유와 협박에도 슬기롭게 의연히 대처했다. 그런 비화는 살아 있는 하나의 '전설'이었다.

한편, 해랑 또한 엄청난 풍문을 몰고 다니는 여자였다. 지역 사람들이 몹시 놀라고 믿으려 들지 않은 것은 동업직물에서 주도권을 잡은 사람이 만호가 아니라 해랑이라는 사실이었다. 배봉과 억호가 죽고 없자 사람들은 하나같이 믿었다. 이제 배봉가의 실권은 만호에게 돌아가리라고 입방아를 찧었다.

"둘째한테로 기회가 온 기니, 첫째가 무신 소용이가? 다 살아 있을 적 이약이지."

"만호 몸 오데 그런 복이 들어 있은 기까?"

"내 볼 적에는 안 있나."

"니 또 점백이 행재 얼골에 나 있는 그 점을 들먹거릴라쿠는 기제?"

"이전에는 그랬는데 인자는 아이다. 다린 거다. 억호를 보모 알 수 있다."

그런데 사람들 예측은 철저히 빗나갔다. 해랑은 집안 경제권을 한 손에 틀어잡았다. 누구도 그녀의 출생 성분이 그곳 감영 교방 관기라는 것을 기억하지 않았다. 그녀는 근동 최고의 안방마님으로서 위세를 떨쳤다.

어떻게 그런 일이 가능할 수 있었을까. 그 이면에는 해랑의 높은 능력뿐만 아니라 동업도 있었다. 근동에서 영재로 알려져 있는 동업이었다. 게다가 그의 아내 서련도 한몫을 했을 것이다.

만호는 그런 면에서 상대적으로 불우했다. 그에게는 아들이 없고 딸 하나만 두었다. 그 외동딸마저 시집을 가고 그에게 남은 사람은 아내 상녀뿐이었다. 상녀는 해랑이 신발 벗어 놓은 곳에도 가지 못할 정도여서 애당초 해랑의 적수가 되지 못했다.

해랑과 만호 사이에 주도권 다툼이 벌어졌을 때 동업은 해랑의 든든한 응원군이 되어 주었다. 무식하게 힘만 쓸 줄 알았지 태생적으로 머리가 아둔한 만호는 영특한 동업의 두뇌를 따라잡지 못했다. 재업도 한 다리 건너 핏줄이었다. 그나마 해랑이 시동생 부부라고 좀 대우를 해주었기 망정이지 그게 아니면 만호의 식솔은 당장 길거리에 솥을 걸어야 했을 것이다.

결국, 비화와 해랑의 힘겨루기는 영원한 것이었다.

이른 아침부터 남강 물새 소리가 요란했다. 무슨 소식이라도 전해주려는 것인지 앞다퉈가며 울고 있었다.

"성님, 우리가 여게 상촌나루터 강마을에 와갖고 산 지 그리 긴 세월이 흘렀지만도, 오늘매이로 물새들 소리가 시끄러븐 날도 없었다 아입니꺼."

원아가 우정 댁을 향해 입을 열었다. 아직은 가게 문을 열지 않은 시각이었으며 그들은 살림채 마당에 서 있었다. 원아 말을 들은 우정 댁이 만감이 엇갈리는 눈빛으로 비화를 보며 물었다.

"듣고 보이 록주 옴마 이약이 맞다. 준서 옴마 니도 물새들이 저리쌌는 거 들은 기억이 없제?"

비화가 가게채와 살림채를 구분 짓고 있는 나무들에 눈을 돌리며 대답했다. 처음에 거기 옮겨 심을 적에는 한참 어린 수목이었던 것들이 어느새 어른 나무들로 자라 있었다.

"지 기억에도 그런 거 겉심니더, 이모님들예."

그러면서 가게 쪽으로 몸을 돌리려고 하는데, 우정 댁이 비화 옷깃을 잡을 것같이 하며 얼른 말했다.

"조카, 내가 간밤에 참 희한빠꼼한 꿈을 꿨다 아이가."

일순, 비화 눈빛이 야릇해졌다.

"큰이모님도예? 지도 이상한 꿈을 꿨는데……."

원아 또한 묘한 표정을 지으면서 끼어들었다.

"모도 뭔 꿈을 꿨는 긴고? 내도 무신 꿈을 꾸기는 했는데 일어나 보이 하나도 생각이 안 나서……."

우정 댁이 강 건너 산등성이 쪽을 바라보며 목 잠긴 소리로 말했다.

"저짝에 사는 언청이 할무이가 안 있나, 우리 집에 오싯는데 말이다."

그 말을 끝까지 듣기도 전에 비화가 평소 그녀답지 않게 화들짝 놀라는 목소리로 말했다.

"어, 언청이 할무이가예?"

그 소리는 조금만 더하면 이웃에 있는 밤골집에까지 들릴 정도로 높았다.

"조카?"

우정 댁과 원아가 얼굴을 마주 보았다. 지금까지 오랫동안 함께 살아오면서 그런 언동을 하는 비화는 별로 본 적이 없다는 표정들이었다.

"지는예……."

비화는 사뭇 떨리는 목소리로 말을 이어갔다.

"달보 영감님이 찾아오싯어예."

살만 아주 약간 더 붙었을 뿐 처녀 때 모습을 아직까지도 간직하고 있는 원아는, 여전히 길고 가느다란 고개를 갸웃거리며 매우 어려운 수수께끼를 접한 사람처럼 하였다.

"우찌 다 같이 그 두 분 꿈을?"

비화가 퍽 복잡한 빛이 엇갈리고 있는 얼굴로 우정 댁에게 물었다.

"할무이가 머라 쿠시던가예?"

평상시 직선적이고 괄괄한 그녀의 성미와는 어울리지 않게 우정댁 답변이 대단히 모호했다.

"머라 쿤 기 아이고, 아이고……."

이번에는 원아가 답답함을 느꼈는지 물었다.

"그라모예? 우찌하싯는데예?"

우정댁 입에서 나오는 말이었다.

"함 들어 봐라꼬. 그 할무이가 안 있나, 시상에 안 있나, 그리 곱거로 딱 채리입고 오싰는 기라."

"그리 곱거로 우찌예?"

비화 안색이 더욱더 창백해지고 있는 가운데 원아가 궁금한지 또 물었다. 우정 댁은 그 꿈을 다시 떠올리는 모습으로 말했다.

"그리 고븐 옷은 내 팽생에 본 적이 없다 고마. 내 장담하건대 천상의 선녀 옷도 그만치 이뿌지는 몬할 끼다."

강 쪽에서 물새 소리는 끊임없이 들려오고 있었다.

"그란데 안 있나, 옷도 옷이지만도……."

우정 댁은 호흡이 가쁜지 연방 숨을 크게 몰아쉬기 바빴다.

"할무이 입이 요런 째보 언청이가 아이고, 그냥 정상적인 사람 입 겉었는 기라."

언청이 흉내를 내면서 말하는 우정댁 윗입술이 선천적으로 찢어진 것처럼 비쳤다.

"그, 그랬어예?"

원아가 침을 꿀꺽 삼키고 나서 다시 말했다.

"그런께 성님 말씀은, 언청이 할무이가 언청이가 아이고 보통 사람들하고 똑겉더라 그 이약 아입니꺼?"

우정댁 표정이 그 꿈속으로 돌아간 것 같아 보였다.

"그냥 보통 사람들하고 똑겉은 그런 정도가 아이고, 다린 사람들보담도 상구 더 이쁜 입 아이것나."

원아보다도 비화의 표정 변화가 더 심해지고 있었다.

"여자인 내도 한분 입을 맞차보고 싶을 정도로 입술이 올매나 이뿌던고."

우정댁 말을 듣고 있던 원아는 언청이 할멈의 그런 모습은 도저히 상상조차 되지 않는다는 어조였다.

"할무이 입이 그리키나 이뻤다꼬예."

비화 입에서 또 다른 경악할 소리가 나온 것은 다음 순간이었다.

"달보 영감님이 낼로 보로 오싯는데예, 똑 학맹커로 하이얀 옷이 올매나 칼끗하고 좋아 비이던지 심이 다 멕힐 거 겉았심니더."

그때 물새들 소리가 일제히 그쳤고 사위는 물속처럼 조용해졌다.

"……."

아침나절의 깨끗하고 밝은 햇살이 내리비치는 마당에 드리운 투명한 그림자 셋이 왠지 모르게 환상적인 분위기를 자아내고 있었다.

"그란데 상구 더 놀랠 일은예."

비화는 아직도 믿을 수 없다는 듯 파리한 입술을 떨었다.

"달보 영감님한테 혹이 없었는 기라예, 혹이."

그 말이 채 떨어지기도 전에 우정 댁과 원아가 거의 동시에 고함지르듯 하였다.

"머라꼬?"

"그기 뭔 소리고?"

비화는 다시 생각해도 참 좋기는 하지만 어쩐지 무섬증까지 든다는 빛을 감추지 못했다.

"영감님 등에 혹이 없었고예, 영감님은 키가 아조 훤칠하고 참말로 잘생긴 젊은 사람매이로 비잇어예."

원아가 신기하기도 하고 반갑기도 하다는 얼굴로 두 사람 이야기를 종합해서 정리했다.

"그렇게 달보 영감님은 등에 혹이 없었고, 언청이 할무이는 입이 째보가 아이었다, 그런 꿈이거마."

비화는 처음부터 끝까지 다시 되짚어 나가듯 우정 댁에게 물었다.

"할무이가 큰이모한테 머라 말씀은 안 하시고예?"

"머 벨 말은 없었는데……."

우정 댁이 기억을 더듬는 낯빛으로 그러다가 문득 떠올랐는지 이랬다.

"그냥 자기는 먼 길을 떠날라쿠는데, 그란데……."

나루터집 대문 밖 한길에서 일행으로 여겨지는 몇 사람이 서로 무어라고 큰소리를 주고받으며 지나가는 기척이 들렸다.

"가기 전에 내를 한분 보고 갈라꼬 왔다, 글 쿠시데."

우정 댁은 그러고 나서 비화더러 물었다.

"조카한테는? 영감님이 말이다."

비화는 적잖게 으스스한 표정을 지으며 대답했다.

"지한테도 그거하고 똑겉은 말씀을 하싯어예. 내는 인자 저 멀리 갈라쿠는데, 마즈막으로 준서 옴마한테 그 이약을 전해줄라꼬 왔다, 그라시더마예."

두 사람 꿈 이야기를 듣고 있던 원아가 홀연 안색이 확 바뀌었다.

"두 분 다 멀리 가신다 캤다고예? 그라모 해나?"

"……."

비화와 우정댁 눈빛이 마주쳤다. 원아는 부정 탈 소리 따윈 하지 말아야 한다는 표정이면서도 저절로 나오는 말인 듯이 했다.

"우짠지 좀 그렇는데……."

우정 댁이 듣지 말아야 할 소리를 들은 사람처럼 하였다.

"그, 그라모?"

"그기예, 성님."

무슨 말을 하려는 원아보다 우정댁 입이 더 빨리 열렸다.

"그 두, 두 분한테 무신 일이 생긴 거는 아이것제?"

"……."

비화는 아무 말이 없었지만, 얼굴은 우정 댁과 원아보다 더 굳어 보였다. 얼굴뿐만 아니라 온몸이 화석으로 바뀌고 있는 것 같았다.

'끼룩, 끼루룩.'

남강에서 잠시 조용하던 물새들이 별안간 큰 소리로 울어대고 있었다. 마치 피를 토하는 듯했다. 저러다가는 온 남강이 핏빛으로 물들어버리지 않을까 싶을 정도로 처연하게 들렸다.

불길한 꿈이었다. 아무리 그냥 예사로 넘기려 해도 너무 기분 나쁜 꿈이 아닐 수 없었다.

나이 든 사람들이 꿈에 나타나 먼 길을 떠난다고 했다면. 먼 길을 떠나기 전에 얼굴이나 한번 보고 가려고 왔다고 했다면.

돌아오라, 꽃아

그로부터 한 식경이나 흘렀을까.

그들이 가게에 있는데 누군가 가게 문짝이 떨어져 나가라 함부로 열어젖히면서 뛰어 들어왔다. 헐레벌떡 숨이 턱까지 차오른 그는 금방 쓰러질 사람으로 보였다.

"어?"

언제나 그러하듯이 이날도 가게 입구 쪽 계산대 앞에 앉아 있던 재영이 깜짝 놀라 몸을 일으켰다.

"마님, 비화 마님 오데 계시는가예?"

그렇게 큰소리로 비화를 찾는 사람은 상촌나루터 뱃사공 팽 씨였다. 오십 줄에 앉은 그는 피부가 팽나무 껍질을 연상시키는 사람이었다.

"시방 저 안에……."

재영이 그 말을 끝맺기도 전에 기다리고 있었기라도 한 듯이 주방 문이 벌컥 열리고 비화가 밖으로 달려 나오면서 황급히 물었다.

"와, 와 그랍니꺼?"

비화를 보자 팽 씨는 왈칵 울음을 터뜨리며 말했다.

"다, 달보 여, 영감님하고……."

비화 입에서 단말마 같은 소리가 튀어나왔다.

"예? 다, 달보 영감님이 와예?"

팽 씨는 가게 마당에 털썩 주저앉을 모습이 되면서 제대로 말을 하지 못했다.

"두, 두 분이 가, 간밤에……."

"그, 그라모?"

비화 뒤를 따라 나온 우정 댁과 원아의 낯빛이 하얗게 변했다.

"우, 우짜노?"

"꾸, 꿈이!"

두 사람은 비명 지르듯 하였다.

"다, 달보 여, 영감님하고 또 누, 누예?"

비화가 곧장 팽 씨에게 달려들 모양새를 하며 물었다. 팽 씨는 간신히 입을 열어 대답했다.

"할무이, 할무이가 같이……."

언제부터 거기 날아와 앉아 있었을까. 나루터집 지붕 위에서 크고 시커먼 까마귀 여러 마리가 한꺼번에 소리를 내어 울기 시작했다. 그 순간이 오면 그렇게 하기로 선약이라도 있었던 것 같았다.

"서, 설마 했더이?"

"이, 이모님!"

그대로 쓰러지려는 우정 댁에게로 부리나케 다가간 재영이 서둘러 부축하여 가까이 놓여 있는 평상 위에 앉혔다.

"우, 우찌 된 일인고 자, 자세히 마, 말씀 해주이소."

원아가 정신을 차리려고 애쓰며 팽 씨에게 말했다. 팽 씨는 어쩔 줄 몰라 하며 마구 흔들리는 목소리로 알려주었다.

370

"시방 뱃사공들 사이에 난리가 났심더. 어짓밤에 영감님과 할무이가 나란히 숨을 거둬셨다는 소문이 자자합니더."

"아!"

비화가 마당에 그대로 허물어지듯 주저앉았다. 이번에도 재영이 급하게 달려들어 비화를 일으켜 우정댁 옆에 앉혔다.

"이, 이랄 수가?"

비화는 정신을 차리지 못했다. 그게 서몽瑞夢이었을 줄이야. 부부가 한날한시에 이승을 뜨다니.

"흐흑."

팽 씨가 소매로 눈가를 훔치며 울었다. 그때 넋이 나간 모습을 보이던 우정 댁이 문득 이런 말을 했다.

"달보 영감님하고 언청이 할무이 연세가 올매제?"

느닷없는 그 말에 모두 한층 멍하니 우정 댁을 바라보았다.

"비어사 진무 스님만치는 아이어도, 연세가 상구 많다 아이가."

그러고 나서 우정 댁은 고개를 푹 떨구었다. 일찍이 남편을 형장의 이슬로 보내고 청상의 몸으로 혼자서 어린 아들을 키워온 억척같은 면모는 어디에서도 찾을 수가 없었다.

"예, 성님."

원아가 울먹이며 위로하듯 자위하듯 말했다.

"그거는 성님 말씀이 맞심니더. 두 분 다 사실만치 사싯지예."

재영이 서두르는 태도로 나왔다.

"모도 퍼뜩 가봐야 되것심니더."

그런데 재영의 그 말을 들은 팽 씨가 눈물을 뚝 그치며 하는 소리가 너무나도 예사롭지 않았다.

"안 됩니더, 그거는."

"예?"

이번에는 일제히 팽 씨를 바라보았다. 그가 한숨을 내쉬며 말했다.

"그래서 달보 영감님하고 함께 노 젓던 우리 뱃사공들도 거 몬 가고 있심니더."

"……."

모두가 그 지극한 슬픔 속에서도 어리둥절한 표정을 지었다. 재영이 그게 무슨 의미인지 알 수 없다는 투로 물었다.

"그기 무신 말씀입니꺼? 뱃사공들도 몬 간다이?"

팽 씨가 몸을 심하게 떨고 나서 하는 답변이었다.

"왜눔들이 와 있다 카덥니더."

그 말을 들은 비화 두 눈에 시퍼런 불꽃이 튀었다.

"왜눔들이예?"

우정 댁과 원아가 한입으로 물었다.

"왜눔들이 거는 와예?"

팽 씨는 가게 문간 쪽을 살피는 눈길로 바라보며 목소리를 낮췄다.

"달보 영감님 아드님들을 잡아갈 끼라꼬 총출동했다 안 쿱니꺼."

재영이 기겁을 하며 울부짖듯 하였다.

"그, 그라모 원채하고 승채 그들 행재를!"

팽 씨가 굳은살이 박인 주먹을 불끈 쥐며 피를 토하는 목소리로 말했다.

"시상에, 부모가 돌아가싯는데 초상을 칠 시간도 안 주고, 그 자슥들을 체포할 끼라꼬 갔답니더."

비화는 그 황망한 중에도 생각해냈다. 원채와 승채 형제는 오래전부터 항일투쟁을 하고 있었다. 특히 승채는 만주와 러시아 등지를 다니며 독립운동을 한다고 들었다. 일경들은 벌써부터 그들 형제를 잡으려고 그들 부모가 살고 있는 집을 은밀히 감시하고 있었음에 틀림없었다.

그러고 보면 달보 영감과 언청이 할멈의 죽음을 먼저 안 사람들은 일본 경찰들일 수도 있었다. 그리하여 그자들은 뱃사공들에게 그 사실을 알렸을 것이고, 그러면 뱃사공들이 원채와 승채 등 망자亡者의 자식들에게 통보할 것으로 보고, 지금 달보 영감 집과 그 근처에 잠복하고 있을 것이다.

'으, 왜눔들이 시상에 다시없이 나쁜 것들이라쿠는 거는 진즉 알고 있었지만도.'

비화는 살점이 떨리고 피가 거꾸로 솟았다. 일경들은 원채와 승채는 말할 것도 없고 누구든 그곳에 나타나기만 하면 무조건 잡아 연행할 게 의심의 여지가 없었다. 그러고는 원채와 승채 등이 있는 곳을 대라며 심한 고문을 가할 것이다. 일경들에게 붙들려가서 죽거나 초주검을 당한 조선인이 부지기수라고 했다.

'아.'

비화는 미쳐 나기 직전이었다. 가볼 수도 없고 안 가볼 수도 없었다. 더군다나 부부의 시신을 그대로 방치한 채 무심히 지켜보고 있을 일경들을 떠올리면 치가 떨렸다. 죽은 사람들을 대상으로 이럴 수는 없었다. 부모의 시신을 볼모로 삼아 그 자식들을 잡으려고 하다니 인간들이 아니었다.

'그들 두 분은 역시 천생 부부가 맞는갑다. 한날한시에 똑같이 저승으로 가신 거 본께. 오데 그러기가 쉽것나.'

그 망극한 와중에도 비화는 그나마 다행이다 싶었다. 남은 자식들로서는 너무나 안타깝고 고통스러운 일이겠지만, 부부가 나란히 저승길로 나서게 되었으니 외롭진 않을 것이다. 한 사람만 죽고 한 사람은 살아남았다면 그 아픔과 절망은 더욱 크고 깊을 것이다.

"왜눔들이 우리 뱃사공들한테 전해주는 이약으로는……."

팽 씨 말에 의하면, 달보 영감과 언청이 할멈은 나란히 누워 서로의 손을 꼭 잡은 채 마치 깊은 잠이 든 것처럼 죽어 있더라는 것이다. 왜눔들이 짐승만도 못한 것들이지만 그런 사실까지 지어내어 거짓말을 하지는 않을 것이다.

"우리 뱃사공들이 유족을 대신해서 장사葬事를 지내줄라 쿱니더."

"예."

팽 씨 말을 들은 우정 댁과 원아 눈에서 눈물이 줄줄 흘러내리고 있었다. 팽 씨는 그런 여자들을 외면하며 그만 울음을 멈추라는 위로의 말과 함께 안심시키는 말도 해주었다.

"아모리 독한 왜눔들이라 쿠더라도 그거꺼정 몬 하거로 하것심니꺼?"

조금 전까지 없던 까치들이 와서 까마귀들과 더불어 나루터집과 밤골집 지붕 위를 자꾸 오가면서 휠휠 날아다니고 있었다. 그것들은 굳이 자기들 영역을 고집하고 있지는 않은 것으로 보였다.

"시신을 방치할 수는 없을 낀께요."

한숨 섞어 그렇게 말한 후에 팽 씨는 한 번 더 장례를 치르는 일은 걱정하지 말라고 했다.

"그러이 나루터집 분들은 장래식에 나타나지 마이소. 특히나……."

거기서 팽 씨는 입을 다물었지만, 비화는 그다음 말을 알 수 있었다. 그는 재영과 준서, 얼이, 안 화공 등 나루터집 남자들을 염려하고 있는 것이다. 악랄한 일경은 있는 명목 없는 명목 다 붙여 한국인 남자들을 올가미 씌우려고 혈안이 돼 있다는 것은 모르는 이가 없었다.

그러나 무슨 불가피한 사유든 간에, 그들 부부를 마지막으로 떠나보내는 길에도 가볼 수 없다는 사실에 통한의 피눈물이 솟으려 했다. 꼽추와 언청이. 그 장애의 몸을 가지고도 남을 생각해주던 노부부였다.

'우리한테 올매나 잘해주신 분들이고.'

새삼 강조할 필요가 없었다. 지난날 배봉과 점박이 형제가 와서 횡포를 부릴 때도 크게 혼쭐내어 쫓아준 사람이 달보 영감이었다. 정신적으로나 신체적으로나 준서와 얼이를 친조카와 다름없이 잘 지도해 준 사람이 원채였다. 그런데도 장례식에 참석할 수조차 없게 되었다.

'우리 나루터집 남자들만 아이고 여자들도 가모 안 되는 기다.'

비화는 모질게 스스로를 다독거리며 경계심을 늦추지 않으려고 애썼다.

'우리가 그 집 사람들하고 상구 친하다쿠는 거를 하매 알고 있을 끼고, 그래서 그 행재들 행방을 대라고 우리를 끌고 가서 고문을 해댈 끼다. 아, 우찌 이런 일이 다 일어날 수가 있노?'

그때 문득 들려오는 우정댁 말이 있었다.

"잘됐다. 하모, 잘된 기라. 잘 안 되고? 인자 그 두 분이 그런 안 좋은 몸이 아이고 아조 건강하신 몸으로 환생하실라쿠는 기라."

팽 씨는 모를 말도 했다.

"꿈이 안 그렇나. 맞제?"

비화 눈앞에 나타나 보였다. 훤칠한 사내와 아름다운 여자로 다시 태어나고 있는 그들이었다. 혹도 없고 입도 예쁜 남녀였다.

"한 분 더 말씀드리지만 마즈막 보내드리는 장례식은 우리 뱃사공들이 정성으로 치러것심더."

그 말을 굳은 서약처럼 남기고 팽 씨는 돌아갔다.

비화는 하늘과 부처와 용왕께 깊이 감사했다. 상촌나루터 터줏대감으로 모시던 달보 영감이니 뱃사공들은 자기들 친지 장례를 치르듯 성심誠心을 다해 줄 것이다.

'그라모 인자 남은 일은 한 가지다.'

이제 더 신경 쓸 일은 그들 부부의 자식들 안위였다. 자칫 호시탐탐 노리고 있는 일경에게 붙들리기라도 하면 그것으로 모든 게 끝장이었다. 유족들의 슬픔과 고통이야 무어라 더 이를 필요도 없겠지만 그럴수록 더욱더 일제를 향한 저항의 불꽃을 치열하게 불태울 것이다.

"내중에 우리 모도 두 분 묘소에 가서 술 한잔 올리고 절을 드림서……."

재영이 눈물 얼룩진 얼굴로 말했다.

'끼룩, 끼루룩.'

남강 물새들도 한평생 그들과 더불어 살아왔던 달보 영감 부부의 마지막을 애도해 주려는지 끝없이 울고 있었다.

진주좌晉州座.

백정을 해방시키기 위해 결성된 형평사衡平社. 그 형평사의 창립을 선포했던 곳이다.

이태 전에 준공되었던 그 진주좌의 낙성식은 아직도 여러 사람의 입에 계속해서 오르내리고 있다.

그날 수많은 관민과 유지들이 초대되어 굉장히 성대한 낙성식이 거행되었다. 다만 한 가지 흠이라면 흠이랄까, 하여튼 썩 유쾌하지 못한 부분이 있기도 한 진주좌였다. 그 고장에 정착한 일본인들의 대화가 이러했다.

"명색이 도청 소재지라는 곳에 괜찮은 공연 장소가 하나도 없다는 게 말이나 돼?"

"이제 우리 일본인들이 식민지로 만들었으니 그런 곳을 하나 만들어야 할 거야."

"그럼 어디가 좋을까?"

"아, 그야 당연히 번화한 곳이어야 되겠지."

"그런 곳이라면?"

"대안리가 마땅하다고 봐."

남의 나라 고장에 관해 밑바닥까지 조사하여 훤히 꿰뚫고 있는 가증스럽고 사악하기 이를 데 없는 족속들이었다.

"남강다리와 재판소의 중간쯤에 위치하고 있으니 후보지로서 손색은 없겠군."

"거긴 읍내장터와도 가까운 곳이니까."

진주좌를 짓기로 착안한 이들은 한국인이 아니라 일본인이었다. 하지만 그들은 장차 그곳에서 어떤 일들이 벌어지게 되리라는 것은 전혀 내다보지 못했을 것이다. 그러니 그것이 자기들에게 무슨 영향을 끼치리라는 것은 더 몰랐을 것이다.

그들은 자신이 있었을 것이다. 국권을 상실한 한국인들은 아무 일도 하지 못할 거라고 치부했을 것이다. 천년만년 한국을 그네들 식민지로 다스릴 수 있으리라고 맹신했을 것이다.

아무튼, 진주좌에서는 지금까지 지역민들이 경험해 볼 수 없었던 새로운 일들이 행해지게 되었다. 그중에서도 거기에 살고 있는 사람들의 관심과 호기심을 크게 잡아 끈 것이 있었다.

"시방 머라 캤노?"

"활동사진이라 캤다."

"활동사진?"

"하모."

대한제국의 수도 경성에서는 제법 퍼져 있는 것이었지만 그곳에서 천리나 떨어져 있는 그 남방 고을에서는 아직 생소한 이야기가 흘러나오고 있었다.

"사진은 알것는데, 활동이라는 말이 붙은 거는 뭔고 모리것다."

"아, 말 그대로 활동하는 사진인 기라."

"머? 사진이 화, 활동을 한다꼬?"

"그렇다쿤께네?"

"시상에, 활동이라모 머라쿠꼬, 움직인다, 그런 말인데, 사진이 우찌?"

"그런께네 에나 신기하다 안 쿠는가베."

"그래, 우찌 움직, 아니 활동한다 글 쿠는데?"

"자막에 띄워 놓은 사람이나 풍갱이 지 혼자서 막 움직인다는 기다."

"시상에! 구신도 아이고?"

"무서븐 구신 볼라꼬 비싼 돈 주고 기경 가것나."

활동사진. 그 당시 '활동사진'이라고 불렸던 그것은 바로 '무성영화'였다. 소리 없는 영화였다.

그렇다면 영화 내용은 어떻게 관객들에게 전달되었을까. 거기에는 어쩌면 영상 자체보다 훨씬 더 관객들 인기를 끌었던 누군가가 있었으니 바로 '변사辯士'라고 불리는 특이한 이들이었다. 사람들은 일찍이 그렇게 입담이 걸쭉한 재주꾼은 만난 적이 없었을 것이다. 바로 다미가 경성에 올라가서 오빠 기량과 함께 구경을 갔던 극장에서 접하였던 인기인들이었다.

어쨌거나 그 변사의 무척이나 재미있는 설명으로 상영되었던 활동사진, 무성영화를 보기 위해 사람들은 너나없이 호주머니 사정이 닿기만 하면 거기로 우 몰려들었다. 그리하여 진주좌는 모든 예술단체들이 저마다 공연을 하고 싶어 하는 선망의 장소로 자리를 잡았다.

그러나 바로 그 사실로 말미암아 진주좌는 일제가 눈에 불을 켜고 감시하는 장소가 되고 있었다. 하지만 한국인들은 온갖 위험을 감수하고

서라도 그곳의 공연을 포기하지 않았다. 근동에서 진주좌만큼 많은 관객을 동원할 수 있는 곳도 드물었다.

그러던 어느 날, 아직은 여름의 열기가 남아 있는 8월 하순이었다.

진주좌에서 예사롭지 않은 공연이 열리게 되었다. 그리고 또 하나 놀라운 게 많은 관람객이 자리한 객석에서 보이는 얼굴들이었다.

바로 나루터집과 동업직물 사람들이었다. 한 하늘을 머리에 이고 살아갈 수 없는 두 가문 사람들이 같은 장소에 앉아 있는 것이다.

객석 중앙에 길게 나 있는 통로를 경계로 하여 한쪽 좌석에는 나루터집 식솔들, 그리고 다른 한쪽 좌석에는 동업직물 식솔들이 착석하였다. 그래서 그 통로는 얼핏 보아 지난날 읍내장터의 채소공판장이 있던 위치에 새로 세웠던, 나루터집 제1호 분점과 동업직물 점포가 각각 들어 있는 그 두 개의 큰 건물 사이에 있는 통로를 떠올리게 했다.

어쨌든 이제 잠시 후면 기다리고 기다리던 공연이 시작될 것이다. 도대체 어떤 공연이 펼쳐지기에 그들이 모두 왔을까? 이날 그 장소에서 선보이려고 하는 것은 바로 그 지역 소년·소녀 가극 대회였다. 그리하여 동화극과 독창 그리고 가극 등이 공연되려는 것이다.

그런데 1분 1초가 아까운 그 두 집안 식솔들이 한 사람도 빠짐없이 모조리 그 소년·소녀 가극 대회를 보려고 온 데에는 그만한 연유가 있었다. 그리고 그것은 장차 모든 것을 새로운 방향으로 끌어가려는 바탕으로 자리매김하게 될 것이다.

"준서 니 처가 시방 공연할 소년·소녀들의 지도를 마이 했다꼬?"

재영과 나란히 착석한 비화는 옆 좌석에 앉아 있는 준서를 보면서 감회에 젖은 목소리로 물었다.

"예, 어머이. 그랬심니더."

실내는 어두웠지만 준서의 음성은 밝았다.

"하이고!"

그렇게 감탄사를 발하고 있는 우정 댁을 가운데 두고 좌우에 앉은 얼이와 효원 부부의 말도 들렸다.

"준서 각시가 참말로 대단타 아인가베. 집안 살림 한다꼬 그리 바쁜 중에도 우찌 시간을 내갖고 아아들 지도를 했는고 모리것다."

"그래예. 역시 백 부잣집 출신은 다리다 아입니꺼."

아들과 며느리가 주고받는 소리를 듣고 있던 우정 댁이 머리가 어지러울 정도로 양쪽을 바쁘게 번갈아 바라보면서 끼어들었다.

"아, 준서가 누 아들고? 천하의 비화 아들 아이가? 그런 사람이 아모나 벌로 지 아내로 받아들잇것나? 안 그런 기가?"

그들 바로 뒷좌석에 앉은 원아와 록주 모녀도 입을 가만히 두지 않았다. 물론 모두가 그런 건 아니겠지만, 세상 아버지와 아들이 만나면 둘다 벙어리가 되고, 세상 어머니와 딸이 함께하면 전부 말문이 튄다는 그 소리가 딱 들어맞지 싶었다.

"동화극도 하고 독창도 하고 가극도 하고……."

"할라는 기 모도 좋은 거 겉어예."

"에나 오늘 기대가 된다 아이가."

"예, 어머이."

"이전에는 상상도 몬 했던 기경도 다 하기 되고, 하여튼 시상은 참 마이도 배꿧다."

"지는예, 우리 다미 성님이 지도를 핸 소년·소녀들이 하는 공연이라 쿤께 상구 더 기대가 커예."

"다미가 해서 내도 더 그렇거마."

그때였다. 그곳에 있지 않은 듯 시종 침묵으로 일관하며 아내와 딸의 대화를 듣고 있던 안 화공이 낮은 목소리로 조심스럽게 입을 열었다.

"오늘 우리가 모도 여 오기는 왔는데, 내는 걱정이 큰 기라."

그러자 지금까지 어린 소녀처럼 마냥 들떠 보이던 원아도 염려스러운 표정이 되더니 그 안을 둘러보면서 말했다.

"그거는 그래예. 지발 아모 일도 없어야 할 낀데."

안 화공은 손을 뻗어 옆에 앉은 록주 어깨를 쓰다듬어 주면서 말했다.

"우리 멤 팬키 묵자."

록주가 고개를 끄덕이면서 말했다.

"예, 아부지. 아부지가 그림 그리시는 모습을 옆에서 지키볼 때맹커로 아모 잡념 없이 기경만 하께예."

한편, 통로 저쪽에 앉은 동업직물 식솔들도 공연이 시작되기를 기다리면서 서로 이야기 나누기에 바빴다.

"동업이 니 처가 오늘 공연할 소년·소녀들을 지도했다이, 내 기분이 증말로 요상타. 시상에, 우리 집안에 그런 사람이 있다이."

해랑이 옆에 앉아 있는 동업과 재업에게 고개를 돌리면서 말했다. 그러자 동업보다 재업이 먼저 해랑의 말을 받았다.

"예, 맞아예, 어머이. 지도 우리 행수님이 그리하싯다이 에나 자랑시럽고 좋십니더. 그기 오데 아모나 할 수 있는 쉬븐 일입니꺼?"

이제는 어엿한 사내로서의 면모를 갖춘 재업은 지난날의 그 여린 아이가 아니었다. 그의 친모인 설단이 보더라도 믿기지 않을 만큼 크게 변모된 그였다.

"우쨌든 기대가 크다."

자세를 고쳐 앉으면서 하는 해랑의 말에 이번에는 동업이 입을 열었다.

"시방 그 사람, 무대 저 뒤쪽에서 오늘 공연할 소년·소녀들하고 마즈막 점검을 하고 있을 깁니더."

그런데 그 말을 들은 해랑이 문득 고운 이마를 찌푸리며 작은 소리로 물었다.

　　"나루터집 준서 처 다미도 니 처하고 같이 소년·소녀들을 지도했담 서?"

　　여간해선 내색을 잘 하지 않는 동업의 표정이 복잡해지고 있었다.

　　"예, 그리 들었심더. 그래서 두 사람이 자조 얼골을 대하기도 했다데예."

　　해랑은 긴 목을 들어 무대 쪽을 쳐다보면서 혼잣말로 되뇌었다.

　　"얼골을 대하기도 했다."

　　그들 앞좌석에는 만호와 상녀 부부가 앉아 있었다. 두 사람 덩치 차이가 너무 나서 꼭 어른과 아이가 동석하고 있는 것 같은 양상을 보였다.

　　"우리가 오늘 벡지(공연히) 온 기 아인가 모리것다."

　　투덜거림에 가까운 만호의 목소리였다.

　　"무신 그런 소리를 합니꺼? 오데 이런 기경하기가 쉬버예?"

　　상녀는 남편의 마음을 제대로 헤아리지 못하고 있었다.

　　"그래도 내사 쪼매 그렇거마. 탁 깨놓고 이약하자모 딱히 우리하고는 상관도 없는 공연 아이가."

　　어쩐지 맥이 풀려 있는 만호였다.

　　"지는 그보담도 우려되는 기……."

　　그러다가 말끝을 흐리는 상녀였다. 만호가 아무 대꾸가 없자 상녀는 만호의 귀에 대고 비밀을 얘기하듯 했다.

　　"일본 순사들이 공연을 끝꺼지 할 수 있거로 그냥 놔줄랑가 하는 기라예."

　　만호는 불만에 찬 얼굴로 말했다.

　　"내도 그런 생각은 하고 있거마."

그러고 보니 서로 원수지간이지만 두 집안 모두 똑같은 걱정을 하고 있었다. 아니, 그것은 지금 거기 와 있는 모든 이들의 공통된 심리라고 해도 결코, 틀린 소리는 아닐 것이다.

'내가 나이 묵어갈께 자꾸 집사람한테 밀리는 거 겉다 아이가. 우째서 이라는고 모리것다. 에이, 고집 피우고 안 오는 긴데 무담시 왔다.'

만호는 당장 좌석에서 일어나 밖으로 나가버리고 싶은 충동을 가까스로 억누르고 있었다. 사실 아내가 자꾸 억지로 끌지 않았다면 그는 그 자리에 오지 않았을지도 모른다.

그것도 그렇고, 다른 고장으로 시집간 딸 은실이는 거기 함께 올 수가 없었다. 결국, 만호는 그 고장 소년·소녀들이 펼치는 공연이라니 어디 한번 보기나 할까 하는 마음으로 온 것이다.

동업직물 식솔 중에서 현재 이 세상에 없는 배봉과 억호에 대해 깊이 생각하는 사람은 없었다. 모든 관심은 오로지 동업직물 주도권을 잡는 것에만 쏠려 있었다. 하지만 동업과 재업은 그렇다 치더라도, 적어도 망자亡者들의 자식이면서 동생인 만호와, 며느리이면서 아내인 해랑은 그래서는 아니 되었다. 결국, 혈육의 정도, 부부의 사랑도 그만큼 엷고 얕았다는 얘기가 될 것이다.

악독한 일본 순사들이 얌전하게 있어 줄 것 같지 않다는 생각이 다른 데 신경을 쓸 여유를 주지 않았을 수도 있었다. 일제가 이 땅에 발을 들인 이후로 하루도 마음 편하게 지낸 기억이 없었다. 그건 한국인 모두가 마찬가지였다.

그런데 그곳에 와 있는 사람들 가운데 가장 신경이 예민해져 있는 사람은 단연코 준서와 얼이었다. 그들은 일본 경찰과 군인들에게 쫓긴 경험이 있었다. 지금은 어느 정도 감시 대상에서 벗어나 있다고 믿지만, 악랄하고 치밀한 일제는 또 언제 갑자기 무슨 핑계를 대며 마수를 뻗쳐

올지 알 수 없었다.

바로 그게 곧 현실로 작용한 것일까? 준서 눈에 아주 놀라운 인물 하나가 들어온 것이다. 그것은 준서가 필시 어디선가 일제가 감시하고 있을 거라고 생각하면서 줄곧 출입구 쪽을 살피고 있었기 때문이었다.

'아! 워, 원채 아자씨다!'

준서는 심장이 쿵 하고 내려앉는 소리를 들었다. 그가 그곳에 모습을 드러낼 줄은 상상도 하지 못했다. 모두는 익히 알고 있었다. 원채와 그의 동생 승채는 일경에게 쫓기고 있었다. 그런 사실을 모를 리 없는 원채가 위험을 무릅쓰고 거기 온 것이다.

"얼이 성!"

준서는 급히 자리에서 일어나 얼이 쪽으로 가며 그를 불렀다.

"어, 와?"

얼이가 눈을 크게 뜨고 준서를 바라보았다.

'저어기……'

준서는 눈짓으로 출입구 쪽을 가리켰다. 그러자 그동안 일경의 눈을 피해 도망 다니느라 이력이 난 얼이는, 곧바로 사태의 심각성을 깨닫고는 달아날 태세를 취하는 것과 동시에 재빨리 그쪽을 바라보았다.

"아!"

얼이의 입에서도 놀라는 소리가 튀어나왔다. 여간해선 침착성을 잃지 않는 대범한 그도 그 순간에는 크게 흔들려 보였다.

"새이야."

"그, 그래."

두 사람은 부리나케 좌석에서 빠져나왔다. 택견으로 단련된 그들의 몸놀림은 번개같이 빨라 보였다.

"오데 가노?"

누가 물었다.

"소, 소변······."

얼이가 말했고, 준서도 그렇다는 듯 고개를 끄덕였다. 지금 같은 상황에서 임기응변은 준서보다 얼이가 좀 더 능해 보였다. 그만큼 얼이의 전력前歷이 준서를 앞서고 있다는 증거이기도 했다.

그들이 자리에서 일어서는 것을 본 원채가 서둘러 출입구 밖으로 모습을 감추고 있었다. 잠시 비쳤다가 순식간에 사라지는 그림자를 방불케 했다. 그 나이에도 그는 여전히 어떤 젊은이 못지않게 기운차고 민첩해 보였다.

"아, 아자씨께서 여, 여게 우짠 일입니꺼?"

"크, 큰일 날라꼬 오, 오싯심니꺼?"

출입구 밖 어두운 복도에서 세 사람은 얼굴을 마주했다. 이제 곧 공연이 시작되려고 하는 참인지라 모두 공연장 안으로 들어갔는지 다행히 그들 주변에 다른 사람은 아무도 보이지 않았다.

"괘안커마는."

원채는 의외에도 아주 침착했다. 본디 그런 사람인 줄은 알고 있지만, 그의 현재 처지를 누구보다 잘 알고 있는 준서와 얼이는 계속해서 불안한 눈빛으로 주위를 살피며 다급히 말했다.

"여 계시모 안 됩니더."

"퍼뜩 돌아가시이소."

그러자 세월 앞에서는 누구도 어쩔 수 없다고, 어딘가 약간 장년의 빛이 엿보이는 원채가 천천히 입을 열었다.

"내보담도 두 사람 먼첨 도로 들가라꼬. 내는 알아서 할 낀께네."

준서가 얼이에게 말했다.

"원채 아자씨 말씀대로 해야제. 우리가 이리 함께 모이 있으모 더 이

험한께."

얼이도 알았다는 듯 말했다.

"그, 그라자. 하지만도……."

얼이는 여전히 원채의 안위가 걱정되기도 하고, 그냥 이대로 헤어지기도 너무 아쉽다는 표정이었다. 참 오랜만에 만난 그였다. 하지만 지금은 감정에 휩싸일 때가 아니었다.

"그라모 저희는……."

"아자씨, 다시 뵐 때꺼정 우짜든지……."

그런 작별인사조차 제대로 건네지 못한 채 두 사람이 막 공연장 안으로 다시 들어가려고 몸을 돌려세울 때였다. 원채 입에서 알 수 없는 말이 나왔다.

"공연은 무사히 끝낼 수 있을 끼거마. 그러이 너모 걱정들 해쌌지 말게나."

"……."

두 사람은 얼굴을 마주 보았다. 그렇잖아도 워낙 크게 긴장을 느끼고 있는 터라 머리의 작동이 잘 되지 못하고 있는 상태였다.

"알것는가?"

두 사람은 여전히 알 수 없다는 표정을 짓고 있는데 원채가 또 말했다.

"내가 이리 이약하는 이유는 차차 알거로 될 끼거마는."

두 사람은 원채에게서 무어라고 형언할 수 없는 거인다운 기운을 느끼면서 동시에 그를 불렀다.

"아자씨."

원채가 반쯤 등을 돌린 자세로 말했다.

"내중에 사람들은 일본 순사가 딴전을 피웠거나, 아이모 잠깐 자리를 비웠다꼬 말을 할 끼라."

얼이가 잠시도 경계의 빛을 늦추지 않으며 물었다.

"그리할 왜놈들이 아이지 않심니꺼?"

그런데 얼이의 그 말이 채 떨어지기도 전에 준서가 새파랗게 질린 얼굴로 비명에 가까운 소리를 내었다.

"해, 해나?"

원채가 잠자코 고개를 끄덕이며 짧게 말했다.

"그래, 내가 해치웠다."

"예?"

얼이는 물론이고 혹시나 하고 물었던 준서마저도 그의 말뜻을 곧바로 헤아리지 못했다. 그들이 원채의 그 말을 완전히 이해하게 된 것은 나중에 가서였다.

"쌔이 들가 봐라꼬."

원채의 두 번째 채근에 얼이가 다짐받듯 하였다.

"그라모 아자씨는 그냥 돌아가실 끼지예?"

"……."

원채 얼굴에 희미한 미소가 떠올랐다. 그는 그 특유의 저음으로 말했다.

"내는 알아서 한다 안 쿠던가베?"

준서가 또 복도 이쪽저쪽을 살피며 얼이에게 말했다.

"성, 고만 들가자. 헤어지기 싫다꼬 계속 이리 섰다가는 큰일 난다."

얼이도 더 지체할 수 없다는 것을 깨닫고 원채에게 고개를 숙여 보였다.

"그라모 부대 몸 조심하시소."

원채는 택견의 고수답게 튼실한 고개를 끄덕였다.

"그래, 우리 모도 오래오래 살아 있어야 하는 기라."

두 사람은 이번에도 동시에 말했다.

"예, 아자씨."

원채는 인사를 하고 돌아서는 두 사람의 뒷모습을 영원히 마음에 담아두려는지 눈 하나 깜빡이지 않고 바라보면서 혼자 입속으로 불렀다.

"얼이…… 준서……."

그들은 공연장으로 들어와 각자의 자리에 앉았다. 그러자 그때를 기다리고 있었다는 듯 드디어 공연이 시작되었다.

준서와 얼이는 출입구 쪽에 서서 무대를 지켜보고 있는 원채의 모습을 보았다. 그는 여차하면 피신하기 수월하게 자리에 앉지 않고 그렇게 서 있는 게 틀림없었다. 그리고 공연이 시작되자 모두의 눈길은 무대 위로만 쏠려 있었고 출입구 쪽을 눈여겨보는 이는 없을 것이다.

먼저 독창이 시작되었다. 소년이 혼자 노래를 불렀고 소녀가 혼자 노래를 불렀다. 둘 다 그 노랫말이 놀라웠다. 어느 누가 들어도 그건 분명히 한국을 노래하는 것이었다. 한국 땅이지만 한국 땅 같지 않은 이 땅에서 저런 노래라니!

'저라다가?'

'우찌 겁도 없이 저런 노래를 부리노.'

준서와 얼이는 원채에게 이야기를 들었음에도, 불구하고 마음이 몹시 조마조마했다. 어느 순간 갑자기 무기로 무장한 일본 순사들이 무대 위에 나타나 어린 소년·소녀에게 총칼을 들이댈 것만 같았다.

'후~우.'

그 아슬아슬한 시간과 공간 속에서 다행히 독창은 끝났다.

다음으로, 동화극이 공연되기 시작했다. 이번에도 예로부터 이 나라에 전해 내려오는 동화를 다룬 극이었다.

"……."

객석을 가득 메우고 있는 관객들은 숨을 죽인 채 어린 아동들의 동화극을 지켜보았다. 하지만 모두가 불안과 초조에 싸여 있었던 탓에 제대로 관람을 했다면 아마 그건 거짓일 것이다. 이미 그 내용을 알고 있는 사람도 있고 모르는 사람도 있겠지만 매 순간순간이 처음이자 끝으로 받아들여졌다.

"아!"

그러나 마지막 순서인 저 가극이 무대에 올려지면서 분위기는 완전히 바뀌었다. 우선 그 제목부터 그러했다.

— 무궁화.

그랬다. 무궁화라는 제목의 가극이었다. 그 가극이 시작되면서 객석은 그야말로 감격과 흥분과 환희의 도가니로 변해갔다. 지금까지의 모든 것은 흔적도 없이 사라지고 새로운 시간과 공간이 열리는 분위기였다.

관객은 거의 조선인들이었다. 간혹 일본인 관객도 섞여 있었다. 그렇지만 그들도 조선인 관객들과 마찬가지 반응을 보였다. 그들에게는 어쩌면 무궁화보다도 사쿠라(벚꽃)가 더 좋을지도 모르지만, 적어도 그 순간만큼은 무궁화를 더 좋아하는 모습으로 비쳤다.

무궁화라는 제목만으로도 관객들은 그 가극이 어떤 가극인가를 잘 알 수 있을 것이었다. 그날 그곳에 와서 직접 관람하지 않은 사람들도 충분히 깨달을 수 있을 것이었다.

"와!"

"우우!"

"짝짝."

박수와 갈채가 우레같이 쏟아져 나왔다. 관객들 눈에는 눈물이 고였다. 마음들도 눈물에 젖었다. 그동안 일제가 심어 놓은 사쿠라만 보던 조선인들이었다. 그들 가슴에 무궁화라는 가극이 어떤 파문을 불러일으컸는지는 구태여 거론할 필요나 가치조차 없는 것이었다.

그리하여 마침내 가극이 모두 끝났을 때도 관객들은 도시 자리에서 일어날 줄 몰랐다. 하나같이 그 자리에 못 박힌 듯 앉아 있었다. 누구도 움직임을 잊은 성싶었다.

아니다. 있었다. 한 사람, 바로 원채였다. 마침내 공연이 전부 끝났을 때 준서와 얼이는 똑같이 출입구 쪽을 바라보았다.

없었다. 그는 마지막까지 지켜보고 있다가 그 자리에서 사라진 것이다. 그도 보았을 것이다. 사쿠라는 지고 무궁화가 피는 것을.

"……"

얼마 동안이나 목이 멘 긴 침묵이 이어졌을까? 이윽고 미라가 살아 움직이듯이 관객들이 하나둘 몸을 일으켜 공연장을 빠져나가기 시작했다. 모두가 넋은 그곳에 두고 몸뚱이만 가지고 나오는 형용이었다.

나루터집 사람들과 동업직물 사람들도 다른 사람들 사이에 섞여 걸어 나오고 있었다. 그 순간에는 모두가 똑같은 사람으로 비치고 있었다.

그런데 어두운 실내에 있다가 나온 바람에 한층 더 밝고 훤하게 느껴지는 진주좌 밖으로 막 나왔을 때였다. 저쪽에서 준서와 얼이를 향해 바삐 다가오는 사람 하나가 있었다.

"아, 손 서방 그분의!"

얼이가 먼저 알아보고 무척 반가운 낯빛을 했다. 준서도 이내 알았다. 그 사람은 지난날 얼이가 맹쭐의 손에 의해 남강에 빠져 죽게 되었을 때, 달보 영감에게 급히 알려 목숨을 구해주게 했던 그 손 서방의 조카 두철이라는 사람이었다.

"이 이약을 꼭 전해 달라쿠는 사람이 있어서……"

두철의 입에서는 뜻밖에도 원채 이야기가 나왔다. 그건 전혀 예상하지 못했던 일이었다. 이어지는 소리는 더더욱 그랬다.

"자기는 동상이 독립운동을 하고 있는 만주로 떠난다꼬 두 분께 전해 달라 캤심니더."

준서와 얼이는 크나큰 경악과 아쉬움에 찬 소리를 내었다.

"예?"

"아자씨가 만주로!"

두철에게서 또다시 귀를 의심케 하는 말이 전해졌다.

"우리 아자씨를 쥑인 그 일본 사무라이를 원채 그분이 해치웠다 쿠덥니더."

얼이가 깜짝 놀라며 물었다.

"그, 그라모 손 서방 그분의 복수를 해주싯다, 그 말입니꺼?"

두철이 주먹을 불끈 쥐며 대답했다.

"예, 그렇심니더."

얼이 머릿속에 떠올랐다. 언젠가 반드시 손 서방을 죽인 일본인 무라니시를 내 손으로 해치우겠다고 하던 원채의 말이었다.

"성아."

준서가 얼이를 불렀다.

"준서야."

얼이도 준서를 불렀다.

"내 할 일은 다 했은께 인자 내는 이만……."

그 말을 남기고 두철은 곧 자취를 감추었다. 하지만 그가 전해준 이야기들은 영원토록 사라지지 않고 허공을 맴도는 것 같았다.

"역시 원채 아자씨다."

얼이 그 말에 이어 준서가 하는 말이었다.

"내는 앞으로 원채 아자씨가 팰치실 활약이 더 궁금한 기라. 그의 동생 승채라는 분에 대한 기대감도 아조 크고 말이제."

두 사람은 미리 언약이라도 있은 양 한입으로 말했다.

"우리의 활약도!"

진주좌 앞의 공터와 도로는 이제 막 공연장에서 빠져나온 사람들로 인산인해를 이루었다. 그야말로 사람 물결이었다. 그들은 여전히 소년·소녀들의 독창과 동화극과 무궁화 가극에 대한 감격과 흥분과 환희가 가시지 않은 얼굴들로 그 자리를 떠날 줄 몰랐다. 모두가 아직도 그곳에 강한 미련이 남아 있는 것 같았다.

그 군중들 속에서 비화와 해랑은 서로를 발견하였다. 비화 옆에는 준서가 있었고, 해랑 옆에는 동업이 있었다. 다미와 서련은 아마도 아직 공연장에 남아 그들이 지도했던 소년·소녀들과 함께 성공리에 막을 내린, 그날의 공연에 대한 뒷얘기들을 나누며 자축을 하고 있을지도 모른다.

그 예상치도 못한 경악할 상황이 벌어진 것은 다음 순간이었다. 누가 먼저랄 것도 없이 비화와 해랑이 서로 다가선 것이다. 그 두 사람 또한 여느 조선인 관객들과 마찬가지로 그 공연에 대한 감격과 흥분과 환희로 상기된 얼굴에 약간은 멍한 표정들을 짓고 있었다.

그러나 사실 그보다 더 그들을 아연실색케 한 것은 자신들도 모르게 서로에게 다가서고 있다는 것이었다. 그것은 흡사 보이지 않는 어떤 끈에 의해 이끌리고 있는 것 같은 양상이었다. 그리고 그 놀라운 사태가 벌어졌다.

"언가야."

해랑의 입에서 그런 말이 나왔다. 언가, 언가야.

'시방 내가…….'

처음에 비화는 귀를 의심했다. 군중들이 내는 소음 때문에 내 귀가 착각을 일으킨 것으로 생각했다. 하지만 이내 그게 아니라고 스스로 깨쳤다. 그것은 그녀 자신의 입에서 나온 이런 말 때문이었다.

"옥진아."

그녀는 분명히 그렇게 불렀다. 해랑을 그렇게 불렀다. 해랑이 아니라 옥진이라고 불렀다. 옥진, 옥진아.

해랑도, 아니 옥진도 제 귀를 믿지 못하겠는 표정이었다. 비화는 제 입을 믿지 못하겠는 기색을 감추지 못했다.

그렇지만 둘 다 상대의 입 모양을 통해 자기들이 들었던 말이 환청이 아니고 실제였음을 알 수 있었다. 그만큼 서로가 지난날 숱하게 주고받 았던 그 말이었기에 그랬다. 내가 네가 되고 네가 내가 되게 하였던 말이었다. 그리하여 우리가 되게 하였던 말이었다.

— 언가야!

— 옥진아!

두 사람이 흡사 무엇인가에 이끌리듯 선약이라도 있는 것처럼 문득 올려다본 파란 하늘에 하얀 구름이 떠 있었다.

두 사람 마음이 하나같이 수십 년 전으로 돌아간 것은 그때였다.

장소는 그들이 살던 동네에 있던 배추밭이었다. 한 폭의 그림이라는 말로는 모자랄 성싶은 풍경이 펼쳐져 있는 곳이었다.

배추가 파랗게 자라고 있었고, 수십 마리, 어쩌면 백 마리도 더 넘을 흰나비 떼가 그 위를 날아다니고 있었다. 그것들이 이루어내는 빛깔들 의 멋진 조화는 말할 것도 없고 그토록 강하게 다가오는 생동감이라니!

둘 다 너무나 좋아하는 흰나비였다. 두 사람은 그곳으로 달려가 나비 사냥을 시작하였다. 그것은 아주 치밀한 합동작전을 요하는 일이었다.

당시 그들 또래 아이들은 잠자리는 잘 잡았지만, 나비는 잘 잡지 못 했다. 깜냥에도 잠자리를 끌어들이는 데는 기술이 있었다. 잠자리채를 만들어 포획하기도 했지만, 막대기에 실을 매달아 그 끝에 암컷 잠자리를 달아서 그것에 달라붙은 수컷 잠자리를 덮치는 수법을 쓰기도 했다.

하지만 나비 사냥은 그게 불가능했다. 그리하여 그들이 고안해낸 방법이 참으로 기발하였다. 우선 막대기에 실을 매는 것까지는 똑같았다. 그런데 그 끝에다 단 것은 암컷 나비가 아니었다. 그 모양이나 몸 빛깔로 알아낼 수 있는 잠자리와는 달리 나비는 성별性別을 구분하지 못했기에, 어느 게 암컷이고 어느 게 수컷인지 알 수도 없었다.

실 끝에 나비 크기 정도로 잘라낸 흰 종이를 매단 것이다. 그러고는 잠자리를 낚듯이 막대기를 내젓고 있노라면 나비가 따라왔다. 그렇지만 잠자리같이 흘레하면 생포할 수 있는 것은 아니었다.

바로 그러한 순간에 다른 사람 협조가 필요하였다. 한 사람이 흔드는 흰 종이가 같은 종족인 줄로 착각하고 따라와서 가까이 붙어 함께 나불거리려고 할 때, 남은 한 사람이 그 나비를 겨냥하여 잠자리채를 덮어씌우는 것이다.

그런데 어린 두 여자아이 마음을 한층 강렬하게 붙드는 것은, 나비를 잡을 때보다 둘이 나란히 서서 파랗게 넓은 배추밭 위를 하얗게 날고 있는 수많은 나비 무리를 구경하는 순간이었다.

그 환상적인 광경에 둘은 파란 배추가 되기도 하고 하얀 나비가 되기도 하였다. 또, 때로는 그 두 개가 동시에 되기도 하는, 꿈의 배추밭이요 환희의 흰나비였다.

그런데 꿈같고 환희였던 그 시간은 영원하지 못했다.

동업직물의 다른 식솔들이 눈에 들어오는 순간이었다. 비화는 곧 또 다른 환시를 겪어야 했다. 토악질할 것 같은 지독한 성질의 것이었다.

맞았다. 부인할 수 없었다. 배추밭의 '옥진'은 사라지고 배봉가의 원흉 '해랑'이 그 자리를 차지한 것이다. 그리하여 배추와 나비처럼 곱고 아름답게 피어났던 비화의 마음에서 애정의 기억들은 모조리 지워지고, 온갖 증오와 환멸과 복수심의 불길이 이글이글 타오르기 시작하는 것이다.

해랑도 마찬가지였다. 나루터집의 다른 식솔들이 눈에 들어오는 순간, 그녀는 또 다른 환시를 겪어야 했다. 소꿉놀이하거나 배추밭에서 흰 나비를 함께 보면서 서로 손을 꼭 쥐곤 하던 '언가'는 사라지고 나루터집의 원흉 '비화'가 그 자리를 차지한 것이다. 그리하여 해랑의 마음도 상대방과 똑같은 불길에 마구 휩싸이기 시작하는 것이다.

'아아, 내는 운제 김비화로 다시 돌아가꼬?'

'아아, 내는 운제 강옥진으로 다시 돌아가꼬?'

비화와 해랑의 눈은 더 이상 서로를 향하고 있지 않았다. 그렇다고 특별히 보고 있는 다른 대상이 있는 것도 아니었다. 그래서인지 그들은 모두 사시斜視인 것으로 보였다. 결코, 서로가 서로를 그 본체本體로서 볼 수가 없는 사람들이었다.

'아아, 오데로 가야 옥지이를 다시 찾을 수 있으까!'

'아아, 오데로 가야 언가를 다시 찾을 수 있으까!'

두 사람 가슴 저 깊은 곳에서 그런 소리가 한겨울 바위산의 메아리 되어 울려 퍼지고 있었다. 웃음에 백만 년, 울음에 천만 년. 그런 억겁의 세월에 몸을 맡겨야 할 허상虛像이 둘이었다.

그러다가 비화는 보았다, 옥진의 머리 위에서 피어나고 있는 무궁화를. 옥진은 보았다, 비화의 머리 위에서 피어나고 있는 무궁화를.

그러자 믿을 수 없는 현상이 벌어지기 시작했다. 비화와 옥진은 어느새 소녀로 돌아가 있었다. 공연장에서 독창하고 동화극을 하고 무궁화 가극을 하던 여자아이들이었다.

그들 눈앞에서 무수히 돌아오고 있는 꽃들이 부리는 경이로운 조화造化, 반드시 맞이하게 될 새로운 세상에서, 백성은 그대로 백성일 것이다.

결結

 그 사이에도 아이들은 끊임없이 또 태어나고 또 태어났다. 늙은이들이
또 죽어가고 또 죽어가는 것과 그 궤를 같이하였다.
 역사가 오래된 어느 고장에 사는 산모가 축복인지 저주인지 아들 둘,
딸 하나를 한꺼번에 낳았다. 이웃한 농촌 마을에서는 암소가 머리 둘,
뿔 넷인 송아지를 낳았다.
 성 밖 강물이 검기도 하고 붉기도 하더니 끝내 뒤섞여 빛깔이 잿물같
이 되었다. 그 돌연한 이변이 정녕 불길하고 심상치가 않은지라, 사람들
마음의 강이 역류하는 것을 막을 길이 없었다.
 공적인 업무를 수행하는 그들은 또 지시를 받았다.
 '하삼도下三道는 비록 무슨 일이 있지는 아니하다고 할지라도, 땅의
경계가 일본과 접해 있는 바, 방어하는 자세를 조금이라도 늦춰서는 아
니 될 것이다. 농사라고 하는 것은 백성이 밑천으로 삼는 것이니, 둑을
쌓아 물을 가둬둠이 요긴하다. 그러하니 너희는 마음을 다해 일을 잘 정
돈하여 처치함으로써 농업을 흥하게 할지어다.'
 붉은 곰과 검은 원숭이가 위와 옆에서 공격을 멈추지 않으니 그 사나
움과 가증스러움은 무어라 형언하기 어렵다. 이에 모든 아무개가 죽기

396

로 대항코자 하나 하늘의 귀에는 잘 들리지 않는 듯하다.

백 아무개는 가진 것 없는 무지렁이였지만 성품이 자디잔 일에 얽매이지 않았다. 난리가 나니, 그의 나이 아직도 한참 어리나 어머니를 모시고 산속에 숨었는데 홀연 적과 맞닥뜨린 바람에 사로잡히는 신세가 되고 말았다. 하지만 그들이 잠에 빠지기를 기다리고 있다가 무기를 훔쳐 적을 모조리 죽이고, 더 나아가 포로로 잡혀 있던 동족 수십 명을 구출하여 데리고 돌아왔다.

부패한 공직자들은 송곳 끝만 한 이익과 한 되 한 홉의 이익을 탐하여 살았으니, 대저 염치가 나라의 기강이 되고 백성이 나라의 근본이 됨을 어찌 알겠는가? 항상 우두머리로 행세하면서 주고 빼앗는 힘을 가진다면 재물을 취하려 함은 그 이치로 보아 마땅히 그럴 것이다.

벼와 기장 밭에 소와 말을 놓아두고 꿩과 토끼가 있는 곳에 매와 사냥개를 풀어놓아, 그 짐승들이 뜯어먹고 물어 떼는 것을 막으려고 한다면 과연 그게 가능하리요.

결국, 부패한 위정자들의 탐학과 등쌀에 백성 수백 명이 들고일어나 시위를 하니, 이 아무개가 무리를 이끌고 이들을 뒤쫓아 가서 잡았다. 그러자 정 아무개가 전 아무개를 찾아가 항의를 하다가 감옥에 갇힌다. 그의 동생이 형을 구해낸 다음에, 동지들을 규합하여 원한의 대상이었던 사람들을 많이 해친다.

종업원 현 아무개는 그 주인 강 아무개의 처와 간통, 법에 의거 둘 다 엄벌에 처해 달라는 관계 기관의 요청을 받아들여 그대로 행했고, 길 아무개가 친모를 욕하고 때리는 것을 본 이웃 사람들의 신고로 그를 잡아갔다.

최 아무개는 효심이 지극하였는데, 부친상을 당해 시묘살이를 할 때 까마귀 한 쌍이 날아들어 여막에서 지새니, 사람들이 효자 집에 효자 새인 까마귀가 깃든다고 그 공덕을 일컬어 기리었다.

　백성 아무개가 백성 아무개에게, '정해진 처소도 없이 참으로 오랫동안 떠돌던 백성들을 한 곳에 무사히 다다르게 하여 본업本業으로 다시 돌아오도록 하였다고 한다.' 라는 말을 마지막으로 전했다.

　흰 매를 되찾았다.

– 끝

백성 21

초판 1쇄 인쇄일 • 2023년 10월 25일
초판 1쇄 발행일 • 2023년 10월 30일

지은이 • 김동민
펴낸이 • 임성규
펴낸곳 • 문이당

등록 • 1988. 11. 5. 제 1-832호
주소 • 서울시 성북구 동소문로 65-2 삼송빌딩 5층
전화 • 928-8741~3(영) 927-4990~2(편)
팩스 • 925-5406

ⓒ 김동민, 2023

전자우편 munidang88@naver.com

ISBN 978-89-7456-573-2 03810